Christine Millman

Landsby

Roman

1. Auflage April 2014
Copyright © Christine Millman

Umschlaggestaltung: Christine Millman
Umschlagillustration: Shutterstock

Kontakt: hexsaa@gmx.de

D1719088

Für meine Tochter

»Wer die Freiheit aufgibt, um Sicherheit zu gewinnen,
wird am Ende beides verlieren.«

(Benjamin Franklin)

1

An manchen Tagen fühle ich mich wie in einem Gefängnis.
Einem finsteren Verlies aus dicken, unüberwindlichen Mauern.
Vielleicht liegt es daran, dass ich vom Fenster meines Zimmers
aus die Westmauer sehen kann, und mich immer frage, wie das
Leben hinter den braungelben Steinquadern wohl sein mag. Vor
allem jetzt, wo ich bald volljährig werde und der bescheuerte
Gesundheitstest bevorsteht. Was ist, wenn ich eine Virusträgerin
bin? Dann kann mich selbst mein Vater nicht retten, auch wenn
er hundertmal der Kommandant der Neuen Armee ist. Dann
werde ich verbannt in die Welt hinter der Mauer. Die Vorstellung macht mir eine Scheißangst. Glaubt man meinem Vater,
warten da draußen zahllose Schrecken. Ich kann das nicht
beurteilen, denn ich bin in der Kolonie geboren und habe diesen
Ort nie verlassen, so wie alle, die nach der großen Epidemie zur
Welt gekommen sind.

Seufzend blicke ich auf den Gehweg hinab. Da kommt mein
Vater. Ich erkenne ihn an seinem zackigen Schritt und der auf-
rechten Haltung. Groß und einschüchternd wirkt er, selbst aus
der Ferne. Ich eile in die Küche und sehe nach dem Essen. Nach
dem Tod meiner Mutter habe ich ihre Pflichten übernommen.
Nicht, dass ich das gewollt habe oder überhaupt gefragt worden

bin. Mein Vater ist einfach davon ausgegangen, dass ich fortan das tue, was meine Mutter getan hat. In seinen Augen war das sowieso nicht viel.

»Deine Mutter kann nichts«, sagte er immer, wenn sie etwas vergessen oder falsch gemacht hat. »Aber sie ist eine Augenweide. Die schönste Frau in der Kolonie.« Üblicherweise kniff er ihr anschließend in den Po oder tätschelte sie, wie einen folgsamen Hund.

Ich sehe aus wie mein Vater. Sehnig und zäh, mit roten Haaren, blasser Haut und jeder Menge Sommersprossen. Mit einem lieblichen Gesicht kann ich nicht punkten. Pech für mich.

Eilig decke ich den Tisch. Ich weiß genau, wie lange mein Vater bis in den vierten Stock braucht. Als ich die Löffel auf die Stoffservietten neben die Suppenteller lege, höre ich auch schon die schweren Schritte im Flur. Dann den Schlüssel im Schloss. Mein Magen krampft sich zusammen. In Gegenwart meines Vaters fühle ich mich immer, als hätte ich etwas ausgefressen. In letzter Zeit hat sich dieses Gefühl sogar verstärkt.

»Hallo Jule«, höre ich ihn sagen, bevor er in sein Schlafzimmer stapft, um sich umzuziehen. Viel mehr wird er nicht reden. Wir sprechen nur das Nötigste. Das war schon immer so, selbst als meine Mutter und mein Bruder noch lebten. Meist lief die Unterhaltung über meine Mutter. Sie war es, die die Familie zusammenhielt.

Ich nehme den Topf vom Herd und stelle ihn auf den gestreiften Häkeltopflappen, den mein Vater von einer Mission in die Außenwelt mitgebracht hat. Seltsamerweise mag ich ihn, obwohl er bunt ist - ganz im Gegensatz zu meiner Kleidung, die über die Jahre verwaschene Blau- und Grautöne angenommen hat. In der Kleiderkammer könnte ich mir Neue holen, doch ich mag nicht aussehen wie ein Pfau und bin zudem ein Gewohnheitstier und hänge an meinen Sachen. Nur dieser kreischbunte Häkeltopflappen, der hat es mir angetan.

Mein Vater kommt zum Tisch und setzt sich. Schweißperlen glänzen auf seiner Stirn. Durch sein millimeterkurz geschorenes Haar kann ich die Kopfhaut sehen.

»Soll ich das Fenster öffnen?«, frage ich, während ich seinen Teller mit Linsensuppe fülle.

Er sieht kurz auf und nickt, meidet jedoch meinen Blick. Das miese Gefühl in meiner Magengrube verstärkt sich. »Ist was?« Die Frage soll beiläufig klingen, doch mein Inneres bebt vor Anspannung. Mein Vater wäre nicht mein Vater, wenn er keine Zukunftspläne für mich hätte und genau das macht mir Sorgen. Ganz bestimmt stellt er sich meine Zukunft anders vor als ich.

Vorausgesetzt ich bin gesund.

Er zuckt mit den Schultern. »Wir reden nach dem Essen, in Ordnung?«

Das ist der Beweis. Er führt etwas im Schilde und hat endlich vor damit herauszurücken. Mein Appetit hält sich entsprechend in Grenzen. Widerwillig würge ich den Eintopf runter. Nahrungsmittel sind knapp. Es wäre eine Schande, Essen zu verschwenden. Deshalb kratze ich sogar den Teller aus, auch wenn mir jeder Bissen im Hals steckenzubleiben scheint.

Nach dem Essen räume ich das schmutzige Geschirr in die Spüle, hantiere dann hektisch am Wasserhahn herum, aus dem es eher tropft denn fließt. Naja. Ich sollte mich nicht beschweren. Für die meisten Koloniebewohner ist fließendes Wasser purer Luxus.

»Ich muss dir etwas mitteilen«, sagt mein Vater hinter meinem Rücken.

»Was denn?« Ich werfe einen flüchtigen Blick über die Schulter und versuche, locker zu klingen, dabei rast mein Puls, als wäre ich die Treppen hinaufgerannt.

Er deutet auf meinen Stuhl. »Setz dich. Den Spülkram machst du später.«

Beklommen nehme ich Platz. «Was ist los? Musst du auf eine Mission in die Außenwelt?« Das ist nicht abwegig und wäre definitiv das kleinere Übel. Die Mutanten versuchen immer wieder, den Vorratsspeicher zu plündern. Vielleicht hat die Neue Armee endlich Informationen über ihren Unterschlupf bekommen und will ihnen ein für alle Mal den Garaus machen.

»In zwei Wochen wirst du volljährig«, beginnt er.

Mist. Keine Mission. Sichtlich nervös fährt er sich über den Bürstenhaarschnitt. Die Falten in seinem Gesicht erscheinen mir schärfer, als hätten sie sich von einem Augenblick zum anderen tiefer in seine Haut gegraben. Die Lippen wirken noch schmaler als sonst.

Ich sage nichts. Warum auch? Dass ich achtzehn werde, weiß ich selbst und auch, dass ich dann auf den Virus und meine Zeugungsfähigkeit getestet werde. Seit Wochen denke ich an kaum etwas anderes.

»Als Kommandant der Neuen Armee trage ich große Verantwortung«, fährt mein Vater fort. Dabei sieht er mich an, als warte er auf meine Zustimmung. Natürlich gebe ich ihm recht, auch wenn ich die Sache nicht annähernd so ernst nehme wie er.

»Manchmal muss ich unangenehme Entscheidungen treffen und das Wohl der Gemeinschaft über meine persönlichen Interessen und Wünsche stellen.«

Was soll das Geschwafel? Worauf will er hinaus? »Schon klar. Aber inwiefern betrifft das mich?«

Sein Blick gefriert und richtet sich nun direkt auf mein Gesicht. Ich erschauere. So betrachtet er seine Soldaten, wenn er sich ihres absoluten Gehorsams versichern will. Der Knoten in meinem Bauch verdichtet sich zu einem harten Klumpen.

»Nachdem deine Mutter starb, habe ich dich heimlich testen lassen.«

Ich merke, wie ich erbleiche. »Wie denn?«

»Erinnerst du dich daran, als sie dir Blut abgenommen haben, um herauszufinden, ob du dich bei ihr angesteckt hast?«

»Ja und?«

»Nach dem negativen Befund habe ich meine Beziehungen spielen lassen und ein komplettes Blutbild angeordnet.« Ein kleines Lächeln kräuselt seine Lippen. »Du bist nicht nur kerngesund, sondern gehörst scheinbar auch zu den Wenigen, die in der Lage sind, Kinder zu gebären.«

Selbstzufrieden sieht er mich an. Eine dunkle Ahnung steigt in mir empor, in welche Richtung sich das Gespräch entwickeln könnte. Plötzlich ist mein Mund staubtrocken und meine Hände fühlen sich an wie Eisklumpen.

»Natürlich müssen weitere Untersuchungen folgen, um sicherzugehen«, fährt er fort, »aber wenn sich die Hoffnung bestätigt, sehe ich es als deine und meine Pflicht an, dass du dich nach Beendigung deiner Schulausbildung dem Reproduktionsprogramm anschließt.«

Entsetzt starre ich ihn an. Wie lange hatte ich mich davor gefürchtet und gehofft, dass die Pläne meines Vaters nur halb so schlimm sein würden. Dass er mir eine langweilige Stelle in der Verwaltung besorgt hätte oder im Labor. Stattdessen stellt sein Plan alles in den Schatten, was ich mir ausgemalt habe.

Es fällt ihm schwer, das kann ich sehen, doch er behält seinen strengen Blick. Darin hat er Übung. »Das ist eine große Ehre.

Du und ich, wir müssen ein Vorbild sein, um andere dazu zu animieren, es uns gleichzutun.«

Natürlich fährt er dieses Argument auf. Wer am Reproduktionsprogramm teilnimmt, wird geachtet und geehrt, die Familie bekommt Essensmarken und eine Wohnung in den Blocks, wo es fließendes Wasser gibt und Elektrizität. Dennoch tut es niemand gerne. Ich meine - wer hat schon Lust, sein Leben hinter den Mauern des medizinischen Zentrums zu verbringen und sich zehn Jahre lang Embryonen in die Gebärmutter pflanzen zu lassen? Ehre oder nicht - wie kann ein Vater das für seine Tochter wollen?

»Vergiss es«, wehre ich ab. »Ich mache das nicht.«

Er schiebt seinen Arm über den Tisch und nimmt meine Hand. Eine beschwichtigende, liebevolle Geste, doch sie wirkt aufgesetzt. Wie eine einstudierte Choreografie. Als Nächstes kommt der verständnisvolle Blick, das Seufzen.

»Du bist in der Lage, Großes für die Kolonie zu leisten, Jule. Diese Möglichkeit darfst und wirst du nicht verschwenden.«

Er klingt freundlich aber bestimmt. Ich zucke zurück, ertrage es nicht, von ihm berührt zu werden. »Warum nicht? Niemand kann mich zwingen. Außerdem haben wir das nicht nötig. Wir haben alles, was wir brauchen.«

»Das ist richtig«, gibt er zu, »doch die Zahl der Unfruchtbaren steigt. Wir brauchen Frauen wie dich. Das weißt du.« Ein Anflug von Sorge huscht über sein Gesicht. »Da ich Mitbegründer des Reproduktionsprogramms bin, erwartet man Ergebnisse von mir. Wie könnte ich meinen Einsatz besser demonstrieren als durch deine Anmeldung?«

Aha. Daher also weht der Wind. Er steht unter Erfolgsdruck. Trotzig verschränke ich die Arme vor der Brust. »Ich will keine Freiwillige sein.«

»Es ist keine Frage des Wollens Jule, sondern der Notwendigkeit. Die natürliche Geburtenrate liegt bei einem Prozent. Ohne Nachwuchs stirbt die Menschheit aus.«

Die Information ist mir nicht neu. Nicht nur mein Vater jammert über fehlenden Nachwuchs, auch in der Schule ist das Thema ausgiebig behandelt worden. Der mutierte Masernvirus, die Hitze und die verseuchten Landstriche haben die Menschheit an den Rand des Aussterbens gebracht. Aber warum sollte es meine Aufgabe sein, die Erde zu bevölkern?

»Das ist mir egal«, beharre ich. »Ich will nicht in euer blödes Zuchtprogramm.«

»Nenn es nicht so!« Seine Miene wird wieder streng. »Du musst lernen, das Wohl der Kolonie über dein Eigenes zu stellen. Wir alle müssen das. Sie werden sich gut um dich kümmern, dafür sorgen, dass du gesund bleibst und die zehn Jahre unbeschadet überstehst. Bei deiner Rückkehr wärest du eine Heldin.«

Seine Tochter die Heldin. Das hätte er gerne. Ich denke an die Frauen, die am Zuchtprogramm teilgenommen haben. Sie sind verhärmt und wirken alt und verbraucht, wie ein Gaul, den man auf den Feldern geschunden hat. Helden stelle ich mir anders vor. Wahrscheinlich hat mein Vater das bereits geplant, als er meine Blutergebnisse bekommen hat und es nicht mal für nötig befunden, mich darüber zu informieren. Warum auch? Ich bin ja nur seine Tochter, wertlos, wie meine Mutter und dazu nicht halb so gutaussehend. Meine verlorene Zukunft zieht an mir vorbei wie ein Wunschtraum, der nie in Erfüllung gehen wird. Eigentlich sollte ich einen netten Ehemann finden mit einem guten Job. Eine Wohnung, groß genug, damit meine Freundin Manja bei mir einziehen kann. Sie wohnt nämlich in der Wellblechsiedlung und dort ist es verdammt ungemütlich.

Ich fixiere meinen Vater. »Sei ehrlich, Papa, habe ich überhaupt eine Wahl?«

Er zögert, verlagert unbehaglich sein Gewicht. Das Knarzen des Stuhls dröhnt in meinen Ohren. Ich sitze und warte. Schweigend. Meine Finger verkrampfen sich ineinander.

»Nein«, gibt er schließlich zu. »Die Sache ist beschlossen.«

In meinem Kopf ist alles leer. Ich schiebe den Stuhl zurück und stehe auf. Mein Körper fühlt sich steif an, unbeweglich, als hätte ich mich seit Ewigkeiten nicht gerührt. Die Tür zieht mich magisch an.

Raus. Ich muss hier raus.

»Wo gehst du hin?«, höre ich meinen Vater fragen.

Ich drücke die Klinke nach unten, sehe nicht zurück. »Weg.«

2

Ich laufe ohne Ziel, habe keine Ahnung, wohin mich meine Füße tragen. Erst als ich die Brücke am Fluss überquere und in der Ferne die Wellblechhütten auftauchen, wird mir klar, dass ich mich auf den nördlichen Sektor zubewege. Das Grün wird spärlicher, verschwindet zwischen Staub, Steinen und trockener Erde. Die Hütten liegen ungeschützt auf einer flachen Ebene. Nicht mal Wüstengras wächst hier. Der Anblick der mit Wellblech gedeckten, windschiefen Behausungen, die wie ausgemusterte Soldaten in einer langen Reihe stehen, entspricht meiner Stimmung: trostlos. Es ist mir ein Rätsel wie Menschen so leben können. *Immer noch besser, als in die Außenwelt verbannt zu werden,* sagt mein Freund Paul stets, obwohl er in letzter Zeit nicht mehr so überzeugend klingt wie noch vor ein paar Jahren.

Zielstrebig bahne ich mir einen Weg durch das Hüttengewirr. Menschen sitzen unter auf Pfähle gespannte Plastikplanen, die Schatten spenden sollen, aber unter denen es sicher unvorstellbar heiß ist. Viele hier haben keinen Job und sind auf Mildtätigkeit angewiesen. Manche schicken ihre Kinder zur Neuen Armee oder ins Seuchenzentrum außerhalb der Kolonie, wo sie irgendeiner geheimnisvollen Arbeit nachgehen. Kranke zu pflegen kann es nicht sein - seit Jahren gibt es keine Infizierten mehr. Niemand weiß, was sie dort tun und die Angestellten sprechen nicht darüber, dafür sorgt die großzügige Entlohnung. Auch wer eine reproduktionsfähige Tochter oder einen zeugungsfähigen Sohn hat, und sie dem Programm überlässt, schafft es hier raus. Fruchtbare Frauen werden umschmeichelt und hofiert, damit sie freiwillig teilnehmen und viele tun es tatsächlich gerne. Völlig unverständlich für mich. Scheinbar ist mein Gemeinschaftssinn nicht allzu ausgeprägt oder ich bin nicht arm genug.

Die Hütte, in der meine Freundin Manja wohnt, ist genauso armselig und farblos wie alle anderen. Manja sieht aus wie ein Junge. Drahtig und flachbrüstig, mit kurzen, aschblonden Haaren und kantigem Gesicht. Paul, unser Freund aus dem Westsektor, ist bei ihr. Sie stehen vor der Hütte und schrauben an einem rostigen Mofa herum. Die Füße stecken in dünnen Zehensandalen und sind staubig und geschunden. Ich kann nicht erklären, warum, aber in dem Augenblick beschließe ich, ihnen nichts von den Plänen meines Vaters zu erzählen. Von jeher steht Manja dem System kritisch gegenüber, sie würde mich dazu drängen, die Teilnahme zu verweigern.

»Hey Sommersprosse«, begrüßt Manja mich. »Mit dir habe ich gar nicht mehr gerechnet.«

Ich zucke mit den Schultern. »Ich wollte raus.«

Manja verdreht die Augen und deutet auf die Wellblechhütten. »Wem sagst du das.«

Wie üblich spüre ich einen Anflug von schlechtem Gewissen angesichts Manjas Lebenssituation, doch im Gegensatz zu sonst unterdrücke ich es nicht. Dass es anderen wesentlich schlechter geht als mir, lässt meine eigenen Sorgen schrumpfen. Wenigstens muss meine Freundin nicht ins Zuchtprogramm. Fünf Wochen zuvor ist sie achtzehn geworden und hat die Tests bereits hinter sich. Sie wird nicht müde, darüber zu reden, wie demütigend sie es fand, durchgecheckt zu werden wie ein Stück Vieh. Paul ist neunzehn und wurde vor einem Jahr für bedingt zeugungsfähig befunden, was bedeutet, dass ihn die Regierung im Auge behält und erwartet, dass er versucht, Nachwuchs zu zeugen. Dafür hat er eine Liste mit passenden Partnerinnen bekommen, damit er sein Potenzial nicht an eine Unfruchtbare verschwendet. Er gibt sich Mühe, das muss ich ihm lassen, bisher jedoch ohne Erfolg.

»Das Kind, das letzte Woche geboren worden ist, ist gestorben«, sagt Paul zu mir. »Zuerst wirkte es gesund, doch seine Organe funktionierten nicht richtig. Keine Ahnung warum. Hast du das gewusst?«

Komisch. Warum schneidet er das Thema gerade jetzt an? Als wüsste er von der Unterredung mit meinem Vater oder könnte Gedanken lesen. Ich schüttle den Kopf. »Mein Vater informiert mich nicht über Misserfolge.«

Schnaubend wischt Manja sich mit einer ölverschmierten Hand über die Wange und hinterlässt einen schwarzbraunen Streifen. »Typisch für ihn. Man kann die Natur nicht austricksen. Wenn wir aussterben sollen, dann werden wir das. Da können die gar nichts gegen machen.«

»Was habt ihr mit dem Mofa vor?«, frage ich, obwohl ich es natürlich sehe. Ich will einfach nur das Thema wechseln, bevor ich noch mit meinem Elend herausplatze.

»Zum Laufen bringen«, antwortet Paul. Er beugt sich vor und greift nach dem Schraubenschlüssel. Blonde Haarsträhnen fallen in seine Stirn.

»Bald haben wir's. Es startet schon«, fügt Manja hinzu und betätigt die Zündung. Das Ding knattert und hustet dunklen Rauch aus, dann springt es tatsächlich an.

»Ich bin beeindruckt«, lobe ich, werfe einen Blick in die Runde und beuge mich näher. »Habt ihr Pilze?«

Manja legt den Finger an die Lippen. Paul sieht sich hektisch um. Niemand ist in der Nähe, die meisten sitzen beim Abendessen. Ein paar Soldaten der Neuen Armee patrouillieren am Rand der Wellblechsiedlung, doch sie sind zu weit entfernt, um uns zu hören.

»Manja hat das Zeug beim Wasserturm versteckt«, flüstert er. »Wenn wir hier fertig sind, können wir einen Abstecher machen.«

Ich halte den Daumen hoch, um meine Zustimmung zu signalisieren. Der Tag ist so beschissen, dass ich einen kleinen Trip gut gebrauchen kann.

Mit einem Stottern und Husten säuft der Motor des Mofas ab. Manja stößt einen unwilligen Laut aus und wischt ihre Hände an einem Lappen ab, der nicht so aussieht, als würde er noch irgendwas reinigen, ölverschmiert, wie er ist.

»Vielleicht solltest du dir lieber die Hände waschen«, schlage ich vor.

Manja zuckt mit den Schultern. Wasser und Seife gehören definitiv nicht zu den Dingen, denen sie besondere Bedeutung beimisst.

* * *

Seit dem großen Sterben wird der Wasserturm nicht mehr genutzt. Paul behauptet, er sei mindestens zweihundertfünfzig Jahre alt. Wenn das stimmt, hat er sich gut gehalten. Kaum vorstellbar, dass der riesige, stählerne Behälter an der Spitze des Turmes irgendwann tatsächlich gefüllt war. Dass es eine Zeit gab, in der Wasser in Hülle und Fülle vorhanden war.

Hintereinander klettern wir die schmale Leiter hinauf. Rost bröselt auf meinen Kopf, den Manja über mir mit ihren Füßen löst. Ich drehe das Gesicht weg, aber vermeide es, nach unten zu sehen. Die Höhe ist mir nicht geheuer. Auf dem Steg, der um den Wasserbehälter herumführt, hocken wir uns hin. Ich schiebe meine Beine durch die Streben am Geländer und lasse sie baumeln. Manja zieht die Tüte mit Zauberpilzen aus der Hosentasche und hält sie mir hin.

Ich fische ein Stück heraus und drehe es in meinen Fingern. Es ist schrumplig und braun und sieht nicht besonders appetitlich aus, aber es verschafft mir ein paar unbeschwerte Stunden. »Woher hast du die?«

»Woher schon? Von meinem Bruder natürlich«, sagt sie.

Manjas Bruder Lenno arbeitet in den Ställen bei den Viehherden. Nicht gerade ein Traum, aber auf der Weide wachsen die Pilze. In dunkler, vom Urin der Rinder getränkter Erde. Ich stecke mir das Stück in den Mund und zerkaue es langsam. Es schmeckt ein wenig bitter und modrig, als hätte es in einem feuchten Keller gelegen. »Wollte er nicht wechseln?«

Manja zuckt mit den Schultern. »Er hat sich's anders überlegt. Die Pilze sind eine gute Nebeneinnahme.« Sie sagt das leichthin, als wäre es nichts Besonderes, aber wir beide wissen, dass es das sehr wohl ist. Ihr Bruder schöpft sein Potenzial nicht aus, weil er das Geld braucht, das er für die Pilze bekommt. Damit bringt er die gesamte Familie durch.

»Hat er keine Angst, erwischt zu werden?«, fragt Paul. Ich rolle mit den Augen. Paul ist der Gesetzestreue von uns, derjenige, der sich immer an die Regeln hält. Okay, fast immer. Zauberpilze zu essen ist definitiv verboten und er tut es trotzdem dank unseres schlechten Einflusses. Aber im Gegensatz zum Handel mit Pilzen wird der Genuss nicht mit Verbannung bestraft.

Manja lehnt sich zurück und schließt die Augen. Die Pilze beginnen, zu wirken. »Na wenn schon? Vielleicht ist die Außenwelt gar nicht so übel. Man ist frei, ohne diese Idioten von der Neuen Armee.«

»Aber auch ohne Schutz und medizinische Versorgung, ohne Essen und Trinken und Kleidung. Da draußen kämpfst du ums Überleben«, entgegnet Paul.

Ein Gedanke schält sich aus den Tiefen meines Unterbewusstseins. »Ich weiß nicht. So viele Menschen sind verbannt worden, vielleicht haben sie eine neue Zivilisation gegründet und wir wissen es nicht, weil wir hinter dieser Mauer hocken und uns nicht rausgetrauen. Irgendjemand da draußen tut sich zusammen, sonst könnten sie nicht unsere Vorratsspeicher überfallen.«

Paul zuckt mit den Schultern. »Das sind hauptsächlich Mutanten. Mein Vater sagt, die Verbannten überleben keine zwei Jahre. Entweder macht sie die Außenwelt fertig oder die Mutanten. Die sind wie wilde Tiere.«

»Wilde Tiere kann man zähmen«, sage ich.

»Oder töten«, fügt Manja hinzu.

Paul schnaubt. »Die sind aber schlauer und das macht sie gefährlich.«

Das Gerede über Mutanten nervt mich. Außerdem ist mir schwindlig. Ich lehne mich gegen das kühle Metall des Wasserbehälters und schaue zu den Sternen hinauf. Sie flimmern, dehnen sich aus, strahlen auf mich hinab wie winzige Sonnen. Das Leuchten überschwemmt meine Sinne, bis ich an nichts anderes mehr denken kann, als die unendliche Weite über mir. »Wir sollten expandieren«, sage ich.

»Hä?«, macht Manja.

Ich strecke die Arme Richtung Nachthimmel und fasse nach dem Leuchten, beobachte, wie sich das Sternenlicht an meinen Fingerspitzen sammelt und über meine Hände fließt. »Wenn wir alle Kinder bekommen, dehnen wir uns aus, werden größer und größer wie ein Ballon. Ein Ballon aus menschlichen Leibern.«

»Bis wir platzen«, sagt Paul.

Manja lacht. Ich falle in ihr Lachen mit ein.

Der Himmel wirkt verzerrt, wölbt sich wie eine riesige Kuppel, deren Anfang und Ende ich nicht ermessen kann. »Ich muss mich vermehren«, flüstere ich. Meine Zunge ist seltsam schwer. »Bis ich allein die ganze Erde bevölkert habe.«

Paul rutscht seitwärts und legt den Kopf in meinen Schoß. »Soll ich dir dabei helfen?«

Grinsend streichle ich über sein blondes Haar. Es schimmert golden im Licht des Mondes. Sein Gesicht leuchtet wie die Sterne, die blauen Augen verschwimmen zu einem dunklen Fleck auf seiner Stirn.

»Du bist so schön«, stelle ich fest, während ich mir eine Strähne seines Haares um den Finger wickle. Seine Fingerspitzen ertasten mein Gesicht. Es kitzelt, als würden Ameisen über meine Haut krabbeln.

Manja neben mir erhebt sich und beugt sich über das Geländer. »Ich steh auf Frauen«, schreit sie. Ich kichere, während Pauls Ameisenfinger noch immer meine Wange streicheln.

Manja dreht sich zu mir um. »Ich liebe dich Jule.«

Irgendwo in den Tiefen meines Gehirns weiß ich, dass sie mir gerade etwas Bedeutsames gesagt hat, doch mein Zauberpilz umnebelter Geist fügt es nahtlos in die leuchtenden Gedanken und Bilder in meinem Kopf.

»Ich liebe euch alle beide«, sage ich und meine es auch so. Paul, Manja und ich sind wie die göttliche Dreieinigkeit. Inkarnationen des Lichts.

Manja breitet die Arme aus und lehnt sich rückwärts, den Kopf so weit es geht in den Nacken gelegt. Es sieht aus, als würde sie jeden Moment nach hinten kippen. Ich schiebe Paul von meinem Schoß, stehe auf und stelle mich neben sie.

»Fühlst du es?«, fragt sie.

Ich nicke, breite ebenfalls die Arme aus und lege den Kopf in den Nacken. Die Höhe macht mir nicht mehr das Geringste aus. Das Geländer drückt gegen meinen Rücken. Warmer Wind streichelt mein Gesicht, wirbelt meine Haare auf. Paul schiebt sich zwischen uns. Er lacht und mir fällt auf, wie ebenmäßig seine Zähne sind. Und weiß. Die Kolonie und die Pläne meines Vaters sind Lichtjahre entfernt.

»Ich gehe nicht ins Zuchtprogramm«, sage ich. Die Worte strömen einfach so aus mir heraus.

Manja und Paul sehen mich verwirrt an.

»Was?«, sagt Manja.

Ich richte mich auf, stoße mich vom Geländer ab und lasse mich zu Boden sinken. »Ach nichts.«

Meine Freunde folgen mir, gemeinsam bilden wir ein Knäuel aus Gliedmaßen. Manjas Gesicht neben meinem. Leuchtend wie ein Stern. Ihre Lippen auf meinem Mund. So warm und weich. Pauls Hände auf meiner Haut. Ich schließe die Augen und schwebe davon.

Ein Sonnenstrahl kitzelt mich wach. Ich öffne die Lider und blinzle in die Morgensonne. Mein Rücken schmerzt, die Zunge klebt am Gaumen und mein Kopf fühlte sich an wie mit Watte gefüllt. Die üblichen Nachwirkungen der Pilze.

Stöhnend reibe ich mir über die pochende Stirn. »Scheiße, die Dinger waren heftig.«

Paul rappelt sich ächzend auf. »Wie viel Uhr ist es?«

Ich beschatte meine Augen und blicke zum Himmel hinauf. Eigentlich müsste ich die Uhrzeit am Stand der Sonne ablesen können, doch bei dem Thema habe ich im Unterricht nicht besonders gut aufgepasst. »Keine Ahnung. Acht vielleicht.«

Manja liegt zu meinen Füßen mit dem Kopf auf meinen Schienenbeinen. Bestimmt wird ihr Genick schmerzen, wenn sie aufwacht. Ihr Mund steht offen, ein getrockneter Speichelfaden klebt an ihrem Kinn. Grinsend beuge ich mich vor und zupfe an ihrem Haar. Im Schlaf wirkt ihr Gesicht viel weicher, fast schon mädchenhaft.

Paul reicht mir eine Flasche Wasser. »Ihr habt den Morgenappell verpasst.«

Dankbar nehme ich sie entgegen und leere sie bis zur Hälfte. Den Rest hebe ich für Manja auf. »Egal. Es ist sowieso die letzte Schulwoche.«

Schlagartig kehrt die Erinnerung an das Gespräch mit meinem Vater zurück. Ich bin gesund und zeugungsfähig. Ich soll ins Reproduktionsprogramm. Soll eine Gebärmaschine werden.

Scheiße.

Mein Magen krampft sich zusammen. Bloß nicht darüber nachdenken.

Mit den Fingern kämme ich mein zerzaustes Haar und pule die Schlafpopel aus meinen Augen. Ein Versuch, unbekümmert zu wirken, als wäre alles wie immer. Derweil weckt Paul die total verkaterte Manja. Sie verträgt die Pilze wesentlich schlechter als wir.

Paul geht nachhause. Seit einem halben Jahr arbeitet er in der Biogasanlage. Diese Woche hat er Spätschicht. Manja und ich traben direkt ins Schulhaus, ungewaschen und hungrig, wie wir sind. Wir nehmen die Abkürzung über den Marktplatz, wo sich um diese Zeit haufenweise Menschen tummeln, um ihre Essensmarken einzulösen, und klettern dann über den Holzzaun ins Maisfeld. Dabei müssen wir achtgeben, nicht gesehen zu werden, nicht dass die Aufpasser denken, wir würden Essen klauen. Das ist so ziemlich das schlimmste Vergehen in der Kolonie, das in vielen Fällen mit Verbannung bestraft wird.

Das Unterrichtshaus liegt etwas außerhalb in Nähe des Steinwalls. Seit zwei Jahren geht es fast nur noch um den Erhalt der Kolonie, Genetik, die Gefährlichkeit von Mutationen, Fortpflanzung und Ethik. Dazu verschiedene Tests hinsichtlich unserer Begabungen. Manja hat, welch Überraschung, technisches Verständnis und bekommt wahrscheinlich einen Ausbildungsplatz in der Geotherme. Ich kann eigentlich nichts besonders gut und würde wohl nur mithilfe meines Vaters einen anständigen Ausbildungsplatz bekommen. Wenn ich ins Zuchtprogramm muss, ist das allerdings hinfällig. Vielleicht ist das ja mein Talent: Kinder gebären.

Der Unterricht hat bereits begonnen. Einundzwanzig siebzehn bis Achtzehnjährige sitzen auf Plastikstühlen und hören gelangweilt zu, wie eine verhärmte Mittvierzigerin über die Klimaerwärmung schwadroniert. Sie lässt Manja und mich gar nicht erst Platz nehmen sondern schickt uns direkt zum Schulleiter, einem dickleibigen Oberst der Neuen Armee.

Er kommt sofort zur Sache. »Sie beide haben den Morgenappell verpasst. Darf ich den Grund dafür erfahren?«

Die Fragerei nervt mich, weil mein Kopf schmerzt und mein Magen knurrt und ich ununterbrochen an das Gespräch mit meinem Vater denken muss. Ich schnaube und sage dem Schulleiter, was er mich mal kann. Entrüstet brummt er mir zwei Tage Strafdienst in den Ställen auf. Manja sieht mich stirnrunzelnd an. Mir ist klar, dass sie sich über mein Verhalten wundert. Normalerweise begehre ich nie lautstark auf. Wie sähe das aus, wenn die Tochter des Kommandanten gegen die Obrigkeit rebelliert? Aber als angehende Heldin darf ich auch mal aufmüpfig sein, finde ich. Dummerweise habe ich keine Vorteile, solange niemand davon weiß, und muss den Strafdienst deshalb hinnehmen.

Den Unterricht lasse ich über mich ergehen. Da wir großen Hunger haben, schnorrt Manja Maisbrot von einer pummeligen Dreizehnjährigen namens Melinda. Ihre Eltern arbeiten als Wissenschaftler im medizinischen Zentrum. Diese Arbeit wird gut bezahlt und sorgt dafür, dass sie immer ausreichend Essen dabei hat. Sie kann uns nicht leiden, hat aber Angst vor Manja. Deshalb gibt sie ihr das Brot. Richtig satt macht es nicht, aber wenigstens schlottern mir nicht mehr die Knie vor Hunger und ich kann mich stattdessen wieder auf mein Elend konzentrieren.

Nach dem Mittagessen gehe ich direkt zu den Viehweiden, um meinen Strafdienst anzutreten. Bei dem Gestank, der mir am Eingang des langen Flachgebäudes entgegenwallt, bereue ich meinen Ausbruch vom Morgen. Berge von Scheiße und Pisse, gebunden in einem nach Schwefel riechenden Spezialgranulat verursachen ein betäubendes Aroma. Pilze hin oder her. Ich verstehe nicht, wie Manjas Bruder hier arbeiten kann. Es ist einfach nur ekelhaft.

Der wortkarge Vorarbeiter drückt mir Gummistiefel und eine Schaufel in die Hand und deutet auf eine kreisrunde Öffnung im Boden. »Kipp das Zeug da hinten in das Loch.«

Missmutig streife ich die Stiefel über und lege los. Wenn ich mich beeile, kann ich vielleicht noch eine Stunde mit Manja zum Fluss. Sobald ich das Granulat aufwühle, wird der Gestank unerträglich. Brechreiz schnürt mir die Kehle zu und ich versuche, nur durch den Mund zu atmen. Zudem ist das Zeug verdammt schwer, so voll gesogen mit Pisse und Scheiße. Meine Arme zittern, als ich die gefüllte Schaufel anhebe. Keuchend schleppe ich sie zu dem Loch im Boden, von wo aus das Granulat in einen unterirdischen Container fällt. Aus dem Zeug wird Biodiesel hergestellt, hat Manjas Bruder uns erklärt.

Eine halbe Stunde später bin ich schweißgebadet. Weitere zehn Minuten später lehne ich mich erschöpft auf die Schaufel. Meine Knie zittern. Ich bin am Ende. Der Vorarbeiter sieht zu mir herüber und schüttelt den Kopf. »Beeil dich. Du musst fertig werden, bevor die Kühe von der Weide kommen.«

Ich schlucke die Beschimpfung, die auf meinen Lippen liegt, und arbeite weiter. Wenigstens lenkt mich die Plackerei von meinen Sorgen ab, weil ich zu beschäftigt damit bin, nicht umzukippen oder zu kotzen. Als ich endlich Feierabend habe, kann ich kaum noch gehen. Jeder Muskel in meinem Körper schmerzt und bestimmt habe ich fünf Liter Wasser ausgeschwitzt. Ich schleppe mich nachhause, dusche mich, obwohl die Geotherme wieder mal nicht ausreicht, um das Wasser auf mehr als fünfzehn Grad zu erwärmen, schlinge den kalten Eintopf vom Vortag hinunter und falle ins Bett.

3

Heute werde ich untersucht. Das Labor liegt im Westsektor nahe der Mauer, auf dem Gelände des medizinischen Zentrums, das meiner Schätzung nach ein Zehntel der gesamten Koloniefläche einnimmt. Der graue Betonklotz wirkt düster und bedrohlich auf mich, was meine Anspannung noch verstärkt. In der Eingangshalle hätten bestimmt fünf Wellblechhütten Platz. Bis auf ein paar grasgrüne Sessel und eine Empfangstheke aus hellem Holz ist sie jedoch leer. Welch Verschwendung von Lebensraum.

Eine kleine, blasse Frau mit unglaublich dunklen Augenringen sitzt hinter der Theke und addiert Zahlen auf einem Block.

»Hallo«, sage ich und schiebe ihr meine Vorladung hin. »Mein Name ist Jule Hoffmann. Ich habe einen Termin.«

Sie blickt auf und strahlt mich an. »Du bist eine Freiwillige. Gratuliere.« Sie zieht das Schreiben zu sich heran und studiert es eingehend. Ich frage mich, ob sie dergleichen nicht bereits hundertfach zu Gesicht bekommen hat oder ob sich meine Vorladung in irgendeiner Weise von den anderen unterscheidet.

Schließlich erhebt sie sich. »Folge mir.«

Aufgeregt wuselt sie vor mir her, grinst mich dabei immer wieder über die Schulter hinweg an. Im zweiten Stock öffnet sie eine Schwingtür und tritt auf einen pickligen, jungen Mann zu, der hinter einem Tisch sitzt und gelangweilt mit seinem Stuhl kippelt. Ich kenne ihn. Ein Jahr zuvor ist er noch ein Schüler gewesen. Ich glaube er heißt Theo.

Die Empfangsdame legt ihm mein Schreiben hin. »Jule Hoffmann. Sie wird getestet. Fürs Programm.«

Theo wirft einen Blick auf das Papier und hebt dann überrascht die Augenbrauen. »Du hast dich freiwillig gemeldet? Ich dachte dein Vater ist Kommandant?«

Seine Worte jagen mir einen Schreck durch den Bauch. Ja, eigentlich müsste mir ein Dasein als Gebärmaschine erspart bleiben, aber er kennt meinen Vater nicht. Für das Wohl der Kolonie und seine Karriere geht er über Leichen. Ich versuche, cool zu bleiben. »Was tut man nicht alles fürs Gemeinwohl.« Hoffentlich wirkt mein Lächeln nicht allzu gekünstelt.

Theo betätigt einen Schalter an der Sprechanlage und meldet mich an, woraufhin ein Soldat aus einer der Türen tritt und mich herbei winkt. Die Empfangsdame schenkt mir ein letztes, aufmunterndes Lächeln.

»Hallo. Ich bin Oberst Weiß«, stellt sich der Soldat vor. Jetzt erst sehe ich das Abzeichen auf seiner Brust. Er ist tatsächlich ein Offizier. Ich wusste gar nicht, dass die auch im medizinischen Zentrum arbeiten.

»Jule«, murmle ich und folge ihm in den ersten Raum. Wände und Boden sind gefliest. Überall stehen Chromregale, die mit allerlei Gerätschaften bestückt sind. Skalpelle, Pinzetten, Spritzen, Phiolen, Nierenschalen, ein Blutdruckmessgerät und vieles, was ich nicht kenne.

Oberst Weiß deutet auf eine schmale Liege. »Setz dich dahin. Ich nehme dir erstmal Blut ab.«

Ich schlucke. Meine Kehle ist staubtrocken. »Wofür?«

»Für den Gentest. Keine Angst, ich habe Übung darin.«

Zögerlich nehme ich Platz und halte ihm meinen Arm hin. Geschickt wickelt er eine Art Gürtel um meinen Oberarm und zieht ihn fest.

»Mach bitte eine Faust«, sagt er.

Mit dem Zeigefinger tastet er an der Innenseite meines Armes herum und sucht eine passende Ader. Als er eine gefunden hat, desinfiziert er die Stelle, nimmt eine Nadel und führt sie in meine Vene ein. Es klappt auf Anhieb. Fasziniert beobachte ich, wie mein Blut in das Röhrchen rinnt. Dunkles, dickflüssiges Blut.

Als er genug beisammenhat, immerhin drei volle Röhrchen, bittet er mich, ihm zu folgen. Ich tue wie geheißen, obwohl alles in mir abhauen will. Wir betreten einen kleinen, düsteren Raum, in dem eine Liege aus einer zweimanngroßen Röhre ragt. In der Wand neben der Tür ist ein Fenster eingelassen, hinter dem ich einen Monitor und eine Schalttafel erkennen kann.

Ich deute auf das runde Ungetüm vor mir. »Was ist das?«

»Ein Magnetresonanztomograph oder kurz MRT. Der Einzige in den fünf Kolonien.«

Na toll. Soll mich das etwa beeindrucken? »Was tut er?«

Oberst Weiß lächelt stolz. »Damit können wir sehen, ob sich dein Gehirn oder andere Organe in deinem Körper verändern, und prüfen, ob du die restriktive Form des Virus in dir trägst. Das Gerät zeigt zudem die Stabilität deiner Körpertemperatur, die Blutflussgeschwindigkeit und die Gewebeelastizität.«

Mir wird schlecht. Unwillkürlich frage ich mich, wie viele Menschen wohl schon darin gelegen und anschließend erfahren haben, dass sie die chronische, langsam fortschreitende Form des MM-Virus tragen, dessen erste Symptome sich für gewöhnlich frühstens ab dem zwanzigsten Lebensjahr zeigen. In der Schule kursieren die wildesten Gerüchte darüber, wie man vor

dem Test feststellen kann, ob man den MM-Virus trägt. Haar-
ausfall, Müdigkeit, häufig auftretender Durchfall oder Seh-
schwäche würden auf MM hindeuten. Alles quatsch hat mein
Vater gesagt. Vor dem Ausbruch der Krankheit kann man eine
Infektion nur durch bildgebende Verfahren und eine Blutunter-
suchung feststellen. Das Gute an dieser Form des Virus ist, dass
er nicht mehr ansteckend ist. Doch da die Mediziner befürchten,
dass er jederzeit wieder in seine aktive, hochansteckende Form
mutieren könnte, empfehlen sie die Verbannung Infizierter
bereits vor Ausbruch der Krankheit.

Kurz vor Mutters Tod habe ich meinen Vater gefragt, warum
es kein Heilmittel gibt, wo doch die Wissenschaftler seit einer
halben Ewigkeit daran forschen. Er erklärte mir, dass es erste
Erfolge gegeben habe, was einen Impfstoff betrifft, es aber zu
Fehlschlägen gekommen sei. Dabei hat er ganz komisch gekuckt,
irgendwie bedrückt, als quäle ihn etwas. Damals habe ich das
darauf geschoben, dass meine Mutter und mein Bruder im Sterben lagen, doch nun bin ich mir dessen gar nicht mehr so sicher.
Wer kann sagen, was wirklich in ihm vorging oder was er angestellt hat?

Oberst Weiß unterbricht meine Grübeleien. »Verhalte dich
ruhig und konzentrier dich auf einen Punkt.« Er drückt mir
einen roten Schalter in die Hand. »Solltest du Panik bekommen,
drück' den Knopf, doch versuche bitte, keine zu bekommen,
sonst dauert es umso länger.«

Ich nicke stumm.

»Setz die Kopfhörer auf, das dämpft die Lautstärke«, fügt er
hinzu.

Ich nehme die Hörer und stülpe sie über meine Ohren. Langsam fährt die Liege in das Innere der Trommel. Oberst Weiß
löscht das Licht und verlässt den Raum. Es ist eng und unheim-

lich in dem Ding. Ich atme tief durch und kneife die Augen zu, um wenigstens gedanklich der Enge zu entfliehen.

Während ich dem lauten Tocktocktock lausche, denke ich darüber nach, wie viele Menschen schon verbannt worden sind, und frage mich, ob sie noch leben. Die Verbannung geschieht üblicherweise in aller Stille. Die Machthaber wollen Aufsehen oder Menschenaufläufe vermeiden. Schwer bewaffnete Soldaten und zwei oder drei Angehörige sind die Einzigen, die den Verbannten zum Tor begleiten. Alle anderen verschließen die Augen, wollen nicht sehen, was ihnen bevorstehen könnte, sollten sie aus irgendwelchen Gründen eine Belastung für die Kolonie werden.

Das Klopfen wechselt plötzlich zu einem nervtötenden Rattern. Erschrocken hebe ich den Kopf und versuche, zu lokalisieren, woher der Laut kommt.

»Bitte nicht bewegen, sonst muss ich die Sequenz wiederholen«, dringt Oberst Weiß' Stimme in mein Ohr.

Ich atme tief durch und versuche, mich zu entspannen. Eine halbe Ewigkeit liege ich in der Trommel, lausche den wechselnden Lauten und stellte mir vor, welche Abartigkeiten Oberst Weiß auf seinem Monitor erkennen mag. Der Gedanke schenkt mir Hoffnung, denn sollte er eine Anomalie entdecken, bliebe mir wenigstens das Reproduktionsprogramm erspart.

Schweiß bricht mir aus allen Poren. Wann ist diese elende Prozedur endlich vorüber? Ich unterdrücke den Impuls, mir die Kopfhörer herunterzureißen, den Notknopf zu drücken und zu brüllen, sie sollen mich doch lieber verbannen, als mich mit ihren gruseligen Geräten zu quälen.

Wie auf Kommando verstummt das Rattern abrupt. Ein leises Summen erklingt und die Liege fährt nach draußen. Theo erwartet mich. Er nickt zur Tür. »Oberst Weiß wertet die Ergebnisse aus und gibt dir dann bescheid. Du sollst im Flur warten.«

Ich versuche, etwas aus seinem Gesicht zu lesen. Wirkt er nervös? Betroffen? Mitleidig? Doch seine Miene bleibt undurchdringlich. Bestimmt hat er das geübt.

»Wie sieht es aus? Weißt du schon was?«, frage ich hoffnungsvoll.

Er schüttelt den Kopf. »Nein, tut mir leid.«

Vor der Tür erwartet mich eine Frau in einem weißen Kittel. »Bist du Jule?«

Ich nicke. Sie mustert mich streng, während sie mir zu meiner Entscheidung gratuliert und sich als Dr. Schneider vorstellt. Dann führt sie mich in einen Raum, in dem ein gynäkologischer Untersuchungsstuhl steht. Ich stocke.

»Keine Angst, wir machen nur einen Ultraschall und nehmen einen Abstrich. Zur Sicherheit.«

Ihre Worte beruhigen mich nicht. Im Gegenteil. Ihre emotionslose Stimme und die Tatsache, dass sie mich beim Sprechen nicht ansieht, verunsichert mich. Sie nimmt auf einem Rollhocker platz und deutet auf den Stuhl. Widerwillig schiebe ich mich auf die Sitzfläche, bleibe aber am Rand, damit ich abspringen kann, sollte die Sache unangenehm werden.

»Leg dich bitte zurück. Mach die Hose auf und schieb dein Shirt hoch«, bittet sie mich. »Keine Sorge. Dir wird nichts geschehen.«

Ich tue es und hasse sie zugleich dafür. Die Ultraschalluntersuchung ist nicht schlimm, das weiß ich, aber ich fühle mich dabei wie eine Laborratte. Insgeheim hoffe ich, dass sie etwas entdeckt. Einen fetten Tumor oder verkümmerte Eileiter. Irgendwas, das dafür sorgt, dass ich keine Kinder bekommen kann.

Könnten die Blutergebnisse vor fünf Jahren nicht ein Irrtum gewesen sein?

»Sieht alles sehr gut aus«, sagt Dr. Schneider. Ein Hauch Euphorie schwingt in ihrer Stimme mit. »Jetzt mach dich unten frei. Für den Abstrich,« fügt sie hinzu, als sie mein Zögern bemerkt. Ich bekomme kein Wort heraus. Nichts ist mehr übrig von der aufsässigen Jule.

»Bist du sexuell aktiv?«, fragt sie mich, während ich die Hose abstreife. Ich spüre, wie ich erröte, und schüttle den Kopf. Sie notiert etwas auf ihrem Klemmbrett.

»Hattest du bereits Geschlechtsverkehr?«

Ich nicke. Zweimal mit Paul, im Lauf einer Zauberpilz umnebelten Nacht. Aber das erzähle ich Dr. Schneider natürlich nicht. Selbst Paul und ich haben nie darüber gesprochen, weil wir unsere Freundschaft nicht gefährden wollten. Ich warte auf ihren vorwurfsvollen Blick, auf die Bestätigung, dass sie lieber ein jungfräuliches Versuchsobjekt hätte. Doch ihre Miene bleibt undurchdringlich.

Als die Untersuchung zu Ende ist, hocke ich mich auf einen grünen Plastikklappstuhl in den Flur und warte. Und warte. Die Minuten tröpfeln dahin. Ab und zu läuft ein weiß gekleideter Mitarbeiter vorbei und nickt mir freundlich lächelnd zu. Meine letzte Hoffnung ruht auf dem MRT. Lieber möchte ich mit einem entarteten Organ leben als eine Gebärmaschine werden. Ist es ein gutes oder ein schlechtes Zeichen, dass es so lange dauert? Langsam kehrt im Gebäude Ruhe ein. Bis auf Theo, der offensichtlich gelangweilt mit seinem Stuhl kippelt, und zwei Soldaten, die sich neben der Eingangstür postiert haben, ist niemand mehr zu sehen. Die Soldaten sind bei meinem Eintreffen noch nicht da gewesen und in mir wächst der Verdacht, dass sie wegen mir gerufen worden sind. Damit ich nicht abhaue.

Meine Fersen pochen nervös auf das Linoleum. Tacktack-tack, wie der MRT, nur viel leiser.

Die Soldaten an der Tür starren an mir vorbei, als wäre ich gar nicht da. Ein Faden, der aus dem Saum meines Shirts ragt, dient meinen Fingern als Beschäftigung. Ich drehe und rollte ihn, ziehe ihn immer weiter heraus. Wenn ich so weitermache, kann ich das T-Shirt wegschmeißen.

»Jule?« Oberst Weiß Stimme schreckt mich auf.

Ich zucke hoch. »Ja?«

»Du kannst jetzt kommen.«

Ich schieße vom Stuhl und stürme ihm nach. Nur ein winzi-ger genetischer Defekt, mehr brauche ich nicht. Hauptsache genug, um mich für das Reproduktionsprogramm zu disqualifi-zieren.

»Bitte setz dich.« Er deutet auf einen Klappstuhl neben dem Tisch mit dem Monitor. Darauf ist in mehreren Aufnahmen ein plastischer Mensch zu sehen in Schwarz-Weiß. Eine Aufnahme zeigt die Organe, eine andere die Adern und das Dritte die Kno-chen. Dann gibt es noch ein Bild vom Schädel samt Gehirn.

»Bin ich das?«, frage ich.

Er nickt. So wie er strahlt, scheint alles in Ordnung zu sein. Egal, ich will es endlich wissen. »Und? Wie sieht's aus?«

»Du bist kerngesund. Keine Anzeichen für das Vorhanden-sein des MM-Virus und auch keine anderen Erkrankungen. Dei-nem Einsatz für die Kolonie steht nichts mehr im Weg.«

Wie er das sagt. Als würde er etwas Tolles verkünden. Mir fällt nichts ein, was ich erwidern könnte. Nicht mal ein falsches Lächeln bekomme ich hin. Er ignoriert meine mangelnde Begeis-terung, kramt ein paar Zettel aus einer Schublade unter dem Tisch und reicht sie mir. »Normalerweise geben wir den Vertrag erst bei der Aufnahme heraus, doch ich denke, es kann nicht schaden, wenn du ihn vorab sorgfältig durchliest.«

Sprachlos nehme ich die Zettel entgegen, wie betäubt von seinen Worten. Das Reproduktionsprogramm. Niemals hätte ich geglaubt, dass ich daran teilnehmen werde. Ich gehöre nicht zu den Aufopfernden, den Mutigen, den Helden und für Kinder fühle ich mich sowieso viel zu jung. Plötzlich will ich nur noch raus hier. »Kann ich jetzt gehen?«

»Ja. Für heute sind wir fertig. Wir sehen uns in einer Woche.«

Eine Woche. Meine Galgenfrist. Ich werfe einen flüchtigen Blick auf mein transparentes Selbst auf dem Monitor und verlasse den Raum. Theo hält beim Kippeln inne, schaut kurz auf und hält grinsend den Daumen hoch.

»Wir sehn uns«, sagt er.

Die Soldaten stehen noch da, doch wie zuvor beachten sie mich nicht. Beim Vorbeigehen fällt mir auf, wie riesig sie sind, bestimmt anderthalb Köpfe größer als ich. Unheimlich.

Vor dem Haupteingang des medizinischen Zentrums halte ich einen Moment inne. Die Sonne steht hoch am Himmel, heißer Wind bläst mir ins Gesicht. Der Vertrag klebt an meinen schweißfeuchten Fingern. Am liebsten würde ich ihn wegwerfen. Ich blicke zur Mauer und überlege, wie es wäre, diesen Ort zu verlassen. Einfach fortzugehen und eine bessere Welt zu suchen. Kann es das überhaupt geben? Eine bessere Welt? Oder ist die Kolonie das Beste, zu was die letzten Menschen fähig sind? Gibt es dort draußen wirklich nichts als Mutanten und Verbannte, die ihr armseliges und kurzes Leben fristen, dazu verdammt, zu hungern und zu dursten, bis Krankheit oder ein gewaltsamer Tod ihr Dasein beenden?

Träge setze ich mich in Bewegung, verlasse das Gelände und laufe zum Marktplatz, der heute glücklicherweise geschlossen ist. Einen Menschenauflauf kann ich nicht gebrauchen. Eigentlich will ich mich mit Manja treffen, doch der Wunsch, alleine zu sein um meine Gedanken zu ordnen führt mich in die entgegengesetzte Richtung zum Fluss. Auf der alten Schnellstraße spaziert nur selten jemand herum, weil der Asphalt an vielen Stellen aufgeworfen und mit trockenen Wüstengrasbüscheln bewachsen ist, und so habe ich das Ufer dahinter ganz für mich alleine. Ziellos arbeite ich mich durch Sand, Steine und Gestrüpp. Am alten Bootssteg halte ich inne. Vorsichtig balanciere ich über die morschen Bretter, setze mich an den Rand und ziehe die Sandalen aus. Das kühle Wasser umschmeichelt meine Füße. Die Mittagssonne brennt auf meinen Nacken, treibt mir den Schweiß auf die Stirn. Ich stoße einen Seufzer aus, nehme den Vertrag hoch und beginne zu lesen.

Auf dem Deckblatt ist eine Rede des Ratsvorsitzenden abgedruckt, in der er mir zu meiner Entscheidung gratuliert und betont, wie heldenhaft und wichtig mein Einsatz für den Erhalt der Kolonie ist. Die zweite Seite befasst sich mit den Vorteilen und Privilegien, die eine Teilnahme am Programm mit sich bringen. Lebenslanges Bleiberecht, medizinische Versorgung und extra Essensrationen für die Angehörigen, beruflicher Aufstieg, Ansehen. Geld. Erst auf der dritten Seite beginnen die Regeln.

Den Teilnehmern des Reproduktionsprogramms ist der Kontakt zu Familie und Freunden untersagt, bis das Programm beendet ist.

Das ist allgemein bekannt, es schwarz auf weiß zu lesen versetzt mir dennoch einen Stich. In meinen Augen ist das eine bescheuerte Regel. Was hat es für einen Sinn, die Probanden von ihren Liebsten zu trennen? Verstärkt das nicht das Gefühl der Einsamkeit? Ich lese weiter.

Es ist verboten, über die Untersuchungen und Eingriffe mit Außenstehenden und anderen Probanden zu sprechen. Der Proband darf sich keinen schädigenden Einflüssen aussetzen, das beinhaltet Drogen, Alkohol und den Verzehr von giftigen Substanzen.

Lebt wohl Zauberpilze.

Mit erfolgreicher Implantation eines Embryos verpflichtet sich der Proband zu regelmäßigen Kontrolluntersuchungen, inklusive Bluttests und den vom medizinischen Personal für nötig befundenen Eingriffen. Bei Misserfolg verpflichtet sich der Proband zu mindestens vier Implantationen im Jahr über einen Zeitraum von zehn Jahren.

Ich lasse den Vertrag sinken. Die Regeln überraschen mich nicht, aber sie geben mir auch nicht gerade das Gefühl zu einer Heldin zu werden. Eher zu einer Zuchtstute. Ich habe mir immer vorgestellt, eine gut bezahlte Anstellung und einen Freund zu finden und mit ihm in ein eigenes Zuhause zu ziehen, in eine Wohnung mit fließendem Wasser und einem Ofen. Weg von meinem Vater. Kinder kommen in dieser Planung gar nicht vor.

Auf der vierten Seite wird der Ablauf erklärt. Mir schwirrt der Kopf von Worten wie Zyklusbestimmung, hormonelle Stimulation der Eierstöcke, Eizellenentnahme, Kryokonservierung und Insemination. Zum Schluss kommt ein kurzer Abschnitt über genetische Aufarbeitung embryonaler Stammzellen, den ich nicht kapiere. Für mich klingt es, als würden sie an den Embryonen herumpfuschen. Sie verändern. Aber warum sollten sie das tun? Wegen des MM-Virus? Um die Gefahr von Mutationen zu verringern? Vergeblich suche ich Informationen über die Risiken.

Auf der Rückseite des letzten Blattes entdecke ich eine Erklärung, die ich gesondert unterzeichnen soll. Mit meiner Unterschrift trete ich alle Ansprüche auf die Kinder ab, die ich durch die künstliche Befruchtung gebäre. Niemals werde ich ihnen eine Mutter sein, erfahre weder, wo sie sind, noch was mit ihnen geschieht.

Ich lasse das Blatt sinken. Meine Hände zittern. Tausend Fragen purzeln in meinem Kopf herum. Allen voran die Frage, ob ich nicht lieber abhauen soll. Kann ich zehn Jahre oder länger in einem Gefängnis leben? Abgeschottet von der Welt? Andauernd auf irgendeinem Untersuchungstisch liegend, wo Mediziner versuchen, mir einen lebensfähigen Embryo einzupflanzen? Wie kann mein Vater das nur von mir verlangen? Gibt es nicht genug Freiwillige, die nach Ruhm und Ehre und materiellen Gütern lechzen?

Den gesamten Nachmittag sitze ich da und starre auf das Wasser, beobachte, wie die Wellen über das Ufer schwappen. Das leise Platschen beruhigt mich und macht mich zugleich traurig. Den Fluss werde ich ebenso wenig zu Gesicht bekommen wie meine Freunde. Ich sollte stolz sein und mich freuen über den Beitrag, den ich leisten kann, doch viel lieber würde ich heulen und mich irgendwo verkriechen.

Als ich in der Ferne ein Boot erblicke, das aus einer der anderen Kolonien kommt, erhebe ich mich und gehe nach Hause. Vater wartet bereits auf mich. Sobald ich die Tür öffne, springt er auf und eilt mir entgegen.

»Jule, endlich. Ich habe mir Sorgen gemacht. Wie ist es gelaufen?«

»Gut«, lautet meine einsilbige Antwort. Ohne ihn eines Blickes zu würdigen, schiebe ich mich an ihm vorbei. Ich glaube ihm nicht, dass er nichts weiß. Sicher hat er seine Spitzel. Oberst Weiß oder die Soldaten vor der Tür.

»Jule.« Er fasst nach meinem Arm und hält mich fest. »Nun lauf doch nicht weg.«

Ich merke, wie mir die Tränen in die Augen schießen. Den ganzen Mittag habe ich darauf gewartet und jetzt, wo ich die Heulerei gar nicht gebrauchen kann, fängt es an. Verdammt.

Energisch reiße ich mich los. »Bestimmt bekommst du einen Bonus für jede erfolgreiche Schwangerschaft oder eine Beförderung.« Meine Worte sollen sarkastisch klingen, doch der weinerliche Unterton ist deutlich herauszuhören. Das ärgert mich.

»Jule, bitte. Hör auf damit!«

Ich fahre herum, blitze ihn zornig an. Eine Träne stiehlt sich aus meinem Auge, vielleicht auch zwei. »Womit denn?«

»Mir ein schlechtes Gewissen zu machen. Ich tue, was getan werden muss. Für uns. Für die Kolonie. Warum siehst du nicht, welche Ehre es ist, dem Wohl der Gemeinschaft zu dienen?«

Ich habe keine Lust, darüber zu diskutieren. Ihm zu erklären, wie sehr es mich schmerzt, wenn er mich verhökert wie einen Sack Kartoffeln. Angeblich zum Wohle der Kolonie. Dabei geht es ihm doch nur um seine Karriere. Wenn seine Tochter eine Handvoll gesunder, kräftiger Säuglinge zur Welt bringt, kommt das bei der Führungsspitze bestimmt gut an.

»Ich will keine Scheiß Gebärmaschine sein«, brülle ich, »und die Kolonie ist mir schon lange scheißegal.«

Ich schüttle seine Hand ab und stürme in mein Zimmer. Er folgt mir nicht. Hemmungslos schluchze ich in mein Kissen, bis es überall nasse Flecken hat.

Eine Stunde später, ich habe noch immer nicht aufgehört zu weinen, klopft es an der Tür. »Jule?«

Manja. Ich ziehe die Nase hoch und trockne meine Wangen mit dem Handrücken. Meine Augen fühlen sich geschwollen an und brennen. Bestimmt sehe ich total verheult aus. »Was ist?«

Sie öffnet die Tür und mustert mich kurz, verliert aber kein Wort über meinen Zustand. »Komm. Wir gehen zum Wasserturm.«

* * *

Paul hat Schmalzbrote mitgebracht und Manja eine Handvoll Zauberpilze. Wir sitzen auf dem Balkon und lassen die nackten Füße baumeln.

»Scheiße Jule«, sagt Manja zum gefühlten hundertsten Mal. Sie kann es nicht fassen, dass ich am Programm teilnehmen werde. Mehr als *scheiße* fällt ihr allerdings nicht dazu ein.

Paul ergreift meine Hand. »Sieh es als Pflicht und als Ehre. Du wirst eine Heldin sein.«

Ich schnaube. »Du klingst wie mein Vater.«

Paul seufzt. »Tut mir leid, aber was hast du für eine Wahl? Die Entscheidung ist getroffen.«

»Sie hat eine Wahl«, faucht Manja.

»Hör auf, sie aufzustacheln«, entgegnet Paul. »Was sind denn schon zehn Jahre? Die vergehen wie im Flug und dann hast du ausgesorgt und bist frei und hast zudem noch etwas Gutes getan.«

»Sie machen sie zu einer Gebärmaschine, du Idiot«, schimpft Manja. »Und verkaufen es als große Ehre. Die anderen mögen darauf reinfallen, doch mir können die nichts vormachen. Das Programm ist Schwachsinn.«

Nach meiner Meinung fragt keiner. Glücklicherweise beginnen die Pilze, zu wirken und die Welt wird leichter. Manja steht auf und geht weg. Keine Ahnung wohin. Auf jedem Fall wirkt sie unglaublich wütend. Viel wütender als ich. Mir bleibt keine Zeit, ihren Gemütszustand zu ergründen, denn plötzlich zieht

Paul mich an sich und presst seine Lippen auf meine. Zuerst erschrecke ich und versteife mich, doch dann lasse ich es zu, weil es sich gut anfühlt. Weil es mich vergessen lässt, was mich erwartet. Seine Zunge stiehlt sich in meinen Mund und ich schlinge die Arme um seinen Hals und presse mich an ihn. Die Pilze enthemmen mich. Erst als er unter mein T-Shirt tastet, schiebe ich ihn zurück.

»Nicht vor Manja«, wispere ich und nicke in die Dunkelheit hinter mir.

Zärtlich streicht er über meine Wange, schiebt eine Haarsträhne aus meinem Gesicht. Er sieht traurig aus. »Wir hätten es miteinander versuchen sollen.«

Mein Magen zieht sich schmerzhaft zusammen. Jetzt bloß nicht sentimental werden, sonst fange ich trotz der Pilze an zu heulen. »Zu spät.« Meine Augen schweifen über das Land, saugen jede Einzelheit auf. Das Glitzern des Flusses in der Ferne, den staubigen Boden, die farblosen Häuser. Vor wenigen Tagen erschien mir die Kolonie wie ein Gefängnis, doch bald werde ich für sehr lange Zeit nur noch die Mauern des medizinischen Zentrums sehen und wirklich eine Gefangene sein.

Irgendwann kommt Manja zurück, hockt sich neben mich und starrt in den sternenübersäten Himmel. Sie wirkt hart und entschlossen. »Wenn du in das Programm gehst, dann verlasse ich dieses Drecksloch.«

»Du spinnst doch«, stoße ich hervor.

Sie zuckt mit den Schultern. »Die Außenwelt kann kaum beschissener sein als das hier. Ich habe es so satt. Die Unsicherheit, die Angst davor, krank zu werden oder keine Arbeit zu kriegen. Die tausend Regeln.«

Ich will etwas sagen, irgendetwas, um sie von dieser fixen Idee abzubringen, aber mir fällt nichts ein. Mein Kopf ist gefüllt mit dem Sternenhimmel und Pauls Kuss.

Wir sprechen nicht viel in dieser Nacht. Die Pilze bringen Erleichterung, lassen das Leben weniger düster erscheinen, doch durch die leuchtenden Farben meines drogenumnebelten Gehirns schimmern dunkle Wolken hindurch, die einfach nicht verschwinden wollen.

4

Die Woche ist scheiße. Ich kann nichts tun als warten. Zudem wage ich mich tagsüber nicht mehr aus dem Haus, weil mir jeder gratuliert. Scheinbar hat sich meine Teilnahme am Reproduktionsprogramm rasend schnell herumgesprochen. Naja, ich darf den Leuten keinen Vorwurf machen. Sie meinen es gut und ich selbst habe bis vor Kurzem noch den Teilnehmerinnen gratuliert, wenn auch eher aus Pflichtgefühl als aus echter Begeisterung. Mein Vater geht mir aus dem Weg. Entweder plagt ihn das schlechte Gewissen oder er hat keine Lust auf meine miese Laune. Ungeduldig sitze ich in meinem Zimmer und warte auf die Abende, die ich nutze, um ungestört umherzustreifen. Manchmal gehe ich zum Fluss, beobachte die Spiegelungen der untergehenden Sonne im Wasser oder gehe baden, obwohl ich weiß, dass es gefährlich ist. Die Strömungen sind nicht zu unterschätzen. Mein achtzehnter Geburtstag rückt unaufhaltsam näher. Jede Nacht vor dem Schlafengehen krame ich den Vertrag unter der Matratze hervor und lese ihn durch, immer und immer wieder. Mittlerweile kann ich ihn auswendig.

* * *

»Komm mit!«, befiehlt Manja mit ernster Miene, als ich sie am Tag vor meinem Geburtstag in der Wellblechsiedlung treffe. »Das musst du dir ansehen.«

»Was denn?«, will ich wissen, während ich ihr über die staubigen Wege folge.

Meine Freundin wirft mir einen vielsagenden Blick zu. »Heute wird jemand verbannt.«

»Wirklich? Woher weißt du das?« Normalerweise müsste ich diejenige sein, die von so etwas erfährt, schließlich sitzt mein Vater an der Quelle, führt die Verbannungen oft sogar persönlich durch. Er nennt es eine *unangenehme Pflicht*. Manja nennt es unmenschlich.

»Mein Bruder hat es mir erzählt. Es ist einer seiner Arbeitskollegen«, erklärt sie.

Ich runzle fragend die Stirn.

»Er hat Pilze verkauft«, fügt sie hinzu. Ich kann sehen, dass ihr das Sorgen bereitet. Ihr Bruder könnte an Stelle dieses armen Teufels sein und sie weiß das.

»So ein Mist«, sage ich nur. Kein Wunder, dass Paul nicht bei uns ist. Sie hat ihm nichts von der Verbannung erzählt, weil er dann wieder eine Moralpredigt halten würde. Scheinheilig plädiert er dafür, sich an die Regeln zu halten und verurteilt den Handel mit den Pilzen, nimmt sie aber trotzdem. Dieser Heuchler.

Vielleicht bin ich deshalb nicht mit ihm zusammen.

Manja führt mich zum Schulgebäude. Vom Dach aus hat man einen guten Blick auf das Tor. Allerdings ist die Aktion nicht ungefährlich. Wenn wir dabei erwischt werden, wie wir uns unerlaubt Zugang verschaffen, ist Strafdienst in den Ställen das Mindeste, was wir erwarten dürfen. Aber um Konsequenzen hat Manja sich noch nie geschert und ich habe mich immer darauf verlassen, dass uns mein Vater rausboxen wird, sollten wir bei einer verbotenen Aktion erwischt werden. Außerdem habe ich sowieso nichts mehr zu verlieren.

Auf dem Flachdach schleichen wir geduckt an den Rand und spähen über die Brüstung. Die Sonne steht hoch und blendet, sodass ich mein Gesicht beschatten muss, um etwas zu erkennen. Bis auf zwei Soldaten, die vor dem großen Tor Wache halten, ist nichts zu sehen. Keine Spur von einer Verbannung. »Da ist niemand«, wispere ich.

»Warte. Sie kommen gleich«, gibt Manja zurück.

Mit dem Handrücken wische ich mir über die Stirn. Das völlige Fehlen von Schatten treibt mir den Schweiß aus allen Poren und der Boden des Flachdachs ist so heiß, dass die Hitze durch die Sohlen meiner Zehensandalen dringt. »Hoffentlich beeilen die sich. Lange halte ich es hier nicht aus.«

Manja bedenkt mich mit einem strafenden Blick. »Sei nicht so ein Weichei.«

Sie hat gut Reden. Durch das Leben in der Wellblechsiedlung ist sie an brütende Hitze gewöhnt, die Wohnungen in den Blocks sind dagegen vergleichsweise kühl. Außerdem mag meine helle Haut keine direkte Sonne, da sprießen die Sommersprossen wie Unkraut. Aber natürlich hat Manja recht. Ich *bin* ein Weichei. Na und?

Plötzlich deutet sie auf einen Punkt, etwa zweihundert Meter vom Tor entfernt. »Da sind sie.«

Ich folge ihrem ausgestreckten Finger und sehe eine Handvoll Menschen, die über die Hauptstraße Richtung Tor marschieren. Drei Zivilisten eskortiert von zwei Soldaten. Riesige Kerle, die die anderen um eine Kopfeslänge überragen. Ich bin überrascht. Bisher dachte ich, eine Verbannung wäre eine dramatische Angelegenheit für die Familie, doch was ich dort unten sehe, wirkt nicht besonders beeindruckend. Die junge Frau verzieht keine Miene, aber sie klammert sich an den Arm ihres Mannes, als wollte sie mit ihm verschmelzen. Die ältere Frau, die ich für seine Mutter halte, folgt den beiden gebeugt. Mit dem Tempo, das die Soldaten angeschlagen haben, kann sie kaum mithalten. Es ist eine schweigende Prozession. Als sie das Tor erreichen, fallen die Frau und der Mann einander in die Arme, während einer der Soldaten ein Stück Papier aus der Brusttasche zieht und es vorzulesen beginnt. Die Wachen öffnen derweil das Tor. Eine Seltenheit in der Kolonie. Aufgeregt spähe ich hinaus. Ich weiß nicht, was ich erwartet habe - eine Horde Mutanten vielleicht oder Raubtiere, die auf Beute lauern. Stattdessen sehe ich staubige Erde und einen Teerweg. Nicht gerade spektakulär. Mein Blick gleitet über die Häuser. Schatten huschen hinter den Fenstern vorbei, doch niemand schaut hinaus. Die Straßen sind wie leergefegt. Dass die Verbannungen ignoriert werden, ist mir nicht neu, aber dass nicht einer es wagt, sie öffentlich in Frage zu stellen, oder wenigstens versucht, einen Blick nach draußen zu erhaschen, bestürzt mich. Sind die Menschen tatsächlich so abgestumpft? Oder sind sie eher eingeschüchtert?

Die Soldaten lassen der Familie nur wenige Minuten Zeit, dann fassen sie den jungen Mann an den Armen und führen ihn zum Tor. Er wehrt sich nicht, blickt nur immer wieder zurück zu seiner Frau, die weinend zu Boden sinkt und die Hände vors Gesicht schlägt. Die alte Frau streicht ihr tröstend über die

Schulter. Scheinbar haben die Soldaten Angst, dass der Verurteilte bei dem Anblick beschließen könnte, aufzubegehren und fassen fester zu. Der Mann zuckt zusammen und verzieht schmerzvoll das Gesicht. Die Wachsoldaten heben die Gewehre und richten sie auf die beiden Frauen. Eindeutig eine Drohung. Der Verurteilte muss sich fügen, ob er will oder nicht. Ich spüre, wie mir Tränen in die Augen schießen.

»Das ist das wahre Gesicht der Kolonie«, sagt Manja leise. Ihre Miene ist eine starre Maske, unter der sie ihre Erschütterung verbirgt. »Verbannung wegen einer Tüte mit Pilzen. Weil er wollte, dass es seiner Familie besser geht.«

Ich schlucke trocken. »Mich werden sie nicht verbannen, weil ich fruchtbar bin.« Der Gedanke sollte mich beruhigen, doch ich fühle nur Verbitterung und Wut.

Und Angst.

Manja sieht mich mit einem seltsamen Ausdruck im Gesicht an, den ich nicht deuten kann. Verachtung? Traurigkeit? »Das stimmt. Aber welchen Preis musst du dafür zahlen?«

Ich kann ihrem Blick nicht standhalten und schaue zum Tor, das sich soeben hinter dem Verbannten schließt. Eine Schweißperle rinnt über meine Wange. Es könnte auch eine Träne sein.

»Ich kenne da jemanden«, fährt Manja fort. »Den solltest du aufsuchen, bevor du dich wegsperren lässt.«

Mit den Augen folge ich den beiden Frauen, die von den Soldaten verscheucht werden wie streunende Hunde. »Okay«, willige ich ein. »Wer ist es?«

»Sein Name ist Fabio. Er hat vier Jahre lang in der Außenwelt gelebt.«

* * *

Später am Tag gehe ich in die Wellblechsiedlung, um den Mann aufzusuchen, von dem Manja mir berichtet hat. Normalerweise würde ich so etwas nicht tun - zwischen den Hütten umherirren und einen Fremden suchen - aber die Verbannung will mir nicht mehr aus dem Kopf.

Es fällt mir schwer zu glauben, dass der Kerl tatsächlich in der Außenwelt gelebt haben soll. Müsste er dann nicht tot sein? Und nicht nur das - seine Tochter soll am Programm teilgenommen haben, bevor sie nach zwei Jahren urplötzlich verbannt worden ist. Er hat sie begleitet, ist aber wieder zurückgekehrt, als sie starb. Die Geschichte muss erfunden sein. Immerhin hat er Fahnenflucht begangen. Das gehört zu den schlimmsten Vergehen in der Kolonie. Niemals hätte ihn der Offiziersrat wieder aufgenommen. Aber ich habe Manja versprochen, den Mann aufzusuchen, also werde ich es tun. Außerdem ist er die einzige Informationsquelle, die ich habe, nur für den Fall, dass ich mich doch noch dazu entschließen sollte, abzuhauen. Im Grunde weiß ich, dass ich viel zu feige bin, aber der Gedanke, dass ich es könnte, gibt mir Kraft und scheint auch Manja zu beruhigen.

Eine Stunde lang irre ich zwischen den Hütten umher und suche Fabios Behausung. Außer seinen Vornamen und den Abschnitt, in dem er angeblich wohnt, weiß ich nichts. Schließlich frage ich eine alte Frau unter einer Plane nach dem Weg. Der zottelige Hund, der neben ihr liegt und döst, hebt nicht mal den Kopf. Die Hitze macht ihn träge. Die alte Frau deutet auf eine heruntergekommene Hütte am Ende des Pfades.

Das Dach hängt durch und ist übersät mit Steinen, die die Löcher im Blech abdecken. Putz bröckelt von den Wänden. Die linke Seitenwand ist mit Balken abgestützt. Die Hütte ist so runtergekommen und baufällig, dass sie eigentlich unbewohnbar ist.

Ich klopfe zaghaft. »Hallo?«

»Wer ist da?« Die Stimme klingt kratzig, als hätte der Mann einen wunden Hals.

»Mein Name ist Jule.«

»Was willst du?«

»Sind Sie Fabio?«

»Vielleicht.«

»Ich muss mit Ihnen sprechen, bitte. Es ist dringend. Ich habe einen Beutel Linsen dabei.«

Ob mein Flehen ihn erweicht oder die Linsen, kann ich nicht beurteilen, ich vermute Letzteres. Humpelnde Schritte nähern sich, jemand fummelt am Türschloss herum. Fast muss ich mir ein Schmunzeln verkneifen. Die Hütte würde zusammenfallen, wenn man fest genug gegen die Wand tritt. Was soll ein Türschloss da nutzen?

Vor mir steht ein dürrer Mann, kleiner als ich, mit schütterem Haar und einem zerfurchten Gesicht. Unmöglich, sein Alter zu schätzen, denn trotz des körperlichen Verfalls wirkt er aufmerksam und agil. Er mustert mich. »Du bist nicht von hier.«

Seine Stimme schwankt, verliert sich am Ende des Satzes in einem Krächzen, doch er spricht dialektfrei und mit klaren Worten, nicht wie ein Mann aus der Wellblechsiedlung.

Ich halte ihm die Linsen hin. »Ich habe Fragen zur Außenwelt und zum Programm.«

Erschrecken huscht über sein Gesicht. Ängstlich sieht er sich um, bevor er mich ruckartig in seine Behausung zieht. »Bist du von Sinnen, Mädchen?«

Das Innere des Hauses bestätigt den heruntergekommenen Eindruck. Ein altes Bettgestell aus Eisen, der Gitterlattenrost nicht vollständig bedeckt von einer fleckigen Matratze, auf der eine dunkelgrüne Decke der Neuen Armee liegt. Ein wackeliger,

Holztisch, drei Stühle und ein Sofa, das vielleicht mal beige gewesen ist, nun aber von Flecken und Rissen übersäht. Entlang der Wände stehen Regale, gefüllt mit Einmachgläsern und Konserven und verschieden große Holzkäfige, in denen Äste, Blätter und Gestrüpp liegen. In manchen kann ich Beine erkennen. Lange, haarige Beine und glatte, glänzende.

»Was haben Sie da?«, frage ich beklommen.

Zärtlich streicht Fabio über die Gitterstreben. »Das sind meine Haustiere.«

»Sie halten Insekten?«

Er grinst breit. »Alles, was sich in meine Behausung wagt und mindestens so groß ist wie meine Handfläche, sammle ich ein.«

Ich denke daran, welche Anstrengungen die Menschen unternehmen, um die Krabbelviecher von ihren Wohnungen fernzuhalten und schüttle mich vor Ekel. Mit einer Mischung aus Abscheu und Faszination trete ich an die Käfige heran. »Aber die Viecher sind widerlich.«

Er zuckt mit den Schultern. »Sie sind Teil unserer Welt, ob wir das wollen oder nicht. In der Außenwelt findest du sie hinter jedem Stein.«

Ich begutachte eine gelb und schwarz leuchtende Spinne mit dürren Beinen und einem geschwollenen Leib, die ich noch nie zuvor gesehen habe. »Wir leben aber nicht in der Außenwelt.«

Er nimmt die Linsen aus meiner Hand, verstaut sie in einem Regal und sinkt auf einen Stuhl, als wäre er plötzlich zu schwach, um länger zu stehen. Zerbrechlich wirkt er und müde.

Er deutet auf den Stuhl gegenüber. Seine Finger sind dürr wie Spinnenbeine. »Ich habe von dir gehört.«

Ich setze mich. »Wirklich? Von wem?«

Er zuckt mit den Schultern. »Die Leute reden. Leider auch über Dinge, die ich gar nicht hören will.«

»Dann wissen Sie sicher auch, dass ich am Programm teilnehmen werde«, wage ich mich vor. »Aber ich will das nicht.«

Fabio seufzt tief. »Ob du es willst oder nicht, du musst.«

»Warum? Was geschieht, wenn ich mich weigere?«

Er lacht. Es klingt bitter. »Dies ist die Kolonie, Jule. Hier gibt es kein freiwillig, auch wenn es auf den ersten Blick so scheint. Sie erzählen dir etwas von Ehre, stecken dir ein lächerliches Abzeichen an und tun so, als warte ein Leben im Überfluss auf dich, aber über den Preis sprechen sie nie.«

Unwillkürlich denke ich an meinen Vater und frage mich, wie viel er darüber weiß. Ob er eine Vorstellung davon hat, was die Teilnahme am Programm für eine Frau bedeutet. Wahrscheinlich kümmert es ihn nicht. Er denkt nur an seinen Job, an seine Soldaten, die ihn verehren, ganz im Gegensatz zu mir. »Ist Ihre Tochter deshalb ausgewiesen worden? Weil sie das Programm vorzeitig beenden wollte?«

Schmerz huscht über Fabios Gesicht. »Mir wurde verboten, darüber zu sprechen. Alles, was ich dir sagen kann, ist, dass das Programm schreckliche Opfer von dir fordert. Opfer, die du im Augenblick noch nicht ermessen kannst.«

»Warum? Was ist schon dabei, Kinder zu gebären? Mein Vater hält das für nicht besonders schwer. Er sagt, sie werden gut für mich sorgen.« Ich blicke ihn flehend an, hoffe auf ein paar aufmunternde Worte. Dass es nicht so schlimm werden wird. Dass Kinderkriegen ein Klacks ist. Oder dass die Außenwelt ein wunderschöner Ort ist. Hart klopft mein Herz in meiner Brust.

Meine Hoffnung ist vergebens. Fabio schließt die Augen und reibt sich über die Stirn als hätte er Kopfschmerzen. Wie einen losen Überwurf schiebt er die zerfurchte Haut über den Schädel. »Ich hätte dich nicht hereinlassen dürfen.«

Meinen Vater zu erwähnen war ein Fehler gewesen. Wer legt sich freiwillig mit dem Kommandanten an? Ich strecke meine Hand über den Tisch, berühre seinen Arm, lege alles was ich habe in meinen Blick. Seine Haut fühlt sich heiß und trocken an. »Bitte.«

Er reißt die Augen auf. »Weißt du, wie ich es geschafft habe, dass sie mich wieder reinlassen?«

Ich schüttle den Kopf, verwirrt von dem plötzlichen Themenwechsel. Er steht auf und hebt sein fadenscheiniges Hemd. Auf seiner rechten Körperhälfte zieht sich vom Rücken über die Flanke eine wulstige, rote Narbe.

Mit dem Zeigefinger fährt er sie nach. »Das war der Preis, den ich zahlen musste.«

»Ich verstehe nicht«, sage ich.

Das Hemd sinkt zurück, bedeckt seinen bleichen Bauch. »Wir sind nur Drohnen in einem gut organisierten Bienenstaat. Der Einzelne zählt nichts, es sei denn, er befindet sich an der Spitze der Nahrungskette. Und für diese Führungselite gibt die Arbeiterbiene alles, sogar ein Organ. Das wird von ihr erwartet.«

Ich bin nicht sicher, ob ich ihn richtig verstehe. »Haben Sie etwa eine *Niere* gespendet?«

Fabio nickt. »Du musst jetzt gehen.«

Mein Magen krampft sich zusammen. »Sie haben mir noch keine Antworten gegeben.«

Zuerst sieht es so aus, als würde er nichts mehr sagen und ich überlege, ob ich mich weigern soll, zu gehen. Ein Sack Linsen sollte zumindest eine klare Antwort wert sein.

»Zehn Jahre lang musst du dich befruchten lassen«, sagt er schließlich. Das ist keine Frage, sondern eine Feststellung.

Ich nicke stumm.

»Du wirst oft schwanger werden und du wirst einige Kinder gebären. Doch nicht jedes Kind ist lebensfähig«, erklärt er so leise, dass ich mich anstrengen muss, um ihn zu verstehen. Seine Augen glänzen feucht. »In Wahrheit überleben nur sehr Wenige. Sie pfuschen an ihrem Erbgut herum, weißt du.«

Ich schlucke trocken. »Warum?«

Fabios Miene verdüstert sich. »Weil sie es können.«

Damit öffnet er die Tür und bedeutet mir, zu gehen. Ich bin zu perplex, um etwas zu entgegnen. Zögerlich erhebe ich mich. An der Tür halte ich noch einmal inne. »Was ist mit der Außenwelt? Wie ist es da draußen? Gibt es Dörfer oder Siedlungen?«

»Die gibt es, aber nur Wenige. Hauptsächlich triffst du auf Mutanten oder Wilde, die jeden Sinn für zivilisiertes Verhalten verloren haben.«

»Sind sie gefährlich?«

Er zuckt mit den Schultern. »Manche.« Mit sanftem Druck schiebt er mich zur Tür hinaus und knallt sie hinter mir zu. Staub und Putz rieseln den Türrahmen hinab. Ich stehe da wie ein begossener Pudel, verwirrt und benommen.

Fabio hat meine Fragen nicht beantwortet, nur neue Fragen aufgeworfen.

5

Meine Geburtstagsfeier findet auf dem Gelände vor unserem Haus statt. Der Rat hat ein Schwein gespendet, das vor dem Häuserblock über einem Feuer brät. Der Duft zieht selbst diejenigen an, die noch nicht von meiner Teilnahme am Programm gehört haben. Alle, die Essbares entbehren können und sich bei meinem Vater einschleimen wollen, steuern etwas zum Festmahl bei, indem sie selbstgebackenes Brot mitbringen oder Maiskolben. Außerdem hat mein Vater stark gesüßten Palmenschnaps und Kartoffeln besorgt. Ich stehe mit hängenden Armen da in meinem roten Kleid und komme mir komplett fehl am Platz vor, wie ein Mutant inmitten von Unversehrten. Ständig reicht mir jemand die Hand oder rubbelt über meine Schulter und lobt meinen Einsatz für die Kolonie. Ich spiele die wohlerzogene Tochter, indem ich lächle und mich für die guten Wünsche bedanke, während ich unauffällig nach einer Fluchtmöglichkeit suche. Endlich kommt Manja. Sie wirkt blass und übernächtigt und fühlt sich offensichtlich ebenso unwohl wie ich.

»Wo ist Paul?«, frage ich.

»Er schafft es nicht«, raunt sie mir zu, »ich soll dir ausrichten, dass er bei sich zuhause auf dich wartet.«

Ihr Blick sagt mir, dass sie weiß, was zwischen Paul und mir läuft, und zwar nicht erst seit heute.

»Hast du Hunger?«, frage ich, um abzulenken.

Sie deutet auf die Becher mit dem Palmenschnaps. »Eher Durst.«

Gemeinsam machen wir uns über den Alkohol her, bis mein Vater an mich herantritt und mich ermahnt, nicht so viel zu trinken, damit ich bei der offiziellen Ehrung nicht betrunken bin und außerdem demonstriere, dass ich auf meinen Körper achte. Wie auf Kommando erscheint General Albert, was die Stimmung der Leute gewaltig dämpft. Dabei wirkt er nicht mal besonders beindruckend, eher lächerlich. Er ist klein, O-beinig und hager und macht immer eine verkniffene Miene, als leide er unter Verstopfung. Seine Brille, ein überdimensioniertes Drahtgestell, ist selbst nach unseren Maßstäben hässlich und alt. In seiner Position könnte er sicher eine Ansehnlichere bekommen. Aber er gehört dem Offiziersrat an, weswegen ihm alle mit Achtung begegnen. Nach dem Salut meines Vaters begrüßt er ihn mit einem Händedruck. Glücklicherweise müssen Zivilisten nicht salutieren, sodass mir das erspart bleibt. Die Höflichkeit fordert, dass ich ihm etwas zu Essen bringe, während mein Vater ihm einen großen Schluck Palmenschnaps einschenkt. Er wirkt angespannt und wachsam. Seltsam. Er scheint sich in General Alberts Nähe ebenso unwohl zu fühlen wie ich.

»Du bist also Jule«, schnarrt General Albert, als ich ihm einen Teller reiche. Dabei mustert er mich auf eine abschätzende Weise, als würde er versuchen, meinen Wert zu erfassen. »Ich erinnere mich noch, als du gerade mal so groß gewesen bist.« Er hält die Hand in Höhe seiner Hüfte.

Verkrampft zwinge ich meine Mundwinkel nach oben und hoffe, dass es wie ein Lächeln aussieht.

»Es erfüllt uns mit Stolz, dass du dich bereit erklärt hast, dich für den Erhalt der Kolonie einzusetzen. In der Tat bist du die Tochter deines Vaters. Mutig und stark«, fährt er fort. Das soll wohl ein Kompliment sein, klingt aus General Alberts Mund jedoch wie eine Beleidigung. Mit einem Seitenblick registriere ich, wie nervös mein Vater ist. Bestimmt befürchtet er, ich könnte meine Bedenken äußern. Natürlich tue ich das nicht. Ich lächle und bedanke mich für das Lob. Dafür macht Manja eine finstere Miene, die für uns beide reicht.

Nach dem Essen beginnt die Zeremonie. General Albert rückt seine Brille zurecht und schwadroniert über die glorreiche Zukunft der fünf Kolonien und den Erfolg des Reproduktionsprogramms, bevor er sich offiziell bei mir und allen anderen Frauen, die bereits das Opfer gebracht haben und noch bringen werden, bedankt. Einige Leute haben Tränen in den Augen vor Rührung. Anschließend zählt er die Privilegien auf, die ich und meine Familie dank der Teilnahme am Programm erwarten dürfen, was die Leute zu neidvollen Aahs und Oohs verleitet. Bestimmt hoffen viele in ebendiesem Moment, dass ihr Nachwuchs fruchtbar sein möge. Als General Albert mir den Pin mit dem roten Herz ansteckt, brandet Beifall auf. Palmenschnaps macht die Runde gefolgt von Hochrufen auf meine Gesundheit. Mein Vater steht daneben, wie ein Schwachsinniger grinsend. Er wirkt erleichtert. Mittlerweile sind meine Wangen verkrampft vom ständigen Lächeln und meine Augen tränen. Ich muss unbedingt hier weg. Ein paar Männer mit Gitarren und Mundharmonika finden sich zusammen und beginnen, zu musizieren. Eine Frau singt dazu. Sie hat eine tolle Stimme. Normalerweise würde ich ihr gerne eine Weile zuhören, aber da sich die allgemeine Aufmerksamkeit auf die Band richtet, ist das die beste Gelegenheit, um zu verschwinden. Gemeinsam mit Manja husche ich zwischen den Wohnblocks davon. Wir gehen zum Fluss, setzen uns auf den Bootssteg und stippen die Füße ins Wasser. Ich warte darauf, dass sie mich nach meinem Besuch bei Fabio fragt, doch das tut sie nicht. Stattdessen reden wir über Belanglosigkeiten. Obwohl wir beide wissen, dass dies mein letzter Abend in Freiheit ist, wagen wir nicht, das Thema anzuschneiden. Der Mond wirft sein fahles Licht auf das Wasser. In der Ferne tuckert ein Dieselmotor. Alles wirkt fast schmerzhaft friedlich.

Und endgültig.

»Das ist Müll, was der Albert erzählt, das weißt du oder?«, beginnt Manja schließlich.

»Ja«, stimme ich zu. »Ich weiß.«

Was ich auch weiß ist, dass sie mit mir abhauen würde, doch das will ich nicht. Nicht, solange ich keine Ahnung habe, was da draußen auf uns wartet. Fabios Worte, so vage sie auch waren, wirkten nicht gerade verheißungsvoll. Aber was ist das kleinere Übel? Die Außenwelt oder das Programm?

»Ich würde mit dir abhauen«, bestätigt Manja. Sie sieht mich nicht an, spricht in eine unbestimmte Ferne. Sie versucht gefasst zu wirken, doch ich sehe ihre Kiefernmuskeln zucken, und wie sie mit den Händen die Planken des Bootsstegs umklammert, bis ihre Knöchel weiß hervortreten. Sie ist mindestens genauso angespannt wie ich.

»Dafür fehlt mir der Mut«, gebe ich zu. »Vielleicht ist es gar nicht so schlimm. Und wie Paul gesagt hat: Es geht vorbei.«

»Ach Paul, dieser Arschkriecher.« Sie nimmt meine Hand und sieht mich zum ersten Mal, seit wir auf dem Bootssteg sitzen, an. »Alles scheiße, oder?«

Ich lasse den Kopf sinken. Aus irgendeinem Grund schießen mir Tränen in die Augen und fließen über meine Wangen. Manja lässt mich weinen, versucht nicht, mich mit billigen Phrasen zu trösten.

Bevor wir uns verabschieden, nehme ich ihr das Versprechen ab, die Kolonie nicht zu verlassen und schwöre ihr im Gegenzug, dass sie und ihre Familie einen Teil der Essensmarken bekommen, die mein Vater für mich erhält, damit ihr Bruder keine Pilze mehr verkaufen muss. Sie tut als könnte sie das keinesfalls annehmen, doch ich bestehe darauf. Außer meinem Vater habe ich keine Familie und als Kommandant ist er gut versorgt. Manja braucht die extra Rationen dringender.

Anschließend gehe ich zu Paul. Es ist bereits nach Mitternacht, als ich seinen Wohnblock erreiche. Glücklicherweise wohnt er mit seinen Eltern im Erdgeschoss, sodass ich mich nicht durch das Treppenhaus schleichen muss. So leise wie möglich klopfe ich gegen sein Fenster. Er öffnet sofort. Wortlos klettere ich in das Zimmer. Da stehen wir und betrachten einander. Mondlicht erhellt den Raum und lässt unsere Gesichter unnatürlich bleich wirken. Um meine Beklommenheit zu vertreiben, streiche ich seine Haare zur Seite, damit ich seine Augen sehen kann, die in dem spärlichen Licht ganz dunkel aussehen. Wir müssen nicht reden, es ist bereits alles gesagt. Was wir im Begriff sind zu tun, haben wir nicht abgesprochen, und obwohl wir nicht unter dem Einfluss der Zauberpilze stehen, fühlt es sich gut und richtig an. Pauls Kuss ist zaghaft, wird jedoch rasch drängender, als ich meine Hände unter sein T-Shirt schiebe und über seinen Rücken taste. Hastig streifen wir unsere Kleider ab und legen uns auf das schmale Bett. Wir müssen leise sein. Pauls Eltern schlafen nebenan und die Wände sind dünn.

Im Morgengrauen husche ich nach Hause, wo ich meine Habseligkeiten in eine große Segeltuchtasche packe und mich an die Hoffnung klammere, dass ich durch die Nacht mit Paul schwanger geworden bin. Das würde mir den ersten Eingriff ersparen. Mein Vater sitzt am Küchentisch, den Rücken gerade, die Hände wie zu einem Gebet gefaltet. Er fragt nicht, wo ich die ganze Nacht gewesen bin, aber an den Schatten unter seinen Augen und der bleichen Haut erkenne ich, dass er nicht viel geschlafen hat. Bestimmt ist er erleichtert, dass ich pünktlich zurück bin.

»Du bist jetzt eine Heldin«, versucht er mich aufzumuntern.

Ich schnaube abfällig. »Wohl eher eine Gefangene, die irgendwelche Wissenschaftler an ihrem Körper herumpfuschen lassen und Kinder bekommen muss, die ihr gleich nach der

Geburt aus den Armen gerissen werden. Klingt wirklich heldenhaft, das muss ich schon sagen.«

Nach meinen Worten wirkt mein Vater bedrückt, sodass ich
fast ein schlechtes Gewissen bekomme. Aber nur fast.

»Es ist ja nicht für ewig«, murmelt er.

Ich sollte lieber schweigen, denn es ändert nichts, wenn ich
jetzt mit ihm streite, doch ehe ich mich versehe, sprudeln die
Worte aus mir heraus. »Du hast gut reden. Meine besten Jahre
werde ich hinter den Mauern des medizinischen Zentrums verbringen. Wer weiß, in welchem Zustand ich sein werde, wenn
ich rauskomme.«

Meine Sorge ist nicht ganz unbegründet, mein Vater weiß
das. Die meisten Frauen sind nach den zehn Jahren körperlich
und seelisch am Ende, nur spricht niemand darüber. Am allerwenigsten die Betroffenen.

Schweigend starren wir einander an. Ich sehe das Zucken
seiner Kiefermuskeln, weil er so fest die Zähne zusammenbeißt.

»Dann geh nicht«, sagt er plötzlich.

»Was?« Ich bin perplex. Mein Vater rät mir, nicht zu gehen.
Mein Vater! Das ist ein regelrechter Schock.

Angespannt balle ich die Hände zu Fäusten. »Ist das dein
ernst?«

Er zögert. Ich erkenne seinen inneren Kampf.

»Riskierst du damit nicht deinen Posten?«, fahre ich fort.
»Alles, wofür du so hart gearbeitet hast?«

Daran hätte ich ihn lieber nicht erinnern sollen. Seine Arbeit
ist sein Leben. Eine halbe Minute verstreicht, während der ich
beobachten kann, wie sein Wagemut versiegt und die Vernunft
die Oberhand gewinnt. Er strafft sich, seine Miene wird hart.
Resigniert wende ich mich wieder meiner Tasche zu, stopfe zwei

Jeanshosen und fünf Paar Socken hinein und ziehe den Reißverschluss zu. »Fertig.«

Mein Vater greift nach der Tasche, doch ich bin schneller und schnappe sie ihm weg.

»Ich bringe dich hin«, sagt er.

»Nicht nötig«, stoße ich unnötig giftig hervor. »Das schaffe ich allein. Schließlich bin ich eine *Heldin*.«

Das medizinische Zentrum besteht aus einem riesigen, mit einem Maschendrahtzaun gesicherten Bereich aus drei u-förmig angeordneten Betonbauten mit Flachdach. Um hineinzugelangen, muss man durch das Laborgebäude zu einer verschlossenen Hintertür hinaus. Ich komme mir vor wie eine Verbrecherin, als mich Oberst Weiß in Empfang nimmt und mich über das Gelände zu einem Tor führt, das sich auf ein Signal hin öffnet. Es gibt nicht viel Grün in der Kolonie, doch hier ist es wie in der Wellblechsiedlung. Trocken und trostlos. Die Sonne knallt auf die Flachdächer hinab, bringt die Luft zum Flimmern. Zwischen den Gebäuden zu meiner Rechten entdecke ich einen Spielplatz. Eine Rutsche, eine Wippe und zwei Schaukeln aus Metallgestänge, von dem die Farbe abblättert. Rost blitzt an einigen Stellen hervor. Er wirkt nicht weniger trostlos als das Gelände.

Vor dem Eingang des Gebäudes Nummer drei, welches sich an der Stirnseite befindet, haben sich zwei Soldaten der Neuen Armee postiert, eine Frau und ein Mann. Beide sind blutjung, ungewöhnlich groß und muskulös. Ihre Gesichter ähneln einander, als wären sie Geschwister.

Sie salutieren, grüßen aber nicht. Langsam erwache ich aus meiner Lethargie und spüre, wie die Aufregung durch meine Eingeweide kriecht und sich in meinem Magen zu einem Klumpen verdichtet.

»Keine Sorge«, sagt Oberst Weiß mit einem Blick auf mein Gesicht. »Die Soldaten dienen unserem Schutz. Innerhalb der Häuser und auf dem Gelände dürfen sich die Probanden frei bewegen.«

Die Probanden. Dazu gehöre ich. Ich frage mich, vor was die Soldaten uns beschützen sollen. Das Gelände ist umzäunt. Und warum sollte jemand den Wunsch verspüren, gerade hier einzudringen?

Oberst Weiß lotst mich durch die Tür und führt mich zu einem Empfangstresen, hinter dem ebenfalls eine jugendliche Soldatin sitzt. Sie ist definitiv jünger als ich und ich wundere mich, warum ich sie nie in der Schule gesehen habe. Sie salutiert und reicht Oberst Weiß ein Formular und einen Stift. Dafür, dass Papierknappheit herrscht, gibt es im medizinischen Zentrum ausgesprochen viele Formulare, finde ich.

Während er schreibt, sehe ich mich um. Der Eingangsbereich wirkt verhältnismäßig freundlich. Mehrere mannshohe Kakteen und Drachenbäume entlang der Wände und ein halbes Dutzend gut erhaltener Sessel in der Ecke verleihen dem Raum einen Hauch Gemütlichkeit. Wieder stelle ich mir vor, wie viele Menschen aus der Wellblechsiedlung hier bequem Platz fänden.

Nachdem Oberst Weiß alles ausgefüllt hat, führt er mich durch einen Gang mit fensterlosen Räumen zu beiden Seiten. Die Türen stehen offen, doch die Räume liegen im Dunkeln. Blaue und weiße Lichter blinken, erhellen für den Bruchteil einer Sekunde unheimliche Apparaturen.

»Das ist die medizinische Station. Hier werden die Untersuchungen und Eingriffe vorgenommen«, erklärt Oberst Weiß. »Deine Untersuchungen beginnen erst übermorgen. Bis dahin hast du Zeit, die Räumlichkeiten und die anderen Probanden kennenzulernen.«

Im zweiten Stock führt er mich zu einem jungen Mann, der vor der Tür auf uns wartet. Er ist ganz in Weiß gekleidet, und obwohl er kein Mitglied der Neuen Armee zu sein scheint, ist sein blondes Haar millimeterkurz geschoren.

»Samuel«, sagt Oberst Weiß. »Das ist Jule, unser Neuzugang.«

Samuel mustert mich aus schmalen, graugrünen Augen. Sein gelangweilter Blick und sein Schmollmund erinnern mich an die Empfangsdame, bei der ich mich eine Woche zuvor angemeldet habe.

»Samuel wird dich herumführen«, erklärt Oberst Weiß, als dieser keine Anstalten macht, mich zu begrüßen. Dann verabschiedet er sich und lässt mich mit dem missmutigen Kerl allein.

»Folge mir«, sagt Samuel. Seine Stimme klingt angenehm weich aber der Tonfall zeugt von völligem Desinteresse gegenüber meiner Person. Er führt mich durch die Flure zu meinem Zimmer. Der Ärger über seine unhöfliche Schweigsamkeit vertreibt fast meine Aufregung. Sind ein paar freundliche Worte angesichts meines Opfers etwa zuviel verlangt?

Das Zimmer ist größer als mein Zimmer zuhause und verfügt über ein eigenes Bad. Für mich ist das nichts Besonderes, aber ich kann mir gut vorstellen, wie das auf jemanden aus der Wellblechsiedlung wirken muss. Samuel nickt mir zum Abschied zu und schließt die Tür. Weder hat er mir verraten, wie es weitergehen wird, noch was heute passiert. Soll ich für den Rest des Tages in meinem Zimmer bleiben? Was ist mit Essen? Ermattet sinke ich auf das Bett, schlinge die Arme um meine Knie und starre auf das Stillleben an der Wand. Sonnenblumen in einer Vase.

Ich vermisse meine Freiheit.

Und Manja und Paul. Sogar meinen Vater vermisse ich, obwohl der Gedanke an ihn zugleich verbunden ist mit Wut. Außerdem habe ich Angst vor dem was mich erwartet. Mut zählt nicht gerade zu meinen Stärken. Wenn dem so wäre, befände ich mich nicht an diesem Ort, sondern mit Manja in der Außenwelt. Im Augenblick erscheint mir ein Leben als Gebärmaschine erstrebenswerter als ein Leben in ständiger Angst vor Mutanten, wilden Tieren, Hunger und Durst. Doch wer weiß, ob das so bleibt. Vielleicht halte ich es eines Tages nicht mehr aus und ziehe die Ungewissheit vor, wie einst Fabios Tochter.

Die düsteren Gedanken machen mich traurig und müde, sodass mir selbst der Gang zur Toilette schwerfällt. Am liebsten würde ich die nächsten zehn Jahre verschlafen. Ein energisches Klopfen reißt mich aus meinen Grübeleien. Mit pochendem Herzen blicke ich zur Tür. Ich habe den Verschlussknopf des Türknaufs betätigt, damit sie sich nicht von außen öffnen lässt, doch wirklichen Schutz bietet das nicht. »Ja?«

»Hier ist Samuel. Ich soll dich zum Essen abholen.«

Er klingt viel freundlicher als am Morgen. Aber egal. Appetit verspüre ich keinen und auch kein Verlangen nach Gesellschaft. Ich will in Ruhe gelassen werden und mich meinem Elend hingeben. »Ich hab keinen Hunger.«

»Komm schon. Du musst etwas essen«, drängt er.

Ich verharre in trotzigem Schweigen. Meine Freiheit haben sie mir genommen, doch wann und ob ich etwas esse, entscheide immer noch ich.

Er seufzt extra laut, damit ich es auch nicht überhöre. »Es ist hart, ich weiß. Du vermisst dein Zuhause und deine Familie, aber du kannst nicht ewig in deinem Zimmer hocken. Irgendwann holen sie dich raus, notfalls mit Gewalt. Je eher du dich mit deiner Situation arrangierst und aufhörst, dich wie ein trotziges Kind zu benehmen, umso schneller wirst du erkennen, dass alles halb so wild ist.«

Ich schnaube. Im einem hat er recht. Mein Verhalten ist kindisch, doch das alles halb so wild ist, das kann er mir nicht weismachen.

»Warum bist du plötzlich so freundlich?«, stoße ich hervor.

»Tut mir leid. Vorhin war ich müde.«

Das halte ich für eine Lüge. Bestimmt hat ihm jemand ins Gewissen geredet.

»Hier sind alle sehr nett«, fährt er fort, »ehrlich. Gib ihnen eine Chance. Einschließen kannst du dich immer noch.«

Ich beschließe, mein Selbstmitleid eine Weile zur Seite zu schieben. Seufzend ordne ich mein Haar, rutsche vom Bett und öffne die Tür. Samuel grinst mich an und entblößt dabei eine Reihe makelloser Zähne, die aussehen als wären sie mit Bleichmittel behandelt worden. Mit seinen vollen Lippen und der schmalen Nase wäre er ein hübsches Mädchen geworden. Obwohl er höchstens zwei oder drei Jahre älter ist als ich, habe ich ihn nie in der Schule gesehen. Kurz überlege ich, wie lange das Programm bereits existiert. Kann es sein, dass sowohl die Soldaten als auch Samuel Ergebnisse der künstlichen Befruchtungen sind? Wenn ja, wo leben sie und wo werden sie unterrichtet?

»Bist du hier geboren?«, frage ich ihn, während ich ihm den Gang entlang zum Essensaal folge.

Er wirft einen Blick über die Schulter, wie um sich zu vergewissern, dass niemand hinter uns ist. »Was meinst du mit hier? Die Kolonie?«

Ich schüttle den Kopf. »Ich meine hier im medizinischen Zentrum.«

»Du willst wissen, ob ich das Ergebnis einer künstlichen Befruchtung bin?«

Ich nicke. Mittlerweile haben wir den Eingang zur Kantine erreicht. Vor der Tür hält Samuel inne und fixiert mich. »Das bin ich. Ist das ein Problem für dich?«

»Natürlich nicht«, beeile ich mich zu versichern. »Es ist nur komisch, weil ich mir nie darüber Gedanken gemacht habe. Die Menschen in der Kolonie wissen von dem Programm aber niemand fragt nach den Kindern. Mein Vater hat mir erzählt, dass sie eine besondere Ausbildung erhalten und erst später in die Gesellschaft integriert werden.«

Samuel wirft einen Blick in die Runde. Er möchte etwas sagen, das kann ich sehen, doch bevor er sich dazu entschließt, schlurft eine hochschwangere Frau mit strähnigen, schwarzen Haaren an uns vorbei. Aufgrund ihres Bauchumfangs und ihres leicht nach hinten geneigten Watschelgangs schließe ich auf eine baldige Entbindung. Auf ihrer Nase glänzen Schweißperlen und sie sieht müde aus, worüber auch ihr Lächeln nicht hinwegtäuschen kann. »Hey Sam.«

Samuel tätschelt ihr aufmunternd die Schultern und deutet auf mich. »Hey. Nasha, das ist die Neue. Jule.«

Nashas Lächeln und der Blick, mit dem sie mich mustert, wirken abwesend und ein wenig dümmlich auf mich und ich verspüre einen jähen Widerwillen, mit ihr zu kommunizieren. Sie behält ihr Dauerlächeln bei, während sie mich mit einem »Herzlich willkommen« begrüßt.

Meine Antwort ist ein Kopfnicken und ein unartikuliertes Brummen, das sie mit viel Fantasie als danke interpretieren kann.

Nasha reibt sich über den Bauch und nickt Richtung Essensausgabe. »Heute gibt es Rindfleisch. Extra für die Schwangeren.«

Darüber soll ich mich wohl freuen. Fleisch, vor allem Rindfleisch gibt es in der Kolonie selten. Nach dem Schwein vom Vortag ist mein Fleischbedarf jedoch gedeckt und meine Gemütsfassung lässt sowieso keine Freude oder Appetit zu. Mit einem Lächeln versuche ich, die mangelnde Begeisterung zu überspielen.

Samuel führt mich durch den Raum zur Essensausgabe, die aus zwei Klapptischen besteht, auf denen große, rechteckige Edelstahlbehälter stehen. Ein Mitarbeiter schöpft den Eintopf in Schalen und reicht dunkles Brot dazu. Echtes Brot aus Roggen. Da Getreide in der Kolonie nicht gut gedeiht, ist es sowas wie eine Delikatesse. Schweigend nehme ich meine Portion entgegen und folge Samuel zu einem freien Tisch. Dabei versuche ich, niemanden direkt anzusehen, weil ich gar nicht wissen will, ob ich jemanden kenne. Zwar werde ich nicht angestarrt, dennoch fühle ich mich beobachtet. Das Gefühl ist unangenehm und so intensiv, dass ich meinen Blick unauffällig durch den Raum schweifen lasse. An der Decke, in der rechten oberen Ecke entdecke ich eine Dome Kamera. Von meinem Vater weiß ich, dass mit diesem Kameratyp auch das Außengelände vor der Mauer überwacht wird, inklusive Seuchenzentrum und Vorratsspeicher. Aber warum wird der Speisesaal überwacht? Außer einem guten Dutzend Frauen in allen möglichen Schwangerschaftsstadien und einigen Mitarbeitern ist hier tote Hose.

Zu meinem Leidwesen gesellt sich Nasha zu uns. Ihr Ächzen und Keuchen zerrt an meinen Nerven. Kurzatmigkeit im letzten Schwangerschaftsdrittel ist sicher nichts Ungewöhnliches, erinnert mich jedoch daran, was mich erwartet. Ich bin gerade mal achtzehn, habe erst dreimal mit einem Jungen geschlafen, und bevor ich herausfinden konnte, was ich will im Leben, wurde mir der freie Wille genommen. Jetzt bin ich nur noch eine Probandin im Reproduktionsprogramm der Kolonie. Oder eine Heldin, wie General Albert es nennen würde. Es ist zum Heulen.

Nasha faselt über das Wetter. Das irritiert mich. Was gibt es schon über das Wetter zu sagen, außer dass es heiß und trocken ist und manchmal auch trocken und heiß? Ich rolle mit den Augen und beuge mich tiefer über meinen Teller, damit Nasha nicht merkt, wie genervt ich bin. Mehr denn je vermisse ich Manja. Ich vermisse sie so sehr, dass es wehtut.

»Schmeckt es dir?«

Es dauert einen Augenblick, bis ich kapiere, dass Samuel mit mir redet, und einen weiteren, bis ich sagen kann, wie der Eintopf schmeckt. Bisher habe ich ihn nur stumpf in mich reingeschaufelt. Das Fleisch ist weich gekocht, sodass es im Mund zerfällt, leider auch das Gemüse.

»Hm, ja, ist okay«, sage ich.

Samuel stützt den Kopf auf die Hände und beäugt mich. Ich erwidere seinen Blick ungerührt. Gegen den Blick meines Vaters stellt seiner keine große Herausforderung dar. Plötzlich lacht er, zeigt mir seine strahlend weißen Zähne, zwischen denen nicht eine einzige Linse haftet.

»Ich glaube, wir beide werden uns gut verstehen.«

Wenn er sich da mal nicht irrt.

* * *

Jeden Morgen hält Oberst Weiß eine Ansprache in der Kantine, in der er uns für unsere Tapferkeit lobt und uns dazu animiert, die Abzeichen zu tragen, die uns verliehen worden sind. Da sich die salbungsvollen Worte rasch abnutzen und ihm niemand wirklich zuhört, finde ich das überflüssig und bescheuert. Abends treffen sich die Probandinnen im Gemeinschaftsraum, spielen Monopoly oder Kniffel, wobei ich überrascht feststelle, dass die meisten tatsächlich ihr rotes Herz tragen. Dabei sehen sie alles andere als stolz oder tapfer aus, eher träge und gleichgültig. Bis auf eine Probandin mit langen, pechschwarzen Haaren und hochmütigem Blick. Sie trägt ihren Bauch vor sich her wie eine Trophäe und betont immer wieder lautstark, welche Ehre es ist, der Kolonie dienen zu dürfen. Von allen Probandinnen ist sie vermutlich die Einzige, die sich aus echter Überzeugung gemeldet hat. Ich kann sie nicht leiden. Würde Samuel nicht darauf bestehen, dass ich in den Gemeinschaftsraum gehe, würde ich lieber in meinem Zimmer bleiben. Ich sitze meist abseits in irgendeiner Ecke und beäuge die schwellenden Bäuche und die dümmlichen Gesichter um mich herum. Die Vorstellung, dass ich bald ebenfalls ein Kind in mir tragen werde, verstört mich auf eine Weise, die weit über das normale Maß hinausgeht. Es erschüttert mich, frisst mich von innen auf. Werde ich auch so komisch sein wie diese Frauen?

Ich schlafe kaum, wälze mich die halbe Nacht auf dem Bett herum und grüble. Manchmal weine ich. Tagsüber fühle ich mich dann wie erschlagen. Samuel überwacht das Gewicht der Probanden, auch meins. Er sagt, ich habe abgenommen und soll mehr essen, aber jeder Bissen scheint in meinem Hals steckenzubleiben.

Seit zwei Tagen bekomme ich Hormonspritzen. So werden meine Eierstöcke stimuliert, damit möglichst viele Eizellen heranreifen und geerntet werden können. Samuel hofft, dass ich dadurch etwas zunehme. Er kümmert sich rührend um mich, was mich nach seinem schweigsamen Empfang wundert. Jeden Morgen und jeden Abend kommt er vorbei und fragt, wie es mir geht. Üblicherweise unterhalten wir uns dann eine Weile. Ich erzähle ihm von der Schule, von Manja und Paul und unseren

Ausflügen zum Wasserturm. Im Gegenzug erzählt er mir lustige Geschichten über die Probandinnen. Auch essen wir gemeinsam. Manchmal gesellt sich Nasha zu uns oder eine der anderen Frauen, doch im Gegensatz zu Samuel sind die Unterhaltungen mit ihnen öde und nichtssagend.

Zur Ablenkung hat Samuel mir Bücher gegeben, die er in der Sammelstelle ausgeliehen hat. Nichts Deprimierendes, nur ein paar fantastische Geschichten aus der Zeit vor dem großen Sterben. Ich war nie eine Leseratte, bin höchstens ein oder zweimal im Monat ins Bücherhaus gegangen, doch hier im medizinischen Zentrum sind sie neben Samuel die einzige Ablenkung für mich. Wenn ich ehrlich bin, sehe ich ihn mittlerweile fast als einen Freund, obwohl ich ihm eigentlich misstrauen sollte, weil er zum Personal gehört. Natürlich wundert es mich, dass er so viel Zeit mit mir verbringt, schließlich bin ich nicht die einzige Probandin. Meine Theorie ist, dass mein Vater ihn bestochen hat, damit er mich im Auge behält. Im Grunde ist es mir egal, warum er meine Nähe sucht, solange ich mit ihm reden kann und mich in seiner Gegenwart wohlfühle. Ich mag seine weiche Stimme. Sie entspannt mich. Deshalb lasse ich ihn auch gerne vorlesen.

Wenn Samuel anderweitig beschäftigt ist, unternehme ich Spaziergänge und erkunde das Laborgelände. Dabei führt mich mein Weg immer wieder zum Spielplatz. Üblicherweise ist er leer, doch an den Spuren im Sand kann ich erkennen, dass jemand da gewesen sein muss. Heute bin ich früh dran, weil Samuel nicht zum Frühstück erschienen ist und ich es in meinem Zimmer nicht aushalte. Schon als ich aus der Tür trete, höre ich das Kreischen und Lachen. Ein ungewohnter Laut in der Kolonie. Aufgeregt passiere ich das Gebäude und spähe um die Ecke.

Da sind sie. Die Kinder. Neun an der Zahl.

Zwei Soldaten beaufsichtigen ihr Spiel. Ich erkenne sofort, dass mit ihnen etwas nicht stimmt. Drei haben eine Glatze. Eines zieht das linke Bein nach, wenn es rennt. Fabios Worte schießen in meinen Kopf. *Sie pfuschen an ihrem Erbgut herum.* Auch bei natürlichen Schwangerschaften kommt es zu Fehlbildungen, aber nicht derart geballt.

Ich rühre mich nicht, halte mich im Schatten des Gebäudes, damit mich die Soldaten nicht bemerken. Die Kinder lachen und rennen, spielen Fangen, wie ganz normale Kinder, nur dass die zwei Unversehrten dabei sehr rabiat vorgehen. Sie schubsen die anderen und brüllen herum. Ein schmächtiges Mädchen, das gerade einen fiesen Knuff von einem der Rabauken erhalten hat, sieht zu mir herüber. Als sie mich entdeckt, lächelt sie scheu und winkt. Ich fühle mich ertappt, winke aber zurück. Eines Tages wird auch mein Kind hier spielen. Eine absurde Vorstellung, die mir einen Schauer über den Rücken jagt.

Von rechts nähert sich eine Frau. Ich habe sie noch nie gesehen. Dem Aussehen nach muss sie eine Probandin sein. Wahrscheinlich lebt sie in einem der anderen Häuser. Ihre mit grauen Strähnen durchzogenen Haare sind zerzaust, der Blick starr und sie schlurft, als wäre sie gebrechlich oder krank.

Ich mustere sie heimlich, versuche zu schätzen, wie alt sie ist. Ende zwanzig vielleicht. Wie selbstverständlich steuert sie auf mich zu, stellt sich neben mich und beobachtet die Kinder schweigend.

»Ist eines davon deins?«, wage ich zu fragen.

Sie dreht den Kopf und fixiert mich mit diesem abwesenden, verschwommenen Blick, den ich bereits bei Nasha bemerkt habe. Als hätte sie irgendwas genommen. Pilze oder ein Beruhigungsmittel.

»Es sind alles meine Kinder«, antwortet sie schleppend.

Da mir das recht unwahrscheinlich erscheint, bin ich mir sicher, dass sie unter Drogeneinfluss steht. »Das kann nicht sein.«

Sie kneift die Augen zusammen und blinzelt, als würde sie angestrengt nachdenken. Dann lächelt sie plötzlich und deutet auf ein glatzköpfiges Mädchen, das sich so hoch schaukelt, dass es sich fast überschlägt. »Die da ist nicht von mir.«

Einer der Soldaten bemerkt uns. »Was tust du hier, Betty?«, ruft er. »Geh ins Haus, bevor wir Dr. Schneider holen.«

»Wo ist deine Mutter?«, fragt die Frau neben mir. Betty. »Wo ist sie? Hast du sie je kennengelernt?«

Das Gesicht des Soldaten wird hart. »Mach, dass du wegkommst. Sofort!«

Mit großen Schritten marschiert er auf uns zu, misst mich mit einem prüfenden Blick. Durch und durch Soldat. »Bist du die Neue?«

Ich nicke, mein Hals ist plötzlich wie zugeschnürt. Etwas in seinem Augen verunsichert mich. Die Pupillen. Sie sind riesig und an den Rändern violett. Wie eigenartig.

»Geh ins Haus. Das hier ist nichts für dich.« Mit dem Zeigefinger macht er eine kreisende Handbewegung neben seiner Schläfe. »Betty ist ein wenig durch den Wind, verstehst du?«

Ich werfe einen Blick auf Betty, die nun ihrerseits den Soldaten fixiert. Zitternd ergreift sie seine Hand. »Wo ist deine Mutter, Junge?«

Er verzieht das Gesicht und schüttelt sie ab wie ein ekliges Insekt. Der zweite Soldat eilt herbei, überwindet die Distanz zwischen Spielplatz und uns in einem Atemzug. Geschickt greift er nach Bettys Arm und dreht ihn auf den Rücken. Betty stöhnt auf, krümmt sich nach vorn. Ich weiche erschrocken zurück.

Warum sind sie so grob? Die Kinder halten inne und starren uns neugierig an.

»Verschwinde«, zischt der erste Soldat mir zu.

Unsicher blicke ich zwischen Betty und ihm hin und her. »Was habt ihr mit ihr vor?«

Statt einer Antwort ergreift er mich. Wie Stahlklauen schließen sich seine Finger um meinen Oberarm. Unbarmherzig zerrt er mich fort. Hinter mir höre ich Betty nach ihren Kindern rufen, bis ihre Stimme plötzlich erstirbt. Ich sehe über meine Schulter. Der Soldat hält ihr den Mund zu. Sie zappelt, Tränen rinnen über ihre Wangen. Unbeeindruckt zwingt der Soldat sie in das gegenüberliegende Gebäude.

* * *

»Wie geht es Betty?«, frage ich Dr. Schneider am nächsten Morgen, während sie per Ultraschall das Ergebnis der Hormonspritzen überprüft.

Einen Herzschlag lang wirkt sie verblüfft, doch sie hat sich sofort wieder im Griff. »Du bist Betty begegnet? Wo?«

»Draußen beim Spielplatz. Sie hat die Kinder beobachtet.«

Dr. Schneider zögert einen Moment und drückt auf irgendwelchen Schaltern herum, macht Standbilder von meiner Gebärmutter.

»Ist eines davon ihr Kind?«, wage ich zu fragen. Dr. Schneider gibt sich zwar eher kühl und distanziert, dennoch erscheint sie mir wie jemand, mit dem man reden kann.

»So fertig.« Sie reicht mir ein Tuch, mit dem ich mir den Bauch abwischen soll. »Das Menogon hat gut angeschlagen. Am Donnerstag können wir die Follikelpunktion vornehmen.«

Sie steckt den Ultraschallkopf weg, dreht das Gerät zur Seite und setzt sich neben mich auf die Pritsche. Ihr Blick ist ernst und entschlossen. »Betty ist krank«, sagt sie.

»Was hat sie denn?«

»Sie leidet unter einer Psychose. Ihr Realitätsbezug ist gestört. Eigentlich steht sie unter ständiger Beobachtung, doch manchmal gelingt es ihr, ihren Aufpassern zu entkommen.«

Ich schiebe mein T-Shirt über den Bauch, schließe die Hose und setze mich auf. »Wie lange ist sie schon so?«

Dr. Schneider zuckt mit den Schultern. »Seit ein paar Monaten. Wir versuchen herauszufinden, was die Krankheit ausgelöst haben könnte, bisher ohne Erfolg.«

Ich denke daran, wie Betty den Soldaten gefragt hat, ob er seine Mutter kennen würde. Das und die seltsamen Augen bestärken mich in der Annahme, dass die Soldaten Produkte der künstlichen Befruchtungen sind. Genetisch perfektionierte Menschen.

»Darf ich sie besuchen?«, frage ich.

»Das würde ich dir nicht empfehlen, Jule. Sie redet wirr und der Anblick anderer Probandinnen könnte sie verstören.«

Kurz legt sie ihre Hand auf meine Schulter und steht auf. »Mach dir keine Gedanken um Betty. Kümmere dich lieber um dich selbst. Gesunde Kinder zur Welt zu bringen sollte dein vorrangiges Ziel sein.«

Ich schweige, obwohl ich eigentlich noch tausend Fragen habe. Doch Fragen zu stellen ist in der Kolonie unerwünscht, das zeigt sich selbst in Dr. Schneiders distanzierter Freundlichkeit.

Zum Mittagessen erscheint Samuel nicht und auch nicht zum Abendessen. Das frustriert mich und macht mich zugleich nervös. Ich brenne darauf, mit ihm über die Kinder zu reden.

Nach dem Essen gehe ich in mein Zimmer und versuche, mich mit Lesen abzulenken. Erfolglos. Ich kann mich nicht konzentrieren. Mein Herz rast und es fällt mir schwer, ruhig zu sitzen. Schließlich halte ich es nicht mehr aus. Ich muss etwas tun. Irgendetwas. Barfuß schleiche ich nach unten. Da ich nicht riskieren will, dass mich die Wachen am Eingang aufhalten, klettere ich durch das Fenster in einem der Untersuchungsräume nach draußen. Wie von selbst führen mich meine Schritte zum Spielplatz. Im Licht des vollen Mondes setze ich mich auf die Schaukel und umfasse die Metallkette. Die Ringe sind noch warm von der Hitze des Tages. Zögerlich schwinge ich hin und her, ziehe mit den Zehen Spuren in den Sand. Ich habe nicht oft auf einer Schaukel gesessen, zumindest nicht auf einer wie dieser. In den Blocks gibt es nur zwei selbstgezimmerte Reifenschaukeln, und die sind ständig kaputt, weil irgendjemand die Seile durchtrennt oder den Gummi von den Reifen schlitzt.

Betty, der Soldat und die seltsamen Kinder gehen mir nicht mehr aus dem Kopf. Es kommt mir vor, als würde ich etwas Wichtiges übersehen, als gäbe es ein Geheimnis, das ich ergründen muss, bevor sie mir einen manipulierten Embryo in die Gebärmutter pflanzen. Dieses Gefühl beunruhigt mich. Quietschend schwingt die Schaukel hin und her. Immer schneller und höher. Betty. Der Soldat. Die Kinder. Samuel.

Von oben springe ich mit einem Satz hinab und lande ungeschickt auf dem Boden. Ein heftiger Schmerz schießt meine Wirbelsäule hinauf, mein rechter Fuß knickt um. Zischend sauge ich die Luft in meine Lungen und halte mir den Knöchel. Hoffentlich ist er nicht verstaucht. Bei den Kindern hat das so einfach gewirkt. Sie sind derart hoch geschaukelt, dass es ausgesehen hat, als würden sie sich überschlagen und am höchsten Punkt abgesprungen. Bei der Landung haben sie nicht mal gewackelt. Und der Soldat, der hat Betty so schnell ergriffen, dass meine Augen kaum folgen konnten, hat sie herumgewirbelt wie eine Strohpuppe und ihr mühelos den Arm auf den Rücken gedreht. Ihr Strampeln und Winden hat ihn nicht mal zum Schwitzen gebracht, trotz der Hitze.

Und diese Augen. Diese seltsamen Augen.

Sie sind eindeutig übermenschlich, die Kinder und auch die Soldaten. Ist dies das gewünschte Ergebnis? Die genetische Verbesserung? Was geschieht mit jenen, die das Ziel nicht erreichen?

Ich bewege meinen Fuß, überprüfe ihn auf seine Funktionstüchtigkeit. Zwar schmerzt er beim Gehen, aber wenigstens kann ich auftreten. Während ich zurück humple, beschließe ich, bei Samuel vorbeizuschauen und ihn zu fragen, wo er heute abgeblieben ist. Hoffentlich ist er nicht krank. Die Wachposten am Eingang beglotzen mich wie einen Geist, als ich hoch erhobenen Hauptes an ihnen vorbei stolziere, doch sie stellen keine Fragen und halten mich auch nicht auf. Schließlich sind wir Heldinnen und keine Gefangene. Hinter Samuels Tür im dritten Stock brennt Licht, also ist er in seinem Zimmer und noch wach. Ich klopfe.

Es dauert eine Weile, bis er öffnet. Als er mich sieht, reißt er überrascht die Augen auf. »Jule, du darfst nicht hier sein«, zischt er. Sein nervöser Blick überprüft den Flur.

»Warum bist du heute nicht zum Essen gekommen?«, frage ich.

»Du musst gehen!«

Das ist keine Antwort. »Warum denn? Du bist doch mein Betreuer.«

Seufzend zieht er mich in sein Zimmer. Es sieht genauso aus wie meines. Ein Bettgestell aus Metall, eine Holzkiste, ein Tisch mit Stuhl und ein Schrank. Sogar das blöde Bild an der Wand ist das Gleiche. Bis auf einem Dutzend Bücher scheint er keine persönlichen Gegenstände zu besitzen.

»Wir dürfen uns nicht mehr ständig sehen«, sagt er.

Ich runzle die Stirn. »Warum nicht?«

Traurig lässt er die Schultern hängen. »Sie sagen, ich würde dich ablenken.«

»*Wer* sagt das?«

»Dr. Schneider. Und wenn sie das sagt, dann gibt sie damit die Meinung der Leitung weiter. Sie meint, du sollst dich mit den anderen Frauen befreunden und nicht mit dem Personal.«

Ich winke ab. »So ein Quatsch. Wo ist der Unterschied?«

Er greift sich an die Nasenwurzel, wirkt plötzlich müde und viel älter als er ist. »Ich darf mich nicht widersetzen, sonst verbannen sie mich.« Seine Stimme ist kaum mehr als ein Flüstern und er sieht immer wieder zur Tür, als befürchte er, jemand könnte uns beobachten oder belauschen.

Ich senke den Kopf, fühle mich auf einmal ganz schwer. »Ich brauche dich, Samuel. Du bist mein einziger Freund in diesem Gefängnis. Ohne dich dreh' ich durch.«

Betty schießt in meinen Kopf. Ist sie krank geworden, weil sie das Weggesperrtsein nicht mehr ertragen konnte?

Samuel sieht mich nicht an, während er spricht. »Lass uns einfach etwas langsamer machen, okay? Sobald du schwanger bist, sehen sie das bestimmt lockerer. Du sollst dich auf deine Aufgabe konzentrieren, sagt Dr. Schneider.«

Darum geht es also. Man lässt mich auf Umwegen wissen, dass ich keinen Ärger machen soll, sonst bekomme ich alles genommen, was mir etwas bedeutet. Mir Samuels Freundschaft vorzuenthalten, ist nichts als eine Demonstration von Macht. Eine Drohung. *Wir können dir das Leben zur Hölle machen, wenn du nicht spurst.*

Ein paar Atemzüge lang sehen wir uns schweigend an. Zum ersten Mal wird mir bewusst, dass Samuel niemals seine Mutter kennengelernt hat, und auch nicht seinen Vater. Er ist ein elternloses Produkt, wie die Soldaten.

»Weißt du, wer deine Mutter ist?«, frage ich. Ein Schauer rieselt über meinen Rücken als mir klar wird, dass ich klinge wie Betty. Und das bereits nach zwei Wochen.

Samuels Gesicht verschließt sich wie eine Auster, klappt einfach zu. Er weicht sogar einen Schritt zurück. »Hör auf. Jule«, wispert er. »Bitte. Geh jetzt.«

»Tut mir leid«, presse ich hervor und wende mich zur Tür. Ich sollte ihn nicht mit gemeinen Fragen quälen, schließlich kann er nicht ändern, was er ist.

Ich aber auch nicht.

6

Schlaflos liege ich in meinem Bett und starre an die Decke. In wenigen Stunden werden meine Eizellen entnommen, um mir bald darauf einen genetisch aufbereiteten Embryo einzupflanzen. Bisher habe ich verdrängt, welche Folgen der Aufenthalt hier für mich haben wird, habe versucht, nicht allzu viel darüber nachzudenken. Augen zu und durch, wie Manja immer sagt. Doch ich schaffe es einfach nicht, das Geschehen um mich herum zu ignorieren. Betty, die Kinder, der Soldat, Samuel. Sie alle sind Puzzleteile, die zusammengesetzt ein ziemlich düsteres Bild ergeben. Kein Wunder, dass die Probandinnen keinen Kontakt zu Familie und Freunden haben dürfen. Könnten die sehen, wie belastend das Programm wirklich ist, wie es die Frauen verändert, könnte die Regierung es nicht mehr so einfach als gut bezahlte Heldentat verkaufen.

Im ersten Licht des anbrechenden Tages stehe ich auf, wasche mich gründlich und gehe dann in den virtuellen Garten. Projektionen eines wild wuchernden Urwalds füllen die Wände. Orchideen winden sich um moosbewachsene Bäume. Bilder von Farnen und Schlingpflanzen bedecken jeden Quadratzentimeter Boden. Sprühnebel perlt aus winzigen Düsen von der Decke. Überall im Raum liegen Holzstämme zwischen echten Pflanzen. Aus verborgenen Lautsprechern dringen exotische Tierlaute. Die perfekte Illusion, als Aufmunterung für die Probanden gedacht. Ich hocke mich auf einen Stamm, stütze mein Kinn auf die Hände und betrachte das Grün um mich herum, das es in der wirklichen Welt wahrscheinlich gar nicht mehr gibt. Vor der Tür erwacht das Haus. Ich höre Stimmen und Schritte, doch sie dringen nur gedämpft zu mir herein. Ich habe keine Ahnung, wie lange ich dort sitze und gedankenverloren in den künstlichen Urwald starre. Es muss eine ganze Weile sein, denn als ich schließlich von einer Mitarbeiterin entdeckt werde, sind meine Muskeln steif und mein Po schmerzt vom Sitzen auf dem harten Holz. Die Mitarbeiterin begrüßt mich mit dem Vorwurf, man hätte mich gesucht und scheucht mich nach unten in die Behandlungsräume. Dr. Schneider und eine Krankenschwester warten bereits auf mich. Die ganze Situation erscheint mir plötzlich absurd, als könnte das unmöglich mir passieren, als wäre ich nur ein Beobachter. Das Prozedere wurde mir tags zuvor erklärt, deshalb erschrecke ich nicht, als ich die lange Nadel sehe, mit der sie mir die Eizellen entnehmen werden. Nach einer Beruhigungsinjektion und einer großzügigen Gabe Schmerzmittel werde ich auf den Untersuchungsstuhl verfrachtet und bekomme meine Hose abgestreift. Dr. Schneider ist noch schweigsamer als sonst, was wahrscheinlich an meiner Verspätung liegt. Sie versucht, es sich nicht anmerken zu lassen, aber ich glaube, sie ist sauer. Eine Krankenschwester steht in Kopfhöhe neben mir und streichelt beruhigend über meine Schulter. Mir ist alles egal. Das Beruhigungsmittel wirkt schnell. Trotz der Schmerzmittel zucke ich zusammen, als sich die Nadel in meinen Unterleib bohrt. Es pikst und ich verspüre einen unangenehmen Druck.

»Gleich ist es vorbei«, höre ich Dr. Schneider sagen. Wow. Sie spricht wieder. Die Krankenschwester lächelt mir aufmunternd zu und tätschelt erneut meine Schulter. Die Minuten tröpfeln dahin. Ich höre das Klappern der chirurgischen Instrumente und starre auf einen schwarzen Punkt an der Decke. Ist das eine tote Schmeißfliege oder einfach nur ein Fleck?

»Nächste Woche feiern wir ein Fest«, sagt die Krankenschwester.

Will sie mich mit dieser Nachricht ablenken? Was erwartet sie jetzt von mir? Interesse oder gar Begeisterung zu heucheln fällt mir schwer, angesichts dessen, dass Dr. Schneider mit einer zwanzig Zentimeter langen Nadel in meinem Uterus herumfuhrwerkt.

Die Krankenschwester lässt sich von meinem Schweigen nicht beirren. »Es findet im virtuellen Garten statt. Wir machen Musik und tanzen und es gibt leckeres Essen.«

Soll mich der Gedanke an hochschwangere, tanzende Frauen etwa aufmuntern? Naja. Lustig ist die Vorstellung schon, aber irgendwie auch deprimierend.

»So fertig«, sagt Dr. Schneider. Ihr Gesicht taucht zwischen meinen Beinen auf. »Du wirst dich wund fühlen, vielleicht auch leichte Blutungen haben. Ruh dich einfach aus, schlafe ein bisschen. Morgen bist du wieder auf dem Damm.«

Die Krankenschwester hilft mir vom Stuhl, während Dr. Schneider bereits den Raum verlässt, um meine Eizellen zur Kryokonservierung zu bringen. Mit wackeligen Beinen ziehe ich mich an. Zwei Soldaten begleiten mich in mein Zimmer, wo ich erleichtert auf das Bett falle. Ich bin hundemüde.

Als ich aufwache, ist es bereits dunkel. Schwarze Schatten huschen aus den Ecken hervor, verharren vor dem trüben Licht, das durch das Fenster fällt. Auf dem Nachttisch neben meinem Bett steht ein Teller mit Maisbrot, Bohnen und einem Hühnchenschenkel. Ein besonderer Leckerbissen. Sofort läuft mir das Wasser im Mund zusammen. Ächzend setze ich mich auf. Nachdem ich meinen Durst gestillt habe, schlinge ich das Essen runter und wundere mich zugleich über meinen Appetit. Anschließend liegt es wie ein Stein in meinem Magen und mir wird schlagartig schlecht. Gutes Essen zu erbrechen ist eine Schande, deshalb versuche ich, das Würgen zu unterdrücken und mich abzulenken, indem ich einen Schluck Wasser trinke und tief ein und ausatme. Vergebens. Im letzten Augenblick wanke ich zur Toilette und erbreche mich. Völlig fertig schleppe ich mich anschließend zum Bett zurück. Nicht nur mein Magen fühlt sich leer an, auch mein Körper scheint nur noch eine leere Hülle zu sein. Mein Unterleib ist wund, genauso wie meine Seele. Kaputt. Nicht mehr zu gebrauchen.

Eine Weile schluchze ich in mein Kissen und sehne mich nach Trost. Nach meiner Mutter, Manja, Paul oder meinetwegen auch Samuel. Nach irgendjemandem der mich in den Arm nimmt und mir verspricht, dass alles gut werden wird. Das Gefühl der Einsamkeit ist so intensiv, dass ich es fast greifen kann. Wie eine kalte, finstere Wolke hüllt es mich ein.

Auf dem Nachttisch entdecke ich eine Tablette neben einem Zettel. *Nach der Mahlzeit einnehmen* steht darauf. Ich betrachte das Ding misstrauisch. Was ist das und wofür soll es gut sein? Der Zettel gibt keine Auskunft, also beschließe ich, die Anweisung vorerst zu ignorieren.

Beim Toilettengang sehe ich, dass ich blute, aber nur ein bisschen. Dennoch. Der Anblick macht mir bewusst, was wenige Stunden zuvor passiert ist. Mein Blick fällt in den Spiegel. Die Sommersprossen leuchten in meinem Gesicht, weil ich so blass bin. Unter meinen Augen, die lange nicht so klar aussehen wie sonst, liegen dunkle Schatten, die mich älter machen. Die Frau im Spiegel kommt mir vor wie eine Fremde. Wie ein körperliches und seelisches Wrack. Was ist aus der sorglosen, störrischen Jule geworden? Wo ist sie hin? Sie sind dabei, mich zu brechen, mir meinen Willen zu nehmen - das wird mir in ebendiesem Moment bewusst. Zum ersten Mal frage ich mich, warum ich mich stur von den anderen Probandinnen fernhalte, warum ich sie nicht einmal ansehen, geschweige denn mit ihnen reden will.

Ich will nicht sein wie sie. Unter keinen Umständen.

Ein wenig wackelig auf den Beinen stakse ich in den Aufenthaltsraum. Eine paar Probandinnen sind noch dort, spielen Monopoly und Kniffel. Wie immer. Das herzförmige Abzeichen an ihren Kleidern scheint mich zu verhöhnen. Kraftlos sinke ich in einen Sessel und betrachte die Frauen zum ersten Mal bewusst. Eine junge Frau, kaum älter als ich und hochschwanger, freut sich über einen geglückten Spielzug. Das heißt, sie heuchelt Freude, denn ihr Lachen wirkt aufgesetzt, fast hysterisch. Die Frau ihr gegenüber reagiert nicht auf die falsche Fröhlichkeit. Mit konzentrierter Miene starrt sie auf das Spielbrett, als wäre Monopoly eine ernste Sache. Als ginge es um mehr als nur gewinnen. Nicht die Spur von Freude finde ich in den Augen der Frauen. Ihre Gespräche eine Anhäufung nichtssagender Phrasen. *Die Hitze ist heute wirklich unerträglich. Hoffentlich regnet es bald. Prima. Ich habe einen Pasch gewürfelt.* Kein Wort über ihre Schwangerschaften, über ihre Gedanken und Gefühle. Über ihr Leben.

Über die Kinder.

Ich beobachte eine Inszenierung, überwacht vom allsehenden Auge an der Decke.

Nasha wendet sich mir zu. Die Geburt ist überfällig und sie ist entsprechend rund. Ihr Bauch sieht aus, als hätte sie eine Riesenmelone verschluckt. Von Samuel weiß ich, dass sie Zwillinge erwartet. »Hi, Jule. Hast du Lust mitzuspielen?«

Überrascht ziehe ich die Augenbrauen hoch. In den letzten beiden Wochen hat sich niemand für mich interessiert, geschweige denn mit mir gesprochen. Entweder halten sie mich nun für eine von ihnen, weil ich den ersten Eingriff überstanden habe oder sie wurden instruiert, mich einzubeziehen. Ich vermute Letzteres. Hastig stehe ich auf. »Nein danke. Ich geh lieber wieder in mein Zimmer. Der Eingriff macht mir noch zu schaffen.«

Obwohl ich mich wund und schwach fühle, kehre ich nicht in mein Zimmer zurück. Es treibt mich nach draußen. Die Wachen vor dem Haupteingang beäugen mich misstrauisch.

Etwas an ihrem Blick sagt mir, dass sie wissen, wer ich bin und dass es ihnen nicht passt, dass ich das Gebäude verlasse.

»Ich hab Kopfweh und muss eine Weile raus, solange es etwas kühler ist«, erkläre ich. Nicht, dass sie noch auf die Idee kommen, mich aufzuhalten.

Sie nicken, einer hält mir sogar die Tür auf. Für den Fall, dass sie mich beobachten, schlendere ich bewusst langsam über den Platz, dehne meine Arme und tue, als würde ich die Nachtluft genießen. Vor dem Gebäude, in das Betty geschleppt wurde, halte ich inne, vergewissere mich, dass ich außer Sichtweite der Wachen bin, und husche dann hinein. Auch hier halten zwei Soldaten Wache.

Ich setze ein fröhliches Grinsen auf. »Hallo. Unser virtueller Garten ist defekt. Mir wurde gesagt, dass ich auch den hier besuchen kann.«

»Hast du eine Genehmigung?«, fragt einer der Soldaten. Seine Pupillen sind groß wie Murmeln, füllen die gesamte Iris aus. Ein gruseliger Anblick.

Ich tue überrascht. »Brauche ich eine? Das wusste ich nicht. Ich bin spontan hergekommen, weil ich nicht schlafen kann.«

Wie ich es bei meiner Mutter gesehen habe, drücke ich den Rücken durch und schiebe die Brust vor. Ich neige den Kopf, klimpere mit den Wimpern und hoffe, dass mein Gesichtsausdruck einer Mischung aus unschuldig und sexy entspricht. Ich bin nicht so hübsch wie meine Mutter, aber ich bin jung und eine Frau und meine Oberweite ist nicht zu verachten. Bleibt zu hoffen, dass den genmanipulierten Soldaten nicht das Interesse am anderen Geschlecht entfernt worden ist. Zumindest dem Dunkelhäutigen scheint mein Getue zu gefallen. Er mustert mich mit diesem speziellen Blick, den Männer bekommen, wenn sie interessiert sind, und grinst anzüglich.

»Wenn du keine Probandin wärst, würde ich dich um eine Verabredung bitten«, sagt er.

Mit einer eleganten Bewegung streiche ich mir eine Haarsträhne aus dem Gesicht. Mutter wäre sicher stolz auf mich. »Wenn ich keine Probandin wäre, würde ich glatt ja sagen.«

Er lacht. »Komm rein. Tun wir so, als hättest du eine Genehmigung dabei. Aber melde dich beim Stationsvorsteher, sobald du oben bist.«

Ich verspreche es und gehe hüftschwingend davon. Es ist ein irritierendes Gefühl, meine weiblichen Reize einzusetzen, irgendwie befriedigend und beschämend zugleich.

Natürlich habe ich nicht vor, mich beim Stationsvorsteher zu melden oder den virtuellen Garten zu besuchen. Ich will Betty finden. Da in Gebäude drei die Probanden auf der oberen Etage untergebracht sind, steige ich als Erstes in den vierten Stock hinauf. Der Flur liegt im Halbdunkel, die meisten Bewohner schlafen bereits. Auf Zehenspitzen gehe ich die Türen ab und suche nach Bettys Zimmer.

Es ist das Vierte von links.

Betty Paal steht auf dem Schild. Ich klopfe und warte auf eine Reaktion, blicke mich dabei immer wieder nervös um. Kein Laut dringt aus dem Inneren des Raumes. Leise drücke ich die Klinke nach unten. *Was zur Hölle tust du da?*, schreit die Vernunft in mir, doch meine Neugier ist stärker. Das Bett ist zerwühlt, eine verschlissene Tasche steht auf der Kommode, aus der eine Jeans und ein Kleid hängen. Auf dem Nachttisch steht eine Phiole aus braunem Glas, gefüllt mit einem weißen Pulver. Ich nehme sie und lese die Beschriftung: *3 x tägl. 1 Messerspitze.* Nur die Dosierung, keine Bezeichnung, um was es sich handelt.

Ich öffne die Phiole und schütte etwas von dem Inhalt in meine Hand. Das Pulver kommt mir bekannt vor. Vorsichtig schnuppere ich daran. Es riecht hefig und leicht süßlich. Wenn ich mich nicht irre, hat mir mein Vater damals das Gleiche mitgebracht, nach dem Tod meiner Mutter, bevor ich untersucht worden bin. Es ist ein Sedativum, hat er erklärt, das Menschen mit starken Allergien oder Angstzuständen verabreicht wird. Hin und wieder hat er es auch meiner Mutter besorgt, wenn sie *ihre Phase* hatte, wie er es nannte. Wird Betty etwa ruhiggestellt? Gut möglich.

Ich stelle die Flasche ab und schleiche ins Badezimmer. Keine Zahnbürste, keine Handtücher, kein Kamm. Nichts.

»Was machst du hier?«, fragt eine Stimme hinter mir.

Erschrocken fahre ich herum und blicke auf eine hagere, junge Frau mit aschblondem Haar. Ein kleiner Bauch wölbt sich über den Hosenbund.

»Ich ... ich wollte Betty besuchen«, stottere ich.

Die Frau mustert mich argwöhnisch. Einen Atemzug lang verweilt ihr Blick auf meinem Bauch auf der Suche nach einer nicht vorhandenen Rundung. »Betty ist nicht da.«

Angespannt balle ich die Hände zu Fäusten. »Das wusste ich nicht. Wann kommt sie zurück?«

Die Frau zuckt mit den Schultern. »Keine Ahnung. Sie ist schon eine Weile fort. Woher kennst du sie denn?«

Ich beschließe spontan, bei der Wahrheit zu bleiben. »Ich habe sie auf dem Spielplatz getroffen. Sie hat mir leidgetan, deshalb wollte ich sie besuchen.«

Die Frau zögert. Ihr Blick huscht zum Fenster. Draußen ist es Nacht. Sicher fragt sie sich, warum ich Betty zur Schlafenszeit besuchen sollte.

Plötzlich weicht sie zurück. »Du solltest gehen. Sonst muss ich den Stationsvorsteher informieren.«

Ich deute auf die Phiole mit dem Pulver. »Seit wann hat sie Beruhigungsmittel genommen?« Es ist ein Schuss ins Blaue, habe ich doch keinen Beweis, dass es sich wirklich um ein Sedativum handelt.

»Weiß nicht«, sagt die Frau. »Auf jeden Fall hatte sie es nötig, so wie die sich aufgeführt hat.« Sie senkt den Kopf und legte eine Hand auf ihren Bauch. »Ich geh jetzt und sag bescheid, dass du hier bist.«

»Bitte nicht.« Ich ergreife ihren Arm, um sie davon abzuhalten, das Zimmer zu verlassen.

»Ich will keinen Ärger«, zischt sie und reißt sich von mir los.

Flehend blicke ich sie an. »Niemand wird erfahren, dass ich hier gewesen bin, okay? Ich bin schon weg.«

Sie runzelt die Stirn und presst die Lippen zusammen, was ihr das Aussehen eines trotzigen Kindes verleiht. »Meinetwegen.«

Ich mache, dass ich wegkomme.

Im unteren Stockwerk muss ich an den Untersuchungszimmern vorbei, die denen in meinem Gebäude gleichen. Vor dem Büro halte ich inne. Vom Flur aus fällt etwas Licht hinein, sodass ich den Metallschreibtisch und einen Aktenschrank erkennen kann. In meinem Gebäude ist das Büro stets verschlossen, was mich nun umso neugieriger macht. Ich werfe einen Blick in die Runde. Soll ich? Das ist verrückt. Ich könnte gewaltigen Ärger bekommen, wenn ich beim Schnüffeln erwischt werde. Die warnende innere Stimme ignorierend husche ich in den Raum und schließe die Tür. Nicht vollständig - ich will ja keinen Laut verursachen und brauche zudem Licht.

Vorsichtig versuche ich, die Schranktür zu öffnen. Sie ist verschlossen. Mist. Ich drehe mich zum Schreibtisch. So behutsam wie möglich ziehe ich die Schublade auf. Metall schabt über die

Scharniere und hallt so laut, dass ich befürchte, man könnte es bis in das nächste Stockwerk hören. Erschrocken halte ich inne. Unmöglich die Schublade weiter zu öffnen. Die entstandene Öffnung muss reichen. Zögerlich schiebe ich meine Hand hinein und taste auf dem Boden herum. Stifte, Papiere und da - ein Schlüssel. Schnell fische ich ihn raus. Er ist klein und flach. Mit angehaltenem Atem stecke ich ihn in das Schloss am Aktenschrank.

Ja! Er passt.

Mein Herz trommelt gegen meine Rippen. Wenn ich jetzt erwischt werde, gibt es keine Ausrede. Aber aufhören will ich nicht, dafür läuft es zu gut.

Beigefarbene Aktenordner liegen säuberlich aufeinandergestapelt in den Regalen. Ein kurzer Blick über die Schulter, um mich zu vergewissern, dass niemand kommt, dann ziehe ich einen Ordner aus der Mitte und öffne ihn. Meine Hände zittern wie verrückt.

Das Mondlicht, das durch das Fenster fällt, reicht aus, um den Text zu entziffern. Hektisch fliegen meine Augen über die Zeilen. Informationen über eine gewisse Henriette Schwarz, eine Probandin. Größe, Gewicht, Haarfarbe, Augenfarbe, Alter. Anschließend ein paar Sätze zu ihren Gewohnheiten und ihrem Verhalten. Scheinbar ist oder war sie eine willige Probandin.

Auf der zweiten Seite sind die Ergebnisse der Erstuntersuchung, die Medikamentendosis und die Daten der Befruchtungen vermerkt.

Aufgrund innerer Unruhe während der ersten Schwangerschaftsmonate und einer depressiven Verstimmung wurde eine zusätzliche Gabe Diazepam verordnet.

Ich blättere weiter. Laut den Unterlagen bekam Henriette sieben Kinder in einem Zeitraum von elf Jahren. Zwei Kinder wurden als *nicht lebensfähig* deklariert. Eines wurde *unter Beob-achtung* gestellt. Ich runzle die Stirn. Was bedeutet das *unter Beobachtung*? Ein Kind braucht Liebe und Fürsorge. Wie kann man es nur beobachten?

Ich blättere weiter, suche fieberhaft nach Hinweisen. Jeden Augenblick kann jemand vom medizinischen Personal herein-kommen. Oder ein Soldat.

Im Anhang finde ich einen Abschlussbericht, den ich hek-tisch überfliege.

Die Säuglinge B-3 und B-5 wurden eliminiert. B-1 und B-4 wur-den ausgewiesen. B-2, B-6 und B-7 sind ausgebildet und in den Dienst der Neuen Armee gestellt worden. Kein Wort darüber, was mit Henriette Schwarz geschah. Und wo werden die Kinder ausge-bildet? Nicht in der Stadt, so viel ist sicher.

Aufgeregt nehme ich die nächste Akte zur Hand. Eine junge Frau namens Manuela Kuhn. Auch ihr wurde Diazepam verab-reicht, *vorsorglich*, steht in der Akte. Ich denke an die Tabletten, die ich bis vor wenigen Tagen eingenommen habe, in dem festen Glauben, es handle sich um Hormone. Werden mir etwa ohne mein Wissen Psychopharmaka verabreicht?

Ich nehme eine weitere Akte zur Hand, eine von unten, und bringe damit dem Aktenberg zum Schwanken. Hektisch presse ich meine Arme gegen die Papiere und versuche, sie am Umkip-pen zu hindern. Der blöde Stapel ist komplett im Ungleichge-wicht. Verdammt. Warum habe ich keine Akte von oben genom-men? Als ich den Stapel endlich stabilisiert habe, öffne ich den Ordner.

Paula Jost. Dieselben Informationen über Größe, Alter und Gewicht wie in den anderen Akten. Paula hat jedoch nur fünf Kinder in einem Zeitraum von zwölf Jahren geboren, drei davon waren nicht lebensfähig. *Zwölf Jahre?* Ich dachte bisher, nach zehn Jahren wäre Schluss. Auch ihr wurden Beruhigungsmittel verabreicht, nachdem sie mehrere Selbstmordversuche unternommen hat.

Ich nehme die Nächste zur Hand. Sie ist schon alt, an den Rändern vergilbt. *Samantha Jost*. Handelt es sich um Paulas Schwester? Ihre Akte ist kurz, endet nach einem Kind und zwei Totgeburten. An die letzte Seite ist ein Schreiben geheftet. Die Empfehlung eines gewissen Dr. Bernard. Aufgrund der psychischen Belastung der Probandinnen empfiehlt er eine prophylaktische Gabe aus stimmungsaufhellenden und beruhigenden Medikamenten. Aha. Ich blätterte zurück zur Medikamentengabe. Kein Diazepam oder irgendwas in der Art. Scheinbar haben sie erst später damit begonnen.

Plötzlich entflammt das Neonlicht im Flur. Jemand betritt das Stockwerk. Hastig schiebe ich die Akte ins Regal zurück und schließe die Tür. Schritte nähern sich. Ich drücke mich in den Schatten neben den Schrank und halte die Luft an. Mein Herz hämmert gegen meine Rippen. Schweiß bricht mir aus allen Poren. Mein leerer Magen und der Eingriff machen mich zittrig - ich fühle mich, als würde ich gleich umkippen.

Die Schritte entfernen sich, verschwinden in einem der Untersuchungsräume. Ich muss schleunigst hier raus. Mit fahrigen Fingern schließe ich den Aktenschrank ab und werfe den Schlüssel in die Schreibtischschublade zurück - sie zu schließen, wage ich nicht. Hinter der Tür halte ich inne und lausche. Außer einem Schaben und Klirren aus einem der Untersuchungsräume bleibt es ruhig.

Vorsichtig stecke ich den Kopf durch die Tür. Der Gang ist leer, der Ausgang nur wenige Meter entfernt. Jetzt oder nie. Geduckt tripple ich zur Tür.

»Wer bist du? Was hast du hier zu suchen?«, ruft eine männliche Stimme hinter mir.

Obwohl ich vor Schreck zusammenzucke, drehe ich mich nicht um, halte auch nicht inne. Mein Fluchtreflex ist übermächtig. Unmöglich ihn zu unterdrücken. Schwungvoll stoße ich die Tür auf und verschwinde im Treppenhaus. Zwei Stufen auf einmal nehmend haste ich nach unten und stoße dabei sämtliche Flüche aus, die mir einfallen. Hoffentlich halten mich die Soldaten am Eingang nicht auf.

Das tun sie nicht, aber vielleicht nur, weil ich an ihnen vorbeistürme, als wäre eine Horde Mutanten hinter mir her. Ich will schleunigst in mein Zimmer, was lächerlich ist. Die Wachsoldaten haben mich gesehen. Der Mann im Untersuchungstrakt hat mich gesehen und auch die Frau in Bettys Zimmer. Sie werden es melden. Wie viele rothaarige Achtzehnjährige gibt es auf dem Gelände?

Trotzdem. Mein Zimmer erscheint mir wie ein Rettungsboot, als könnte mir niemand etwas anhaben, solange ich mich nur still verhalte und den Raum nicht verlasse. Ich haste über den Innenhof, an den Wachen vorbei und ins Treppenhaus. Oben kommt mir Nasha entgegen, begleitet von Samuel, der sie stützt. Sie läuft vornübergebeugt und ihr Gesicht ist knallrot und schmerzverzerrt. So ein Mist. Muss sie gerade jetzt ihre verdammten Zwillinge kriegen?

»Die Wehen haben eingesetzt«, bestätigt Samuel im Vorbeigehen. »Ich bringe sie nach unten.«

Nasha stöhnt auf und ich sehe, wie ihre Schlafanzughose durchweicht. Im ersten Moment denke ich, sie hat sich eingepinkelt, bis mir einfällt, dass wohl ihre Fruchtblase geplatzt ist. Plötzlich verspüre ich Mitleid. Sie tut sich schwer beim Laufen und braucht definitiv Unterstützung. »Ich helfe euch.«

Kurzentschlossen fasse ich sie unter dem Arm und begleite sie zur Treppe. Ich muss verrückt sein, mich jetzt mit sowas zu befassen, wo die Soldaten wahrscheinlich schon auf dem Weg hierher sind.

»Ich hab Angst«, stößt Nasha zwischen dem Wimmern und Stöhnen plötzlich hervor. Tränen schimmern in ihren Augen.

Ich weiß nicht was ich sagen soll. Im Trösten war ich nie besonders gut.

»Du brauchst keine Angst zu haben«, sagt Samuel. »Bei Dr. Schneider bist du in guten Händen.«

»Und die Zwillinge?«, schnieft Nasha. »Was ist mit meinen Kindern? Was passiert mit ihnen?«

Samuel und ich werfen einander einen bedeutungsvollen Blick zu. Diesmal ist es Samuel, der nicht weiß, was er antworten soll. Wenn die Säuglinge den Erwartungen genügen, kommen sie wer weiß wohin, und werden zu perfekten Soldaten ausgebildet.

Wenn nicht ... tja, keine Ahnung.

»Jetzt musst du erstmal die Geburt überstehen. Über alles Weitere kannst du dir später Gedanken machen«, sage ich. Nasha wirkt nicht überzeugt, doch da ihr Körper von einer Wehe geschüttelt wird, nervt sie nicht mit weiteren Fragen. Keuchend klammert sie sich an das Geländer. Zwei Soldaten kommen die Treppe herauf. Mein Herz macht einen Sprung. Aus Sorge um Nasha habe ich für einen Augenblick meine eigenen vergessen. »Ich geh dann mal«, sage ich und deute auf die Soldaten. »Ihr seid ja jetzt in guten Händen.«

»Geh nicht«, bittet Nasha mich, doch ich bin bereits auf der letzten Stufe. Aus den Augenwinkeln sehe ich, wie Samuel mir stirnrunzelnd nachsieht. Dann bin ich weg. In meinem Zimmer presse ich mich gegen die Tür und schließe die Augen. Tausend Gedanken wirbeln durch meinen Kopf.

Nasha bekommt Zwillinge für die Kolonie. Betty ist verschwunden.

Ich bin beim Schnüffeln erwischt worden. Könnte es noch schlimmer sein? Wie werden sie mich wohl bestrafen?

Die Versuchung, einfach abzuhauen, ist groß, doch mit einer unvorbereiteten Flucht würde ich in den sicheren Tod rennen. Ich muss einen klaren Verstand behalten. Darf jetzt nichts überstürzen. Soll ich meinen Vater um Hilfe bitten? Aber wie komme ich hier raus? Die Ausgänge sind bewacht, der Zaun unüberwindbar und durch das Laborgebäude komme ich garantiert nicht ungesehen hindurch. Ich atme tief ein und aus, versuche, mich zu beruhigen. Panik ist kontraproduktiv, hat mir mein Vater eingebläut. Wahrscheinlich werden sie mich nur befragen was ich mir dabei gedacht habe. Schließlich habe ich niemandem geschadet. Vielleicht gelingt es mir, Reue zu heucheln und glaubhaft zu versichern, dass ich fortan eine gehorsame Probandin sein werde. Das ist meine einzige Chance, um Zeit zu schinden, bis ich einen Plan habe. Denn eines weiß ich ganz sicher: Auf keinem Fall lasse ich mir Embryonen einpflanzen. Ich will nicht enden wie Nasha oder Betty.

Plötzlich fühle ich mich schrecklich erschöpft. Der Boden unter meinen Füßen schwankt, weil mir schwindlig ist. Ich kann mich kaum noch auf den Beinen halten. Aber ich muss. Meine Zukunft ist zu ungewiss, um jetzt einfach aufs Bett zu fallen und zu schlafen. Zumindest sollte ich ein paar Sachen zusammenpacken. Für den schlimmsten aller Fälle. Ich könnte heulen, weil ich mich so elend fühle, aber ich halte durch. Als die Tasche gepackt ist, schiebe ich sie unters Bett. Anschließend lege ich mich hin und lausche auf Schritte im Flur. Hin und wieder läuft jemand vorbei, doch niemand klopft an meine Tür.

Ich muss eingeschlafen sein, denn als ich die Augen aufschlage, ist es heller Tag. Was hat mich geweckt? Blinzelnd sehe ich mich um. Mein Zimmer wirkt wie ein geisterhafter Traum, mein Körper fremd, abwesend als wäre ich schon lange fort und wüsste es nur noch nicht.

Da! Ein zaghaftes Klopfen. Das also hat mich geweckt. So leise wie möglich schiebe ich mich vom Bett und schleiche zur Tür. Mein Mund ist trocken und ich schlucke, um meine kratzige Kehle zu befeuchten. Außerdem habe ich Hunger.

Vorsichtig lege ich meine Handflächen gegen die Tür. »Wer ist da?«

»Ich bin's, Samuel. Mach auf. Schnell.«

Seine vertraute Stimme lässt Tränen in meine Augen steigen. Mit zittrigen Fingern entriegle ich die Tür. Ungeduldig drückt Samuel sie auf und huscht in mein Zimmer.

»Schließ sie wieder ab«, befiehlt er. Er klingt atemlos, als wäre er gerannt.

»Was ist?« Eine unsinnige Frage. Weiß ich es nicht genau? Ich versuche, den Blick zu deuten, mit dem er mich ansieht. Vorwurfsvoll mit einem Hauch Traurigkeit. »Wie geht es Nasha?«

Er macht eine wegwerfende Handbewegung. »Alles in Ordnung. Sie schläft.«

»Sind die Kinder da?«

»Ja, ja. Warum hast du nur so etwas Dummes getan, Jule?«, beginnt er. Ich will mich verteidigen, doch er redet einfach weiter.

»Hast du auch nur die geringste Ahnung, was du damit angerichtet hast? Oberst Weiß ist stinksauer. Er hat sich für dich verbürgt. Hat dafür gesorgt, dass du alle Freiheiten bekommst und mit mir befreundet sein darfst. Und du rennst einfach los und schnüffelst in den Akten der Probandinnen herum. Hast du den Verstand verloren? Siehst du denn nicht, in welche Gefahr du dich damit gebracht hast?«

Ich lasse den Kopf sinken, zucke mit den Schultern. Was soll ich sagen? Passiert ist passiert. »Ich wusste die ganze Zeit, dass hier etwas nicht stimmt. Ich wollte einfach Gewissheit haben.«

Er stößt einen zornigen Laut aus. »Natürlich stimmt hier was nicht! Hier wird an Embryonen herumexperimentiert, die dann Frauen eingepflanzt werden, die sich bestimmt Besseres vorstellen können, als genetisch veränderte Kinder auszutragen. Wenn man sich für das Programm meldet, muss man da durch, Jule!«

Unwillkürlich weiche ich zurück. »Ach ja? Muss man das? Wir sollen der Kolonie Übermenschen gebären. *Perfekte Soldaten.* Wofür brauchen wir Soldaten, Samuel? Ich dachte hier geht es um den Kampf gegen die Unfruchtbarkeit und die sinkende Bevölkerungszahl.« Wütend starre ich ihn an. Er senkt den Blick. »Noch dazu sind viele nicht perfekt«, fahre ich fort. »Manche sind nicht mal *lebensfähig.* Wir sind keine Tiere, weder die Frauen noch die Kinder. Wir sind *Menschen.* Man kann uns nicht behandeln wie ein Ding.«

Samuel lässt die Schultern hängen. »Das Projekt ist bedeutsam, auch wenn du das nicht sehen willst. Die Soldaten schützen uns vor Angriffen und sie sind gesünder und stärker, was sich langfristig auszahlen wird. Und die Erfolgsquote ist gar nicht schlecht.«

»Wie kannst du das sagen? Gerade du?«, speie ich ihm entgegen. Wie er die Kolonie und das Programm verteidigt, erinnert er mich an meinen Vater.

Er breitet die Arme aus, wirkt plötzlich hilflos. »Was soll ich tun? Ich gehöre hierher, bin einer von ihnen, wenn auch eines der unvollkommenen Exemplare. Ich kann von Glück reden, dass sie mich nicht verbannen.«

Es dauert einen Augenblick, bis ich seine Worte begreife. »Wie meinst du das? Wieso bist du nicht vollkommen?«

Samuel antwortet nicht, doch in seinen Augen sehe ich so viel Schmerz und Traurigkeit, dass es mir einen Schauer über den Rücken jagt. »Sag es mir. Warum bist du unvollkommen?«, dränge ich.

Er schluckt, strafft sich dann. Unvermittelt zerrt er sich das T-Shirt über den Kopf, öffnet die Hose und lässt sie über die Knie rutschen.

»Bist du verrückt? Was machst du da?« Mein Blick fällt auf seine Brust. Sie ist unbehaart, ebenso seine Achseln. Meine Augen wandern über seinen glatten Bauch. Ich spüre meine Wangen heiß werden, doch ich sehe nicht weg. Samuel ist schmalbrüstig und unbehaart wie ein Kind. Und nicht nur das. Entsetzt schlage ich die Hand vor den Mund. Dort, wo seine Genitalien sein müssten, ist nur ein verkümmerter Knubbel. Samuel ist mehr als unvollkommen.

Samuel ist ein Mutant.

»Jetzt weißt du, was ich bin«, sagt er und zieht seine Hose wieder hoch.

Sprachlos wische ich mir über die Wangen. Sie sind tränenfeucht. »Es ... tut mir so leid«, wispere ich.

Er winkt ab. »Vergiss es. Du musst die Kolonie verlassen.«

Vier Worte, schlicht und leicht verständlich. Ich verstehe sie nicht. Viel zu sehr bin ich noch mit seinen verkümmerten Genitalien beschäftigt. »Was?«

»Sie werden versuchen, dich aus dem Weg zu schaffen«, sagt er. Langsam gewinnt seine Stimme an Festigkeit.

»Du meinst, sie werden mich verbannen?«

Er tritt auf mich zu, und ich muss dem Impuls widerstehen, zurückzuweichen. Mutanten sind widerlich, hat mein Vater immer gesagt. Zurückgebliebene Kreaturen, mehr Tier als Mensch. Doch weder ist Samuel widerlich noch zurückgeblieben.

Mein Vater hat gelogen. Wie so oft.

»Du wirst nicht ausgewiesen, Jule. Du wirst weggesperrt, wenn du nicht gehst. Für immer.«

Ich reiße die Augen auf. »Aber warum? Ich habe nichts Schlimmes getan.«

»Man kann dir nicht trauen. Für den Offiziersrat ist das schlimm genug. Aber keine Angst«, fügt er schnell hinzu, »ich helfe dir hier raus, okay?«

»Hier raus? Meinst du in die *Außenwelt*?« Bescheuerte Frage. Was sollte er sonst meinen? Hatte ich in den letzten Wochen nicht genau darüber unentwegt nachgedacht?

Er nickt. »Es ist deine einzige Chance.«

Mein Verstand klinkt sich aus. Ich verstehe gar nichts mehr. Ein nagendes Drängen steigt in mir empor, füllt mein gesamtes Denken aus. Ein Gefühl, das ich als Panik identifiziere. »Warum hilfst du mir?«

»Weil wir Freunde sind«, erwidert er schlicht.

Ich bin wie erstarrt. Glücklicherweise behält Samuel einen kühlen Kopf. Er stapft zu meiner Kommode und späht hinein. »Wo sind deine Sachen?«

Benommen deute ich unters Bett. Er zieht die Segeltuchtasche hervor, öffnet den Reißverschluss und kontrolliert den Inhalt. »Wenigstens warst du schlau genug, um zu packen.«

»Was ist mit den Soldaten?«, frage ich. Meine Stimme klingt dumpf. »Werden sie uns nicht aufhalten?«

»Wir gehen durch den Keller.« Mit diesen Worten schnappt er meine Tasche und stapft zur Tür. »Kommst du?«

»Und mein Vater? Was passiert mit ihm, wenn ich abhaue?« Keine Ahnung, warum ich jetzt an meinen Vater denke, oder mich überhaupt um ihn sorge. Eigentlich sollte er mir egal sein.

Samuel legt die Hände auf meine Schultern und sieht mich streng an. »Deinem Vater wird nichts geschehen. Er ist der Kommandant und kann nichts dafür, wenn seine Tochter einfach verschwindet.«

Mir schwirrt der Kopf. Wenn ich jetzt gehe, werde ich ihn niemals wiedersehen. Ihn nicht und auch nicht meine Freunde.

»Jule, wir haben keine Zeit«, drängt Samuel.

»Ich weiß.« Wie eine Schlafwandlerin folge ich ihm hinaus.

7

Niemand hält uns auf, was daran liegt, dass die Mitarbeiter des medizinischen Zentrums in einer Besprechung sind, behauptet Samuel. Langsam frage ich mich, woher er das alles weiß.

Im ersten Stock lotst er mich durch eine Seitentür zu einer schmalen, schwach beleuchteten Treppe. Ein unangenehmer Geruch weht von unten herauf. Scharf und beißend drängt er in meine Nase. Samuel zieht einen Schlüssel hervor und öffnete eine Metalltür, die am Ende der Treppe aus dem Zwielicht auftaucht.

»Wo bringst du mich hin?«, wispere ich.

Er hält den Finger an die Lippen, damit ich schweige. Dafür knurrt mein Magen so laut, dass Samuel mir einen fragenden Blick zuwirft.

»Ich habe seit einer Ewigkeit nichts gegessen«, wispere ich. Er seufzt. »So kannst du nicht raus. Ich besorg dir was. Warte hier.«

Es behagt mir nicht, dass er mich zurücklässt. Was, wenn er nicht wiederkommt? Oder mich verrät? Immerhin ist er ein Mutant. In Gedanken schimpfe ich mich eine undankbare Kuh. Warum sollte er mich verraten, nachdem er mich bis in den Keller gebracht hat? Aber vielleicht hat er das getan, damit sie mich hier unten beseitigen können, ohne befürchten zu müssen, dass die anderen Probanden es bemerken? Der Gedanke jagt eine Welle der Panik durch meinen Körper. Ich sollte abhauen, solange ich noch kann. Vorsichtig öffne ich die Tür.

Was mich erwartet, verschlägt mir den Atem. Endlich verstehe ich, woher der widerliche Geruch kommt. Vor mir erstreckt sich ein langer, schmaler Kellerraum, getaucht in grünes Licht. Aufgereiht auf Metallregalen stehen verschieden große Glasbehälter. Sie sind mit einer gelblichen Flüssigkeit gefüllt, die aussieht wie verdünnter Urin und auch einen ähnlichen Geruch verströmt, nur viel intensiver und unterlegt mit einer beißenden Schärfe, die meine Atemwege reizt und in den Augen brennt. Der Inhalt der Behälter lässt mich vor Grauen erstarren. Entstellte, menschliche Föten in allen Entwicklungsstadien. Groteske Gebilde, teilweise kaum als Mensch zu erkennen. Deformiert, mit verwachsenen Gliedmaßen oder Beulen auf dem Rücken, durch die die Wirbelsäule hell hindurchschimmert. Blicklos durch schwammige, rüsselartige Wucherungen im Gesicht. Blutrote, aufgequollene Körperöffnungen. Übelkeit schwemmt über mich hinweg und Angst.

Ich muss hier raus.

Kopflos stürze ich durch eine Tür zu meiner Rechten und finde mich in einem stockfinsteren Raum wieder, in dem es nach Desinfektionsmittel und feuchten Wänden riecht. Die Haare an meinen Armen stellen sich auf. Zitternd taste ich nach dem Lichtschalter. Mein panisches Keuchen hallt durch die Stille. Da endlich. Der Schalter. Flirrend erwacht die Neonröhre über mir zum Leben. Nur zwei Schritte entfernt befindet sich eine Art OP-Tisch. Er ist mit einem Tuch bedeckt, unter dem sich ein Körper abzeichnet. Der Größe nach tippe ich auf ein Neugeborenes. Eine schreckliche Ahnung erfasst mich. Ich will es nicht sehen, doch meine Füße bewegen sich wie ferngesteuert Richtung Tisch. Meine Finger krampfen sich um das Tuch. Langsam, ganz langsam ziehe ich es weg.

Da liegt er. Ein nur wenige Stunden alter Säugling. Nashas Sohn.

Sein Kopf ist deformiert. Die Schädeldecke fehlt völlig. Graue Hirnmasse quillt heraus. Die Beine sehen aus wie kurze, bleistiftdünne Zweige. Entsetzt schlage ich die Hand vor den Mund. Mein Denken setzt aus. Wäre mein Magen nicht leer, würde ich mich übergeben. Stattdessen würge ich an Luft. Alles verschwimmt vor meinen Augen. Plötzlich spüre ich eine Hand auf meiner Schulter.

»Sieh nicht hin.« Samuel.

Doch ich kann nicht anders. Ich muss hinsehen. Muss mit eigenen Augen sehen, welche Monstrosität die Wissenschaftler der Kolonie geschaffen haben. Mit sanftem Druck zieht Samuel mich Richtung Tür. »Komm, wir müssen gehen.«

Gehen? Ich kann kaum stehen, geschweige denn gehen. Wimmernd sinke ich in die Knie. Samuel seufzt und reicht mir eine Flasche Wasser. »Hier. Trink das.«

Dankbar nehme ich sie entgegen. Nachdem ich getrunken habe, drückt er mir ein Stück Maisbrot in die Hand. Ich schüttle den Kopf.

»Du musst etwas essen«, beharrt er. Beherzt zieht er mich auf die Füße, umklammert meine Schultern und schüttelt mich leicht. »Jule! Du willst doch nicht enden wie die anderen Frauen hier und du willst auch nicht sterben, also reiß dich zusammen!«

Er hat recht. Wenn ich jetzt die Nerven verliere, habe ich keine Chance. Aber der Säugling ... Schluchzend nehme ich das Maisbrot und beiße hinein. Zwinge mich zum Kauen.

»Ein Kilo Bohnen.« Samuel hält einen Beutel hoch, bevor er ihn in meine Tasche packt, während ich an dem Maisbrot herumnage. Nun, da ich mich langsam wieder beruhige, schäme ich mich für mein Misstrauen von zuvor. Wie konnte ich auch nur in Erwägung ziehen, dass Samuel mich verraten würde? Er riskiert sein Leben, um mir zu helfen.

Ich deute auf den OP-Tisch. »Was ist mit dem anderen Kind?«

Samuel zieht die Stirn in Falten, was seinem Gesicht etwas Düsteres verleiht. »Es ist gesund.«

Das beruhigt mich. Nachdem ich das Brot gegessen habe, führt er mich aus dem Raum und weiter durch den Keller. Ich will nicht hinsehen, doch die makabre Präsenz der deformierten Wesen zieht mich magisch an. Die Gefäße am Ende des Raumes sind die Grässlichsten. Sie sind fast mannsgroß, weil sie keine Föten bergen, sondern Säuglinge. Kinder, die wie der Junge im Nebenraum, geboren worden sind, von Frauen wie Nasha. Riesige Köpfe, die Gesichter verzerrt, missgebildete oder fehlende Gliedmaßen, faustgroße Tumore. Einer hat schuppige Haut wie ein Reptil. Entsetzt starre ich auf das groteske Wesen. Wie konnte eine derartige Missbildung entstehen? Was haben die Wissenschaftler getan?

Samuel zieht an meinem Arm. »Komm, Jule. Wir müssen weiter.«

Keine Ahnung, wie er das macht, aber er schafft es irgendwie, mich vorwärts zu bewegen. Erleichterung durchflutet mich, als wir den Kellerraum am anderen Ende verlassen. Samuel schließt die Tür auf und wir treten ins Freie. Frische, heiße Luft strömt mir entgegen. Obwohl ich mein Gesicht beschatte, brauche ich eine Weile, um mich an die plötzliche Helligkeit zu gewöhnen. Samuel scheint damit keine Probleme zu haben. Er geht nach draußen, sieht sich um und stapft dann unbeirrt voran. Dreißig Meter entfernt ragt die Mauer in den Himmel. Davor nichts als Sand und Steine. Hinter mir, überraschend weit weg, befindet sich das medizinische Gebäude. Scheinbar erstreckt sich der Keller weit über das Gebäude hinaus. Keine Deckung weit und breit. Nichts, wo wir uns verstecken könnten, sollten wir entdeckt werden. Das ist nicht gut.

Samuel zieht mich nach rechts zu einem schmalen Graben, durch den eine nach Verwesung und Exkrementen stinkende Brühe fließt.

»Das ist der Abwassergraben«, erklärt er. »Durch den kommst du hier raus.«

Von ganzem Herzen hoffe ich, dass er scherzt. Er deutet auf die Stelle, wo der Graben in der Mauer verschwindet. »Da musst du durchkriechen. Auf der anderen Seite ist eine Metallklappe. Lös den Riegel, drück sie auf und krabbel hindurch. Dann bist du frei.«

Ich starre ihn an als hätte er nicht mehr alle Tassen im Schrank. »Ich soll durch Scheiße kriechen? Bist du verrückt?«

Er ergreift meine Hände. »Jule. Wenn sie dich erwischen, hast du größere Probleme als ein bisschen Scheiße. Die kannst du wenigstens wieder abwaschen.«

Verflucht. Muss er denn immer recht behalten?

»Wenn du durch bist«, fährt er fort, »dann bleib im Kanal, bis er zwischen den Steinformationen im Boden verschwindet, auch wenn es eklig ist und du so schnell wie möglich da raus willst. Das Gelände ist vermint.«

Von meinem Vater weiß ich, dass die Neue Armee zum Schutz der Kolonie Minen vergraben hat. Bisher hat mich das nicht besonders interessiert. Nun sieht die Sache natürlich anders aus. Ich will da nicht hinaus. Nicht in die Stinkbrühe und auch nicht in das Minenfeld. Mein Mund ist staubtrocken, Panik das alles überlagernde Gefühl.

»Was ist mit dir? Was ist, wenn sie herausfinden, dass du mir geholfen hast?«

Zu meiner Schande ist es nicht die Sorge, die mich das fragen lässt. Ich hoffe, dass er mich begleitet, denn ich habe keine Ahnung von der Außenwelt, weiß nur, was man sich in der Kolonie darüber erzählt und das ist nichts Gutes. Ich schaffe das nicht. Niemals.

»Mach dir keine Sorgen. Geh einfach«, sagt Samuel.

»Bitte komm mit mir.« Ich denke an Manja. Sie würde mich ohne zu zögern begleiten.

Er schüttelt den Kopf. Ein Anflug von schlechtem Gewissen huscht über sein Gesicht. »Das geht nicht.«

»Warum nicht?«

»Bitte Jule. Versuch keine Geständnisse aus mir herauszupressen.« Er deutet auf einen entfernten Punkt hinter der Mauer. »Geh nach Norden, dort gibt es Siedlungen. Du bist jung und gesund, sie nehmen dich bestimmt auf.«

Erneut frage ich mich, woher er das weiß und was er damit meint, dass ich keine Geständnisse aus ihm herauspressen soll. Was verheimlicht er vor mir?

Er schiebt mich Richtung Abwasserkanal. »Jetzt geh schon.«

Vor der Mauer halte ich inne und betrachte die stinkende Brühe. Schon bei dem Gedanken, dort hineinzusteigen, muss ich würgen. Bestimmt werde ich kotzen, sobald ich auch nur einen Fuß hineinsetze.

Tschüss Maisbrot.

»Ich hoffe wir sehen uns eines Tage wieder«, sagt Samuel neben mir. Seine Stimme klingt ungewöhnlich sanft, als würde ihm wirklich etwas an mir liegen. Zärtlich streicht er mir über Nacken und Schulter. Die Geste ist zu viel für mich. Ich will nicht losheulen, also schlucke ich den Kloß in meinem Hals, umarme Samuel schweigend und stecke meine Arme durch die Riemen der Tasche, sodass sie sicher auf meinem Rücken liegt. Entschlossen klettere ich in den Graben.

Der Gestank ist unbeschreiblich. Widerlich süß und faulig.

Um mich abzulenken, denke ich an die konservierten Föten. Aber es hilft nichts. Die Fäulnisgase vernebeln mein Gehirn, mehr noch als der Schock im Keller. Ich weine, was ich an meinen feuchten Wangen bemerke. Zumindest hoffe ich, dass es sich um Tränen handelt, und nicht um Abwasserspritzer. Die Öffnung in der Mauer ist nah. Nur noch zwei Schritte.

Gleich muss ich untertauchen. Allein die Vorstellung ist ekelhaft genug, um mich erneut würgen zu lassen.

»Warte«, höre ich Samuel rufen. Er reicht mir ein paar Stofffetzen, die er vom Saum seines T-Shirts abgerissen hat. »Hier. Steck das in deine Nase und in die Ohren.«

Ich tue wie geheißen und nicke ihm ein letztes Mal zu. Für sentimentale Abschiedsszenen bin ich viel zu angewidert und ängstlich. Dann tauche ich unter. Die Mauer ist nicht übermäßig dick, ungefähr einen Meter, doch der Tunnel ist eng und zwischen Abwasser und Gestein bleiben nur wenige Zentimeter Platz. Nicht genug, um Luft zu holen, sollte ich plötzlich welche brauchen. Panische Grunzlaute ausstoßend kralle ich meine Fingernägel in den Putz und schiebe mich vorwärts. Die Augen muss ich geschlossen halten, sodass ich mich nur auf meinen Tastsinn verlassen kann.

Ein Schritt. Zwei. Es ist so ekelhaft. Da ist die Klappe. Hektisch taste ich nach dem Riegel, breche mir einen Fingernagel ab bei dem Versuch, ihn aufzuschieben. Autsch. Die Luft wird knapp. Ich muss hier raus. Die Vorstellung, wie diese widerliche Brühe meine Atemwege hinabströmt und in meine Lungen dringt, jagt Panikwellen durch meinen Körper. Warum ist die Klappe so verdammt schwer? Mit meinem ganzen Gewicht stemme ich mich dagegen, damit sie sich so weit öffnet, dass ich mich hindurchzwängen kann. Der Boden unter mir ist glitschig, übersät mit weichen Klumpen, über deren Herkunft ich lieber nicht nachdenken will. Ich verspüre den unwiderstehlichen Drang, meinen Ekel und meine Panik hinauszuschreien.

Atmen. Ich muss atmen.

Wenige Sekunden später habe ich es geschafft. Mein Kopf durchstößt die Wasseroberfläche. Die Luft, die in meine Lungen strömt, erscheint mir frisch und süß, obwohl sie stinkt. Meinen Impuls, aus dem Graben zu hechten, unterdrücke ich und wate stattdessen den Abwasserkanal entlang. Nach wenigen Metern wird mir bewusst, dass ich mich zum ersten Mal in meinem Leben außerhalb der Kolonie befinde. Die Erkenntnis hat etwas Befreiendes und zugleich überaus Beängstigendes. Ich lasse meinen Blick über das Gelände wandern. Eine endlos erscheinende, karge Ebene empfängt mich. Riesige, eiförmige Felsen bedecken den Boden, und in der Ferne erhebt sich der dunkle Umriss eines Gebirges. Die ungewohnte Weite ist wie ein Schock. Außerhalb der Mauern fühle ich mich schutzlos und winzig.

Wenn ich wenigstens aus diesem Graben hinaus könnte. Der Gestank macht mir zu schaffen und auch die Übelkeit. Wo sich eventuelle Minen verbergen, kann ich nicht erkennen, also muss ich wohl drinnen bleiben. So schnell wie möglich überwinde ich die Distanz zur Steinwüste und klettere dann erleichtert aus dem Kanal. Hohe Granitfelsen von bizarrer Form umgeben mich. Sie sehen aus wie überdimensionale Spielsteine, die ein Riese willkürlich in der Ebene verstreut hat. Manche sind so hoch, dass ich hinaufklettern müsste, um an ihre Spitze zu gelangen, andere reichen mir kaum bis zur Hüfte. Dazwischen Kakteen, Gestrüpp und zerrupft wirkende Bäume, die mich an Yucca Palmen erinnern, nur viel größer. Ich klettere auf einen Stein und sehe mich um. Wasser zu finden ist das vorrangige Ziel, soviel habe ich in der Schule gelernt. Nicht nur, weil ich zum Himmel stinke, auch habe ich schrecklichen Durst und mir ist immer noch schlecht. Auf den ersten Blick erkenne ich nichts, was auf Wasser hindeutet. Kein fernes Glitzern oder ein Anflug von Blau. Bevor ich absteige, sehe ich zurück. Die Festungsmauern der Kolonie sind ein gutes Stück entfernt. Ohne Fernglas wird mich niemand entdecken. Aus meiner Perspektive erscheint sie mir wie eine andere Welt. Eine Welt, zu der ich nicht mehr gehöre.

Vorsichtig klettere ich nach unten und setze meinen Weg fort. Der Durst nimmt zu und auch der Ekel vor mir selbst. Sollte ich vor Einbruch der Nacht kein Wasser finden, habe ich ein Problem. Fliegen und Stechmücken werden in Scharen über mich herfallen, weil ich so gut rieche, während mein Körper immer weiter dehydriert. Schon jetzt umschwirrt mich eine beachtliche Zahl fetter, schwarzer Brummer, die ich mit meiner Hand verscheuche. Der nächste Schwung Tränen stiehlt sich aus meinen Augen.

Ich will nicht sterben.

Reiß dich zusammen, Jule. Es gibt Siedlungen, hat Samuel gesagt. Du musst sie nur finden.

Nach Norden soll ich gehen. Doch wo verflucht ist Norden? Überleben in der Wildnis hat nicht auf meinem Stundenplan gestanden. Frustriert erklimme ich einen weiteren Steinhügel und sehe mich um. Am Horizont hängt der erste Hauch des sterbenden Tages als orangefarbener Streifen am Himmel. Darunter eine glänzende Fläche umrahmt von Grün und einer großen Zahl dieser palmenartigen Bäume. Das muss eine Wasserquelle sein. Hoffnung keimt in mir auf. Die Vorstellung von Wasser auf meiner Haut und in meiner Kehle treibt mich zur Eile an. Aufgeregt kraxle ich von dem Felshaufen und setze meinen Weg fort. Von meinem Aussichtspunkt aus schien das Wasser nicht weit entfernt, doch das Labyrinth aus kleinen und großen Felsformationen verlängert meinen Weg um ein Vielfaches.

Die Sonne steht tief. Lange Schatten verdunkeln den Boden, als ich es endlich erreiche. Zwei wilde Hunde huschen in die Nacht davon, als ich mich nähere. Hoffentlich kehren sie nicht mit ihren Kumpels zurück.

Ein Tümpel mit einem schmalen Zulauf, mehr ist es nicht, doch genug, um meinen Durst zu stillen und darin zu baden. Es widerstrebt mir, mich auszuziehen und in ein unbekanntes Gewässer zu steigen, aber der Gestank muss weg. Eine ganze Weile schon schwirrt eine wachsende Zahl von Insekten um mich herum. Zudem will ich keine Infektion bekommen. Der Boden ist rutschig, übersät mit schleimigen Gewächsen, die sich um meine Knöchel schlingen. Schwarze Käfer durchpflügen die

Wasseroberfläche. Wasserläufer staksten grazil darüber hinweg, während knapp darunter zahllose Mückenlarven lauern, von denen ich sicher einige getrunken habe. Ich wische die Insekten zur Seite und schaffe mir Platz. Dann tauche ich unter, scheuche dabei einen Schwarm fingerlanger Fische auf. Das wiederhole ich so lange, bis ich mich einigermaßen gesäubert fühle. Anschließend hocke ich mich an das Ufer und wasche die verschmutzen Sachen, was nun, nachdem ich gebadet habe, widerlich ist. An der Tasche kleben braune Klumpen und die gelbbraunen Flecken auf dem T-Shirt haben sich so tief in das Gewebe gesogen, dass ich sie nicht vollständig rausbekomme.

Nackt kauere ich mich in den Windschatten eines mannshohen Felsens und überlege meine weitere Vorgehensweise, während ich mit den Fingern mein Haar zu entwirren versuche. Ein Kamm wäre nicht schlecht, aber in meiner Eile habe ich keinen eingepackt.

Die Sonne geht im Osten auf, das ist alles, was ich weiß. Wie soll ich da erkennen, wo Norden ist? Was, wenn ich keine Menschensiedlung finde? Ich brauche Essen und Trinken und vor allem Schutz. Außerdem kann ich kein Wasser mit mir tragen, weil ich nichts habe, worin ich es aufbewahren kann. Wenn ich in der Hitze des Tages über die Ebene wandere, brauche ich aber Wasser, sonst schaffe ich keine zwanzig Kilometer, soviel zumindest weiß ich.

Je mehr ich darüber nachgrüble, umso klarer wird mir, dass meine Chancen denkbar schlecht stehen. Der Gedanke bringt mich wieder zum Heulen. Der und die Erinnerung an Manja, Paul und Samuel und ja, auch an meinen Vater, den ich niemals wiedersehen werde. Noch nie habe ich mich so hilflos und allein gefühlt. So sicher, dass ich sterben werde.

8

Ich muss eingedöst sein, denn als ich die Augen aufschlage, ist es tiefste Nacht. Nackt taste ich mich zu meiner Kleidung und prüfe, ob sie getrocknet ist. Die Hose ist nass, aber T-Shirt und Unterwäsche sind nur noch klamm. Da ich kaum etwas sehe und mich am Boden verletzlich fühle, beschließe ich, meine Sachen zu nehmen und auf einen Felsen zu klettern. Vor Angst werde ich kein Auge mehr zutun können, aber dort oben fühle ich mich wenigstens sicher. Zumindest sicherer als unten. Der Mond bescheint meinen Schlafplatz, der noch warm ist von der Hitze des Tages. Ich schlüpfe in Slip und Hose. Anschließend ziehe ich mein Bustier an. Während ich das T-Shirt über den Kopf streife, spüre ich eine Berührung an meiner Wange. Erschrocken springe ich auf. Ein stechender Schmerz durchzuckt mich. Ich schreie, zerre das T-Shirt weg und werfe es von mir. Eine handtellergroße, haarige Spinne kriecht zwischen den Stoff-alten hervor und flitzt davon. Angewidert verziehe ich das Gesicht und betaste dann vorsichtig meine Wange. Die Haut fühlt sich heiß und hart an und es brennt höllisch. Ich springe vom Felsen, hechte zum Tümpel und beuge mich über das Was-ser. Ein Wasserläufer stakst eilig davon, als mein Schatten das Mondlicht verdunkelt.

Es ist zu finster, um etwas zu erkennen, aber meine Wange fühlt sich an, als wäre sie um das Doppelte angeschwollen. Ich schöpfe Wasser und trinke einen Schluck. Zumindest versuche ich es. Die Hälfte tropft wieder aus meinem Mund. Panisch betaste ich meine Lippen. Was ist los? Ich kann meinen Mund nicht mehr richtig schließen. Hilfe. Hektisch schnappe ich mein T-Shirt, schüttle es aus und tauche es anschließend in das kühle

Nass. Sobald sich der Stoff mit Wasser vollgesogen hat, drücke ich es auf die Bisswunde. Scheiße tut das weh. Die Schmerzen strahlen bis über meine Schädeldecke und in den Nackenbereich. Ich schluchze laut. Garantiert ist die Spinne giftig. Ich werde sterben. Mit Schaum vor dem Mund und grotesk verzerrtem Gesicht.

Im Rekordtempo saugt sich das T-Shirt mit Hitze voll, sodass ich es erneut ins Wasser tauchen muss, um die Schwellung weiter zu kühlen. Meine Gedanken kreisen um Spinnenarten. Nicht eine will mir mit Namen einfallen, obwohl wir das Thema in Bio durchgenommen haben.

Mein Kopf ist wie leergefegt.

Plötzlich höre ich Stimmen. Das kann nicht sein. Fantasiere ich? Nein. Das sind eindeutig menschliche Laute. Noch weit entfernt, aber sie nähern sich.

Ich schwanke zwischen Erleichterung und dem Impuls, mich zu verstecken. Zum Wegrennen ist es auf jeden Fall zu spät, im Mondlicht werden sie mich sehen und wahrscheinlich auch hören. Da ich keine Ahnung habe, wer da auf mich zukommt, schnappe ich meine Tasche und husche geduckt hinter den nächstgelegenen Felsen. Gerade noch rechtzeitig. Die Gruppe erreicht den Tümpel und hält inne.

Während ich ihren Stimmen lausche, grüble ich darüber nach, ob ich mich ihnen zu Erkennen geben soll. *In der Außenwelt kannst du niemandem trauen,* hat mein Vater immer gesagt und mich dabei vielsagend angeblickt. *Vor allem den Männern nicht. Da draußen gibt es kein Gesetz.*

Ganz klar. Solange ich nicht weiß, ob es sich um Freund oder Feind handelt, sollte ich mich fernhalten. Es dauert eine Weile, bis ich es wage, einen Blick zu riskieren. Glücklicherweise sprießt ein Büschel Wüstengras direkt neben dem Felsen hervor, hinter dem ich mich verbergen und trotzdem etwas erkennen kann. Mein Kopf schmerzt bei jeder Bewegung, als würden Nadeln in mein Gehirn getrieben. Die Wange pocht und puckert und ich sehe alles verschwommen. Wenn sich mein Gesundheitszustand weiter verschlechtert, muss ich mich bemerkbar machen und hoffen, dass sie keine Menschenfresser oder Vergewaltiger sind.

Ich zähle vier Männer. Große Männer. So groß wie die Soldaten auf dem medizinischen Gelände. Einer hat ein Feuer entzündet und füttert es mit Zweigen. Die anderen waschen sich in dem Tümpel. Der Kerl am Feuer hebt den Kopf und sieht sich aufmerksam um. Ich kneife die Augen zusammen, um meinen Blick zu schärfen. Soweit ich das erkennen kann, sind zwei von ihnen haarlos, wie die Kinder auf dem Spielplatz. Der Größere der beiden scheint das linke Bein nachzuziehen, aber ich könnte mich auch irren. Meine Sicht ist einfach zu schlecht. Auf jedem Fall tragen sie keine Schuhe. Kein gutes Zeichen. Nur Wilde laufen barfuß. Ein stiernackiger Kerl dreht sich in meine Richtung und zieht den Atem ein, als würde er schnüffeln. Das Feuer bescheint sein Gesicht. Ich kneife die Augen zusammen und wische die Tränen fort, die sich in meinen Augenwinkeln gesammelt haben. Dadurch kann ich klarer sehen.

Leider.

Entsetzt schlage ich die Hand vor den Mund, um das erschrockene Keuchen abzufangen, das sich aus meiner Kehle stiehlt. Sein grausam entstellter Unterkiefer und die wulstigen Augenbrauen erinnern mich an die missgebildeten Föten im Keller.

Es sind Mutanten.

Ruckartig weiche ich zurück, lehne mich gegen den Stein und schließe die Augen. Mein Körper bebt vor Schmerz und der

Bestürzung über die Gegenwart der Mutanten. Scheiße. Von allen möglichen Begegnungen in der Außenwelt muss ich gerade ihnen als Erstes über den Weg laufen. Bestimmt werden sie mich vergewaltigen, wenn sie mich finden oder Schlimmeres. Mein Herz schlägt so schnell, dass ich befürchte, es wird jeden Moment stehenbleiben, um sich eine Weile auszuruhen. Ich versuche, fortzukriechen, einen Sicherheitsabstand zwischen mich und die Mutanten zu bringen, doch meine Beine sind zu unnützen Anhängseln mutiert. Und wo ist meine Tasche? So sehr ich mir das Gehirn zermartere, ich erinnere mich nicht, wo ich sie abgestellt oder ob ich sie überhaupt mitgenommen habe. Was, wenn die Mutanten sie finden? Dann wissen sie, dass jemand hier ist und ich verliere die Bohnen. Ich werde verhungern. Der Gedanke ist zu viel für mich. Kraftlos kippe ich zur Seite und keuche in den Dreck. Speichel fließt aus meinem Mund, heftet den Staub an meine tauben Lippen. Meine Wange ist auf die Größe einer Kinderfaust angeschwollen und fühlt sich an, als würde sie jeden Augenblick explodieren.

Ich will nicht sterben, nicht hier, nicht auf diese Weise. »Oh Gott«, wimmere ich. »Bitte hilf mir.«

Ich kenne diesen Gott nicht, von dem mir meine Mutter immer erzählt hat, doch es tut gut, jemanden um Hilfe anzuflehen. Was soll ich sonst tun?

Flackerndes Licht nähert sich. Ich rühre mich nicht, bin gar nicht in der Lage dazu, blinzle nur in die zuckende Helligkeit. Einen Augenblick lang denke ich tatsächlich, dass Gott gekommen ist, um mich zu retten, doch die rauen Stimmen holen mich schnell in die Wirklichkeit zurück.

Das ist kein Gott. Das sind die Mutanten.

Jemand beugte sich zu mir hinab, leuchtet mit der Fackel in mein Gesicht. Die Hitze der Flamme brennt unangenehm auf meiner Haut. Ein anderer umfasst mein Kinn und dreht es hin und her. Der Schmerz, den die Bewegung verursacht, lässt mich aufheulen.

»Sie ist gebissen worden«, höre ich die Gestalt sagen. Seine Stimme klingt normal. Seltsam. Ich dachte immer, die Mutanten würden sich durch Knurr- und Grunzlaute verständigen.

»Wahrscheinlich eine Wolfsspinne«, mutmaßt ein anderer.

Die Wolfsspinne gehört zu den Taranteln. Ich erinnere mich. Die Arten sind unterschiedlich giftig, doch nur selten führen ihre Bisse zum Tod. Hätte ich das bloß vorher gewusst, dann hätte ich mich nicht so verrückt gemacht.

Der haarlose Mann nimmt mich auf den Arm, mühelos, als wöge ich nicht mehr als ein Kind, und trägt mich zu ihrem Lagerplatz neben dem Tümpel. »Blue, hast du das Kampferöl dabei?«, fragt er.

Blue? Da ich meinen Kopf nicht bewegen kann, verdrehe ich die Augen, um sie zu sehen. Tatsächlich. Blue ist eine Frau. Mit dem kantigen Gesicht, den kurzen Haaren und dem muskulösen Körper sieht sie aus wie ein Mann. Trotz ihrer Brüste. Im Feuerschein glaube ich sogar, einen Adamsapfel zu erkennen.

Ein weiterer Schmerzenslaut entfährt mir, als der Mann mich unsanft auf den Boden legt. Vier verschwommene Gesichter beugen sich über mich. Mir wird bewusst, dass ich kein Shirt trage, nur das Bustier, das einmal schwarz gewesen ist, nun jedoch fleckig und grau. Stöhnend verschränkte ich die Arme vor der Brust.

»Ist sie eine Siedlerin?«, fragt Blue und sieht den Mann, der mich getragen hat, an. Anscheinend handelt es sich um den Anführer des Trupps.

Er zuckt mit den Schultern. »Ich glaube nicht. Dafür ist sie zu gut genährt.«

Gut genährt? Ich? Samuel war da anderer Ansicht. Der Mutant mustert mich. Seine Augen sind hellbraun, die Pupillen winzig klein, obwohl es Nacht ist und wenn mich nicht alles täuscht, schimmern sie am Rand violett. Verachtung liegt in seinem Blick gepaart mit Neugier. Sein Gesicht ist markant, wirkt aber durch die völlige Haarlosigkeit seltsam glatt, fast maskenhaft.

»Wir sollten sie fesseln«, sagt er. »Emish. Hol ein Seil.«

Der riesige Kerl mit dem deformierten Unterkiefer nickt und wendet sich zum Gehen.

»Bitte«, nuschle ich. »Ich tue nichts.«

Was rede ich da? Bestimmt wollen sie mich nicht fesseln, weil sie mich für gefährlich halten. In meinem Zustand kann ich nicht mal einer Ameise etwas zuleide tun.

Der Glatzkopf, der mich getragen hat, stößt einen verächtlichen Laut aus. *Arschloch,* denke ich in einem Anflug von Trotz und Zorn. Emish kehrt zurück, ohne Seil. Stattdessen reicht er dem Glatzkopf ein Stofftaschentuch, in dem in kunstvollen Lettern die Initialen *R.V.* eingestickt sind sowie eine kleine Glasflasche.

Der Glatzkopf nimmt sie, zieht den Stöpsel heraus und träufelt eine bernsteinfarbene Flüssigkeit auf das Taschentuch. Sie riecht scharf und medizinisch. Kampfer.

»Nicht bewegen, sonst müssen wir dich fesseln«, sagt er, während er beginnt, meine Wange abzutupfen. Verfluchte Scheiße. Es brennt entsetzlich, als würde sich Säure in meine Haut fressen. Reflexartig schlage ich seine Hand zur Seite, schnelle hoch und versuche, auf die Beine zu kommen. Blue bekommt mich zu fassen, wirft mich auf den Boden zurück und drückt mir das Knie in den Bauch. Aua. Ich stöhne.

»Nun mach schon Galen. Fessel das Miststück endlich«, zischt sie.

Irgendjemand bringt ein Seil. Der Glatzkopf namens Galen nimmt es und zerrt meine Hände zu sich. Ich kann mich nicht wehren. Alles, was mir bleibt, ist mein Zorn, der ist besser als die Angst, also starre ich ihn so zornig an, wie es mir möglich ist. Leider scheint ihn das nicht zu beeindrucken. Er fesselt meine Hände und Füße mit einer bemerkenswerten Ruhe und Kaltschnäuzigkeit. Dabei kommt er mir recht nahe, was ihn ein ums andere Mal die Nase rümpfen lässt. »Du stinkst. Hast du in Scheiße gebadet?«

Ich enthalte mich einer Erwiderung. Vielleicht hält der Gestank sie davon ab, mich zu vergewaltigen oder aufzufressen. Als er fertig ist, sieht er mich warnend an. »Versuch gar nicht erst, zu fliehen! Klar?«

Mein Schweigen ist ihm hoffentlich Antwort genug. Natürlich werde ich es versuchen, sobald sich die Gelegenheit bietet, doch das muss ich ihm ja nicht unter die Nase reiben.

Er runzelt die Stirn, sein Blick wird scharf. »Ich meine es ernst.«

Kann er etwa Gedanken lesen?

»Ich weiß«, presse ich hervor. Ich mag zornig sein, aber zugleich habe ich auch schrecklich Angst. Unwillkürlich denke ich an die Geschichten, die sie sich in der Kolonie über die Außenwelt, speziell die Mutanten, erzählen. Wie Tiere würden sie leben und Menschenfleisch fressen. Zugegeben, sie wirken nicht wie Kannibalen, und dass sie sprechen können, hat auch niemand erwähnt, aber sie haben mich gefangen genommen, anstatt mir zu helfen, was nicht unbedingt für sie spricht. Außerdem sehen sie gruselig aus.

Eine leise Stimme mahnt mich, dass sie nichts dafür können, dass sie künstlich geschaffen und so geboren worden sind. Dass die Kolonie sie entsorgt hat, wie Mais mit Winterfäule. Trotzdem. Sie sind unzivilisiert und abstoßend und alles andere als vertrauenswürdig.

Der Mutant namens Galen nimmt das mit Kampferöl getränkte Tuch zur Hand. »Halt still.«

Tränen schießen in meine Augen von der erneuten Verschärfung des Schmerzes und den ätherischen Dämpfen. Ächzend beiße ich die Zähne zusammen. Kein Mitgefühl liegt in seinem seltsamen Blick, nur eine ruhige Gleichmütigkeit. Er ist kein Tier, soviel kann ich erkennen. Das bedeutet aber noch lange nicht, dass er zu menschlichen Regungen fähig ist.

Als er endlich fertig ist, setzt er sich zu den anderen auf die gegenüberliegende Seite des Lagerfeuers. Niemand schenkt mir mehr Beachtung, als wäre ich unsichtbar. Die Mutanten sprechen wenig. Der Selbstverständlichkeit ihres Schweigens nach zu urteilen, glaube ich nicht, dass dies auf meine Anwesenheit zurückzuführen ist. Es erscheint mir eher so, als hätten sie sich nichts zu sagen oder als scheinen Worte überflüssig, die nicht dem Zweck des Austauschs von Informationen dienen.

Die halbe Nacht liege ich wach und starre sie an. Das Brennen in meiner Wange ist zu einem dumpfen Pochen mutiert, dafür beginnen meine gefesselten Arme, zu schmerzen. Irgendwann legen sich drei Mutanten hin und schlafen ein. Der, den sie Emish nennen, dreht sich in meine Richtung. Sein wuchernder Unterkiefer hängt auf seiner Brust, sodass sein Mund weit offen steht und schiefe Zähne, die wie verwitterte Grabsteine aus seinem Zahnfleisch ragen, offenbart. Ein abstoßender Anblick. Während er schläft, röchelt und keucht er, als würde er jeden

Moment krepieren. Wie können die anderen bei dieser Geräuschkulisse nur schlafen?

Wenigstens lassen sie mich in Ruhe. Ich schließe die Augen und versuche, mich zu entspannen doch Verzweiflung und Furcht gönnen mir nur kurze Pausen. Immer wieder schrecke ich hoch, luge unter den Augenlidern hindurch, um zu sehen, was die Mutanten treiben.

Jemand fummelt an meinen Handgelenken herum. Bevor ich richtig zu mir komme, werde ich auch schon auf die Beine gezerrt. Benommen wanke ich umher und versuche, den Schlaf aus meinen Augen zu blinzeln. Der Mutant namens Galen wickelt das Seilende um sein rechtes Handgelenk. Er trägt eine Sonnenbrille, sodass ich seine Augen nicht erkennen kann, was ihn für mich noch unheimlicher macht. Als er fertig ist, zerrt er mich hinter sich her wie einen Hund.

Es ist demütigend.

Blue, die meine Tasche trägt, wirft mir immer wieder verächtliche Blicke zu. Emish und der andere Mutant beachten mich nicht. Sie laufen schnell und ich habe Mühe, mit ihnen Schritt zu halten, schließlich sind meine Beine nur halb so lang wie ihre.

»Wo bringt ihr mich hin?«, wage ich zu fragen.

Niemand antwortet. Natürlich nicht.

Wir lassen die Steinwüste hinter uns und laufen dem Sonnenaufgang entgegen. Also nach Osten. Lange, bevor wir die weite, trockene Ebene vor uns überqueren, ist mein Mund staubtrocken. Außerdem muss ich pinkeln. Die Sonne steigt immer höher und brennt unbarmherzig auf uns hinab, was den Mutanten nicht das Geringste auszumachen scheint. Sie schwitzen nicht einmal. Mein Haar dagegen klebt an meiner Stirn und mein Körper lechzt nach Wasser. Seit dem Spinnenbiss habe ich nichts mehr getrunken. Fatal, wenn man eine Wüste durchwandern will. Dazu noch meine helle Haut, die ich von jeher vor der Mittagshitze schütze.

Die Zunge klebt an meinem Gaumen und meine Kehle brennt. Soll ich nach Wasser fragen? Lieber nicht. Ich will keine unnötige Aufmerksamkeit auf mich ziehen. Also versuche ich mich abzulenken, indem ich die Mutanten betrachte. Jeder von ihnen hat einen unübersehbaren Makel. Galen und der, dessen Namen ich noch nicht kenne, sind völlig haarlos, sogar die Augenbrauen fehlen, was ihren Gesichtern ein seltsames Aussehen verleiht. Galen hinkt zudem. Dafür hat der andere sechs Finger an jeder Hand, wenn ich richtig gezählt habe. Blue dagegen wirkt trotz ihrer Brüste überaus maskulin. Gegen sie ist Manja ein Vollblutweib. Die kurzen Haare unterstrichen diesen Eindruck noch.

Emish leidet unter den schlimmsten Entstellungen. Nicht nur das Kinn, sein gesamtes Gesicht wirkt schief, wie ein verrutschtes Bild. Und wenn ich seinen Mund betrachte, die hervorstehenden Zähne und die wulstigen Lippen, die ständig offen stehen, wundere ich mich, dass er überhaupt sprechen kann.

Als hätte er meine Gedanken gelesen, sieht er mich unvermittelt aus seinen winzigen Schweinsäuglein an. »Wash shtarrst du so?«

Beschämt senke ich den Blick. Da ich befürchte, dass eine gestotterte Entschuldigung ihn vielleicht noch mehr gegen mich aufbringen könnte, schweige ich. Mein Mund ist sowieso viel zu trocken zum Reden.

Bald darauf höre ich auf, zu schwitzen und mir wird schwindlig. Statt Blut fließt zähflüssige Lava durch meine

Adern. Jeder Schritt ist eine Qual. Ich stolpere und schlage hart auf dem Boden auf. Ein Stein bohrt sich in mein Knie.

Blue lacht. Galen stößt einen genervten Laut aus und zerrt mich wieder auf die Beine. »Was ist mir dir?«, fragt er.

Schwankend versuche ich, das Gleichgewicht zu halten. »Ich brauche Wasser.«

»Wir haben kein Wasser.« Er deutet auf die dunkeln Schemen am Rand der Ebene. »In den Bergen gibt es eine Quelle. Dort kannst du trinken.«

Damit scheint das Thema für ihn erledigt, denn er dreht sich um und geht weiter. Ich stolpere hinterher, falle immer wieder hin. Blut rinnt mein Bein hinab, wo sich der Stein in das Knie gebohrt hat.

Angst, Durst und Verzweiflung fordern schließlich ihren Tribut. Ohne Vorwarnung gerät die Welt in Schräglage. Schwarze Flecken tanzen vor meinen Augen. Ich falle der Länge nach in den Dreck, atme staubige Erde ein, die meine trockene Kehle zusätzlich reizt. Es ist mir egal. Ich will einfach nur die Augen schließen und mich der Dunkelheit ergeben.

»Stirbt sie uns jetzt weg?«, höre ich Blue fragen.

Galen brummt etwas Unverständliches und zerrt mich wieder auf die Beine. Verschwommen nehme ich wahr, wie er sich zu mir hinabbeugt und meinen Arm ergreift, während er den anderen zwischen meine Beine schiebt und mich über seine Schulter wirft. Wie ein Sack Maismehl oder ein erlegtes Tier.

Das Letzte, was ich höre, ist das Lachen der anderen, dann wird meine Welt dunkel.

* * *

Ab und zu erwache ich, merke, wie ich gegen Galens Rücken klatsche, während er läuft. Ich versuche, die Augen zu öffnen, doch es will mir nicht gelingen.

Etwas Kühles tropft in meinen Mund. Ich zwinge meine Augenlider nach oben, blinzle in die untergehende Sonne. Ich liege gegen einen Felsen gelehnt. Meine Hände sind frei. Wie konnte mir entgehen, dass sie meine Fesseln gelöst haben? Was habe ich noch alles verpasst?

Galen hält mir einen verbeulten Metallbecher an die Lippen und mustert mich schweigend.

Gier durchflutet mich beim Anblick des Wassers. Ich trinke so hastig, dass ich mich verschlucke und mir die Flüssigkeit über die Brust huste. Dennoch, es ist köstlich. Ein wahres Lebenselixier. Galen muss den Becher viermal auffüllen, und selbst dann bin ich noch immer durstig. Ich habe das Gefühl, ich könnte einen kompletten Tümpel leeren.

»Mach langsam«, sagt er. »Nicht, dass alles wieder rauskommt.«

Wie ich mich kenne, könnte das durchaus geschehen. Die Mutanten sitzen im Scheidersitz auf dem Boden. Blue entfacht ein Feuer, Emish zerlegt irgendein Tier, das aussieht wie ein Hase und der Haarlose holt ein dunkles, unförmiges Brot aus einem Beutel, das ich erst auf den zweiten Blick als Maisbrot identifiziere. Besonders gut backen können sie scheinbar nicht. Der Anblick des Essens lässt meinen Magen knurren, so laut, dass ich überzeugt davon bin, dass die Mutanten es hören. Sie reagierten jedoch nicht auf mich, sondern arbeiten schweigend weiter. Jeder scheint genau zu wissen, was er zu tun hat.

Langsam senkt sich die Nacht herab. Im Zwielicht des schwindenden Tages setzt Galen die Sonnenbrille ab und blinzelt ein paar Mal, bevor er seinen Becher ergreift und ihn mit

Wasser füllt. Seine Bewegungen sind langsam und unkoordiniert, als könnte er nicht richtig sehen.

Ich beschließe, das weiter zu beobachten, vorerst jedoch lenkt mich der Druck in meiner Blase ab. Ich muss mich dringend erleichtern. Ein paar Minuten lang rutsche ich auf dem staubigen Boden herum, bis ich es nicht mehr aushalte. »Ich muss mal«, rufe ich.

Niemand beachtet mich.

»Entschuldigung. Ich muss pinkeln. Dringend.«

Blue reagiert als Einzige. »Ja und?«

Ich räuspere mich. »Dürfte ich hinter diesen Felsen gehen?«

Der Druck wird unerträglich. Lange kann ich es nicht mehr halten. Das fehlt noch, dass ich mir zu all den Demütigungen in die Hose mache.

»Bitte«, füge ich aufgrund der Dringlichkeit hinzu. Blue erhebt sich augenrollend und tritt auf mich zu. Riesig ragt sie über mir auf. Ein muskelbepacktes Kampfweib. Eine Ohrfeige von ihr würde bestimmt mit einer Gehirnerschütterung enden oder mit einem geplatzten Trommelfell. Eingeschüchtert drücke ich mich gegen den Felsen.

»Steh auf. Ich begleite dich«, sagt sie. »Damit du nicht auf dumme Gedanken kommst.«

Mir ist alles egal. Mein Harndrang ist so stark, dass ich mir die Hose runter reiße, kaum dass wir uns außer Sichtweite befinden.

Während ich mich erleichtere, starrt Blue auf einen unbestimmten Punkt in der Ferne. Anstand? Wohl kaum. Eher Desinteresse. Wer will schon eine nach Fäkalien miefende Gefangene beim Pinkeln beobachten?

»Wer seid ihr?«, wage ich zu fragen. Immerhin ist sie eine Frau und Frauen sind gesprächiger als Männer. Vielleicht erzählt sie mir was.

Sie zögert, fixiert mich. Ihre Augen scheinen ganz normal. Keine Spur von Violett. »Verstoßene«, sagt sie schließlich.

»Aus der Kolonie?«

Sie nickt. »Die meisten, ja. Manche kommen auch aus den Siedlungen«

Galen, Emish, Blue - klangvolle Namen für Mutanten. Ich frage mich, wer sie so genannt hat oder ob sie sich selbst die Namen ausgesucht haben. Wenn sie aus dem Reproduktionsprogramm stammen, hatten sie auf jeden Fall keinen, denn die genmanipulierten Embryonen bekommen nur eine Nummer- und Buchstabenkombination. A-7 oder M-19. Ich denke an Samuel und finde es plötzlich schade, dass ich so wenig über ihn weiß. Nachdem ich mit eigenen Augen gesehen habe, was mit denen geschieht, die als misslungen gelten, tut er mir umso mehr leid. Aber warum wurde er nicht verbannt? Liegt es daran, dass sein Makel nicht sofort erkennbar ist?

Unwillkürlich denke ich an das letzte Buch, das er mir gegeben hat. Frankenstein. In mir erwacht der Verdacht, dass er es absichtlich ausgesucht haben könnte. Die Wissenschaftler der Kolonie erschaffen Mutanten. Monster in den Augen vieler. Schaffen sie sich damit nicht, wie Dr. Frankenstein in dem Buch, ihren eigenen Feind? Betrachte ich die vier Mutanten vor mir, halte ich das durchaus für möglich. Sie sind stark und scheinen gut zurechtzukommen. Zumindest besser als ich. Die Frage ist: Wird die Regierung das erkennen, bevor es zu spät ist? Und wenn ja - werden sie dann beginnen, sämtliche Neugeborene zu töten, die nicht der Norm entsprechen, wie sie es bereits mit den Fehlgeburten und schwer Missgebildeten tun? Die Vorstellung ist so schrecklich, dass sie meine eigenen Sorgen verdrängt. Nashas Kind erscheint vor meinem geistigen Auge. Die fehlende Schädeldecke, das offen liegende Gehirn, das deformierte Gesicht. Dagegen die Mutanten. Ist ihr Leben überhaupt lebenswert? Sind sie alle intelligente Wesen oder nur die Gruppe, die mich gefunden hat?

Eines weiß ich mittlerweile mit Sicherheit: Genmanipulation ist definitiv der falsche Weg. Jemand sollte die Wissenschaftler der Kolonie stoppen.

Die Mutanten verteilen das Essen und geben auch mir ein Stück Fleisch und Brot. Ich bitte ein weiteres Mal um Wasser, was Galen augenrollend zur Kenntnis nimmt. Emish erbarmt sich, schlurft los und füllt meinen Becher auf.

»Wohin bringt ihr mich?«, frage ich ihn, als er mir den Becher reicht, obwohl ich wegen seiner Missbildung und den fiesen kleinen Schweinsäuglein noch mehr Angst vor ihm habe als vor den anderen. Aber immerhin hat er mir Wasser gebracht.

»Landshby«, sagt er.

Was auch immer das ist. Ich versuche mich an einem Lächeln, was einen scharfen Schmerz durch meine Wange jagt. »Ich heiße Jule.«

»Schuul«, wiederholt er und mustert mich. Mir läuft es kalt den Rücken hinab. Plötzlich wird mir wieder bewusst, dass ich nichts weiter als ein Bustier trage. Ich hätte keine Chance gegen ihn. Meine Sorge erweist sich jedoch als unbegründet, denn er wendet sich ab und kehrt zu den anderen zurück.

Bis auf Galen legen sich alle schlafen. Ich sitze gegen den Felsen gelehnt und überlege, ob dies ein geeigneter Zeitpunkt für einen Fluchtversuch ist. Galen scheint im Sitzen zu schlafen. Seine Augen sind geschlossen, das Kinn ist auf die Brust gesackt.

Niemand passt auf mich auf. Das ist meine Chance. Auf dem Po schiebe ich mich seitwärts, Zentimeter für Zentimeter entferne ich mich von dem Feuerschein. Alles bleibt ruhig. Am Rand des Felsens kralle ich meine Hände in die Erde und richte mich langsam auf. Plötzlich fällt ein Schatten auf mich. Jemand packt mich am Arm und drückt schmerzhaft zu. Galen.

»Was tust du da?«, zischt er. »Willst du gefesselt und geknebelt werden, bis du dich nicht mehr rühren kannst?«

Seine sowieso schon tiefe Stimme rutscht eine Oktave tiefer vor Zorn. Fast klingt es wie ein Knurren. Tränen schießen mir in die Augen vor Schreck und Frustration. Zwei Sekunden zuvor saß er noch dösend am Feuer und nun steht er neben mir, hellwach. Wie kann das sein?

Er krallt seine Hand in meine Schulter und beugt sich zu mir hinab, bis unsere Augen auf gleicher Höhe sind. Seine Pupillen sind schwarze Monde in einem Meer aus Weiß.

»Noch ein Fluchtversuch und ich verschnüre dich, bis du keinen Finger mehr rühren kannst, verstanden?«

Ich schlucke trocken und nicke.

»Komm mit«, befiehlt er.

Ergeben trotte ich neben ihm zum Feuer.

»Du bleibst jetzt hier.« Er deutet auf eine Stelle zwischen ihm und Blue. Dann atmet er tief ein und verzieht das Gesicht. »Morgen früh wäschst du dich.«

Ich spüre, wie mir Hitze in die Wangen steigt. Geschieht ihm recht, dass ich miefe. »Ich kann nichts dafür. Ich musste durch einen Abwassergraben waten.« Warum verteidige ich mich? Mein Körpergeruch sollte mir egal sein. Mit einem abfälligen Schnauben lässt Galen sich auf seine Decke fallen und beginnt, im Feuer herumzustochern.

Ich drehe ihm den Rücken zu und schluchze lautlos vor mich hin, vergieße sämtliche Tränen, die ich während der letzten Stunden zurückgehalten habe.

9

Die Mutanten folgen verzweigten Pfaden, die zwischen zerklüfteten Felsen hindurchführen. Den gesamten Vormittag lag das Gebirge im Schatten, doch nun kriecht die Sonne über die Gipfel und verwandelt die Wege in Schmelzöfen. Innerhalb kürzester Zeit bin ich durchgeschwitzt und dehydriert. Meine Beine schmerzen von dem ungewohnt langen Marsch und ich habe bestimmt hundert Blasen an den Füßen, die jeden Schritt zur Qual machten. Die Zehensandalen eignen sich nicht zum Marschieren. Mehrmals falle ich hin, doch Galen zieht mich wieder hoch und zerrt mich unbarmherzig weiter. Wenigstens bin ich nicht mehr gefesselt. Das ist auch gar nicht nötig, denn für einen Fluchtversuch fehlt mir die Kraft. Als ich über einen Stein stolpere und auf dem Boden lande, nimmt er mich wortlos hoch und wirft mich über die Schulter. Diesmal werde ich nicht ohnmächtig, obwohl ich es mir wünsche, weil es so demütigend ist, getragen zu werden wie ein erlegtes Wild. Zudem ist es auch unbequem und schmerzhaft, weil sich seine Schulter beim Laufen in meinen Bauch bohrt.

Kurze Zeit später bekomme ich die Augen verbunden. Ich kann mir denken warum. Falls ich fliehe, wollen sie nicht, dass ich mich an den Weg erinnere. Unnötig. In diesem Irrgarten aus Wegen und Pfaden habe ich die Orientierung schon lange verloren. Gegen Abend höre ich ferne Rufe. Ich hebe den Kopf und versuche, unter der Augenbinde hervorzuspähen. Vergeblich. Ein Stück staubigen Bodens ist alles, was ich sehen kann.

Und dann sind wir endlich da. Galen stellt mich auf die Füße und nimmt mir die Binde ab. Ich kneife die Augen zusammen. Die Sonne blendet mich. Nachdem ich mich sicher auf den Beinen fühle und mich an die Helligkeit gewöhnt habe, blicke ich mich neugierig um.

Vor mir liegt ein weitläufiges Plateau, hinter mir ein weit verzweigtes Höhlensystem. Ein Rauschen erfüllt die Luft, das ich zuerst nicht zuordnen kann. Erst als Galen mich nach vorne an den Rand des Plateaus zieht, erhasche ich einen Blick auf den Wasserfall. Ich recke den Hals, um zu sehen, wohin das Wasser fließt. Es sammelt sich in einem Becken am Fuß des Berges. Das Wasser ist so blau, dass ich eine neue Definition von Blau brauche, um seine Farbe beschreiben zu können. Türkis fällt mir ein und himmelblau. Dazu Bäume und richtiges Gras von einem satten, kräftigen Grün. Es ist der schönste Ort, den ich je zu Gesicht bekommen habe. Schöner noch als der virtuelle Garten, weil er echt ist.

Am Fuß des Berges stehen grob gezimmerte Hütten aus unbehandelten Stämmen, überschattet von Bäumen. Es muss herrlich sein, dort zu leben, in unmittelbarer Nähe von Wasser, Schatten und Licht, von allen Seiten geschützt durch die Felsen. Die Mutanten haben sich den perfekten Ort ausgesucht, denn er ist nicht nur schön, sondern liegt auch strategisch günstig, wie ich dank den Lektionen meines Vaters sofort bemerke. Von dem Plateau aus kann man die gesamte Schlucht überblicken. Niemand kann sich ungesehen nähern und die beiden Wege hinauf sind leicht zu verteidigen.

Etwa ein Dutzend Mutanten strömt aus den Höhlen und eilt auf uns zu. Viele bieten einen erschreckenden Anblick. Deformierte Körper, gekrümmte Rücken, verkümmerte Gliedmaßen. Zwei haben eklige Beulen am Kopf und am Körper, die ihre Gesichter verunstalten. Eine kleine Frau hat dürre, mit Haut überzogene Stummel statt Arme. Sie trägt ein löchriges Tanktop, aus dem die Gebilde ragen wie rudimentäre Flügel. Ein Mutant ist haarlos, wie Galen und hat zusätzliche Finger und Zehen. Es ist gruselig. Nur drei von ihnen scheinen auf den ersten Blick normal zu sein. Aber eines haben alle gemeinsam: Sie sind dünn, als bekämen sie nicht genug zu essen.

Emish umarmt die armlose Frau, hebt sie an und drückt sie an sich. Er ist fast doppelt so groß wie sie.

Vor dem Eingang zur Höhle entdecke ich zwei Menschen, die nicht missgebildet wirken. Sie tragen identische, braune Hosen, Tanktops und keine Schuhe. Um die Fußgelenke sind Seile gebunden, die sie daran hindern, große Schritte zu tun. Eindeutig Gefangene.

Bis auf die Gefesselten, die neugierig in meine Richtung starren, beachtet mich niemand. Die Frau ohne Arme tritt auf mich zu und mustert mich von unten herauf. Ich bin nicht groß, aber sie ist sogar noch kleiner als ich. Krampfhaft versuche ich, nicht auf ihre Stummel zu sehen, die hin und her wackeln wie bei einem gerupften Huhn. Von Nahem erkenne ich, wie jung sie ist - höchstens in meinem Alter, eher jünger. Ich frage mich, ob sie zu denen gehört, die im Labor gezeugt worden sind oder zu den missgebildeten Kindern in der Kolonie.

»Sie sieht schwächlich aus«, stellt sie fest. »Kann sie arbeiten oder schaffen wir sie aufs Totenfeld?«

Totenfeld? Das klingt übel. Erschrocken starre ich Galen an. Der zuckt mit den Schultern. »Keine Ahnung. Mutter Deliah soll das entscheiden.«

Die Mutantin deutet mit einem ihrer Stummel zur Höhlenöffnung. »Bring sie am besten gleich zu ihr, damit ich weiß, wo ich sie unterbringen soll.«

Galen nickt, ergreift meinen Arm und zieht mich von den anderen fort. Mir wird ganz elend zumute.

Die Höhlenwand ist ungewöhnlich glatt und leicht gewölbt. Kalte Luft schlägt mir entgegen, die mich frösteln lässt. Durch den breiten Eingang fällt ausreichend Licht hinein, um die Höhle zu erhellen, heizt sie jedoch nicht auf. Die Abzweigungen dagegen liegen im Dunkeln. Scheinbar haben die kleineren Höhlen keine Öffnung nach draußen. Sofas, Sessel und Stühle stehen um Tische herum. Primitive Wohnbereiche abgeteilt durch Schränke und auf Holzpfähle gespannte Laken reihen sich aneinander. Ich frage mich, warum die Mutanten das ganze Zeug hier hinaufgeschleppt haben, anstatt sich in leerstehenden Häusern einzurichten. Dann denke ich an den Wasserfall und das Grün im Tal. Warum sollten sie in Ruinen leben, wenn es hier so viel schöner ist?

Galen setzt seine Sonnenbrille ab und zieht mich hinter einen Paravent, der mit bunten Vögeln bemalt ist. Dort hockt eine alte Frau auf einem Teppich. Ihr gebräuntes, von Falten zerfurchtes Gesicht erinnert mich an eine Landkarte, die Stationen eines Lebens beschreibt. Ihr Haar fällt in grauweißen Fäden über ihre Schultern. Sie hält die Augen geschlossen und die Hände vor der Brust gefaltet, als würde sie meditieren oder den vergessenen Gott anbeten. Nichts an ihr deutet auf eine Missbildung hin.

»Mutter Deliah«, sagt Galen. Ehrfurcht klingt aus seiner Stimme. Er betritt den Teppich nicht, hält respektvoll Abstand.

Die alte Frau öffnet die Augen. Mich übersieht sie völlig, ihre gesamte Aufmerksamkeit gilt Galen. Ein Lächeln erhellt ihr Gesicht. Ein echtes, warmes Lächeln, das zusätzliche Falten in ihre Augenwinkel zaubert. »Galen, mein Guter. Willkommen zurück«. Mit dürren Fingern tippt sie auf den Teppich. »Komm, setz dich. Erzähl mir, was ihr herausgefunden habt.«

Galen nickt in meine Richtung. »Was ist mir ihr? Wohin soll sie gebracht werden?«

Sie winkt ab. »Das Mädchen kann hierbleiben, das stört mich nicht.«

Galens überraschtem Gesichtsausdruck nach zu urteilen, scheint ihm das nicht zu passen, doch er widerspricht nicht und nimmt mit überkreuzten Beinen vor der alten Frau Platz. Dabei zieht er mich mit auf den Teppich hinab. Mutter Deliah mustert mich eingehend, was mir erneut bewusst macht, wie wenig ich anhabe. Beschämt senkte ich den Kopf.

»Wo habt ihr sie gefunden?«, fragt sie, ohne den Blick von mir abzuwenden.

«In der Steinwüste, ungefähr fünfzehn Kilometer östlich der Kolonie«, erklärt Galen.

»Hm.« Die alte Frau reibt sich über das Kinn. »Scheint, als kommt sie von dort. Warum hat der Hort des Bösen jemanden wie dich ausgespuckt?«

Es dauert einen Augenblick, bis ich kapiere, dass die Frage an mich gerichtet ist, und einen weiteren, bis ich verstehe, was sie mit dem *Hort des Bösen* meint. »Ich bin nicht verbannt worden«, sage ich schließlich.

Überrascht hebt Mutter Deliah die Augenbrauen. »Ach nein?«

»Nein. Ich ...«, soll ich zugeben, dass ich geflohen bin? Könnte mir das schaden? Nein, beschließe ich. Im Gegenteil -

weist es mich doch als Feind der Kolonie aus. Damit könnte ich das Vertrauen der Mutanten gewinnen. »Ich bin abgehauen.«

Mutter Deliah und Galen werfen einander einen bedeutungsvollen Blick zu. »Warum bist du geflohen?«, fragt die alte Frau.

Ich bin mir nicht sicher, ob ich ihnen die Wahrheit sagen soll, aber auf die Schnelle fällt mir keine glaubhafte Erklärung ein. »Ich hatte Ärger.« Hoffentlich wird sie diese Auskunft zufriedenstellen.

Mutter Deliah seufzt. Galen runzelt unwillig die Stirn. »Geht es auch etwas genauer?«

Mist. Aber einen Versuch war es wert. »Ich ... ich will nicht darüber reden.«

Mutter Deliahs Blick wird streng. Fast könnte sie meinem Vater Konkurrenz machen. »Wenn du nicht darüber reden willst, muss ich annehmen, dass du ein Spitzel bist. In dem Fall kommst du zu den Gefangenen. Glaube mir, das ist keine erstrebenswerte Alternative. Die Stadtmenschen sind unangenehm und das Totenfeld überlebst du keine fünf Tage.«

Stadtmenschen? Ich wusste nicht, dass die Städte noch bewohnt sind. Laut unseren Lehrern überleben dort höchstens Mutanten. Eine Fehlinformation, wie ich erkennen muss.

»Nun? Was sagst du?«, drängt Mutter Deliah.

Nervös beiße ich auf meine Unterlippe. Wird mir die Wahrheit helfen oder schaden? Naja. Schlecht zu lügen schadet definitiv, also bleibe ich lieber bei der Wahrheit. »Ich war Probandin im Reproduktionsprogramm der Kolonie und habe in den Akten herumgeschnüffelt, weil mir vieles seltsam vorkam. Dabei haben sie mich erwischt. Deshalb musste ich abhauen.«

Galen stößt einen überraschten Laut aus. Mutter Deliah verengt die Augen zu Schlitzen. »Du bist fruchtbar?« Plötzlich wirkt sie aufgeregt und ich bin mir nicht mehr sicher, ob es eine gute Idee gewesen ist, die Wahrheit zu erzählen. Die Menschheit giert nach Nachwuchs. Warum soll das bei den Mutanten anders sein? Immerhin sind sie auch sowas wie Menschen. Zudem sind viele hier Ergebnisse der künstlichen Befruchtung. Gut möglich, dass sie Frauen wie mich verachten. Hitze steigt in meine Wangen. Ich senke den Blick und kneife die Lippen zusammen. Sicher ist mein Schweigen Antwort genug.

»Das wird den anderen nicht gefallen«, bestätigt Mutter Deliah.

»Mir gefällt es auch nicht«, stößt Galen hervor. »Frauen wie sie sind schuld an unserer Misere.«

»Ich war nicht freiwillig im Programm«, erkläre ich schnell. »Niemand ist das wirklich. Sie zwingen uns dazu.«

»Tatsächlich?«, stößt Galen verächtlich hervor. »Was tun sie denn? Halten sie euch eine Waffe an den Kopf, während sie die Embryonen implantieren? Du bist angeblich abgehauen. Warum tun das nicht alle, wenn es so schrecklich ist?«

»Die Frauen haben Angst vor der Außenwelt«, stoße ich aufgeregt hervor und weiß, es ist die Wahrheit, obwohl ich noch nie darüber nachgedacht habe. »Von klein auf erzählen sie uns von Anarchie, Vergewaltigungen und sogar Kannibalismus.« Flehend blicke ich zwischen den beiden hin und her. »Die Frauen im Programm werden unter Drogen gesetzt. Sie sind keine herzlosen Monster. Sie werden mit falschen Versprechungen gelockt und mit Angst und Medikamenten gefügig gemacht.«

Galen schnaubt. »Billige Ausreden. Das entbindet euch nicht von eurer Verantwortung.«

Mutter Deliah beugt sich vor und legt beruhigend eine Hand auf seinen Arm. »Sie hat dem Hort des Bösen den Rücken gekehrt. Gib ihr nicht die Schuld daran, dass niemand es wagt, sich gegen das System aufzulehnen.«

»Sie muss ein Spitzel sein«, stößt Galen hervor. »Denn wenn es so ist, wie sie behauptet, dann würden sie eine fruchtbare Frau niemals gehenlassen.«

Abwehrend hebe ich die Hände. »Ich bin kein Spitzel. Das schwöre ich.«

Mutter Deliah zögert einen Augenblick lang und nickt dann. »Ich glaube ihr.«

Galen schnaubt. »Das ist ein Fehler.«

Mutter Deliah bleibt ruhig. »Ich erkenne Schlechtigkeit, wenn ich sie sehe, und sie ist nicht schlecht. Nimm sie zu dir, Galen, bis wir sehen, wie sie sich entwickelt. Zeig ihr Landsby und lehre sie, was sie wissen muss. Aber achte darauf, dass niemand erfährt, dass sie am Programm teilgenommen hat.«

Was ist Landsby? Ist das der Name ihres Dorfes? Seltsam. In der Kolonie nennen wir die Dinge so, wie sie heißen. Die Kolonie ist die Kolonie, der Fluss bleibt der Fluss.

Galens Hände ballen sich zu Fäusten. »Sie wird versuchen, abzuhauen.«

»Wenn sie flieht, wird sie sterben. Sie wird sich im Gebirge verirren und elendig zugrunde gehen. Wenn sie nicht dumm ist, weiß sie das.« Die Worte sind an Galen gerichtet, doch Mutter Deliah sieht mich dabei an. Galen seufzt genervt, doch er gibt keine Widerworte mehr. An seiner Haltung erkenne ich, dass er alles andere als erfreut über Mutter Deliahs Entscheidung ist.

»Kommen wir zum eigentlichen Ziel eurer Mission. Habt ihr einen Weg gefunden?«, fährt sie fort.

»Nein. Diesmal sind wir bis zum Rand des Minenfeldes vorgedrungen, haben sogar eine ausgelöst. Es gibt keinen Weg hinein.« Galen zögert, beugt sich dann vor und murmelt: »Wir bräuchten jemanden von drinnen. Einen Informanten.«

»Ich weiß«, stimmt Mutter Deliah zu. »Was ist mit dem Vorratsspeicher?«

»Er wird gut bewacht.« Zögerlich zieht Galen ein Stück Papier aus dem Hosenbund. »Ich habe alles aufgezeichnet und die Zeiten notiert.«

Ich tue als wäre ich in die Betrachtung des Teppichs vertieft. In Wahrheit sperre ich die Ohren auf. Über was reden die beiden? Wollen sie etwa in den Vorratsspeicher der Kolonie einbrechen? Sie wären nicht die Ersten, die das versuchen.

Mutter Deliah entfaltet das Papier und wirft einen flüchtigen Blick darauf. »Wir brauchen das Saatgut dringend. Und eigentlich auch die Waffen«, murmelt sie. »Wir müssen es wagen.«

Galen senkt betrübt den Kopf und reibt sich über die Glatze. »Ich weiß.«

* * *

»Willkommen in Landsby«, knurrt Galen, als er mich aus der Höhle an den Rand des Plateaus führt. Dabei wirft er mir einen Blick zu, der alles andere als willkommen sagt. Vielleicht bilde ich mir das auch nur ein, weil er die Augen zusammenkneift. Ich beschließe, zu schweigen. Er packt mich am Arm und zieht mich einen steilen Pfad hinab ins Tal. Die anderen Mutanten sehen uns verständnislos an, vor allem die Frau mit den Stummelarmen. Bestimmt fragt sie sich, warum Galen mich fortbringt, ohne zu erklären, wohin und warum.

Obwohl ich ganz sicher nicht mit dem Glatzkopf in einer dieser Hütten leben will, bin ich doch froh, dass er kein Quartier in der Höhle hat, wo nur ein Vorhang so etwas wie Privatsphäre vermittelt.

Die Hütte ist schlicht, aus unbearbeiteten Stämmen gefertigt. Durch breite Lücken in der Wand kann man nach draußen spähen. Schweigend schubst Galen mich durch die Tür, verdeutlicht mir damit ein weiteres Mal, wie genervt er von meiner Anwesenheit ist. Als Erstes sehe ich einen primitiven Holzofen, einen Schrank, zwei beigefarbene Sessel und zwei Betten, die durch einen Vorhang voneinander getrennt sind.

Galen wirft meine Tasche in die Ecke und deutet auf den Boden neben seinem Bett. »Dort kannst du dir ein Lager richten.«

Überrascht blicke ich auf. »Aber da sind doch zwei Betten.«

»Ich wohne hier nicht allein«, erklärt er.

Ich soll auf dem Boden schlafen mit *zwei* Mutanten in meiner Nähe? Na klasse. Galen zieht ein dünnes Seil aus der Hosentasche und greift nach meinem Arm. Ich zucke zurück. »He. Was soll das?«

»Ich werde dich fesseln.« Unbeeindruckt zieht er meinen Arm zu sich heran und umwickelt mein Handgelenk, bevor er das Seil am Bettpfosten befestigt.

»Mutter Deliah hat nichts von Fesseln gesagt«, stoße ich hervor.

»Das ist mir egal«, murrt er.

Dass er mich weiterhin wie eine Gefangene behandelt, verschlechtert meine Stimmung. Nicht dass sie zuvor besonders gut gewesen ist, aber wie soll ich hier wegkommen, wenn er mich festbindet? Mittlerweile habe ich auch wieder Durst und Hunger. Mein Magen rumort lautstark. Galen wirft mir einen verächtlichen Blick zu.

»Ihr haltet euch für stark, dabei seid ihr so verdammt schwach.«

Und ihr seid beschissene Missgeburten, schießt es mir durch den Kopf. Ich erschrecke über meine gehässigen Gedanken. »Was habe ich euch denn getan?«

Er tritt auf mich zu und beugt sich zu mir hinab. Sein Blick ist hart und zornig. Die Schatten, die sich durch die zunehmende Dunkelheit auf sein Gesicht legen, verstärken diesen Eindruck noch.

»Du bist die Tochter des Kommandanten«, zischt er ganz nah an meinem Ohr.

Vor Schreck setzt mein Herz einen Schlag aus. »Was?«

»Sei froh, dass ich es Mutter Deliah nicht verraten habe, sonst ständest du morgen früh auf dem Totenfeld«, fährt er fort.

Was soll ich darauf erwidern? Leugnen hat keinen Zweck. Er scheint sich seiner Sache sicher. Aber woher weiß er das? In meiner Tasche ist ein Bild von meinem Vater, vielleicht hat er es gesehen. Doch er kann unmöglich wissen, wer er ist, oder?

Mit einem abfälligen Schnauben wendet er sich ab und stapft zu seinem Bett. Erst da merke ich, dass ich schon wieder weine. Meine Beine zittern so heftig, dass ich an der Wand hinabrutsche, weil sie mein Gewicht nicht mehr tragen. Wütend zerrt Galen ein Handtuch aus der Kommode neben seinem Bett und reißt die Tür auf.

»Wage nicht, dich auch nur zu rühren«, warnt er, bevor er die Hütte verlässt.

Selbst wenn ich es wollte, meine Kraft reicht nicht mal aus, um aufzustehen, geschweige denn für einen Fluchtversuch. Benommen kauere ich auf dem Boden, flenne leise vor mich hin und versinke wie so oft in den letzten Wochen in Selbstmitleid. Ich verachte mich für meine Schwäche, kann es aber nicht ändern. So bin ich halt. Während meiner Zeit im medizinischen Zentrum habe ich geglaubt, dass es nicht schlimmer kommen könnte. Ein Irrtum, wie ich feststellen muss. Mein Leben ist ein Albtraum. Der Gedanke, ein Dutzend Kinder zu gebären, erscheint mir auf einmal wie eine annehmbare Alternative.

Nach einer Weile beruhige ich mich. Hunger verspüre ich keinen mehr, aber der Durst nagt dafür umso stärker an mir. Keine Ahnung wie die Mutanten es schaffen, so wenig zu trinken. Ich lasse meinen Blick durch die Hütte gleiten. Keine Flaschen, keine Kanne, nicht mal ein Waschbecken. Müssen sie so primitiv leben? Sicher gibt es hunderte Häuser in erreichbarer Nähe, aus denen sie ein paar Sachen bergen könnten, die den Alltag komfortabler machen.

Galen kehrt zurück. Wassertropfen perlen von seinem Gesicht, tropfen auf das Handtuch, das er sich um die Hüfte geschlungen hat. Scheinbar hat er gebadet, was ich auch gerne tun würde. Ich beobachte ihn unauffällig. Innerhalb der Hütte fällt sein Humpeln kaum auf. Nur beim schnellen Laufen zeigt sich seine Behinderung. Der Unterschenkel seines linken Beines ist deutlich dünner als der andere, vor allem im Vergleich zu seinem ansonsten muskulösen Körper. Das völlige Fehlen von Haaren in Verbindung mit den seltsamen Augen lässt ihn unheimlich wirken, wie eine unvollkommene Statue.

Er entzündet eine Öllampe und zwei Kerzen, kramt dann eine Cargohose und ein khakifarbenes Tanktop aus seinem Schrank und zieht die Sachen an. Dabei lässt er das Handtuch einfach zu Boden gleiten. Erschrocken über so viel Unverfrorenheit starre ich sein nacktes Hinterteil an und überlege, ob er das absichtlich tut, um mich zu verunsichern oder ob ihm seine Nacktheit schlichtweg egal ist. Wenigstens dreht er sich nicht zu mir um. Nachdem er sich angezogen hat, hockt er sich im

Schneidersitz auf sein Bett und betrachtet mich mit einem nachdenklichen Gesichtsausdruck, als wüsste er nicht recht, was er mit mir anfangen soll. Ich versuche, sein Starren zu ignorieren und konzentriere mich stattdessen auf einen rostroten Fleck am Boden. Ob es sich um Blut handelt? Mein Magen beginnt wieder zu knurren. Ganz leise nur, doch Galen hört es.

»Hast du Hunger?«

Blöde Frage. Seit dem Morgen habe ich nichts mehr gegessen. Ich verkneife mir eine bissige Bemerkung und nicke. »Und Durst.«

Er erhebt sich, verlässt die Hütte und kehrt eine ganze Weile nicht zurück. Obwohl er mir nicht befohlen hat, still zu sitzen, wage ich dennoch nicht, mich zu rühren. Regungslos harre ich auf dem harten Boden aus. Mein Rücken beginnt, zu schmerzen, und mein Steißbein und meine Wange auch. Dazu der nagende Hunger und der Durst. Mit jeder Minute fühle ich mich mieser. Irgendwann kippe ich einfach zur Seite. Da ich keine Lust habe, mich wieder aufzusetzen, bleibe ich einfach liegen. Hauptsache ich rühre mich nicht von der Stelle.

Endlich kehrt Galen zurück. Er trägt eine abgenutzte Plastikflasche unter dem Arm und in der Hand zwei Teller mit irgendeinem Brei und fettigen Fleischstücken. Nicht gerade viel, aber dem Körperumfang der Mutanten nach zu urteilen scheint das die übliche Portion zu sein. Er bleibt vor mir stehen und sieht auf mich hinab, wartet darauf, dass ich mich aufsetze. Ich rühre mich nicht, ebenso wenig wie er. Mal sehen, wer länger durchhält.

»Ich dachte, du hast Hunger«, sagt er schließlich und stellt den Teller samt Flasche vor mich hin.

Erneut verkneife ich mir eine gehässige Bemerkung. Nicht, dass er mir das bisschen Essen wieder wegnimmt. Ein Danke bringe ich allerdings auch nicht heraus. Ächzend rapple ich mich auf, grabsche nach der Wasserflasche und trinke. Galen setzt sich auf das Bett, isst und starrt mich an. Der Kerl besitzt keinen Anstand. Wie zuvor ignoriere ich ihn, während ich mir mit schmutzigen Fingern das Essen in den Mund schaufle. Zu meiner Freude entpuppt sich der Brei als Maisbrei, aber ich hätte wohl auch Fliegenschiss gegessen vor Hunger.

Einmal treffen sich unsere Blicke. Abscheu liegt in seinem Gesicht. Wahrscheinlich, weil ich so verdreckt bin, und esse wie ein Tier. Ich versuche, Haltung zu bewahren, komme mir dabei jedoch lächerlich vor. Nach allem, was in den letzten Tage geschehen ist, stehe ich nur noch eine Stufe über einem Primaten.

»Du solltest baden«, sagt Galen, nachdem ich meinen Teller geleert habe.

Innerlich stimme ich ihm zu, doch das würde ich nie zugeben. Also zucke ich mit den Schultern und tue, als wäre es mir egal, ob ich dreckig bin oder nicht.

Galen drückt mir ein Handtuch sowie Seife und eine Zahnbürste in die Hand und führt mich Richtung Wasserfall. Es ist bereits dunkel, was ich begrüße, so starrt mich wenigstens nicht jeder an. Zu meinem Entsetzen hockt Blue zusammen mit drei weiteren Mutanten auf einem Holzstamm vor einem Lagerfeuer unweit der Hütte. Als sie uns sieht, steht sie auf und kommt auf uns zu.

»Soll ich sie zum See bringen?«, fragt sie.

Galen nickt. Sichtlich erleichtert schiebt er mich zu ihr. Blue umklammert meinen Arm und zerrt mich weiter. Das macht mich aggressiv. Warum muss mich jeder herumzerren, als könnte ich nicht alleine laufen? Am Ufer löst sie die Fesseln um meine Handgelenke und deutet auf das dunkle Wasser. »Beeil dich.«

Während ich meine Kleider abstreife, beruhige ich mich mit dem Gedanken, dass sie zwar nicht aussieht wie eine Frau, aber dennoch eine ist. Dabei spüre ich förmlich ihre bohrenden Blicke in meinem Rücken. Sie kann mich nicht leiden. Niemand hier kann das, aber sie am allerwenigsten. Zumindest kommt es mir so vor. Ihre Verachtung erscheint mir irgendwie persönlich, als hätte ich sie beleidigt oder ihr etwas gestohlen.

Zwanzig Meter entfernt donnert der Wasserfall herab. Vorsichtig wate ich ins Wasser. Der Boden ist felsig und stellenweise schlüpfrig, sodass ich aufpassen muss, um nicht auszurutschen.

»Das reicht«, ruft Blue, als ich etwa hüfthoch im Wasser stehe.

Ich halte meinen Daumen hoch, zum Zeichen, dass ich verstanden habe. Kurz tauche ich unter und beginne dann, mich einzuseifen, nur um anschließend erneut unterzutauchen. Diese Prozedur wiederhole ich zweimal, bevor ich den See wieder verlasse. Die Nachtluft kühlt meine nasse Haut. Es fühlt sich herrlich an, sauber zu sein und nach der blumigen Seife zu duften. Genussvoll drücke ich meine Haare aus und wickle mich dann in das Handtuch.

Blue schnaubt verächtlich. »Wenigstens stinkst du jetzt nicht mehr, falls sich jemand mit dir vergnügen will. Vorausgesetzt deine fette Spinnenbacke stößt niemanden ab.«

Mein Herz setzt einen Schlag aus. Was meint sie damit, jemand könnte sich mir vergnügen wollen? Sie spricht doch hoffentlich nicht von Sex? Aber wozu haben sie mich verschleppt, wenn nicht dazu? Mich in ihre seltsame Gemeinschaft zu integrieren scheinen sie offensichtlich nicht vorzuhaben.

Blue lacht über mein entsetztes Gesicht. »Das war ein Scherz, du blöde Kuh. Ihr Kolonieweiber haltet euch für unwiderstehlich, was?« Sie schaut zum Feuer, wo Galen neben den anderen Mutanten sitzt. »Obwohl. Bei Caine bin ich mir nicht so sicher. Der ist scharf wie eine frisch geschliffene Klinge. Hey Caine«, ruft sie.

Ein finster dreinblickender Mann mit schulterlangen, schwarzen Haaren dreht sich um. Blue winkt ihm zu und er winkt zurück. Selbst im Halbdunkel kann ich erkennen, dass seine Hand komisch aussieht.

Noch immer lachend knotet sie das Seil um mein Handgelenk, grabscht meinen Arm und zerrt mich zur Hütte zurück. Dort reicht sie mir ein Top, das so lang ist, dass ich es als Minikleid tragen kann, und eine Unterhose, die denselben graugrünen Farbton hat wie die meisten Kleider hier. Nachdem ich mich angezogen habe, befiehlt sie mir, mithilfe von zwei alten Militärdecken ein Lager auf dem Boden zu errichten und mich hinzulegen. Anschließend befestigt sie ein weiteres Seil an meinem Fußknöchel und verknotet es an einem Balken.

Da liege ich nun und warte.

Das Herz schlägt mir bis zum Hals. Jeden Moment befürchte ich, dass Galen oder dieser Caine oder auch beide hereinkommen und über mich herfallen könnten. Zwar hat Blue es als Scherz abgetan, aber man weiß ja nie. Manche Männer finden Vergnügen daran, einer Frau Gewalt anzutun und gerade Mutanten bilden da sicher keine Ausnahme. Mein Vater hat mich gewarnt. In der Außenwelt gibt es kein Gesetz.

Die Stunden vergehen. Nichts geschieht. Irgendwann falle ich in einen Dämmerschlaf, aus dem mich ein leises Kratzen weckt. Augenblicklich reiße ich die Augen auf und blicke mich um. Ein Schatten huscht über den Boden. Das leise Schaben von mehr als zwei Beinen dringt an mein Ohr. Was ist das? Panisch setze ich mich auf und spähe in die dämmrige Dunkelheit. Bis auf eine Kerze hinter dem Vorhang sind die Lichter verlöscht. Der Schatten verschwindet unter dem Kleiderschrank. *Eine Wolfsspinne* schießt es mir durch den Kopf, doch für eine Wolfsspinne ist das Ding zu groß. Könnte es eine Ratte sein? Meine Augen beginnen, zu brennen, so angestrengt starre ich in die Schwärze unter dem Schrank.

Und dann kommt das Vieh plötzlich hervor.

Ein achtbeiniges Monster, so lang wie meine Hand, mit hellen Haaren und fingerlangen Scheren. Es sieht aus wie eine Mischung aus Skorpion und Spinne. In der Kolonie habe ich schon einige eklige Insekten zu Gesicht bekommen. Riesentausendfüßler, Skorpione, Käfer und auch Wolfsspinnen, doch niemals so etwas. Ich schüttle mich vor Ekel und Angst. Hektisch suche ich nach einem Gegenstand, mit dem ich das Ding erschlagen oder zumindest wegstoßen kann, sollte es sich wagen, mir zu nahe zu kommen. Außer dem Kissen auf Galens Bett ist nichts in erreichbarer Nähe. Verflucht. Das Biest hält inne. Ob es mich beäugt, sich fragt, wie schmackhaft ich wohl bin oder an welcher Stelle meines Körpers es versuchen könnte, sein Gift einzubringen?

Ich lasse das Ding nicht aus den Augen. Die Beine zucken, trippeln auf den Boden. Tipptipptipp. Dann rennt es plötzlich los, genau auf mich zu. Kreischend springe ich auf. Mit einem Hechtsprung versuche ich, mich auf Galens Bett zu retten. Das Seil um mein Fußgelenk zieht mich ruckartig zurück. Ich verliere das Gleichgewicht, knalle mit dem Rücken auf das Bettgestell und pralle auf den Boden. Das Spinnenvieh verschwindet in irgendeiner finsteren Ecke.

Im nächsten Augenblick stürmen Galen und Caine in die Hütte. Erst da merke ich, dass ich noch immer schreie.

»Was ist passiert?«, ruft Galen.

Ich deute in die Richtung, in der das Untier verschwunden ist. »Eine Monsterspinne oder ein Skorpion. Keine Ahnung. Es ist riesig.«

Galen nickt Caine zu. Der zieht ein Messer aus seinem Gürtel und beginnt, den Ofen abzusuchen, auf den ich gedeutet habe. Galen löst das Seil von dem Haken an der Wand und hilft mir auf. Ich stöhne. Meine Hüfte schmerzt. Bestimmt habe ich sie mir bei dem Sturz geprellt.

»Alles in Ordnung?« Irre ich mich oder klingt da ein Hauch Besorgnis aus Galens Stimme?

Statt einer Antwort werfe ich ihm einen grimmigen Blick zu.

Er deutet auf sein Bett. »Setz dich. Wir erledigen das.«

Das lasse ich mir nicht zweimal sagen. Ächzend rutsche ich auf die Matratze und knete nervös am Saum der Decke herum, während ich die beiden Mutanten auf ihrer Jagd nach dem ekelhaften Insekt beobachte.

»Wie sieht es denn aus?«, will Caine wissen.

Ich beschreibe es, so gut ich kann.

»Klingt wie ein Sunspider«, sagt er. »Die sind eigentlich harmlos, solange du sie in Ruhe lässt.«

Ich schnaube. »Ich habe das blöde Vieh in Ruhe gelassen, trotzdem ist es auf mich zugestürmt.«

Caine kann sagen, was er will. Das widerliche Ding jagt mir eine Heidenangst ein, und solange es sich in dieser Hütte befindet, werde ich mich nicht beruhigen. Nicht, nach dem Erlebnis mit der Wolfsspinne.

Galen findet es schließlich in einer Wandfurche. Als er es erstechen will, huscht es an ihm vorbei und verschwindet durch einen Spalt nach draußen. Caine versucht noch, es aufzuhalten, doch das Biest ist verdammt schnell. Gleichmütig steckt er das Messer in den Gürtel zurück. »Es ist entwischt.«

»Es kann also jederzeit wiederkommen«, stelle ich fest.

Caine lacht. »Das bezweifle ich. Sunny hat den Schreck ihres Lebens bekommen wegen deinem Geschrei.«

Sunny? Der Kerl hat Nerven. Er streckt sich und beginnt, sich zu entkleiden. »Ich hau' mich aufs Ohr.«

Galen verkündet, sich ebenfalls hinlegen zu wollen.

Ich suche nach einem Argument, das die beiden überzeugen könnte, draußen nachzusehen. Die Vorstellung, auf dem Fußboden zu liegen, wo dieses Ungetüm jederzeit zurückkehren könnte, behagt mir ganz und gar nicht, doch Galen interessiert das wenig. Er zieht sich aus und kriecht in sein Bett, nackt wohlgemerkt, was meine Argumentationssuche zusätzlich erschwert.

Unsicher stehe ich da und beäuge den Spalt, durch den das Spinnenvieh verschwunden ist. Keiner der beiden beachtet mich mehr. Für sie ist die Sache erledigt. Als meine Füße zu schmerzen beginnen, setze ich mich im Schneidersitz auf den Boden, stütze den Kopf auf die Handflächen und versinke zum unzähligsten Mal in Selbstmitleid.

Galen stöhnt. »Hör auf zu heulen.«

Woher weiß er, dass ich weine? Ich bin doch leise. Ich schluckte den Kloß in meiner Kehle und versuche, mich zu beruhigen. Caines gleichmäßige Atemzüge beweisen, dass wenigstens einer schläft.

Galen stützt sich auf den Ellenbogen. »Du bist eine verweichlichte Heulsuse, weißt du das?«

Diese Feststellung muss ich keiner Antwort würdigen, also zucke ich nur mit den Schultern.

»Ist es wegen der Sunspider?«

»Das Vieh ist ekelhaft.«

»Sie kommt nicht zurück. Und selbst wenn, sie wird dir nichts tun. Sunspiders sind nicht giftig und sie meiden Menschen.«

»Wenn du das sagst.« Die Sunspider mag nicht giftig sein, der Unterton in meiner Stimme ist es umso mehr. Schmollend starre ich auf den Spalt in der Wand, durch den das Vieh entwischt ist.

Galen schnaubt und dreht mir den Rücken zu. Ich bleibe wach und passe auf.

10

Galen tippt auf meine Schulter. »Aufwachen Heulsuse.«

Ich zucke zusammen und blicke benommen zu ihm auf. Seit vier Nächten schlafe ich gegen die Wand gelehnt, aus Angst davor, dass die Sunspider zurückkehren könnte. Das ist nicht gerade bequem und alles andere als erholsam. Beim täglichen Verrichten meiner Arbeiten fühle ich mich mittlerweile wie eine Schlafwandlerin. Glücklicherweise werde ich nicht allzu sehr gefordert. Wäsche waschen am Wasserfall und Geschirr spülen ist alles, was ich tue. Die restliche Zeit sitze ich irgendwo herum und beobachte die Mutanten, die mich erfreulich wenig beachten. Entgegen Blues scherzhafter Prophezeiung fällt niemand über mich her. Vielleicht haben sie einfach keine Kraft, denn das knapp bemessene Essen macht zumindest mich eher noch hungriger, und wenn eine halbe Portion wie ich das schon so empfindet, wie mag das dann erst für die männlichen Mutanten sein?

An diesem Morgen hantiert Caine am Ofen herum und kommt mit drei Blechtassen zu uns, denen ein kräftiger Duft entströmt.

»Ihr habt *Kaffee?*«, stoße ich erstaunt aus. Das Wasser läuft mir im Mund zusammen bei dem Gedanken an den bitterherben Geschmack.

Galen brummt etwas Unverständliches, das ich lieber überhöre, weil es abfällig klingt. Caine wartet einen Augenblick, bevor er sich zu einer Erklärung herablässt. »Wir konnten ein paar Kaffeebäume kultivieren.«

Mutanten kultivieren Kaffeebäume. Das glaubt mir keiner. Genussvoll schlürfe ich an dem Heißgetränk. Kaffee ist eine Delikatesse, für die man in der Kolonie entweder über einen einflussreichen Posten oder attraktive Tauschwaren verfügen muss. Vater hat hin und wieder welchen besorgen können. Mutter liebte Kaffee und hat sich jedes Mal wie ein Kleinkind gefreut. Damals fand ich das schwarze Zeug widerlich, mittlerweile weiß ich den Geschmack und die anregende Wirkung zu schätzen.

Galen erhebt sich, setzt seine Sonnenbrille auf und verlässt die Hütte. Er sagt nie, wohin er geht und ich frage nicht, obwohl ich ihn langsam als so etwas wie meine Bezugsperson sehe. Schließlich hat Mutter Deliah ihm aufgetragen, sich um mich zu kümmern. Das tut er auch, allerdings nur, wenn es unbedingt sein muss. Caine beobachtet mich grinsend, was mich nervös macht. Erneut drängten sich Blues Worte in meinen Kopf. Vielleicht ist Galen gegangen, damit sich Caine an mich ranmachen kann. Andererseits wirkt er trotz seiner verkümmerten Finger und dem schielenden Auge nicht wie jemand, der einer Frau Gewalt antun würde. Aber was weiß ich schon über die Gepflogenheiten der Mutanten?

»Woher kommt Mutter Deliah?«, frage ich, um ihn von eventuellen unzüchtigen Gedanken abzulenken. »Und warum nennt ihr sie so?«

»Mutter Deliah lebte in der Kolonie, genau wie du«, erklärt er. »Wir nennen sie Mutter, weil sie das für uns ist. Eine Frau, die uns ein Zuhause gegeben hat, die uns zuhört, uns mit ihrem weisen Rat zur Seite steht. Ihr Wort ist Gesetz in unserem Dorf.«

Ich versuche, ihm beim Sprechen in die Augen zu sehen, doch wegen seines Schielens fällt es mir schwer, einen bestimmten Punkt zu fixieren. Egal. Caine ist gesprächiger als Galen und das will ich nutzen. »Wann ist sie denn verbannt worden und warum?«

Caine zuckt mit den Schultern. »Sie hat sich offen gegen die Regierung ausgesprochen. Soweit ich weiß, wurde das nicht als der offizielle Grund angegeben. Aber wie auch immer, sie haben sie einfach von ihrem kleinem Sohn getrennt und sie rausgeworfen, zusammen mit einem missgebildeten Kind.«

Seine Worte kann ich kaum glauben. Ist die Regierung wirklich fähig, eine Mutter von ihrem Kind zu trennen? Aber warum sollte er lügen? »Bestimmt trug einer der beiden den Virus«, gebe ich zu bedenken. »Er ist nur nicht ausgebrochen.«

Caine stößt ein schnaubendes Lachen aus. »Das glaube ich nicht.«

»Woher willst du das wissen?«

Er beugt sich vor und fixiert mich mit seinem gesunden Auge. Das andere zuckt in der Augenhöhle herum. »Das Kind ist Galen.«

Sprachlos starre ich ihn an. Deshalb also wirken Mutter Deliah und Galen so vertraut miteinander. Sie hat ihn aufgezogen.

»Mit einem missgebildeten Kind im Schlepptau hat sie niemand aufgenommen«, fährt Caine fort. »Doch sie hat sich geweigert, Galen seinem Schicksal zu überlassen. Also hat sie eine eigene Siedlung gegründet, eine für die Verstoßenen. Landsby.«

Landsby. Der Name gefällt mir immer besser. Wäre es nicht schön, wenn die Kolonie einen Namen hätte? »Sollten die Menschen in der Außenwelt nicht zusammenhalten?«

Caines ansonsten freundlicher Blick wird scharf, genau wie seine Stimme. »Die Unversehrten verachten und fürchten uns. Selbst diejenigen, die sich hier draußen durchschlagen müssen. Für sie sind wir der Inbegriff von allem, was in der alten Welt schief gelaufen ist. Sieh dich an.« Er wedelt mit seinen krummen Fingern vor mir herum. »Willst du behaupten, dass du uns als gleichwertig betrachtest? Dass du nicht angewidert bist von unserem Aussehen? Warum sollte sich das ändern, nur weil du in der Außenwelt lebst, anstatt in einer Kolonie?«

Ich fühle mich ertappt und spüre, wie ich erröte. Soll ich lügen? Ihm versichern, dass ich anders bin? Das würde er mir nicht glauben. Sowieso lässt meine Antwort viel zu lange auf sich warten, um noch überzeugend zu sein.

Er schnaubt und lehnt sich zurück. »Siehst du. Wie ich gesagt habe.«

»Die meisten von euch sind die Ergebnisse aus dem Reproduktionsprogramm, oder?«, frage ich schnell, weil mir nichts Besseres einfällt.

Er runzelt die Stirn. »Weißt du über das Programm bescheid?«

Mir wird klar, dass die Frage nicht besonders geschickt gewesen ist. Mutter Deliah hat mich gewarnt. Niemand darf erfahren, dass ich am Programm teilgenommen habe. »Nicht wirklich. Nur was man so hört.«

Caine hebt eine Augenbraue. »Was hört man denn?«

Nervös knete ich am Saum meines Shirts herum. »Dass die Kinder widerstandsfähiger und stärker sind. Nicht so anfällig für Krankheiten.«

Er schnaubt. »Das sollten sie sein. Wenn alles gut geht, sind sie das auch. Zum Dank werden sie gehalten wie Gefangene und nur auf ein Ziel getrimmt: Perfekte Soldaten zu sein. Die Missgebildeten dagegen werden beobachtet und studiert, und wenn sie nicht mehr von Nutzen sind, entsorgt. Mich hat ein Soldatentrupp bis hinter die Steinwüste gebracht. Ich war gerade mal sechs Jahre alt.«

Ich bin geschockt. »Und wie hast du hierher gefunden?«

»Mutter Deliah schickt regelmäßig Läufer aus, die die Gegend um die Kolonie absuchen. So finden wir die meisten.«

»Die meisten?«, hake ich nach.

Er senkt den Kopf, wirkt plötzlich traurig. »Manchmal kommen wir auch zu spät.«

Ich lege die Hand auf meine Lippen, weiß nicht, was ich dazu sagen soll. Dass die Kolonie hilflose Kinder aussetzt, wusste ich, aber ich habe es mir nie bewusst gemacht. »Es tut mir leid«, wispere ich und hoffe, dass er mir glaubt. In dem betretenen Schweigen kehrt Galen zurück. Mit Blue im Schlepptau.

»Ich rieche Kaffee«, sagt sie und schnuppert. »Her damit.« Ihre überschwängliche Art wirkt wie eine kalte Dusche auf mich.

Caine springt auf, als hätte er etwas Verbotenes getan. Vielleicht hat er das auch, weil er sich mit mir unterhalten hat. Ich fühle mich wie betäubt. Ob mein Vater von alldem weiß? Bringt er die Mutantenkinder gar selbst hinaus? Wenn ich an seine

Führungsposition und die regelmäßig stattfindenden *Missionen* denke, erscheint mir das durchaus im Bereich des Möglichen.

Galen kommt zu mir herüber und drückt mir ein Stück angekokeltes Maisbrot und eine Tomate in die Hand. Auch Caine bekommt seinen Anteil. Nachdem sie sich an den Tisch gesetzt haben, deutet er auf einen Stuhl zu seiner Rechten. »Komm setz dich zu uns.«

Blue wirft ihm einen verständnislosen Blick zu. »Spinnst du?«

»Lass sie doch«, entgegnet er. »Sie kann nicht ewig eine Außenseiterin bleiben.«

Im Grunde ist es mir egal, wo ich sitze. Auf die Gesellschaft der Mutanten, allen voran Blue, kann ich verzichten, doch ich möchte meinen guten Willen demonstrieren, vor allem nach dem Gespräch mit Caine. Gemeinsam hocken wir am Tisch und essen. Blues Laune ist dahin und sie zeigt dies durch finstere Blicke und Schweigen. Bestimmt sähe sie mich lieber am Boden sitzend wie einen Hund. Nachdem, was ich von Caine erfahren habe, kann ich ihr das nicht mal verübeln.

Nach dem Essen befiehlt Galen mir, mich anzuziehen und ein paar Sachen zu packen. Überrascht sehe ich ihn an. »Warum?«

»Wir gehen in die Stadt.«

11

Die Stadt liegt knapp fünfzehn Kilometer entfernt am Fuße des Gebirges. Den Weg hinaus muss ich wieder mit verbundenen Augen verbringen, doch wenigstens hat Galen mir erlaubt, eine gefüllte Wasserflasche mitzunehmen und mir die Fesseln abgenommen, sodass ich mit ihm, Caine und Blue einigermaßen Schritt halten kann. Wir traben eine mit Wildblumen und Gestrüpp überwucherte Schnellstraße entlang, bis wir zu einem riesigen See gelangen. Eine beängstigend große Brücke führt auf die andere Seite, wo es Häuser gibt, die unwahrscheinlich hoch aufragen. In Büchern habe ich Bilder von Großstädten und Hochhäusern gesehen, doch die wahre Größe hat mein Verstand nicht erfassen können. Unglaublich, wie viele Menschen hier gelebt haben müssen. Hunderttausende. Caine schmunzelt über mein erstauntes Gesicht und stößt Galen an.

»Ist bestimmt ein überwältigender Anblick, wenn man sein Leben hinter Mauern verbracht hat«, sagt Galen. Als Antwort zucke ich betont lässig mit den Schultern. Schließlich soll er mich nicht für ein leicht zu beeindruckendes Dummerchen halten.

Je näher wir der Stadt kommen, umso höher ragen die Gebäude über uns auf, wie Steinriesen mit unzähligen, rechteckigen Glasaugen. Alles ist überwuchert mit halbvertrocknetem Grün und Sand, der sich pyramidenförmig an die Häuserecken schmiegt. Rostige Autowracks säumen die Straßen. Aus der Nähe wirken die verlassenen Hochhäuser unheimlich und bedrückend. Sie versperren die Sicht wie die Mauern der Kolonie. Galen, Caine und Blue ziehen Messer und sehen sich wachsam um, was das beklemmende Gefühl noch verstärkt.

»Lauern hier Tiere oder irgendwelche Feinde?«, frage ich.

Galen nickt. »Ein paar.«

»Sind sie gefährlich?«, fahre ich im Flüsterton fort.

»Ich sag's mal so: Du willst ihnen nicht unbedingt begegnen. Die Tiere sind relativ harmlos, solange du sie in Ruhe lässt.«

Unwillkürlich fragte ich mich, warum sie mich mitgenommen haben. Was kann ich ihnen schon nutzen? Und befürchten sie nicht, dass ich abhauen könnte, sobald ich andere Menschen sehe? Jeden Tag ist Galen nachlässiger geworden, fesselt mich nur noch, wenn er längere Zeit fort ist. Dennoch ist eine Flucht aus Landsby schwierig, solange ich den Weg durch das Gebirge nicht kenne. Hier in der Stadt dagegen gibt es zahllose Verstecke. Ganz zu schweigen von den Vorräten. Ich könnte die Wohnungen durchsuchen um Essbares zu finden, bevor ich mich auf die Suche nach meinesgleichen mache. Das würde meine Überlebenschancen vervielfachen. Die Möglichkeiten, die mir durch den Kopf gehen, machen mich hibbelig.

Wir biegen links in eine Straße ein, die von einem auf der Seite liegenden Bus fast völlig versperrt wird. Die Fenster sind allesamt zerbrochen. Kletterpflanzen haben ihn für sich entdeckt und ranken sich an dem Rahmen empor. Die Reifen hängen schlaff auf den Felgen, nur einer hat noch ein wenig Volumen. Wir zwängen uns an dem Gefährt vorbei und betreten die Straße. Blue deutet auf eine Kreuzung weiter vorn. »Da müssen wir lang.«

Ich beschleunige meinen Schritt und schließe mit Galen auf. »Wohin gehen wir?«

»Wir suchen nach Brauchbarem«, erklärt er.

Das leuchtet mir ein. Dennoch. »Und was habe ich dabei zu tun?«

Die Frage scheint ihm unangenehm, denn er runzelt die Stirn und macht ein finsteres Gesicht. Blue dreht sich zu mir um. »Mutter Deliah findet es an der Zeit, dass du dich nützlich machst, Heulsuse. Ich verstehe allerdings nicht, warum sie gerade uns damit belasten muss.«

Ich beschimpfe sie innerlich als blöde Missgeburt und lasse das Thema auf sich beruhen.

Plötzlich reckt Blue den Kopf in die Luft und schnuppert. »Menschen«, sagt sie.

Ich rieche gar nichts. Scheinbar verfügt Blue über einen ausgeprägten Geruchssinn.

»Städter?«, fragt Caine, während er sich aufmerksam umsieht.

Blue schüttelt den Kopf. »Siedler. Der Geruch ist nur schwach, sie sind mindestens vier oder fünf Blocks entfernt.«

Galen reckt den Hals und lauscht. »Du hast recht, ich kann sie hören.«

Mein Herz beginnt, aufgeregt zu pochen. Keine Ahnung, was der Unterschied zwischen Städtern und Siedlern ist, aber Mensch ist Mensch. Wenn ich nur wüsste, wie weit vier oder fünf Blocks sind und vor allem, in welche Richtung ich gehen muss. Im Gegensatz zu den Mutanten höre und rieche ich nämlich gar nichts. Angespannt spähe ich zwischen den Häusern hindurch. Galen wirft mir einen scharfen Blick zu, der eindeutig besagt, dass er mich im Auge behält. Selbst wenn ich versuchen würde, wegzurennen, käme ich keine hundert Meter weit. Die Mutanten sind größer, stärker und vor allem schneller als ich, selbst Galen mit seinem komischen Bein.

Wir gelangen zu einem riesigen, flachen Gebäude, dessen Glasfront an vielen Stellen eingeschlagen ist. Dahinter sehe ich endlose Regalreihen, teilweise liegen sie umgestürzt am Boden. Die vorderen Regale sind leer. Im Gang direkt neben dem Eingang stehen seltsame Tische mit einem Monitor, Tastatur und einem Ding, dass mich ein wenig an einen Ultraschallkopf erinnert. Da es in Galens Hütte nur einen Handspiegel gibt, versuche ich nun, mein Spiegelbild im Fensterglas zu erhaschen.

Bestimmt bin ich dürr geworden. Viel erkennen kann ich leider nicht, dafür bewegen wir uns zu schnell. Galen steigt als Erster durch die zerbrochene Scheibe. Die anderen folgen ihm.

Mein Vater hat mir erzählt, dass der Virus die Menschen in rasender Geschwindigkeit dahingerafft hat und die Ressourcen noch eine Weile gereicht haben. Manche Sachen wurden einige Jahre weiterproduziert. Wichtige Dinge wie Medikamente und Essen in der Dose. Doch irgendwann ist alles zusammengebrochen. Funktioniert haben am Ende nur die Kolonien. In der Außenwelt dagegen begann der Überlebenskampf. Viel ist nicht mehr übrig und was übrig ist, ist mittlerweile verdorben. Chancen hat man nur in den Wohnungen. Was also hoffen die Mutanten hier zu finden? Waffen? Töpfe? Kleidung?

»Was suchen wir denn?«, wispere ich.

»Alles, was uns nützlich erscheint«, erwidert Caine.

Vorsichtig gehen wir die Gänge ab. Hinter einem Regal scheuchen wir zwei Wildhunde auf, die sich vor der Mittagshitze in das schattige Gebäude geflüchtet haben. Mit eingekniffenem Schwanz knurren sie uns an, bevor sie nach draußen flüchten. Einem hängt ein nutzloses Bein aus der Hüfte. Auch unter den Tieren gibt es Mutanten.

Galen deutet auf ein querstehendes Regal. »Da hinten finden wir vielleicht Messer.«

Messer gibt es tatsächlich, doch nur Besteckmesser und kleine Schneidemesser. Manche haben Rost angesetzt. In einem Korb am Boden liegen zwei Scheren mit blauem Plastikgriff. Galen stopft sie in einen Stoffbeutel.

»Wir sollten lieber die Wohnungen durchsuchen«, schlägt Blue vor.

Auf dem Weg nach draußen kommen wir an der Abteilung *Pflegeprodukte* vorbei, wo Galen Babyöl und zwei dunkelblaue

Cremetuben einpackt. Ich kann mir nicht vorstellen, dass dieses Zeug noch gut ist, aber sicher bin ich mir natürlich nicht.

Wir gehen in das erstbeste Haus auf unserem Weg und arbeiten uns durch das von Schutt und Dreck verstopfte Treppenhaus nach oben. Die Mutanten suchen gezielt nach unversehrten Türen. Im sechsten Stock werden wir fündig. Caine tritt die Tür ein und ich betrete das erste Mal eine Wohnung aus der alten Welt. Neugierig blicke ich mich um. Zu sehen, wie die Menschen gelebt haben, in einer Zeit, als sie alles hatten, fasziniert mich. Meine Mutter hat mir so viel darüber erzählt, aber ihre Geschichten erschienen mir eher wie fantastische Erzählungen. Dass dies einmal die Wirklichkeit gewesen sein soll, konnte ich mir nie so recht vorstellen. Nun habe ich den Beweis. Ich stelle mir vor, wie ich Manja und Paul davon berichte. Der Gedanke stimmt mich traurig. Ob sie wissen, dass ich geflohen bin? Ob Manja mir gefolgt ist und nun in der Außenwelt herumirrt? Oder hält sie mich für tot?

Ich gehe den Flur entlang und bestaune die gerahmten Bilder an den Wänden. Verblasste Ölgemälde und Familienfotos. Die Menschen darauf wirken glücklich und gesund, die Kleidung farbenfroh. Am faszinierendsten aber ist das viele Grün. War die Welt tatsächlich so? Wie ein endloses Landsby?

Galen, Blue und Caine kümmert das alles nicht. Sie interessieren sich nur für den Inhalt der Schränke.

»Steh nicht nur rum«, befiehlt Galen. »Bring alles her, was du finden kannst. In dem Zimmer da hinten sind Bücher. Die kannst du holen.«

Widerwillig reiße ich mich von den Fotos los und mache mich an die Arbeit. Rosa Wände, auf denen Pferde mit einem Horn auf der Stirn abgebildet sind, erwarten mich in dem Zimmer, in das Galen mich geschickt hat. Auf dem Nachttisch liegt ein ganzer Stapel Bilderbücher. Ich hocke mich auf das Bett und blättere sie durch. Ein so genanntes Wimmelbuch tut es mir besonders an. Gebannt betrachte ich die bunten Zeichnungen von einem Bauernhof mit Kühen, Schweinen und Hühnern. Dazwischen Menschen, die im Garten arbeiten, Traktor fahren, Kirschen pflücken oder auf Pferden reiten. Das Abbild einer perfekten Welt. Einer Welt, nach der ich mich plötzlich schmerzlich zu sehnen beginne. Die Menschen damals hatten alles und wussten es nicht zu schätzen. Mit den Fingerspitzen streiche ich über die Seiten, versuche, die Idylle zu ertasten, sie in mich aufzunehmen, und frage mich, wie die Generation meiner Eltern nur so sorglos und egoistisch hatte sein können. Sie haben die Erde ausgebeutet, Kriege angezettelt und Atomkraftwerke gebaut, die nun ganze Landstriche unbewohnbar machen. Wie konnte das passieren? Meine Mutter hat vergeblich versucht, es mir zu erklären. Ich verstehe es bis heute nicht. Die Menschen wussten um die Konsequenzen ihres Tuns und haben es trotzdem getan.

Als ich aufblicke, bemerke ich Galen, der im Türrahmen steht und mich beobachtet. Einen Augenblick lang sehen wir uns an. Ich versuche, ihn mir mit Haaren und Augenbrauen vorzustellen, als Bewohner der Kolonie und kein Verstoßener. Mit dem markanten Gesicht, den breiten Schultern und der beeindruckenden Körpergröße wäre er bei den jungen Frauen sicher begehrt.

»Bring die Bücher ins Wohnzimmer und erzähl' uns etwas über den Inhalt«, befiehlt er barsch.

Ich staple die Bücher und trage sie nach nebenan. Galen, Caine und Blue hocken auf dem Ecksofa und breiten die Fundstücke auf dem Tisch aus. Pfannen und Töpfe, Besteck, Kleider, Schüsseln, ein roter Kasten mit einem weißen Kreuz darauf, ein Messerblock und vieles mehr.

»Das ist ein echter Glückstreffer«, sagt Caine, während er einen glänzenden, schwarzen Koffer aufklappt, in dem sich Werkzeuge befinden, deren Funktion ich nur erahnen kann.

»Wir werden nicht alles auf einmal tragen können«, bemerkt Blue. »Zwei von uns sollten zurückgehen und Verstärkung holen. Die anderen beiden verbarrikadieren die Wohnung und bewachen den Fund.«

Ich hocke mich auf den Sessel, trinke einen Schluck Wasser und vertiefe mich in ein Buch über zwei Brüder mit dem Namen Löwenherz. Dass jemand mit mir spricht, bemerke ich erst, als ein Löffel in meinem Schoß landet.

»He Heulsuse. Was liest du da?«, fragt Blue.

»Nur ein Kinderbuch«, erwidere ich, ungehalten über die rüde Unterbrechung.

Caine lacht. »Dann hast du wenigstens Beschäftigung. Vielleicht kannst du Galen vorlesen.«

Galen vorlesen? Scheinbar habe ich etwas Wichtiges verpasst. Ich werfe Galen einen fragenden Blick zu.

»Wir beide bleiben heute Nacht hier und passen auf, während Blue und Caine zurückgehen und Verstärkung holen«, erklärt er.

Ich bin mir unsicher, wie ich das finden soll, aber da ich sowieso kein Mitspracherecht habe, ist es wohl besser, nicht darüber nachzudenken. Blues Miene nach zu urteilen ist sie über diese Aufteilung nicht gerade glücklich.

»Okay«, sage ich nur.

Caine und Blue packen zusammen, was sie tragen können und brechen auf. Zum Abschied wirft mir Blue einen mörderischen Blick zu, als wollte sie mich warnen, bloß keinen Fehler zu begehen. Ich bin froh, als sich endlich die Tür hinter ihr schließt. Vom Fenster aus beobachte ich, wie die beiden davonstapfen.

Von hinten ist Blue nicht als Frau zu erkennen. Mit den breiten Schultern und dem forschen Gang sieht sie aus wie Caine. Ob sie mich deswegen hasst? Weil ich all das symbolisiere, was sie nie sein wird?

»Geh in die Küche und durchsuch die Schränke nach Essbarem«, befiehlt Galen und unterbricht damit meine Grübeleien.

Sein Befehlston nervt. Außerdem würde ich lieber lesen oder weiter aus dem Fenster schauen. Entsprechend missmutig mache ich mich ans Werk. Die Küche ist ein Traum aus weißem Holz. In der Zeit, als die Elektrogeräte noch funktionierten und es exotische Zutaten gab, haben die Bewohner hier sicher die leckersten Gerichte gezaubert. Bei der Vorstellung läuft mir das Wasser im Mund im zusammen. Nun ist alles mit einer dicken Staubschicht bedeckt und es riecht nach Schimmel und altem Holz. Die Farbe blättert an vielen Stellen ab und in den Ecken hängen Spinnweben. Ich öffne die Schränke und suche nach den Resten einer vergangenen Zivilisation. Die Ausbeute ist recht ansehnlich, auch wenn das meiste ungenießbar sein dürfte. Zwei Dosen Ananas, drei Päckchen Spaghettinudeln, zwei Gläser Tomatensauce, eine Packung Reis, Kidneybohnen, Gulaschsuppe, Mais, Zwieback und Vollkornbrot in der Dose. Ich suche Galen, um ihm von meinem Fund zu berichten. Er steht im Badezimmer und dreht an den Wasserhähnen herum. Aus der Dusche rinnt tatsächlich ein dünner Wasserstrahl.

»Wow. Wir können duschen«, entfährt es mir.

»Aber erst wenn wir alles erledigt haben«, erwidert er, ohne mich anzusehen. »Zuerst müssen wir die Tür verbarrikadieren und die Fenster verhängen, damit kein Licht auf die Straße fällt. Hast du Essbares gefunden?«

Ich nicke. »Ziemlich viel sogar. Aber ich hab keine Ahnung, ob die Sachen noch genießbar sind.«

»Irgendwas wird schon dabei sein. Das ist es immer«, sagt er leichthin.

Hoffentlich behält er recht. Mein Magen knurrt. Seit ich aus der Kolonie geflohen bin, ist Hunger mein ständiger Begleiter. Unwillkürlich muss ich daran denken, wie wenig ich mir früher aus Essen gemacht habe und was ich jetzt für einen Teller Linsensuppe mit Rindfleisch geben würde. Hmm. Lecker. Auf Galens Befehl hin beginne ich, Streichhölzer und Kerzen zu suchen, von denen es in der Wohnung einen ganzen Schrank voll gibt. Allesamt wandern sie zu den Fundstücken. Manche duften schwach, vor allem die in Gläsern. Im elterlichen Schlafzimmer finde ich Bettlaken, die ich an die Gardinenstangen knote. Galen rückt einen massiven Holzschrank vor die Wohnungstür, mühelos, als wöge er nur so viel wie eine Kommode. Während ich den Schrank mit Töpfen, Vasen, Büchern und einem Kaminset beschwere, überprüft er die Lebensmittel.

Anschließend gehe ich ins Badezimmer, um mich zu duschen und benutze dafür das Shampoo, das auf einem Regal neben der Duschkabine steht. Nachdem ich die angetrockneten Reste von der Öffnung entfernt habe, quillt das Zeug in einem riesigen Klecks heraus. Es duftet himmlisch. Süß und zugleich fruchtig. Die Tür habe ich mit einem Stuhl gesichert, damit Galen nicht einfach hereinplatzen kann. Nach dem Duschen stülpe ich mir einen rosafarbenen Bademantel über, fülle Wasser und Shampoo in einen Eimer und beginne, meine Anziehsachen zu waschen.

Galen klopft an die Tür und fragt, wann ich endlich fertig bin, also schleppe ich die Sachen ins Wohnzimmer und beende dort meine Arbeit, während er duscht. Als ich fertig bin, habe ich einen Bärenhunger. Die Packung Zwieback sieht am Vertrauenserweckenden aus. Gierig reiße ich sie auf und schnuppere.

Riecht gut. Vorsichtig beiße ich hinein. Oh ja. Tausend Mal besser als das blöde Maisbrot.

In einem Regal im Wohnzimmer finde ich mehrere Gesellschaftsspiele, die ich zum Teil aus der Kolonie kenne. *Mensch ärgere dich nicht, Mikado, Schach* und *Kniffel*. In meiner Kindheit habe ich *Mensch ärgere dich nicht* geliebt, vor allem weil mein Bruder sich immer so herrlich geärgert hat. Bei der Erinnerung an die ausgelassenen Spieleabende senkt sich Wehmut über mich. Andächtig trage ich das Spiel zu dem niedrigen Tisch, öffne die Schachtel und entfalte das Spielbrett. Der Anblick verstärkt meine Traurigkeit. Jeder in der Kolonie hat Angehörige verloren, sei es durch Krankheit oder Verbannung, doch das ändert nichts daran, dass ich meinen Bruder und meine Mutter schmerzlich vermisse. Alles war besser, als sie noch lebten.

»Was hast du da?«, fragt Galen hinter mir.

Erschrocken fahre ich herum. Er lehnt im Türrahmen, ein Handtuch um die Hüfte geschlungen. Hat er mich etwa schon wieder beobachtet?

»Ein Spiel«, sage ich. »Das habe ich immer mit meinem Bruder gespielt.« Ich Idiot. Warum erzähle ich ihm das?

Er zögert, scheint zu überlegen, was er darauf erwidern soll. »Du hast einen Bruder?«, fragt er schließlich.

Mein Mund fühlte sich plötzlich trocken an. Ich will ihm nicht von meinem Bruder erzählen. Galen ist ein Mutant, ich bin seine Gefangene. Wozu soll es gut sein, über Persönliches zu plaudern? »Ich hatte einen Bruder.«

Er zieht die nicht vorhandenen Augenbrauen hoch. »Was ist passiert?«

»Was soll schon passiert sein? Er ist gestorben, wie viele andere auch.« Energisch falte ich das Spielbrett zusammen und stopfe es in die Schachtel zurück. Ich spüre Galens Blick im

Rücken und hoffe, dass er nicht weiter in mich dringt, bevor ich wieder anfange zu heulen. Er tut mir den Gefallen. Seine Schritte entfernen sich.

Um mich abzulenken, durchsuche ich den Schrank nach Anziehsachen. Die Frau, die hier gewohnt hat, muss groß und ziemlich kräftig gewesen sein. Die Hosen sind allesamt zu lang und rutschen mir über die Hüften. Schließlich finde ich eine Jogginghose mit Zugband, das ich in der Taille enger binden kann, sowie ein grünes Top mit Glitzersteinen, das der Frau nicht gepasst haben kann, so eng, wie es sich an meinen Oberkörper schmiegt. Vielleicht hat es der Tochter gehört oder einer Freundin. Das Bett sieht verdammt bequem aus, vor allem nach den Nächten, die ich im Sitzen auf dem Boden verbringen musste. Ich klopfe den Staub aus dem Bettüberwurf und werfe mich mit ausgebreiteten Armen und Beinen drauf. Herrlich.

Dunkelheit umfängt mich, als ich erwache. Vom Wohnzimmer dringt flackerndes Licht durch die geöffnete Tür zu mir herein. Wie lange habe ich geschlafen?

Benommen schiebe ich mich vom Bett und schlurfe ins Badezimmer. Eine Toilette zu benutzen erscheint mir wie purer Luxus, auch wenn ich mit dem Wasser aus der Dusche nachspülen muss. Anschließend öffne ich den Spiegelschrank, krame einen Kamm raus und versuche, die Knoten aus meinem Haar zu lösen. Meine Wange sieht bis auf zwei kreisrunde, rosa Stellen fast wieder normal aus. Die Schwellung ist zurückgegangen und hat nur eine leichte Rötung zurückgelassen. Ich bin blass, sehe aber nicht kränklich aus, höchstens ein wenig mitgenommen.

»Jule?«, höre ich Galen rufen.

»Ich komme gleich.«

Im Wohnzimmer erwartet mich ein Teller Spaghettinudeln sowie ein langstieliges Glas mit einer dunkelroten Flüssigkeit. Sie verströmt einen schweren, süßherben Duft, der mich an Wein erinnert.

Galen deutet auf den Teller. »Dein Essen.«

Ich setze mich in den Sessel ihm gegenüber und betrachte die Nudeln, die ganz anders aussehen als zuvor. Weich und biegsam. »Danke. Wie hast du das hinbekommen?«

Er zuckt mit den Schultern. »Ein kleines Feuer in einer feuerfesten Schale, einen Ofenrost und einen Topf mit Wasser drauf. Nudeln rein. Fertig.«

Aha. Während ihrer Streifzüge durch die Städte sind die Mutanten scheinbar erfinderisch geworden. Galen deutet auf das Glas. »Probier mal. Das Zeug hat sich gut gehalten.«

Ich ergreife es und nippe daran. Wein ist mir nicht unbekannt, aber dieser hier ist viel schwerer und aromatischer. Ich frage mich, ob das am Alter liegt. *Cartagène Likörwein*, lese ich auf dem Etikett.

»Gut?«, fragt Galen. Hätte er Augenbrauen, wären sie wohl gerade hochgezogen.

Ich nicke und wundere mich über seine gute Laune. Eine Weile sitzen wir uns schweigend gegenüber, essen und nippen an dem Wein. Zu spüren, wie sich mein Bauch füllt, ist ein fantastisches Gefühl. Kein Wunder, dass Galen gute Laune hat. Jede volle Gabel hebt auch meine Stimmung.

»Warum haltet ihr mich wie eine Gefangene?«, wage ich irgendwann zu fragen, weil ich mich so wohlig und satt fühle und Galen mindestens genauso entspannt zu sein scheint wie ich. Er seufzt. »Wilde Pferde muss man zähmen, bevor sie zu Gefährten werden.«

Entrüstet runzle ich die Stirn. »Ich bin aber kein Pferd, falls dir das nicht aufgefallen ist.«

»Das stimmt. Du bist ein Mensch. Aber einer, den wir nicht kennen und von dem wir nicht wissen, ob wir ihm trauen können.«

Ach ja richtig. Ich könnte ein Spitzel sein. »Warum habt ihr mich dann nicht einfach zurückgelassen? Niemand hat euch gezwungen, mich mitzunehmen.«

Nervös reibt er mit den Handflächen über seine Schenkel. Er zögert, weicht meinem Blick aus. »Willst du eine ehrliche Antwort?«

»Ich bitte darum.«

Er atmet einmal tief durch und legt dann los. »Zum einen brauchen wir Arbeitskräfte und gesunde Männer und Frauen, damit unsere Gemeinschaft wächst. Und ...«, er räuspert sich, »wir brauchen Leute für das Totenfeld.«

»Was ist das Totenfeld?«

»Das Gebiet um Landsby ist fast komplett vermint. Wir können nicht genug anpflanzen, um alle satt zu bekommen, ganz abgesehen davon, dass der Großteil unseres Saatguts von einem Pilz vernichtet worden ist und Teile des Bodens nicht gerade fruchtbar sind. Deshalb sind wir gezwungen, die Vorratsspeicher der Kolonie zu überfallen, was gefährlich ist. Um langfristig auf eigenen Beinen zu stehen, müssen wir Land gewinnen, indem wir die Minen räumen, was noch gefährlicher ist. Da kommen die Gefangenen ins Spiel.«

Ich bin entsetzt. »Ihr schickt sie raus, um die Minen zu räumen?«

Galen zuckt mit den Schultern. »Manche, ja.«

»Werde ich auch rausgeschickt?«

»Ich weiß nicht. Mutter Deliah entscheidet das. Aber ich glaube nicht. Sie hofft, dass du freiwillig bei uns bleibst, vielleicht sogar mit einem aus dem Dorf zusammenkommst.«

Bevor ich merke, wie unpassend das ist, lache ich verächtlich auf. Wer würde sich freiwillig mit einem Mutanten einlassen? Mittendrin stocke ich. Hitze schießt in meine Wangen.

Galens Blick wird hart. »Ziemlich naiv von Mutter Deliah, was?«

Verzweifelt suche ich nach einer Ausrede. »Ihr fesselt mich, lasst mich auf dem Boden schlafen wie einen Hund und überlegt, mich zum Minenräumen rauszuschicken. Wie kann sie da annehmen, dass ich gerne bei euch bleibe oder an irgendjemandem Gefallen finden könnte?«

Es dauert einen Augenblick, bis er antwortet. »Du hast recht«, gibt er schließlich zu.

Schweigend sehen wir uns an. Seine Pupillen sind dunkel und groß wie Murmeln. Deutlich kann ich den hauchfeinen violetten Ring erkennen, der seine Iris umschließt und seine Augen aussehen lässt wie eine winzige Sonnenfinsternis. Sein Gesicht ist hart und unbeweglich, wie gemeißelt. Ich überlege, was ich sagen könnte, um die Spannung zu lösen.

»Warum trägst du immer eine Sonnenbrille?«

Er zögert, als würde er darüber nachgrübeln, ob er mir die Wahrheit erzählen soll. »Sonnenlicht schmerzt in meinen Augen«, gibt er schließlich zu. »Nachts sehe ich gut. Sogar besser als die meisten. Tagsüber dafür umso schlechter.«

Das habe ich mir gedacht. Ich frage mich, ob die Wissenschaftler der Kolonie diesen Effekt beabsichtigt haben und was an seinem Erbgut noch alles verändert worden ist. Er fixiert weiterhin mein Gesicht. Das macht mich nervös. Ich deute auf den Bücherstapel. »Kann ich mir ein Buch holen?«

»Natürlich. Warum nicht?« Er leert sein Glas und füllt es erneut. Die Rötung seiner Wangen verrät mir, dass er den Alkohol spürt, genau wie ich. »Würdest du mir etwas vorlesen?«

Ich verberge meine Überraschung hinter einer gerunzelten Stirn. »Warum?«

Er zuckt mit den Schultern. »Ich kann nicht besonders gut lesen.«

Das überrascht mich. »Aber du hast doch etwas auf einem Zettel notiert, den du Mutter Deliah gegeben hast.«

Er winkt ab. »Das waren nur Zahlen. Mit denen kenne ich mich aus. In der Kolonie haben sie mir Rechnen beigebracht, aber nicht lesen. Keine Ahnung warum.« Verbitterung klingt aus seiner Stimme.

Ich weiß nicht was ich darauf erwidern soll. Scheinbar stolpern wir von einem unangenehmen Thema ins Nächste. »Welches Buch würde dich denn interessieren?«

»Das da.« Er deutet auf das Buch mit dem weißen Pferd, das ein langes Horn auf der Stirn trägt.

»Das letzte Einhorn«, sage ich. »Klingt gut.«

Während wir den Likörwein leeren, lese ich vor. Den Löwenanteil trinkt Galen, doch bestimmt ein Drittel der Flasche spült meine Kehle hinunter. Galen hört zu, ohne mich zu unterbrechen und ich lese und lese. Vierzig Seiten später verschwimmen die Buchstaben vor meinen Augen und ich beginne, mich zu fühlen, als hätte ich Zauberpilze gegessen. Ständig verhasple ich mich und die Silben vermischen sich in meinem Mund zu einem unförmigen Brei. Kichernd lege ich das Buch zur Seite. »Ich kann nicht mehr. Der Alkohol macht mir zu schaffen.«

Galen hat die Beine auf den Tisch gelegt und lehnt lässig gegen die Kissen. Sein Blick ist glasig, die Pupillen um die Hälfte geschrumpft. So entspannt war er noch nie.

Eine Idee durchzuckt meine Gedanken. Ich könnte ihn betrunken machen. So betrunken, dass er es nicht merkt, wenn ich abhaue. Ich deute auf die leere Flasche. »Soll ich nachsehen, ob noch was von dem Zeug da ist?«

»Gute Idee«, murmelt er.

Mit deutlicher Schlagseite wanke ich in die Küche und stöbere in dem Schrank mit den Getränken. Neben einer Flasche Wodka finde ich spanischen Sherry und eine Tüte brauner Stäbchen. *Feine Salzstangen* steht darauf.

»Ich hab was gefunden.« Übermütig werfe ich Galen die Packung in den Schoß. »Was glaubst du? Kann man die noch essen?«

Er reißt die Tüte auf, schnuppert und zieht dann ein Stäbchen heraus. Auf den ersten Blick sieht es gut aus. Beherzt beißt er ein Stück ab. Ich öffne derweil den Sherry und fülle die Gläser. Dabei achte ich darauf, meins nur bis zur Hälfte aufzufüllen.

Galen zieht eine Handvoll Stäbchen aus der Tüte und hält sie mir hin. »Hier nimm. Sie schmecken gut.«

Ich lasse mich in den Sessel fallen, ergreife mein Glas sowie eine große Portion Salzstangen und gebe mich betont entspannt.

»Warum erzählst du mir nicht was aus deinem Leben?«, sagt Galen unvermittelt.

Ich verschlucke mich beinahe. »Warum interessiert dich das?«

Er nippt an seinem Glas, bevor er antwortet. »Ich weiß nicht. Du hast deinen Bruder erwähnt und jetzt würde ich gerne mehr erfahren. Was ist mit ihm passiert? Wie lebt es sich in der Kolonie? Wie kommt die Tochter des Kommandanten dazu, am Reproduktionsprogramm teilzunehmen?«

Unbehaglich drehe ich das Glas in meinen Fingern und betrachte die bernsteinfarbene Flüssigkeit darin. »Ich hatte keine andere Wahl. Meine Mutter ist gestorben und mein Vater …«, ich zögere. »Mein Vater denkt nur an seine Karriere. Deshalb hat er mich an das Programm verhökert. Angeblich für Ruhm und Ehre.« Jetzt bin ich es, die verbittert klingt.

Ich leere mein Glas in einem Zug, hebe den Kopf und sehe ihn direkt an. »In der Kolonie hast du nur vermeintlich eine Wahl. Wer nicht funktioniert, wird verbannt. So einfach ist das. Mein Leben lang habe ich das ignoriert, habe mir eingeredet, dass ich damit klarkomme. Schließlich gehörte ich zu den Privilegierten. Doch ich komme nicht klar. Nicht, nachdem was ich im Programm erlebt habe.«

Galen kneift die Augen zusammen. »Du hast dich also geweigert, dich künstlich befruchten zu lassen?«

»So weit kam es erst gar nicht. Ich habe herumgeschnüffelt, Dinge herausgefunden, die ich nicht wissen sollte.« Ich stoße einen bitteren Laut aus. »Natürlich bin ich aufgeflogen.«

»Also musstest du verschwinden.«

Ich nicke, fülle mein Glas und trinke. Es tut gut, darüber zu reden, aber wenn ich so weiter mache, bin ich diejenige, die betrunken in der Ecke liegt. *Wäre das denn so schlimm?*, fragt eine leise Stimme in mir.

»Was ist mit euch?«, will ich wissen. »Wie ist das Leben in der Außenwelt?«

»Hart«, entgegnet er. »Aber frei.«

Seine Auskunft ist nicht besonders ergiebig. »Was macht ihr den ganzen Tag? Wie ernährt ihr euch? Wer bestellt eure Felder?«

»Das ist langweilig und etwas, was du sowieso erfahren wirst«, wiegelt er ab. »Viel interessanter ist: Was hast du in der Kolonie gemacht? Wie sah dein Tag aus?«

Ich seufze. Eigentlich würde ich zur Abwechslung gerne mehr über die Mutanten erfahren, doch da ich ihn bei Laune halten will, erzähle ich ihm von Manja und Paul und dem alten Wasserturm. Von der Schule, dem Arbeitsdienst, den Feldern und dem Speicher mit dem Saatgut. Ein Thema, das ihn ganz besonders interessiert. Währenddessen achte ich darauf, dass sein Glas stets gefüllt bleibt.

»Wenn du willst, bringe ich dir Lesen bei«, schlage ich in einer Gesprächspause vor, in der er mich wieder auf diese durchdringende Art mustert, die mir immer ganz unbehaglich werden lässt.

Sein Gesicht hellt sich auf. »Würdest du das tun?«

Ich strecke meine steifen Glieder. »Na klar. Warum denn nicht?«

Plötzlich springt er auf, steht ganz still und lauscht.

»Was ist?« Instinktiv senke ich die Stimme.

»Draußen ist jemand. Lösch die Kerzen, schnell«, zischt er.

Mein Herz beginnt zu pochen. Während ich hektisch die Flammen ausblase, huscht er zum Fenster, schiebt das Laken zur Seite und späht hinaus. Leise fluchend zuckt er zurück, geht zum Sofa und öffnet die Tasche mit den Messern. Währenddessen eile ich zum Fenster und linse nach draußen. Zuerst sehe und höre ich nichts. Gerade als ich zu glauben beginne, dass er sich getäuscht haben muss, schälen sich Schatten aus der Nacht. Die Umrisse von mindestens fünf Menschen. Ich schaue nach Galen, der ein großes Messer aus der Tasche zieht, und wieder auf die Straße. Soll ich mich bemerkbar machen? Ich könnte gegen die Scheibe klopfen oder das Fenster aufreißen und schreien. Zögerlich taste ich nach dem Fenstergriff. Galens Hand legt sich um meinen Arm, zieht ihn zurück.

»Geh vom Fenster weg«, zischt er dicht an meinem Ohr. »Wir wissen nicht, wie gut sie sehen.«

Mist. Ich habe zu lange gezögert und meine Chance vertan. Unten laufen die Menschen vorbei. Sie lachen und grölen, versuchen gar nicht erst, leise zu sein. Wüssten sie um unsere Gegenwart, wären sie bestimmt vorsichtiger. Ihre Stimmen entfernen sich. Galen steht hinter mir im Dunkeln und umklammert meinen Arm. Wir rühren uns nicht. Überdeutlich spüre ich plötzlich seine Nähe, rieche ihn. Er hat dasselbe Shampoo benutzt wie ich. Coconut Dream.

Er ist ein Mutant.

Ich zucke kaum merklich zurück.

»Wir müssen vorsichtig sein«, wispert er und lässt mich los, als hätte er meinen Widerwillen gespürt. »Eine Kerze muss reichen.«

Frustriert setze ich mich wieder hin und starre missmutig auf meine Hände. Was ist los mit mir? Warum habe ich gezögert? Galen leert das Glas Sherry in einem Zug und wirft sich aufs Sofa. »Glück gehabt«, sagt er. »Alleine hätten wir es mit denen nicht aufnehmen können.«

Fragend ziehe ich die Augenbrauen hoch. »Glück gehabt? Was hätten sie denn getan?«

»Glaube mir«, beteuert er. »Den Städtern willst du lieber nicht begegnen.«

Da ich mich über mein Zögern von zuvor ärgere, werde ich dreist. »Euch wollte ich auch nicht begegnen. Zu Recht, denn ihr habt mich gefesselt und verschleppt. Sind die Städter denn so viel schlimmer?«

Galen stößt einen verächtlichen Laut aus. »Du hast keine Vorstellung davon, was sie dir antun würden.«

»Was denn?«, frage ich herausfordernd. »Lassen sie mich Minen entschärfen? Verkuppeln mich mit einem der ihren, damit ich Nachwuchs bekomme? Das scheint es ja zu sein, was Mutter Deliah von mir will. Da hätte ich auch in der Kolonie bleiben können.«

Er antwortet nicht, beugt sich stattdessen vor und fixiert mein Gesicht. Das flackernde Kerzenlicht lässt ihn finster aussehen. Unheimlich. »Du denkst, du hattest ein hartes Leben und dass wir dich schlecht behandeln? Du hast ja keine Ahnung, *Jule*.«

Die Art, wie er meinen Namen betont, lässt mir einen kalten Schauer über den Rücken rieseln. Es klingt nicht nur verächtlich, sondern auch wütend. Angespannt greife ich zur Sherry Flasche und fülle unsere Gläser auf. »Wir sollten nicht streiten. Lass uns lieber trinken.«

Schmunzelnd lehnt er sich zurück und legt lässig einen Arm über die Rückenlehne. Mir wird klar, dass er mich an der Nase herumgeführt hat. Mit seinem Stimmungswechsel wollte er mich verunsichern und das ist ihm gelungen. Blödmann. Wir leeren auch die zweite Flasche. Das heißt, hauptsächlich leert Galen sie. Ich tue nur so, als würde ich trinken, benetze in Wahrheit aber nur meine Lippen. Galens steigender Alkoholpegel sorgt dafür, dass er das nicht bemerkt. Als er endlich einzuschlafen beginnt, verfrachte ich ihn mit der Ausrede, das Bett sei doch wesentlich bequemer, ins Schlafzimmer, denn im Wohnzimmer kann ich ihn nicht gebrauchen. Nicht, wenn ich es unbemerkt hier raus schaffen will. In einem halbherzigen Versuch, mich weiterhin zu bewachen, zieht er mich aufs Bett und umklammert mein Handgelenk. Ich rolle genervt mit den Augen und warte. Irgendwann wird er mich loslassen. Er murmelt im Schlaf und rührt sich, doch er lässt mich nicht los.

Dummerweise macht sich nun auch bei mir die Müdigkeit bemerkbar. Immer wieder sacke ich weg, nur um kurz darauf aufzuschrecken. Wenn ich fliehen will, darf ich auf keinen Fall einschlafen.

12

Ich bin eingeschlafen. Aber nicht lange. Höchstens eine Stunde oder zwei. Zumindest glaube ich das, weil es draußen noch dunkel ist. Verwirrt blicke ich mich um. Etwas hat sich verändert. Galens Hand liegt nicht mehr auf meinem Arm. Ich beäuge ihn, ohne mich zu rühren. Sein Mund ist leicht geöffnet, die scharfen Konturen seines Gesichts wirken weicher und er atmet tief und gleichmäßig. Im Zeitlupentempo schiebe ich mich vom Bett und schleiche in das Wohnzimmer, wo meine Zehensandalen stehen. Angespannt lausche ich in die nächtliche Stille. Ich überlege, ob ich Proviant einpacken soll, doch mein Fluchtinstinkt drängt mich dazu, mich nicht länger als unbedingt nötig aufzuhalten. Jeden Augenblick könnte Galen aufwachen. Mit klopfendem Herzen räume ich den Schrank vor der Tür ab und staple die Sachen auf den Wohnzimmertisch. Vorsichtig stopfe ich Socken unter die Schrankfüße, damit er sich geräuschlos schieben lässt. Das Ding ist verdammt schwer. Der Schweiß bricht mir aus allen Poren und meine Arme zittern vor Anstrengung. Bei Galen hat das so leicht ausgesehen. Zentimeterweise bewege ich den Schrank, beiße mir dabei die Lippen blutig, um nicht laut zu ächzen, bis ein Spalt entsteht, durch den ich mich hindurchzwängen kann. Jeden Augenblick erwarte ich, eine

Hand auf meiner Schulter zu spüren, die mich zurückzieht. Doch nichts geschieht. Die einschläfernde Wirkung des Alkohols hält an.

Im dunklen Flur taste ich mich an der Wand entlang und orientierte mich Richtung Treppenhaus. Galens Nachtsicht könnte ich jetzt gut gebrauchen. Mein Herz hämmert gegen meine Rippen. Absurderweise regt sich nicht nur mein schlechtes Gewissen, sondern auch eine warnende Stimme, die mir zuflüstert, dass ich einen Fehler begehe.

Ich ignoriere sie.

Auf der Straße halte ich mich in die Richtung, in der die *Städter*, wie Galen sie genannt hat, verschwunden sind. Bevor ich eine Menschensiedlung suche, will ich wenigstens einen Blick auf sie werfen. Der Geruch nach verbranntem Fleisch führt mich direkt zu ihrem Lager. Ich husche hinter ein Autowrack und spähe geduckt über die Motorhaube.

Vier Männer und zwei Frauen liegen in einer offenen Garage um ein Feuer herum. Die verkohlten Reste irgendeines Tieres rösten an einem Stock über den Flammen. Den Konturen nach könnte es sich um einen Wildhund handeln. Ein Mann hält Wache. In seinem verdreckten Gesicht leuchten die blauen Augen unheimlich hell und intensiv. Unglaublicherweise kann ich sie riechen. Der Gestank ihrer ungewaschenen Körper hängt wie eine Glocke über dem Areal.

Eine der Frauen rührt sich. Gähnend richtet sie sich auf und streckt sich. Ihre Haare, die unter all dem Staub und Dreck blond sein könnten, fallen in verfilzten Strähnen über ihre Schultern. Ich versuche, ihr Alter zu schätzen, kapitulierte jedoch vor dem Schmutzfilm, der wie eine Maskierung wirkt. Dem Körper nach zu urteilen ist sie jung, höchstens fünfzehn oder sechzehn. Ein Mädchen noch. Sie zerrt einen verkohlten Fleischrest ab und schiebt ihn in ihren Mund. Der Mann, der Wache hält, stößt ein unwilliges Brummen aus. »Gib mir auch was.«

Er zischt beim Sprechen, als hätte er zu viel Spucke im Mund. Das Mädchen reißt ein Knochenstück ab und reicht es ihm. Dabei grinst sie und entblößt eine braungelbe Zahnreihe. Der Mann beißt kraftvoll zu. Es knackt laut. Der Tierknochen splittert. Etwas stimmt nicht mit seinen Zähnen. Ich kneife die Augen zusammen und recke den Hals, um besser zu sehen. Seine Zähne sind nicht glatt und gerade, sondern spitz wie die eines Hais. Meine Güte. Er hat seinen Mund zu einer Waffe gemacht. Unwillkürlich stelle ich mir vor, wie er seine Zähne in meinem Fleisch vergräbt, und schaudere. Galen hat recht. Bei diesen Leuten würde mich weitaus Schlimmeres erwarten als ein Seil um das Fußgelenk. Ich sollte schleunigst verschwinden.

Eine Brise lässt mich frösteln. Selbst in der Stadt kühlen die Nächte stark ab. Das Mädchen hebt den Kopf und schnüffelt. Dann stupst sie den Mann an, der völlig in seinen Knochen vertieft ist. Begriffsstutzig überlege ich, was sie wohl gewittert haben könnte, bis mir einfällt, dass ich dieses Shampoo benutzt habe, und zwar eine sehr großzügige Menge davon. Ihr Blick schnellt in meine Richtung. Ich ducke mich hinter das Autowrack, mache mich so klein wie möglich.

»Da ist was«, höre ich das Mädchen sagen.

Der Mann grunzt. »Was denn? Ein Köter?«

»Nein. Ich rieche was. Geh und sieh nach.«

Vor Schreck setzt mein Herz einen Schlag aus. Ich muss hier weg, und zwar schleunigst. Mit angehaltenem Atem schiebe ich mich rückwärts, bis ich zu einem gelben Müllcontainer gelange. Der Mann stößt einen Fluch aus, schmeißt den Knochen weg und erhebt sich. Ich husche hinter die Mülltonne und in eine schmale Gasse hinein. Schwer atmend presse ich mich gegen die

Häuserwand. Dunkelheit umfängt mich. Sofern sie nicht sehen können wie Blue, dürften sie mich nicht entdecken. Der Geruch, der kurz darauf zu mir herüberweht, macht meine Hoffnung, unentdeckt zu bleiben, zunichte. Wenn ich sie riechen kann, können die das auch. Panisch schiebe ich mich an der Häuserwand entlang und verfluche das blöde Coconut Dream Zeugs.

»Da muss es sein«, zischt das Mädchen. »Riechst du es auch?«

Der Mann schnüffelt und stößt ein durchdringendes Heulen aus, wie ein Wolf. Der Laut hallt von den Wänden wider, vervielfältigt sich wie ein Echo. Die Haare an meinen Armen stellen sich auf. Meine Beine wollen unbedingt wegrennen, doch aus der Gasse gibt es kein Entkommen. Das Mädchen kichert. Von ihrem Lagerplatz antwortet wildes Geheul. Mir wird schwindlig vor Angst. Das Blut rauscht in meinen Ohren. Ich drücke mich in einen Hauseingang und taste nach dem Türgriff. Die Tür ist verschlossen. Das gackernde Lachen des Mädchens nähert sich und auch das Geheul der anderen. Ich sehe eine Klinge in der Dunkelheit blitzen und weiß, ich bin geliefert. Das habe ich nun von meiner Flucht. Vom Regen in die Traufe.

Von der Straße her erklingt ein Schrei gefolgt von einem lauten Poltern, als hätte jemand den Müllcontainer umgeworfen. Die Bande brüllt angriffslustig.

Das Mädchen deutet in meine Richtung. »Ich glaub ich sehe was. Da hinten.«

Ihr Begleiter ruckt herum. »Das kam von der Straße.«

Das Mädchen zieht an seinem Arm. »Nein. Da hinten ist jemand. Ich rieche es.«

»Ach halt's Maul.« Der Mann reißt sich los und stürmt davon. Das Mädchen zögert, blickt zwischen Straße und meinem

Versteck hin und her. Schließlich stößt sie einen Fluch aus und folgt ihrem Kameraden.

Im ersten Moment bin ich wie erstarrt, verstehe nicht, was gerade passiert. Aber ist das nicht egal? Ich kann abhauen, das ist alles, was zählt. So schnell ich es wage taste ich mich an den Häuserwänden entlang Richtung Hauptstraße. Strenger Urindunst sticht in meine Nase. An der Ecke halte ich inne und spähe vorsichtig auf die Straße. Nichts. Geduckt husche ich hinter den umgestürzten Müllcontainer und von da aus zu einem Autowrack. Die Garage ist leer. Nur das Lagerfeuer glimmt leise vor sich hin. Wohin ist die Bande verschwunden? Auf keinem Fall will ich in dieselbe Richtung laufen. Rechter Hand glaube ich einen Schatten zu erkennen, der über den Gehweg hastet. Scheiße. Sie haben einen Wachposten zurückgelassen. Auf allen Vieren krieche um den Wagen herum, halte inne und lausche. Irgendwo hinter mir bricht die Bande in Geheul aus. Der Laut verursacht mir eine Gänsehaut. Eine Hand legt sich auf meinen Mund. Ich zucke zusammen, versuche, zu schreien.

»Pscht, sei still«, zischt es an meinem Ohr. Galen.

Sofort werde ich ruhig und nicke. Er lässt mich los und bedeutet mir stumm, ihm zu folgen. Ich bin so erleichtert, dass ich nicht eine Sekunde lang erwäge, ihm nicht zu gehorchen. Er führt mich durch ein Gewirr von Gassen und Straßen. Manchmal hält er inne und lauscht, bevor er plötzlich etwas umwirft oder schreit und anschließend die Richtung wechselt. Ich laufe, so schnell ich kann, dennoch habe ich Schwierigkeiten, mit ihm Schritt zu halten. Irgendwann ziehe ich die verdammten Zehensandalen aus, weil sie mich beim Rennen behindern. Keuchend hechle ich hinter Galen her. Die nackte Angst treibt mich vorwärts. Der Himmel reißt auf und entblößt erste helle Flecken. Der Morgen bricht an.

»Wir müssen zu unserem Unterschlupf zurück, bevor die Sonne aufgeht«, wispert Galen. »Am besten gehst du jetzt voran.«

Es sieht so aus, als hätte er keine Sonnenbrille dabei. Nicht gut. Ich ergreife seine Hand und ziehe ihn hinter mir her. Wenn ich die Straßenseite wechseln oder irgendwo abbiegen soll, drückt er meine Hand oder flüstert mir die Richtung ins Ohr. Manchmal hörte ich das Geheul der Bande, doch jedes Mal klingt es ferner.

Und dann sind wir da. Erleichtert husche ich die Treppe hinauf in den sechsten Stock. Ungeduldig schiebt Galen mich durch die offene Wohnungstür. Während er den Schrank in seine alte Position zurückschiebt und mit den Sachen auf dem Wohnzimmertisch beschwert, beuge ich mich vornüber und schöpfe keuchend Atem. Ich bin am Ende. Nach einem Schluck Wasser falle ich auf das Sofa, viel zu erschöpft um noch irgendwas zu fühlen.

»Es tut mir leid«, sage ich, als Galen sich auf den Sessel schmeißt und sein versehrtes Bein zu reiben beginnt.

»Ich hätte dich ihnen überlassen sollen«, brummt er.

»Warum hast du nicht?«

Er wirft mir einen finsteren Blick zu. »Keine Ahnung.«

Ich deute auf sein Bein. »Tut es weh?« Wenn ich so tue, als sorge ich mich um sein Befinden, verringert das hoffentlich seinen Zorn und schmälert zugleich mein schlechtes Gewissen.

Er zuckt mit den Schultern.

»Mein Vater kennt sich mit sowas aus«, fahre ich fort. »Er sagt, bei Überanstrengung muss die Verspannung der Muskeln gelöst werden, indem man sie massiert.«

Als Antwort bekomme ich einen *leck mich am Arsch* Blick.

»Bitte entschuldige. Ich hätte nicht abhauen dürfen«, murmle ich kleinlaut. Ich verachte mich für den Versuch, mich bei ihm einzuschmeicheln, doch er hat sein Leben riskiert, um meines zu retten. Eine Entschuldigung ist da wohl das Mindeste.

»Bist du aber«, entgegnet er ungerührt.

Um meine Nerven zu beruhigen, trinke ich die kläglichen Sherryreste aus meinem Glas und nehme mir ein paar Salzstangen, damit ich nicht an meinen Fingernägeln herumkaue. »Was sind das für komische Typen?«

Eine Mischung aus Schnauben und Lachen ausstoßend lehnt Galen sich zurück. »Das sind frei Geborene. Sie wachsen ohne Eltern auf und müssen sich von Kindheit an behaupten. Aus Mangel an Vorbildern haben sie ein paar eigenwillige Ansichten über Recht und Unrecht entwickelt.«

»Eigenwillig ist eine ziemliche Verharmlosung. Die sind gruselig. Einer hatte die Zähne spitz zugefeilt wie ein Raubtier. Wer macht denn sowas?«

Galen zuckt mit den Schultern. »Die Dinge, die ich in der Kolonie erlebt habe finde ich gruseliger.«

Sofort tauchten die Glasbehälter mit den eingelegten Föten vor meinem geistigen Auge auf. Nashas Kind. Die Apparaturen im Untersuchungstrakt. Die Akten. Betty. Samuel. Galen hat nicht unrecht. Die Kolonie treibt ein paar wirklich kranke Sachen. Vor allem in Anbetracht dessen, dass sowieso viele Kinder missgebildet zur Welt kommen.

»Warum bist du abgehauen?«, unterbricht Galen meine Überlegungen.

Nervös knete ich meine Finger. »Ich schätze, ich wollte keine Gefangene mehr sein.«

Schweigend mustert er mich. Schließlich räuspert er sich. »Wenn ich dir verspreche, dass du in Zukunft keine Gefangene mehr sein wirst, würdest du Landsby eine Chance geben?«

Überrascht sehe ich ihn an. Warum fragt er mich das? Wie kann er mir nach meinem Fluchtversuch überhaupt entgegenkommen? Da ist etwas an der Art, wie er mich betrachtet, das mich verstört. So hat Paul mich manchmal angesehen, wenn wir Zauberpilze gegessen haben. Aber Galen ist ein Mutant. Ich will nicht, dass er mich ansieht, als würde er mich ... ich weiß nicht ... begehren oder so. «Keine Ahnung«, antworte ich wahrheitsgemäß. »Ich kann es versuchen.«

Sofort wird Galens Miene hart. Er ist über seinen Schatten gesprungen und hat mir ein Angebot gemacht, für das ich eigentlich dankbar sein müsste. »Wir sollten schlafen gehen«, sagt er und erhebt sich. »In wenigen Stunden kommen die anderen, dann packen wir alles ein und kehren zurück.«

Ich versuche zu erkennen, ob er wütend ist oder enttäuscht, doch seine Stimme ist ebenso undurchdringlich wie seine Miene. »Soll ich mich ins Kinderzimmer legen?«

»Mir egal.« Er geht in das Schlafzimmer, ohne mich anzusehen.

Ich bezweifle, dass er mich aufhalten würde, sollte ich jetzt abhauen, doch dazu fehlt mir nicht nur die Kraft, sondern auch der Wille. Mein Körper sehnt sich nach Schlaf. Umgeben von Glitzereinhörnern und rosafarbenen Vorhängen schlafe ich ein.

13

Noch vor ein paar Tage hätte ich nicht geglaubt, jemals froh darüber zu sein, nach Landsby zurückzukehren. Mein Fluchtversuch steckt mir in den Knochen, hat er mir doch gezeigt, wie gefährlich es ist, alleine umherzuziehen. Zudem habe ich nur wenige Stunden geschlafen, was ich schade finde, weil das Bett so viel bequemer gewesen ist als der Fußboden in Galens Hütte. Mein Rücken schmerzt von der Schlepperei all der Sachen, die wir aus der Wohnung mitgenommen haben und ich habe schon wieder einen Mordshunger. Der steile Aufstieg in der Nachmittagshitze gibt mir vollends den Rest, sodass mir selbst die Tatsache, dass sie mir nicht die Augen verbunden haben, egal ist. Erschöpft sinke ich vor dem Eingang der Höhle auf den Boden und weigere mich, auch nur einen weiteren Schritt zu tun. Blue beschimpft mich als Jammerlappen und Heulsuse, Galen meidet es, mich anzusehen, und selbst der gutmütige Caine schüttelt missbilligend den Kopf.

»Du musst stärker werden«, raunt er mir im Vorbeigehen zu. Trotzdem reicht er mir eine Flasche Wasser, die ich durstig leere. Anschließend hilft er mir auf und begleitet mich zur Hütte.

Mit einem »ich bin halt nicht wie ihr«, sinke ich auf einen Stuhl. »Ich bin kleiner und schwächer, verstehst du?« *Und kein Mutant* füge ich im Stillen hinzu.

»Du hast einen halben Tag und eine Nacht lang Zeit gehabt, dich auszuruhen und auf den Marsch vorzubereiten. Ihr hattet Essen und Trinken und ein bequemes Bett«, gibt Caine zu bedenken, woraufhin ich den Kopf senke und am Saum meines neuen Glitzersteinetops herumspiele, damit er mein schlechtes Gewissen nicht bemerkt. Außer Galen weiß niemand von meinem Fluchtversuch und ich möchte, dass dies so bleibt. Doch

Caine merkt, dass etwas nicht stimmt, interpretiert es allerdings falsch.

»Oder seid ihr aus einem ganz bestimmten Grund nicht zum Schlafen gekommen?«, fragt er mit anzüglichem Grinsen. »Kann Galen dich deshalb nicht ansehen?«

»Bist du verrückt?«, begehre ich entrüstet auf. »Wir haben einfach zu viel getrunken. Ich vertrage keinen Alkohol.«

Caine mustert mich nachdenklich, doch bevor er etwas sagen kann, betritt Blue die Hütte, gefolgt von Emish.

»He, Heulsuse«, begrüßt sie mich. »Mutter Deliah will dich sehen. Emish bringt dich hin.«

Missmutig runzle ich die Stirn. Eigentlich hatte ich gehofft, mich eine Weile ausruhen zu können. Zudem macht mich die Vorladung nervös. »Was will sie?«

Blue reagiert nicht auf meine Frage. Emish deutet nach draußen. Obwohl er sich freundlich und zurückhaltend verhält, verunsichert mich seine Gegenwart. Er sieht einfach zu gruselig aus. Während ich ihm zu den Höhlen folge, versuche ich, ihn nicht allzu oft anzusehen.

»Weißt du, was Mutter Deliah von mir will?«, frage ich.

Er zucke mit den Schultern. »Weiß nett.«

Mutter Deliah sitzt auf ihrem Teppich. Sie beglückwünscht mich zu dem Fund, den wir in der Stadt gemacht haben, und fragt mich, wie mir der Ausflug gefallen hat und ob ich mir mittlerweile vorstellen könnte, in Landsby zu leben. Ich bin mir nicht sicher, ob es eine Lüge ist, aber ich sage ja. Durch die Art, wie sie mich ansieht, beschleicht mich das Gefühl, das sie von meinem Fluchtversuch weiß. Sie sagt jedoch nichts, stellt mir stattdessen eine Frau namens Ezra vor, die mich herumführen soll.

Ezra behauptet, siebzehn zu sein, doch sie sieht viel älter aus. Groß und hager vom Körperbau, mit einem spitzen Gesicht und aschblondem Haar, das sie im Nacken zu einem Zopf zusammengefasst trägt. Ich entdecke sofort ihre verkümmerte Hand, an der sämtliche Finger fehlen. Sie führt mich einen schmalen Weg hinab und zeigt mir das Mais- und Linsenfeld, den Gemüsegarten und die Kumquatbäume. Die Pflanzen sehen nicht aus, als würden sie besonders gut gedeihen. Viele Blätter sind braun verfärbt und die Triebe hängen die Köpfe. Entweder ist der Boden nicht nährstoffreich genug oder sie bekommen nicht ausreichend Wasser. Zwei Männer, die auf den ersten Blick normal wirken und ein stiernackiger Mutant sind damit beschäftigt, die Pflanzungen von Schädlingen und Unkraut zu befreien.

»Das sind Liam, Roy und Carlo«, sagt Ezra.

Der Mann namens Liam richtet sich auf und nickt mir zu. Sein faltiges Gesicht glänzt vor Schweiß, dunkle Erde klebt in den Furchen unter seinen Augen und auf seiner Stirn. Obwohl er kein Mutant ist, trägt er keine Fußfesseln.

»Liam lebt seit sieben Jahren bei uns«, erklärt Ezra. »Er war ein Siedler, bis er sich mit dem Anführer angelegt hat und verbannt worden ist.«

Roy und Carl beachten uns nicht. Erst als Ezra sie ruft, blicken sie auf. Roy ist wesentlich jünger als Liam und kommt mir bekannt vor. Ich krame in meiner Erinnerung nach seinem Gesicht.

»Männer, das ist Jule. Sie stammt aus der Kolonie«, stellt Ezra mich vor.

Roy runzelt die Stirn und beäugt mich, macht dann plötzlich ein erschrockenes Gesicht und winkt mich zu sich heran. Ich werfe Ezra einen fragenden Blick zu. Sie beachtet mich nicht, redet stattdessen mit Carl. Was auch immer Roy zu sagen hat, scheint ihr egal.

»Bist du Jule Hoffmann? Die Tochter des Kommandanten?«, raunt Roy mir zu.

Ich weiß nicht, ob ich erfreut oder unangenehm berührt sein soll, weil jemand meinen Vater kennt. Roys Gesicht und Galens Reaktion in meiner ersten Nacht nach zu urteilen eher Letzteres. »Du kennst meinen Vater?«

»Ich war Soldat in der Neuen Armee und er mein Kommandant«, erklärt Roy. »Er hat damals versucht, meine Verbannung zu verhindern.« Er wirft einen grollenden Seitenblick auf den Mutanten Carl. »Auch wenn die meisten hier das anders sehen, dein Vater ist ein guter Mann.«

Nervös fährt er sich durch das kurzgeschorene Haar. »Warum bist du nicht mehr in der Kolonie?«

Darüber will ich nicht sprechen, vor allem weil Roy so große Stücke auf meinen Vater hält. Ich suche nach einer unverfänglichen Antwort. »Ach, das Übliche. Der Virus und so.«

Entsetzt reißt Roy die Augen auf und weicht kaum merklich zurück. Die Angst vor dem Virus sitzt tief. »Bist du eine Trägerin?«

»Nein, nein«, beteure ich schnell. Als Infizierte will ich nicht gerade gelten. »Ich bin … unfruchtbar.«

»Oh, das tut mir leid«, sagt Roy. »Aber das ist doch kein Grund für eine Verbannung.«

»Mittlerweile schon«, entgegne ich. »Die Dinge haben sich geändert.«

Ezra bedeutet mir, zurückzukommen. Sie will gehen, das merke ich an der Art, wie sie mit den Händen fuchtelt und von einem Bein auf das andere trippelt.

»Können wir weiter?«, ruft sie. Ihre Stimme hat einen missmutigen Klang, als hätte Carl ihr schlechte Nachrichten verkündet. Hoffentlich hat sie nichts von meiner Unterhaltung mit Roy aufgeschnappt.

Ich verabschiede mich von Roy, nicht ohne ihn eindringlich darum zu bitten, niemandem von meinem Vater zu erzählen.

»Keine Sorge, ich schweige wie ein Grab«, schwört er.

Gedankenverloren folge ich Ezra zu den Hühnerställen. Dort stellt sie mir eine dunkelhäutige Mittdreißigerin namens Emily vor, die gerade dabei ist, die Verschläge auszumisten.

»Sie lebt mit Moses, einem von *uns*«, sagt Ezra.

Emily lächelt schüchtern. Sie ist hübsch. »Wir sind sozusagen verheiratet.«

»Wer ist Moses?«, frage ich.

«Du müsstest ihn eigentlich kennen. Er war dabei, als sie dich gefunden haben«, erklärt Ezra.

Moses war also der andere Haarlose. Ich frage mich, wie es wohl dazu gekommen ist, dass die beiden ein Paar geworden sind. Hat er *um sie geworben*? Mag sie ihn wirklich? Wie ist sie überhaupt hierher gelangt?

»Wo wohnt ihr?«, frage ich stattdessen, in der Hoffnung, sie demnächst besuchen und ausfragen zu können. Ohne Ezra.

Sie deutet Richtung See. »In der ersten Hütte links neben dem Wasserfall.«

Ezra schiebt mich weiter. Ich merke ihr an, dass sie den Rundgang so schnell wie möglich beenden will. Ohne innezuhalten, hechtet sie an der winzigen Kaffeeplantage vorbei und führt mich zu einem Verschlag, in dem vier an den Füßen gefesselte Männer kauern. Zwei von ihnen tragen khakifarbene Hosen und beige T-Shirts, die Farben der Neuen Armee. Die anderen beiden sehen verwahrlost und wild aus, wie die Bandenmitglieder in der Stadt.

»Lass dir nichts zuschulden kommen, sonst endest du wie die«, warnt Ezra.

»Was haben sie getan?«, will ich wissen.

Sie deutet auf die Soldaten. »Die beiden haben wir auf einem Patrouillengang aufgestöbert und überwältigt. Die anderen haben uns in der Stadt überfallen. Jetzt müssen sie aufs Totenfeld.«

Schon wieder dieses Angst einflößende Totenfeld. »Wie groß ist das denn?«

»Viele Meilen. Und jeden Quadratmeter müssen wir uns mit Blut erkaufen.« Sie deutet auf einen zerzausten jungen Mann. Er trägt keine Schuhe. Ein Fuß ist mit einer dicken Bandage umwickelt. »Der da hat Glück gehabt. Während einer Räumung ist er unvorsichtig gewesen und hat eine erwischt. Sie hat seine Zehen abgefetzt.« Als Nächstes deutet sie auf den Städter. »Zeig uns deinen Bauch.«

Er gehorcht, wenn auch widerwillig, wie ich an seinen gefletschten Zähnen erkennen kann. Sie sind spitz zugefeilt. Gruselig. Sein gesamter Oberkörper ist übersät mit kleinen, metallisch glänzenden Splittern, die sich tief in seine Haut gegraben haben. Sie müssen sich schon länger dort befinden, denn ich sehe keine Wunden oder Blut.

»Reißsplitter«, erklärt Ezra. »Sie verschmelzen mit der Haut, sodass man sie nicht mehr entfernen kann.«

Ich presse entsetzt die Lippen zusammen. Der Mann muss unter permanenten Schmerzen leiden.

Ezra macht eine gleichmütige Miene. »Es hätte schlimmer kommen können. Wenigstens ist sein Gesicht verschont geblieben.«

Sprachlos starre ich auf die Gefangenen. Sie wirken resigniert, als hätten sie bereits mit dem Leben abgeschlossen. In der Schule haben sie uns von den Unruhen erzählt, damals, als alles zusammengebrochen ist und sich diejenigen, die es sich leisten konnten, in die Kolonien zurückgezogen haben, um sich vor den Infizierten zu schützen. Der Kampf um Land und die letzten Ressourcen artete in einen regelrechten Krieg aus, in dessen Verlauf die Regierung zahllose Landminen verteilte, um sich einen Vorteil zu verschaffen. Viele töten nicht sogleich, sondern verstümmeln oder verstrahlen das Opfer und verurteilten es so zu einem langsamen, qualvollen Tod. Dass die Minen auch später noch Einfluss auf das Leben derjenigen haben würden, die sich außerhalb der Kolonien befinden, daran hat niemand gedacht, oder es hat niemanden interessiert.

Am nächsten Tag bitte ich Galen um Seife, weil ich baden gehen will. Den ganzen Tag habe ich Schädlinge von den Linsensträuchern gepflückt, was einem Kampf gegen Windmühlen gleicht. Für jeden Käfer, den ich vernichte, scheinen zwei Neue zu kommen. Zum Schluss habe ich Wassereimer zum Feld getragen und bin nun staubig und verschwitzt. Noch immer zeigt Galen sich schweigsam, dafür lässt er mich ohne Nachfrage gehen.

Am Wasserfall treffe ich auf Emily. Sie tut überrascht, doch die Sache kommt mir inszeniert vor, als hätte sie auf mich gewartet. Sie fragt mich, ob ich mich eingelebt habe und wie es mir gefällt. Eigentlich ein unverfängliches Thema, aber ich habe das Gefühl, als würde sie mich ausfragen, um herauszufinden, wie ernst es mir mit dem Leben in Landsby ist.

Ich wimmle sie ab und schwimme einmal durch den See, froh über den Moment, den ich für mich habe. Emish, Blue und die kleine, armlose Mutantin sitzen wie zufällig am Ufer und lassen ihre Füße in das Wasser baumeln. Immer wieder sehen sie in meine Richtung. Offiziell mag ich keine Gefangene mehr sein, doch ich stehe eindeutig noch unter Beobachtung.

Um ihren Blicken zu entkommen, schwimme ich hinter den Wasserfall und finde eine dunkle Höhle mit moosbewachsenen Wänden vor. Vorsichtig klettere ich den rutschigen Felsen empor und setze mich an den Rand. Das Moos ist feucht und glitschig aber weich. Das ohrenbetäubende Tosen sperrt jeden anderen Laut aus. Eine Weile beobachte ich die Sonnenstrahlen, die durch die Lücken im Wasserfall stechen und schillernde Farben in die Luft zaubern, und denke über mein Schicksal nach. Dass ich bei den Mutanten landen würde, habe ich nie für möglich gehalten, ebenso wenig die Tatsache, wie zivilisiert sie sind. Die meisten wurden bereits als Kinder verbannt, dennoch haben sie es geschafft, eine friedliche, funktionierende Gemeinschaft zu bilden. Wenn sie nur nicht so gruselig aussehen würden. Ich frage mich, ob ich mich tatsächlich einleben könnte und ob ich das überhaupt will. Wenn ich wählen dürfte, würde ich gerne in die Kolonie zurückkehren. Dort leben die Menschen, die mir etwas bedeuten, doch solange es die Neue Armee und das Reproduktionsprogramm gibt, ist das Wunschdenken. Mir bleibt nur die Wahl zwischen Landsby oder einer ungewissen Suche nach einer Menschensiedlung. Für Letzteres fehlt mir nach den Ereignissen in der Stadt der Mut. Zumindest im Augenblick. Vielleicht ändert sich das noch. Vorerst muss ich also hierbleiben. Meine Finger streichen über das Moos. Wie wundervoll kühl und weich es sich anfühlt. Ich kenne nur Trockenheit und Hitze.

Es gibt schlimmere Orte als diesen.

Als ich die Höhle verlasse, fällt mein Blick ans Ufer. Galen steht dort und starrt mit finsterer Miene in meine Richtung, die Arme in die Hüfte gestemmt. Gute Laune sieht anders aus. Wahrscheinlich haben ihn die anderen geholt, nachdem ich hinter den Wasserfall geschwommen bin, weil sie befürchteten, ich könnte verschwinden. Absichtlich gemächlich schwimme ich auf ihn zu.

»Was hast du da hinten gemacht?«, fragt er mich, sobald ich in Hörweite bin.

Ich stelle mich dumm. »Was meinst du?«

»Du bist ewig weg gewesen. Die anderen haben sich Sorgen gemacht. Es ist nicht ungefährlich. Das Wasser ist tief, du könntest ertrinken.«

Da ich das flache Wasser erreicht habe, stelle ich mich auf. »Ich bin eine gute Schwimmerin. Das bisschen Wasserfall ist kein Problem für mich. Warum hast du nicht nach mir gesehen, wenn ihr euch *ach so große Sorgen* gemacht habt?«

Er öffnet den Mund, um etwas zu entgegnen, schließt ihn jedoch wieder. Er mustert mich mit zusammengekniffenen Augen. Worüber ärgert er sich bloß? »Ich kann nicht schwimmen«, gibt er schließlich zu.

Das überrascht mich. Trotz seines verkrüppelten Unterschenkels ist er schnell und stark, sodass ich angenommen habe, er könnte alles. »Oh. Ach so.« Mehr fällt mir nicht dazu ein. Was soll ich auch sagen? Ist ja schließlich nicht meine Schuld, dass er nicht schwimmen kann. »Soll ich es dir beibringen?«

Wo kam das denn her? Bin ich verrückt geworden, ihm so etwas anzubieten?

Er zögert, aber nur kurz. »Warum nicht?«, sagt er, wendet sich ab und stapft davon.

14

Galen betritt die Hütte. »Bist du bereit?«

»Für was?« Verwirrt runzle ich die Stirn. Was will er jetzt schon wieder? Ich bin müde und mein Rücken tut weh, weil ich den ganzen Tag Unkraut gejätet habe. Bis auf die beiden Tage in den Ställen der Kolonie habe ich nie so hart gearbeitet wie hier und das bei dem kargen Essen.

»Du willst mir Schwimmen beibringen, weißt du nicht mehr?«

Oh nein. Das hatte ich vergessen. Oder verdrängt. Ächzend fasse ich mir an den Rücken und strecke mich demonstrativ. »Muss das heute sein? Ich bin völlig erledigt.«

»Das bist du immer«, entgegnet Galen ungerührt. »Es dauert ja nicht lang.«

»Na gut. Wenn du meinst.« Als hätte er eine Ahnung davon, wie lange es dauert, schwimmen zu lernen. Die Selbstsicherheit wird ihm spätestens im tiefen Wasser vergehen.

Am See streift Galen seine Kleider ab, stapft in Unterhose ins Wasser und sieht mich erwartungsvoll und auch ein wenig verunsichert an. Ich werfe einen Blick in den Himmel. Die Sonne versinkt bereits. Ein rotglühender Ball am Horizont, der langsam von den Bergen verschluckt wird. Es kommt mir komisch vor, einem Erwachsenen das Schwimmen beizubringen, aber besser ihm als Emish oder Blue. Ich ziehe mich ebenfalls bis auf die Unterwäsche aus und folge ihm. Als Erstes erkläre ich ihm den Bewegungsablauf und zeige ihm, wie er Arme und Beine halten muss. Der Erfolg ist nur mäßig. Ungeschickt und hektisch paddelt er herum, schafft es aber nicht, sich länger als ein paar

Sekunden über Wasser zu halten. Am Ufer erklingt Gelächter. Scheinbar werden wir beobachtet. Frustriert hält Galen inne.

»Verdammt. Ich kann das nicht.«

»Schwimmen lernt man nicht in fünf Minuten«, erkläre ich. »Es wird eine Weile dauern, bis du den Dreh raus hast.«

Er schnaubt missmutig, versucht es aber weiter. Kurz bevor die Nacht endgültig den See in Dunkelheit hüllt, bricht er den Unterricht ab und tapst in seiner gewohnt vorsichtigen Art ans Ufer und in die Hütte zurück. Ich folgte ihm schweigend. Sein nackter Rücken zieht meinen Blick an. Er hat breite Schultern und muskulöse Oberarme, nicht baumstammdick wie manche Soldaten, aber doch deutlich sichtbar. Durch das völlige Fehlen von Haaren wirkt seine Haut glatt und geschmeidig und ich frage mich, wie sie sich wohl anfühlt. Paul hatte Pickel auf dem Rücken und einen zarten Haarflaum auf der Brust, aber seine Haut war weich gewesen, vor allem zwischen den Schenkeln. Die Erinnerung treibt mir die Röte ins Gesicht und ich lenke mich schnell ab, indem ich an Blue und ihr feindseliges Verhalten denke.

Caine ist nicht da. Galen entzündet eine Kerze, streift ein sauberes Shirt über und wendet sich zum Gehen. »Warte hier. Ich hole Essen.«

Es ärgert mich, dass er mich ermahnt, zu warten, es noch immer nicht als selbstverständlich ansieht. Wann hört er endlich auf, mir zu misstrauen? Ungeduldig warte ich auf seine Rückkehr. Es dauert ewig. Mittlerweile knurrt mein Magen wie verrückt. Warum braucht er nur so lange? Will er mich testen?

Als sich die Tür öffnet, schaue ich missmutig auf. »Na endlich.«

Caine betritt die Hütte gemeinsam mit Galen. Caine trägt das Essen und Galen ein komisches Gestänge. Er klappt es auf und stellt es ab.

»Ein Feldbett«, stoße ich begeistert hervor. »Danke.« Zum ersten Mal ist meine Begeisterung echt und auch mein Lachen.

Ein paar Atemzüge lang sieht Galen mich einfach nur an, genauso wie er mich in der Stadt angesehen hat. Das macht mich so nervös, dass ich aufspringe, meine Decke und das Kissen zusammenraffe und sie umständlich auf dem Feldbett drapiere. Muss er mich denn immer anglotzen?

Blue betritt die Hütte. Wegen Galens Starren bin ich fast froh über ihr Auftauchen. Jetzt ist er wenigstens abgelenkt. »Oh, Heulsuse hat ein Bett bekommen«, stellt sie verächtlich fest.

Ich werfe ihr einen giftigen Blick zu, den sie mit einem abfälligen Grinsen quittiert.

Das Abendessen beginnt entspannt, bis Blue mich anspricht. »Wie ich von Mutter Deliah hörte, hast du dich entschlossen, hierzubleiben.«

Die Art wie das sagt, verdeutlicht mir, dass sie mir nicht glaubt. Dass sie weiß, wie ich über ihresgleichen denke.

»Hmhm«, mache ich nur und nicke. Ruhig bleiben. Sie kann mir nicht das Gegenteil beweisen.

Doch Blue wäre nicht Blue, wenn sie sich mit einem Brummen zufriedengeben würde. »Was hat dich umgestimmt?«

Um Zeit zu schinden, tue ich so, als würde ich auf etwas herumkauen, was lächerlich ist, angesichts der Tatsache, dass wir eine wässrige Suppe essen.

»Es ist schön hier, so grün«, sage ich schließlich.

Blue schnaubt. »Willst du wissen, was ich glaube?«

»Blue«, mahnt Caine. »Lass sie.«

Wütend schlägt Blue mit der flachen Hand auf den Tisch. »Nein Caine. Ich traue ihr nicht. Sie ist nicht krank und offensichtlich hat sie in der Kolonie ein angenehmes Leben gehabt. Sie ist ein Spitzel. Es kann nicht anders sein.«

Nicht schon wieder die Spitzel Geschichte. Das nervt. »Ich bin kein Spitzel«, beteure ich.

Blue verengt die Augen zu Schlitzen. »Ach nein? Kannst du das beweisen?«

Natürlich nicht. Obwohl ich lieber wegsehen würde, zwinge ich mich, Blues Blick zu erwidern. »Du weißt, dass ich das nicht kann.«

»Sie könnte ihre Loyalität unter Beweis stellen«, mischt Galen sich ein.

Blue zieht die Augenbrauen hoch. »Und wie?«

Galen beugt sich vor und verschränkt seine Finger ineinander. »Nächste Woche versuchen wir, in die Vorratsspeicher der Kolonie einzubrechen. Sie kann mitgehen und helfen. Sie kennt sich aus.«

Mit offenem Mund starren Blue und Caine ihn an.

»Hast du einen Knall? Sie wird uns verraten«, zischt Blue.

Galen sieht mich beschwörend an, während er spricht. »Das wird sie nicht. Ich vertraue Mutter Deliahs Urteil.«

Es ist mir ein Rätsel, was er mit dem Vorschlag bezweckt. Er weiß, wer mein Vater ist. Hätte ich vor, sie zu verraten, wäre ein Einbruch in den Vorratsspeicher der Kolonie die perfekte Gelegenheit. Andererseits - wäre ich ein Spitzel, hätte ich in der Stadt wohl kaum versucht, zu fliehen. Galen weiß das. Blue nicht.

Erbost wirft sie ihren Löffel in den Teller. Die Suppe spritzt über den Rand. »Das ist bescheuert. Mutter Deliah wird das nicht erlauben.«

183

Galen zuckt mit den Schultern. »Das glaube ich nicht. Es war ihre Idee.«

Blue reißt die Augen auf. »Du hast das schon mit ihr besprochen? Ohne mich darüber zu informieren?«

»Tut mir leid. Ich wollte dich nicht aufregen.«

Wie von der Tarantel gestochen springt Blue auf. »Wenn du glaubst, ich sehe tatenlos dabei zu, wie du und Mutter Deliah uns ins Verderben führt, dann kennst du mich schlecht, Galen. Die Mission ist gefährlich genug, auch ohne die Heulsuse im Schlepptau.«

Ohne eine Antwort abzuwarten, stürmt sie aus der Hütte. Ich sitze da und wünsche mir ein Mauseloch, in das ich mich verkriechen kann. Ich räuspere mich, sonst würde ich keinen Ton herausbringen. »Blue hat recht. Ich sollte nicht mit.«

Galens Blick wird hart. »Du begleitest uns. Das ist mein letztes Wort.«

Sein Befehlston macht mich wütend. Warum versucht er immer, mich herumzukommandieren? Ich bin nicht seine Leibeigene.

»Das werden wir ja sehen«, zische ich.

»Ja. Das werden wir.« Damit steht er auf und geht. Caine und ich bleiben alleine zurück. Der Appetit ist uns beiden vergangen, also räumen wir das Geschirr ab und sammeln die restliche Suppe in einem Topf, falls einer von uns später Hunger bekommt.

»Ich vertraue dir«, sagt Caine beiläufig. Seine Worte sind nett gemeint, aber er sieht mich nicht an, während er spricht. Er lügt. Niemand hier vertraut mir, weder er noch Galen und am allerwenigsten ich selbst.

15

Die Arbeit auf dem Feld ist anstrengend wie nie. Roy ist ausgefallen, weil er Fieber hat, und ich und Liam müssen seine Arbeit mitmachen. Während ich Wassereimer zum Linsenfeld schleppe, frage ich mich zum was weiß ich wievielten Mal, ob ich wirklich in Landsby bleiben will. Soll diese Plackerei tatsächlich mein Leben werden? Viele beäugen mich mit Argwohn, andere rufen mir anzügliche Bemerkungen nach. Allen voran Carl, dessen schwarze Augen bei jeder Bewegung auf mir ruhen, als würde er meine Brüste allein durch seinen Willen dazu bringen wollen, aus dem T-Shirt zu hüpfen. Das trägt nicht gerade zu meinem Wohlbefinden bei. Irgendwann könnten wir uns einander gewöhnen, doch bis dahin ist es ein weiter Weg. Noch bin ich mir nicht im Klaren darüber, ob ich nicht in einer Siedlung besser aufgehoben wäre, denn eines weiß ich mit Gewissheit: Ich bin nicht wie die Männer und Frauen um mich herum. Nicht nur äußerlich, auch innerlich. Zu sehr hat mich das Leben in der Kolonie geprägt, und vor allem die Erziehung meines Vaters.

Es fühlt sich einfach nicht richtig an, hier zu sein.

Abends falle ich auf meine Pritsche und schlafe wie ein Stein, besonders wenn ich zuvor mit Galen am See gewesen bin, damit er Schwimmen üben kann. Im Gegensatz zu mir braucht er nur wenig Schlaf und ist auch viel belastbarer. Aber nicht alle Mutanten sind stärker und zäher, wie ich feststellen muss. Nur der genetisch manipulierte Ausschuss der Kolonie.

Nach dem Schwimmen essen wir gemeinsam und reden. Das heißt, Galen und Caine reden, während ich das Essen in mich reinschaufle und es fast unzerkaut schlucke, weil ich zu fertig zum Kauen bin. Seitdem Galen verkündet hat, dass ich die Mission begleiten werde, hält Blue sich fern, was mir recht ist. Wenn sie nicht dabei ist, bin ich wesentlich entspannter und Galen und Caine sind aufgeschlossener. Auf meinen Wunsch hin stopfen sie die Ritzen in der Wand mit Lumpen aus, damit wir keine ungebetenen Besuche mehr bekommen. Außerdem legt Galen einen Teppich aus, den wir aus der Stadt mitgebracht haben, und bringt sogar zwei Bücher mit, die er Mutter Deliah abschwatzen konnte. Normalerweise sind Bücher Allgemeingut und werden in der großen Höhle aufbewahrt. Wenn ich es schaffe, wach zu bleiben, lese ich vor, was sich auch nach Wochen seltsam anfühlt, weil ich mir andauernd vor Augen halte, wo ich mich befinde und wem ich hier etwas vorlese. Und weil es mich an Samuel erinnert. Was würden wohl mein Vater oder Manja und Paul dazu sagen, wenn sie mich sehen könnten?

An diesem Abend wartet Galen bereits auf mich, sodass ich keine Zeit habe, mich eine Weile auszuruhen. Sein Ehrgeiz ist ungebrochen. Er will endlich schwimmen. Obwohl mir die Arme vom Eimertragen schmerzen, begleite ich ihn zum Wasser. Ein Bad kann ich gut gebrauchen und die Abkühlung wird meinen verspannten Muskeln gut tun. Galen versucht, einen geschützten Platz zu finden, damit uns niemand beim Schwimmunterricht beobachten kann, was ich albern finde. Die meisten hier können nicht schwimmen. Zudem befindet sich zu dieser Stunde kaum jemand im Wasser. Aber Galen hasst es, verspottet zu werden und leider ist es das, was seine Kumpels tun, wenn sie sehen, wie er sich erfolglos abmüht, über Wasser zu bleiben. Manche schließen mittlerweile sogar Wetten darüber ab, ob er es überhaupt jemals schafft. Das ärgert ihn. Während er sich an den äußeren Rand des Wasserfalls stellt, nutze ich die

Gelegenheit, um eine Runde zu schwimmen. Dass er mich beobachtet, merke ich erst, als ich mich wieder auf dem Rückweg befinde.

»Nun mach schon, bevor es dunkel wird«, ruft er und winkt hektisch.

Sein Gedrängel nervt mich, weil ich müde bin. Oder nein. Nicht nur weil ich müde bin. Es nervt mich immer, wenn er mich herumkommandiert. Aus Trotz schwimme ich langsamer. Er watet mir entgegen, verschränkt die Arme vor der Brust und zieht eine Schnute. Der Trotzkopf in mir erwägt, einfach umzudrehen und wegzuschwimmen. Da er mir nicht folgen kann, wäre er gezwungen, tatenlos zuzusehen. Die Vorstellung lässt mich grinsen.

»Jetzt komm endlich.« Ungeduld schwingt in seiner Stimme. Ausnahmsweise sieht uns niemand zu und das will er natürlich nutzen.

Seufzend stelle ich mich an seine Seite und zeige ihm zum bestimmt hundertsten Mal, wie er die Arme bewegen soll. Als Trockenübung beherrscht er das gut, aber sobald er sich ins Wasser legt, paddelt er herum wie ein Hundewelpe. Es sieht lustig aus. Wie eine schwimmende Kugel. Ich kichere und rolle demonstrativ mit den Augen.

Er stellt sich auf und runzelt die Stirn. »Lachst du mich aus?«

»Natürlich nicht«, beteure ich, aber es klingt nicht besonders überzeugend, vor allem, weil ich mir das Grinsen nicht verkneifen kann. Einen Moment lang wirkt Galen unschlüssig. Plötzlich schwappt mir ein Wasserschwall ins Gesicht. Ich pruste und taumle vor Schreck rückwärts, doch sofort bin ich wieder auf den Beinen und revanchiere mich mit einer kräftigen Welle, die Galen rücklings ins Wasser stürzen lässt. Prustend rudert er mit den Armen, bevor er sich aufrappelt und in meine Richtung wirft. Ich will ausweichen, doch er erwischt mich an der Schulter und drückt mich nach unten. Er ist so stark, dass ich keine Chance habe. Noch unter Wasser greife ich nach ihm und versuche, ihn zu mir herabzuziehen. Vergeblich. Er steht wie ein Fels. Mein Kopf durchstößt die Wasseroberfläche. Bevor er mich ein weiteres Mal erwischt, werfe ich mich hinter ihn und klammere mich an seinen Rücken wie ein Affe. Lachend versucht er, mich abzuschütteln.

»Das schaffst du nicht«, kichere ich. »Ich hab mich an dir festgesaugt wie ein Blutegel.«

Er dreht sich im Kreis, meine Beine schleifen durchs Wasser, doch meine Arme umklammern unbarmherzig seinen Hals. Mein Blick fällt ans Ufer. Da steht Blue, mit verschränkten Armen und starrt uns hasserfüllt an. Mein Lachen gefriert. Schnell lasse ich mich von Galens Rücken gleiten. Er hat Blue noch nicht bemerkt, dreht sich zu mir um und umschlingt mich mit seinen Armen. Überdeutlich spüre ich seine Hände auf meiner Haut. Er ist mir so nah wie in der Nacht in der Stadt, nur dass wir diesmal fast nackt sind. Ich erstarre. Was tue ich hier? Ich wollte ihm schwimmen beibringen und nicht mit ihm ... ja was? Flirten? Das kann nicht sein.

Ich flirte doch nicht mit einem Mutanten.

»Wir sollten weitermachen«, sage ich betont kühl und schiebe ihn von mir. Er lässt mich los und tritt zurück. Mein Stimmungsumschwung verwirrt ihn, das ist unübersehbar. Aus den Augenwinkeln sehe ich, wie Blue davonstapft. Jeder Schritt ein Ausdruck ihres Zorns. Bestimmt hasst sie mich jetzt noch mehr als zuvor. Egal. Es wird Zeit, dass Galen den Dreh rausbekommt, damit das hier ein Ende findet.

Ich rufe mir in Erinnerung, wie mein Vater mir das Schwimmen beigebracht hat. Es auf die gleiche Weise bei Galen zu versuchen, behagt mir nicht, vor allem nach dem eben Geschehenen, aber ich will, dass er es endlich lernt. Außerdem bin ich es leid, ihm beim Paddeln zuzuschauen.

Entschlossen lege ich meine Hände ins Wasser mit den Handflächen nach oben. »Leg dich auf meine Hände.«

»Wozu soll das gut sein?«, fragt er skeptisch.

»Wenn ich dich halte, gerätst du nicht in Panik und kannst dich auf deine Bewegungen konzentrieren.«

Er stößt einen Seufzer aus und lässt sich zaghaft auf die Wasseroberfläche gleiten. Da er kippelt, benutze ich den ganzen Arm, um ihn zu stützen.

»Spürst du wie das Wasser dich trägt?«, frage ich. »Du wirst nicht untergehen. Ich halte dich.«

Mit konzentrierter Miene macht er lustige, kleine Schwimmbewegungen. Aber wenigstens paddelt er nicht hektisch herum.

»Beweg dich ruhig und gleichmäßig«, sage ich. »Vertrau mir. Du könntest stillhalten und würdest trotzdem über Wasser bleiben. Probier es aus.«

Er wirft mir einen komischen Blick zu und hält inne, legt sich ganz still auf meinen Arm. Ich lasse ihn langsam über die Wasseroberfläche gleiten. »Leg dich auf den Rücken, breite die Arme aus und spüre die Tragkraft des Wassers.«

Er tut wie geheißen. Sein ausgestreckter Arm berührt meine Taille, was einen Schauer durch meinen Körper jagt. Sein Kopf ruht halb ihm Wasser. Die Augen blicken zum Himmel, wo sich die Nacht langsam über die Wolken schiebt. Ich sehe, wie sich seine Pupillen weiten und den violetten Kranz fast verdrängen. Ein faszinierender Anblick. Dann sieht er mich an, und obwohl er kein Wort sagt, erkenne ich, dass ihm eine Frage auf den Lippen brennt, die zu stellen er nicht wagt. Ich möchte, dass das so bleibt.

»Dreh dich wieder um«, befehle ich. Warum klingt meine Stimme so kratzig? Ich räuspere mich.

»Und jetzt schwimm«, sage ich, als er wieder auf dem Bauch liegt. Es klappt. Ruhig und kraftvoll holt er mit Armen und Beinen aus, sodass ich Mühe habe, ihm zu folgen. Langsam schiebe ich meine Arme rückwärts, bis ich ihn nur noch mit der flachen Hand halte. Meine Finger tasten über seinen Bauch. Hart sind seine Muskeln, die Haut glatt und warm, trotz des kalten Wassers. Meine Fingerspitzen kribbeln und ich muss mich zwingen, ihn nicht abrupt loszulassen.

»Sehr gut«, lobe ich, während ich unauffällig meine Finger löse, einen nach dem anderen, bis er frei im Wasser schwebt. Und dann schwimmt er. Ohne Hilfe und ohne zu paddeln. Nach ein paar Zügen merkt er, dass ich hinter ihm zurückbleibe. Er verfällt in Panik und beginnt, zu strampeln, doch dabei strahlt er über das ganze Gesicht.

»Ich hab's geschafft.«

Ich klatsche Beifall und lache, kann nicht anders, als mich mit ihm zu freuen, wenn auch längst nicht so ausgelassen wie zuvor. Wegen Blue hat sich ein Schatten über mich gelegt. Es fühlt sich an, als würde ich etwas Verbotenes tun. Als Galen weiterschwimmt, feure ich ihn an, schwimme schließlich neben ihm durch das seichte Wasser, bis uns die Nacht zwingt, in die Hütte zurückzukehren. Seltsamerweise bin ich kein bisschen müde.

Caine ist noch nicht da, was mich wundert. Normalerweise wartet er bereits auf uns. Ich habe Hunger wie ein Bär und hoffe, dass er bald mit dem Abendessen auftaucht. Während ich kopfüber meine Haare trocken rubbele, bekomme ich eine Gänsehaut, obwohl sich die Hitze des Tages in der Hütte staut. Eine seltsame Spannung liegt in der Luft. Ich richte mich auf. Nur mit einem Tuch um die Hüfte geschlungen geht Galen an mir vorbei zum Schrank und holt die Flasche Likörwein heraus, die er gebunkert hat. »Möchtest du einen Becher? Zur Feier des Tages?«

Ich schüttle den Kopf. Auf leerem Magen würde mich der Alkohol umhauen. Galen füllt zwei Becher und hält mir einen hin. »Komm schon, nur einen. Schließlich hast du mir das Schwimmen beigebracht.«

»Na gut.« Ich gebe nach und trinke. Aus den Augenwinkeln sehe ich, wie er mich beäugt, während er am Likörwein nippt. Sein Blick ist dunkel, triebhaft. Innerhalb einer Minute leert er einen zweiten Becher und einen Dritten. Wegen des mulmigen Gefühls in meiner Magengrube bin ich versucht, es ihm gleichzutun, doch mir ist schon nach dem ersten Becher schwindlig und ich will nicht die Kontrolle verlieren. Etwas geht hier vor und es gefällt mir nicht.

Stattdessen gehe ich zum Schrank, nehme das Glitzertop und eine kurze Hose aus meinem Regal und ziehe mich an. Obwohl ich schwimmen war, schmerzen meine Schultern. Ich habe definitiv zu viele Eimer auf die Felder geschleppt. Ächzend recke ich den Nacken.

»Bist du verspannt?«, fragt Galen. Er ist mir gefolgt und steht nun dicht hinter mir.

»Ein wenig«, gebe ich zu.

Im nächsten Augenblick spüre ich seine Finger auf meinen Schultern kreisen. »Nachdem du mir das Schwimmen beigebracht hast, schulde ich dir was.« Seine Stimme klingt leise und sanft.

Ich erstarre, kämpfe mit meinen widersprüchlichen Gefühlen. Einerseits fühlt es sich gut an, wie geschickt er meine Muskeln knetet. Andererseits möchte ich nicht, dass er mich berührt. Diese freundschaftliche Vertrautheit verunsichert mich zutiefst.

Er ist ein Mutant.

Und er ist ein Mann. Der mich begehrt.

Die Erkenntnis spült ein heißes Kribbeln durch meinen Körper. Seine Fingerspitzen fahren über meinen Rücken, verursachen mir eine Gänsehaut, die sich von den Zehen bis unter meine Kopfhaut zieht. Wie lange hat mich niemand mehr berührt? Ich will nicht mehr denken, nur fühlen.

Was tust du da? Er ist ein Mutant. Er hat dich entführt. Er ist ein Mutant.

Mit festem Griff umfasst Galen meine Taille und dreht mich zu sich herum. Sein Blick ist schwarzes Feuer. Sein Gesicht nähert sich. Will er mich etwa küssen? Instinktiv weiche ich einen Schritt zurück, stoße gegen den Schrank. »Hör auf, Galen!« Meine Stimme ist kaum mehr als ein Wispern. Mein Mund ist staubtrocken. Ich lecke mir über die Lippen, suche nach Worten, die ihn zur Vernunft bringen.

Die mich zur Vernunft bringen.

Ich finde keine.

Wieder zieht er mich an sich. Ganz nah. Ich spüre ihn. Spüre seinen Körper, seinen Atem auf meiner Haut. Auf meinen Lippen.

»Galen, bitte.« Flehend blicke ich zu ihm auf, doch es nutzt nichts. Ich habe längst verloren. Wie weit er über mich hinausragt und wie sehr ich mich fürchte, vor meinen Gefühlen und vor seinen. Seine Lippen legen sich auf meine. Fest und warm fühlen sie sich an und fremd. Das Kribbeln zwischen meinen Schenkeln kenne ich durch die Nächte mit Paul, nur ist es viel intensiver. Meine Knie werden weich.

»Du bist so schön«, wispert Galen in meinen Mund. Zärtlich streicht er mit den Fingerspitzen über meine Schulter bis hinab zum Schlüsselbein. Als schön hat mich noch niemand bezeichnet. Warum auch? Ich bin nicht schön, höchstens ansehnlich. Aus irgendeinem Grund bringt mich das zur Vernunft.

»Hör auf.« Ich stemme meine Hände gegen seine Brust und schiebe ihn von mir.

Er zuckt zurück, blinzelt verwirrt. »Was ist?«

»Ich will das nicht.«

Wieder dieser verunsicherte Blick. »Das sah eben aber ganz anders aus.«

Keine Ahnung, warum, aber meine Augen füllen sich mit Tränen. Das ärgert mich. Ich will nicht heulen.

Er runzelt die Stirn. »Warum weinst du?«

Mist. Er hat es bemerkt. Beschämt drehe ich mein Gesicht weg, starre auf ein Astloch im Boden. Was soll ich ihm antworten? Dass er ein Mutant ist und damit weit entfernt von dem, was ich will und brauche? Dass ich keine Ahnung habe, was da eben passiert ist, es aber nie wieder passieren wird?

Er tritt zurück. »Ich dachte, du willst es auch.«

Ich wische die Tränen aus den Augenwinkeln und zwinge mich, ihn anzusehen. »Nein, Galen. Ich will das nicht. Du und ich, das ist ... unnatürlich.« Hilflos zucke ich mit den Schultern.

»Ich verstehe«, sagt er.

Ein Blick in sein Gesicht zeigt mir, dass er tatsächlich versteht. Dass er viel zu gut versteht. Schweigend greift er neben mir in den Schrank, zerrt eine Hose und ein Achselshirt aus dem Regal. Seine Nähe quält mich aber ich kann mich nicht rühren. Seine Miene ist eine starre Maske, hinter der er seine Gefühle verschließt. Mir ist es recht. Ganz bestimmt will ich nicht über seine oder meine Gefühle reden oder über das, was eben geschehen ist. Er verlässt die Hütte und ich bleibe allein zurück. Traurig, verwirrt und gedemütigt. Kraftlos schleppe ich mich zu meiner Pritsche und lege mich hin. Was Galen von mir will, kann ich ihm nicht geben. Nicht in tausend Jahren, auch wenn mein verräterischer Körper das anders sieht.

Als Galen eine Stunde später zurückkommt mit einer Schale Mais, Tomaten und Fisch, wird mir klar, warum Caine die ganze Zeit über nicht da gewesen ist.

16

Galen geht mir aus dem Weg. Soll er ruhig. Es ist besser so, hauptsächlich, weil mich das schlechte Gewissen plagt. Ich verfluche meinen Körper, weil er sich nach seiner Berührung sehnt, und schiebe diese Empfindungen auf meinen Wunsch nach jemandem, der mich liebt und versteht. Niemand in Landsby interessiert sich für mich, außer Caine, Roy und Mutter Deliah. Und Letztere nur aus egoistischen Gründen. Obwohl ich meine Arbeit verrichte und versuche, freundlich zu sein, werden die misstrauischen Blicke nicht weniger. Das könnte natürlich an Blue liegen, vor der alle kuschen und die mich so offensichtlich hasst, dass es schon lächerlich ist. Ständig verfolgt sie mich mit ihrem Spott, was nichts Neues ist, nur hat der Spott an Schärfe gewonnen. Ihre abfälligen Spitznamen für mich erweitern sich von Heulsuse auf Feuerkopf, Spinnenliebchen und Faktotum. Ich habe keine Ahnung, was Faktotum bedeutet, aber es ist bestimmt nichts Nettes. Überhaupt schikaniert Blue mich, wo sie nur kann. Während der Mahlzeiten, an denen sie seit Galens und meinem Zerwürfnis wieder teilnimmt, sorgt sie dafür, dass ich mindestens dreimal aufstehen muss, um etwas zu holen und da Galen nichts dagegen unternimmt, tue ich, was sie mir aufträgt, obwohl es mich wütend macht. Jedes Mal verspüre ich den Impuls, ihr den Teller aus der Hand zu schlagen. Ihrem Verhalten und dem der anderen nach zu urteilen, hetzt sie die Mutanten gegen mich auf. Mittlerweile denke ich sogar wieder daran, abzuhauen. Da ich weiterhin an der Mission Vorratsspeicher teilnehmen muss, konzentriert sich meine Hoffnung darauf, auf dem Weg Hinweise auf eine Siedlung zu finden, bei der ich eventuell unterschlüpfen kann.

Zwei Abende vor dem Aufbruch, während ich die Blechbecher auf das Regal über dem Herd staple, tippt Galen auf meine Schulter. Ich bin in Gedanken versunken und habe ihn nicht kommen hören, deswegen erschrecke ich so sehr, dass ich zusammenzucke, einen Satz rückwärts mache und über einen Stuhl stolpere. Er ist so verblüfft, dass er wortlos die Hütte verlässt. Ich schäme mich wegen meiner überzogenen Reaktion, aber nur ein wenig. Schließlich habe ich es nicht absichtlich getan.

Galen kehrt nicht zurück. Statt seiner kommt Blue und verbringt die Nacht in der Hütte. Das frustriert mich dermaßen, dass ich meinem Spitznamen Heulsuse wieder mal alle Ehre mache. Natürlich versuche ich, die Heulerei vor Blue zu verbergen, doch da sie über ein extrem gutes Gehör verfügt, bezweifle ich, dass sie es nicht merkt. Glücklicherweise erspart sie mir dumme Bemerkungen.

Als Blue am nächsten Morgen das Frühstück holt, frage ich Caine nach Galens Verhalten. Er sitzt am Tisch und versucht mit seinen verkrümmten Fingern, eine Schnur durch die Ösen eines

Rucksacks zu ziehen. Mit mäßigem Erfolg. »Darüber solltest du mit ihm reden und nicht mit mir«, wiegelt er ab.

Ich nehme ihm den Rucksack aus der Hand, und beginne zu fädeln. »Er ignoriert mich.«

Caine runzelt die Stirn. »Was erwartest du? Du hast ihn abblitzen lassen.«

»Das hat er dir also erzählt?«

»Nicht er. Blue. Sie nennt dich eine eiskalte Schlampe, die glaubt, sie wäre was Besseres.«

Ich schnaube. Das sieht dem Mannweib ähnlich. »Aber warum benimmt er sich wie ein eingeschnappter Teenager?«

Caine stößt einen Seufzer aus. »Was glaubst du, warum du keine Gefangene mehr bist? Warum du nicht mehr ständig unter Beobachtung stehst? Er hat sich für dich eingesetzt, weil ihm etwas an dir liegt.«

»Und dafür erwartet er sexuelle Gefälligkeiten?«

Caine lacht so laut auf, dass ich erschrecke. »Glaubst du das wirklich? Sex kann er jederzeit haben.« Er beugt sich vor und blickte mich verschwörerisch an. »Falls du es noch nicht bemerkt hast. Galen gehört zu den Attraktiven unter uns. Es gibt jede Menge Frauen, die sich ihn nur zu gerne schnappen würden.«

Trotzig verschränke ich die Arme vor der Brust. »Kann ja sein, aber verbotene Früchte sind die Süßesten, hat meine Mutter immer gesagt.«

Plötzlich wird Caine ernst. »Wie kommst du darauf, dass du verboten bist? Mutter Deliah hätte dich jederzeit einem anderen zuteilen können und der wäre vielleicht nicht so zurückhaltend gewesen.«

Ich merke, wie ich erbleiche. *Es sind Mutanten. Ohne Gewissen und Anstand.*

»Versteh mich nicht falsch«, fährt Caine eilig fort. »Natürlich ziehen wir es vor, wenn es freiwillig geschieht, schließlich sind wir keine Monster. Doch ein paar von uns würden sich nicht ewig zurückhalten, wenn ihnen tagtäglich eine hübsche, junge Frau vor der Nase herumtanzt. Immerhin warst du eine Gefangene.«

Ich ignoriere die Tatsache, dass er mich hübsch genannt hat, und konzentriere mich auf meine Worte. »Warum fragt ihr die Verbannten nicht, ob sie *freiwillig* mit euch kommen wollen? Immerhin hat Landsby einiges zu bieten.«

Caine schnaubt. Seine Miene verdüstert sich. »Sieh uns doch an. Niemand würde freiwillig mit uns gehen. Wir sind Monster in deren Augen, der Abfall der Menschheit. Sei ehrlich. Was hast du gedacht, als du uns zum ersten Mal begegnet bist?«

Ich senke den Kopf, beschämt über die Antwort, die ich geben müsste.

Caine hört nicht auf, zu bohren. »Sag schon, Jule! Du lebst seit einer ganzen Weile hier und denkst noch immer ans Abhauen, das kannst du nicht leugnen. Warum?«

Unbehaglich rutsche ich auf meinem Stuhl herum. »Ihr habt mich behandelt wie eine Gefangene. Es dauert eben, bis ich euch vertraue.«

Caine fixiert mich mit dem gesunden Auge. »Und das ist der einzige Grund?«

Ich starre auf meine Hände und schweige. Keine Antwort ist auch eine Antwort.

Galen bekomme ich nur kurz zu Gesicht, als er sich frische Anziehsachen holt. Wir tun beide so, als wäre der andere nicht da. In dieser Nacht kommt Blue erst weit nach Mitternacht zurück und stinkt nach Alkohol. Leise vor sich hin summend

torkelt sie durch die Hütte und rempelt jedes einzelne Möbel-
stück an, während sie sich unbeholfen die Kleider vom Leib
zerrt. Das hereinfallende Mondlicht erlaubt mir die Sicht auf
ihren nackten Körper. Normalerweise zieht sie sich in Windeseile um, sodass ich bisher nie einen Blick auf sie erhaschen konnte, doch wegen des Alkohols sind ihre Bewegungen unkoordiniert und langsamer als sonst. Sie rülpst laut, während sie im
Schrank nach einem T-Shirt sucht. Ihr Körper ist schlank und
ungewöhnlich muskulös für eine Frau, aber das wusste ich
bereits. Der Schock ist, dass sie zusätzlich zu ihrem weiblichen
Geschlecht auch einen verkümmerten Penis hat. Erschrocken
kneife ich die Augen zu, damit sie mich nicht beim Spionieren
ertappt. Ich höre, wie sie sich das T-Shirt und einen Slip über-
streift, bevor sie bäuchlings auf Galens Bett fällt und augenblicklich zu schnarchen beginnt. Ich werfe mich auf meiner Pritsche
herum und warte auf den Schlaf, der sich partout nicht einstel-
len will. Zu viele Gedanken rasen in meinem Kopf herum, allen
voran die Tatsache, dass Blue ein Hermaphrodit ist. Erst im
Morgengrauen gönnt mir mein überhitztes Gehirn ein wenig
Ruhe.

* * *

Ich erwache mit Kopfschmerzen und einem fremden
Gesicht, das sich über mich beugt. Eine Frau mit hohen Wangen-
knochen und grünen Augen, die mich an eine Katze erinnern.
Obwohl sie wie Galen keine Haare hat, wirkt sie reizvoll, fast
schön. Der glatte Schädel bringt ihr apartes Gesicht zur Geltung.
Erschrocken schnelle ich hoch und werfe einen kurzen Blick auf
Blue, die noch immer im Bett liegt und schnarcht.

Die Frau lächelt auf mich hinab. »Guten Morgen.«

»Wer bist du?«, frage ich. *Und was fällt dir ein, einfach in die Hütte zu kommen?*, füge ich in Gedanken hinzu. Blue gähnt und streckt sich ausgiebig, bevor sie sich stöhnend aufrichtet. »Medina, was machst du hier?«

Die Mutantin namens Medina schüttelt den Kopf. »Ihr habt verschlafen. Wir warten auf euch.«

»Oh verdammt.« Geschmeidig springt Blue aus dem Bett. Plötzlich wirkt sie hellwach. Kaum zu glauben, dass sie am Abend vorher betrunken gewesen ist.

Medina schürzt die Lippen. »Beeilt euch. Wir haben einen langen Weg vor uns.«

Blue wedelt ungeduldig mit der Hand. »Ja, ja verflucht. Heulsuse, gib mir meine Sachen und schmeiß dich in deine. Aber zackig!«

Ich stehe auf, klaube die Hose vom Boden und reiche sie ihr. Medina lacht gekünstelt. »*Heulsuse*? Warum nennst du sie so?«

Blue zerrte die Hose über die Hüften und zieht den Reißverschluss zu. »Weil sie eine ist.«

Mit einer Hand fährt sie sich durch das kurze Haar, mit der anderen schnappt sie eine Tasse aus dem Regal über dem Herd. »Wasser. Schnell.«

Eigentlich habe ich mit mir selbst zu tun, aber in ihrer Stimmung will ich sie nicht noch mehr reizen also tue ich, was sie verlangt.

»So eine will ich auch«, sagt Medina entzückt. »Am besten in männlich.«

»Hast du nicht genug Kerle?«, brummelt Blue. »Wenn du so weiter machst, bist du bald die Dorfschlampe.«

Medina zuckt mit den Schultern. »Na und? Das Leben ist zu kurz, um es nicht mit allen Sinnen zu genießen und dazu gehören eben auch Männer.« Sie geht zur Tür und öffnet sie. »Wir warten am Eingang der Höhle auf euch.«

Im Gehen kippte Blue das Wasser hinunter, schlüpft in ihre Stiefel und schreitet zur Tür. »Bist du fertig, Heulsuse?«

* * *

Die Gruppe, die Richtung Kolonie aufbricht, besteht aus Galen, Blue, Medina, Emish, Moses und mir. Galen führt uns an, gemeinsam mit Moses. Als sie mich gefunden haben, dachte ich, dass die beiden einander ähneln. Mittlerweile sehe ich das anders. Bis auf die Haarlosigkeit sind sie so verschieden wie Manja und ich.

Niemand beachtet mich und niemand wartet auf mich, weswegen ich fast rennen muss, um Schritt zu halten. Die Vorstellung, dass ich schon bald die Mauern der Kolonie sehen werde, macht mich ganz zappelig. Ich denke an die Soldaten der Neuen Armee. Sie haben Schusswaffen. Die Mutanten nur ein paar Messer und eine altersschwache Armbrust. Wenn sie erwischt werden, sind sie chancenlos. Dazu noch die Minenfelder, die zu überqueren fast unmöglich ist. Wie wollen sie das schaffen?

Am Abend sitzen wir beim Lagerfeuer beisammen. Ich werde weiterhin ignoriert. Galen hockt neben mir auf einem umgestürzten Baumstamm, darauf bedacht, mich bloß nicht zu berühren. Weil ich das albern finde, stoße ich immer wieder mit dem Knie gegen sein Bein oder streife seine Schulter, wenn ich mich bewege. Das ist zwar gemein, aber ich will ihn aus der Reserve locken. Es ärgert mich, dass er mich ignoriert.

Nach dem Essen zieht Medina zwei längliche Metallbehälter aus ihrem Rucksack und stellt sie vorsichtig auf den Boden.

Andächtig verfolgen die anderen ihr Tun. Spannung liegt in der Luft.

»Du willst es tatsächlich durchziehen?«, fragt Moses mit dumpfer Stimme.

Alle blicken sich vielsagend an. Ich habe keine Ahnung, um was es geht.

»Wenn nicht jetzt, wann dann?«, entgegnet Medina. »Lange genug haben wir unseren Zorn unterdrückt, haben mit angesehen, wie die Kolonie gedeiht, während wir täglich ums Überleben kämpfen. Es wird Zeit, ihnen einen kleinen Denkzettel zu verpassen.«

»Damit könnten wir einen Krieg heraufbeschwören«, gibt Moses zu bedenken. »Wollen wir das wirklich riskieren?«

»Sei kein Feigling«, stößt Blue hervor. »Wenn die Arschlöcher kämpfen wollen, dann sind wir bereit.«

Moses verschränkt die Arme vor der Brust. »Ich halte es für keine gute Idee. Im Augenblick ignorieren sie uns, doch wenn wir ihre Ernte vernichten, werden sie das nicht auf sich beruhen lassen. Wir sind ihnen zahlen- und waffenmäßig unterlegen.«

»Solange sie nicht wissen, wo wir uns verstecken, können sie uns nichts anhaben«, wirft Galen ein.

»*Noch* wissen sie es nicht«, entgegnet Moses. »Aber eines Tages finden sie es vielleicht heraus und dann sind wir fällig.«

Dass die Mutanten nicht gut auf die Kolonie zu sprechen sind, ist keine Überraschung. Das beruht auf Gegenseitigkeit. Doch dass sie ernsthaft erwägen, den Menschen dort zu schaden, ist mir neu. Natürlich bin ich nicht diejenige, mit der sie über derartige Pläne reden würden, aber dass ich nicht das Geringste mitbekommen habe, überrascht mich dann doch, schließlich lebe ich mit Caine und Galen zusammen und höre ihre Gespräche mit. Scheinbar haben sie in meinem Beisein nie darüber gesprochen.

Ich deute auf die Behälter. »Was ist da drin?«

Medina feixt mich an. »Eine Überraschung.«

»Verrat ihr nichts«, mischt Blue sich ein. »Wir können ihr nicht trauen.«

Nun beäugen mich alle. Alle außer Galen. Der starrt auf den Boden und tut, als ginge ihn das nichts an.

»Ich bin kein Spitzel«, beteure ich. »Die Kolonie ist ebenso mein Feind wie eurer.«

Ist sie das tatsächlich? Die Menschen dort haben mir nichts getan, nur die Machthaber. Wenn die Mutanten einen Anschlag planen, der auf die Bevölkerung zielt, weiß ich nicht, wie ich das finden soll.

Medina nimmt einen Behälter und hält ihn hoch, sodass ich ihn betrachten kann, dabei beobachtet sie mich.

»Maisbrand«, sagt sie. »Wir wollen es auf den Feldern verteilen. Der andere ...«, sie nimmt den zweiten Behälter zur Hand. »... zerstört das Saatgut.«

Wenn sie die Ernte und zugleich das Saatgut zerstören, käme es in der Kolonie zu einer Hungersnot. Die Menschen in der Wellblechsiedlung haben bereits jetzt nicht genug zu essen. Im Falle einer Missernte würden sie am meisten leiden. Das gefällt mir definitiv nicht. »Wo habt ihr das her?« Ich versuche, ruhig zu bleiben und mir meine Zweifel nicht anmerken zu lassen.

»Wir haben die Pilze aus unserer eigenen Ernte extrahiert«, erklärt Medina. »Fast unser komplettes Saatgut ist hinüber, deshalb müssen wir dringend welches besorgen. Und wenn wir das getan haben, hinterlassen wir ein kleines Dankeschön.«

»Sie werden euch dafür hassen«, gebe ich zu bedenken.

Medina zuckt mit den Schultern. »Das tun sie auch jetzt schon.«

»Kann sein, aber im Augenblick lassen sie euch wenigstens in Ruhe. Ich weiß, wie die Regierung tickt. Nach einem Anschlag wie diesen würden sie alles daran setzen, um euch zu finden und zu vernichten«, füge ich hinzu.

»War ja klar, dass du uns abzuhalten versuchst«, giftet Blue.

»Sie zeigt uns nur die Risiken auf«, entgegnet Moses und springt plötzlich auf. »Wir haben zu hart dafür gearbeitet, einen Lebensraum und ein friedliches Miteinander zu schaffen. Landsby ist unser Zuhause geworden. Wir dürfen das nicht aufs Spiel setzen, nur weil wir zornig sind.«

»Letztes Jahr wären wir beinahe verhungert«, zischt Blue. »Sie sollen merken, wie sich das anfühlt.«

Alle starren einander schweigend an. Moses sieht jedem in die Augen, schnaubt und stapft dann wütend in die Dunkelheit davon. Ein paar Sekunden lang sagt niemand etwas, dann entbrennt eine heftige Diskussion. Ich halte mich raus. Einerseits kann ich ihren Zorn verstehen, andererseits halte ich nichts von terroristischen Aktionen, weil diese hauptsächlich Unschuldige treffen. Die Machthaber sichern sich ihren Anteil, wenn nötig auch auf Kosten der Bevölkerung. Als ich die Diskussion nicht mehr ertragen kann, stehe ich auf und folge Moses, der gegen eine Palme lehnt und in den Nachthimmel starrt.

»Sie werden es tun, oder?«, fragt er mich.

Ich zucke mit den Schultern. »Kann sein. Blue und Medina sind sehr überzeugend.«

Moses seufzt. »Ihre Wut auf die Kolonie wird uns noch alle umbringen.«

Worauf sich die Gruppe geeinigt hat, weiß ich nicht und ich frage auch nicht danach. Überhaupt wird wenig gesprochen, die Stimmung ist trübsinnig. Nur in Medinas und Blues Gesicht sehe ich so etwas wie grimmige Entschlossenheit. Der Rest gibt sich undurchschaubar. Immer wieder heftet sich mein Blick auf Medinas Rucksack. Es ist ein beklemmendes Gefühl zu wissen, was sie mit sich herumträgt.

Am nächsten Morgen erreichen wir die Steinwüste. Bei ihrem Anblick rieselt mir ein Schauer den Rücken hinab und meine Wange beginnt, zu jucken. Noch immer erinnern zwei helle Punkte an den Spinnenbiss. Meine Flucht aus der Kolonie scheint eine halbe Ewigkeit her aber diese Nacht vergesse ich nie.

Je näher wir der Kolonie kommen, umso nervöser wird die Gruppe. Auch ich verspüre ein Kribbeln in der Magengrube. Eine Mischung aus Aufregung und Furcht. Als am Nachmittag die Mauern in der Ferne auftauchen, kehrt die alte Traurigkeit zurück und die Sehnsucht nach meinen Freunden. Ich wünschte, ich könnte herausfinden, wie es Manja, Paul und Samuel geht. Ob Paul und Manja wissen, dass ich abgehauen bin? Hat Samuel deswegen Ärger bekommen?

Dass ich jetzt zu denen gehöre, über die mein Vater immer geschimpft und die er als unzivilisiertes Pack und Abschaum betitelt hat, macht mich beklommen. Die Tochter des Hauptmanns ist eine Verstoßene und steht kurz davor, seiner geliebten Kolonie zu schaden. Wenn das nicht Ironie des Schicksals ist. Und dann habe ich auch noch einen Mutanten geküsst. Ich mag erwachsen sein, doch dafür würde mein Vater mir den Hintern versohlen.

Galen, der gemeinsam mit Medina die Gruppe anführt, hebt die Hand zum Zeichen, dass wir innehalten sollen. Die Mauer ist höchstens fünfhundert Meter entfernt. Rechter Hand zwischen Mauer und Maisfeld kann ich bereits die Umrisse des Vorratsspeichers erkennen. Die meisten Felder befinden sich innerhalb der Kolonie, doch um alle Menschen satt zu bekommen, mussten sie expandieren und notgedrungen ein paar Außenfelder anlegen. Sollte es den Mutanten gelingen, diese zu vernichten, wäre ein Drittel der Ernte dahin. Das ließe sich verschmerzen, im Gegensatz zur Zerstörung des Saatguts. Das wäre ein herber Schlag.

Die Gruppe stellt sich in einen Kreis und bespricht den Einsatz. Sich der Kolonie zu nähern ist gefährlich, wegen der Wachposten und wegen der Minen.

»Wir warten, bis es dunkel ist, dann legen wir los«, schlägt Galen vor. »Medina und Blue, ihr übernehmt die Bestäubung der Felder. Falls es nicht klappt, brennt ihr sie einfach nieder.«

Die beiden Frauen nicken, ihre Augen funkeln erwartungsvoll.

»Moses und Emish, ihr haltet Wache«, fährt Galen fort. »Sollten sich Soldaten nähern, macht ihr das vereinbarte Zeichen.« Er wirft mir einen flüchtigen Blick zu. »Jule und ich brechen in den Vorratsspeicher ein.«

Auch das noch. Wenn wir dort erwischt werden, bin ich geliefert. Lieber wäre mir gewesen, aufzupassen. Medina setzt ihren Rucksack ab, fummelt die Behälter raus und reicht einen davon Galen. »Vergesst die Andenken nicht.«

Zögerlich nimmt er ihn entgegen. Der Plan scheint ihm nicht zu behagen. Medina sieht ihn streng an. »Beschlossen ist beschlossen, Galen. Wir ziehen es durch.«

17

Das Warten auf die Dunkelheit steigert meine Nervosität ins Unerträgliche, vor allem jetzt, wo ich weiß, was meine Aufgabe sein wird. Wie wir es durch das Minenfeld schaffen sollen, ist mir ein Rätsel, aber da niemand sich darüber zu sorgen scheint, frage ich nicht nach. Galen hockt sich neben mich und bietet mir ein Stück gebratenes Fleisch vom Abend zuvor an. Scheinbar hat er beschlossen, mich wieder zu beachten. Dennoch lehne ich ab. Mein Hals ist wie zugeschnürt.

»Ihr wisst von den Minen«, beginne ich.

Er nickt. »Wir gehen durch das Maisfeld zum Vorratsspeicher. Davor sind nicht so viele Minen und die haben wir ausgekundschaftet.«

Dass es einen Weg durch das Maisfeld gibt, ist eigentlich logisch. Ich frage mich, warum Samuel mich durch den Abwasserkanal gejagt hat, vor allem da dies auch noch die falsche Richtung gewesen ist. Wahrscheinlich befürchtete er, ich könnte eine der wenigen Minen erwischen, die dahinter liegen.

»Aber es ist dunkel«, gebe ich zu bedenken.

»Moses und Blue sehen auch nachts gut, sie werden uns führen. Im Speicher benutzen wir eine Lampe, damit du etwas erkennen kannst.«

Angespannt nage ich auf meiner Unterlippe herum. So gerne würde ich ihm gestehen, was ich von dem Vorhaben halte, doch ich traue mich nicht. Plötzlich sieht er mich an. Sein Blick verunsichert mich, wie immer, aber ich kann nicht wegsehen. Es ist als hielte er mich mit seinen Augen gefangen. Ungesagte Worte schweben zwischen uns, die keiner von uns beiden auszusprechen wagt. Sein Lächeln will mir weismachen, dass alles gut werden wird, doch die Traurigkeit hinter seinem Blick kann er nicht vor mir verbergen. Wir sind Verlorene in einer verlorenen Welt.

Nichts wird daran jemals etwas ändern.

»In der Kolonie leben Unschuldige«, sage ich. »Warum wollt ihr sie in diese Fehde reinziehen?«

Er wendet sich ab und richtet seinen Blick in die Ferne. »Sie lassen es zu, dass die Versehrten verbannt werden, dass die Regierung Menschenversuche macht. Sie verachten uns.«

»Weil sie es nicht besser wissen. Von klein auf bekommen sie eingetrichtert, wie wichtig Selektion ist und das wir unser Erbgut nicht verunreinigen dürfen, damit die Geburtenrate wieder steigt. In der Schule behaupten sie, dass die ...«, beinahe hätte ich Mutanten gesagt, verschlucke das Wort aber im letzten Moment. »... Versehrten nicht fähig sind, sich einzugliedern, dass sie sind wie Tiere. Dass sie Krankheiten übertragen.«

Er senkt den Kopf und stößt einen resignierten Laut aus. »Sind wir wie Tiere für dich?«

»Nein.« Ich schüttle den Kopf. »Weil ich euch kennengelernt habe. Vorher habe ich die Lügen geglaubt.«

»Siehst du. Solange die Bewohner der Kolonie die Lügen glauben, sind sie unser Feind.«

Zögerlich strecke ich meine Hand aus und lege sie auf seinen Arm. Durch Berührung erreicht man die Menschen, das weiß ich von meinem Vater. »Terrorismus ist der falsche Weg. Wer Hass sät, der wird Hass ernten.«

Wo habe ich denn den Spruch her? Muss wohl von meiner Mutter sein. Ob Galen meine Berührung wahrnimmt, weiß ich nicht, er reagiert nicht darauf, aber er schüttelt mich auch nicht ab. »Hast du eine bessere Idee?«

Ich denke an Manja, Paul und Fabio. Sie glauben nicht alles, was die Regierung ihnen erzählt, fühlen sich unfrei und empfinden das System als ungerecht. Bestimmt sehen das viele ähnlich, wagen aber nicht, es zuzugeben. »Ihr müsst sie aufklären. Versucht, Kontakt aufzunehmen und die Wahrheit zu verbreiten. Es gibt Menschen, die merken, dass sie manipuliert und unterdrückt werden. Die warten nur auf ein Zeichen von draußen und hoffen, dass sich die Tore wieder öffnen.«

Überrascht sieht er mich an. »Glaubst du wirklich, das würde etwas bringen?«

Trotzig recke ich das Kinn. »Ich bin mir sicher. Zumindest langfristig. Die Welt hat sich verändert. Eure ... Art gehört dazu. Die Menschen müssen lernen, das zu akzeptieren. Sich abzugrenzen und gegenseitig zu schaden ist keine Lösung.« Während ich rede, merke ich, wie sehr mich die Vorstellung einer freien Kolonie beflügelt. Einer Stadt, deren Tore offen stehen. Wo jeder kommen und gehen kann, wie er will.

Sein nachdenklicher Gesichtsausdruck zeigt mir, dass er zumindest über meine Worte nachdenkt. »Vielleicht hast du recht. Nach unserer Rückkehr sollten wir mit Mutter Deliah darüber sprechen.«

Erste Schatten erreichen sein Gesicht, lassen es dunkel und hart wirken, doch sein Lächeln löst die Härte mühelos auf. Ein warmes Gefühl steigt in mir empor, das mich tröstet und in mir die Hoffnung weckt, dass alles gut werden wird. Zum ersten Mal in meinem Leben habe ich ein Ziel, für das ich sogar bereit wäre, zu kämpfen.

Sobald es dunkel ist, gehen wir am Rand der Steinwüste entlang Richtung Felder. Blue achtet darauf, dass wir ausreichend Sicherheitsabstand zum Minenfeld halten. Moses bildet die

Nachhut und passt auf, dass sich hinter uns nichts rührt. Zwar ist der Mond nur eine schmale Sichel, doch auf der Ebene reicht das Licht, um zu sehen. Das ist gut und schlecht zugleich. Wenn wir einander sehen können, dann können das die Wachen auch. Von meinem Vater weiß ich, dass sie über Nachtsichtgeräte verfügen, die sie bei verdächtigen Vorgängen einsetzen. Sollten sie uns entdecken oder auch nur glauben, dass etwas nicht stimmt, sind wir aufgeschmissen. Die Wachen fackeln nicht lang und schießen mit scharfer Munition.

Nach einem einstündigen Marsch halten wir inne. Ungefähr fünfzig Meter trennen uns vom Maisfeld.

Fünfzig verminte Meter wohlgemerkt.

»Okay. Wir teilen uns auf«, wispert Blue. »Galen und Heulsuse, ihr geht mit mir. Emish und Medina folgen Moses.«

Medina öffnete den Rucksack, zieht einen Behälter hervor und reicht ihn Galen. Er sieht nicht glücklich aus, als er ihn entgegen nimmt, aber er sagt nichts. Moses, Emish und Medina bilden die Vorhut. Wir bleiben zurück und warten, bis sie das eingezäunte Maisfeld erreichen. Ich habe keine Ahnung, woher Moses weiß, wo sich die Minen befinden, sehe nur, wie die Gruppe immer wieder innehält, um dann unvermittelt die Richtung zu wechseln. Als sie nach endlosen zwanzig Minuten am Maisfeld ankommen, winkt Medina zu uns rüber und wir marschieren los. Blue führt uns an. Sie geht langsam und geduckt, bleibt häufig stehen, schließt die Augen und zieht den Atem durch die Nase. Mein gesamter Körper kribbelt vor Aufregung und Angst. Schweiß bricht mir aus allen Poren. Die Vorstellung, dass jeden Augenblick eine Mine unter mir explodieren und mir die Beine wegreißen, mich vergasen oder mit Metallteilen spicken könnte, ist grauenhaft. Zitternd wische ich mir über die Stirn.

»Alles klar?«, flüstert Galen. Ich nicke stumm.

»Keine Angst«, fährt er fort. »Blue weiß, was sie tut. Sie kennt den Weg und sie kann die Minen riechen.«

Wenn Blue tatsächlich in der Lage ist, eine Mine zu *riechen*, muss sie über einen außergewöhnlichen Geruchssinn verfügen. Dazu noch die übermenschliche Nachtsicht. Ich frage mich, warum sie mit diesen Gaben verbannt worden ist und ob die perfektionierten Soldaten die gleichen Fähigkeiten haben.

Blue wirft mir über die Schulter hinweg einen verächtlichen Blick zu. »Heulsuse hat die Hosen voll. Wie süß.«

Ich ignoriere ihre gehässige Bemerkung und konzentriere mich lieber auf meine Schritte. Das Maisfeld rückt näher. Viel zu langsam für meinen Geschmack. Meine Hände sind eiskalt, obwohl ich schwitze.

Am Zaun erwarten uns die anderen. Wir nicken einander zu, sprechen aber nicht mehr. So nah an der Mauer müssen wir leise sein. Moses gibt Blue ein Zeichen, woraufhin sie geduckt davonschleicht. Medina holt den zweiten Behälter aus ihrem Rucksack und schlängelt sich durch die Zaunsprossen ins Maisfeld. Emish folgt ihr und ich folge Galen. Wie ein schattenhafter Riese erhebt sich der Vorratsspeicher in den Nachthimmel. Das Dach ragt weit über die fünf Meter hohe Mauer hinaus. Die riesigen Stahlbehälter schimmern kalt im Licht des Mondes. Das aus Holz gefertigte Gebäude stammt noch aus der Zeit vor der großen Epidemie. Damals wurde es zum Aufbewahren von Getreide genutzt. Da wir wegen des Klimas hauptsächlich Mais und Linsen anbauen, wurde es kurzerhand zweckentfremdet.

Lautlos huschen wir an der Mauer entlang. Hoffentlich entdecken uns die Wachsoldaten nicht. Dass sie in der Nähe sind, kann ich an den Schritten hören. Ein Stacheldrahtzaun sichert das gesamte Areal. Vorsichtig zieht Galen eine Zange aus seinem Rucksack und durchtrennt die beiden unteren Drahtbahnen. Das erscheint mir entsetzlich laut, dabei ist es nur ein leises Klicken. Mit einem Fingerzeig bedeutet er mir, hindurchzukriechen. Die Stimmen von mindestens zwei Wachsoldaten dringen zu uns herab. Ängstlich halte ich inne und lausche. Haben sie uns entdeckt? Nein, dafür klingen sie zu entspannt. Also weiter. Sobald ich auf der anderen Seite bin, folgt Galen. Geschickt windet er sich unter dem Zaun hindurch. Geduckt presse ich mich in den Schatten der Mauer. Nur wenige Meter entfernt befindet sich die Rampe zur Tür. Galen huscht als Erster hinauf. Sekundenlang ist er völlig ungeschützt. Selbst ein schlechter Schütze könnte ihn jetzt problemlos erschießen. An der Tür angekommen sieht er sich aufmerksam um und winkt mir dann zu. Einen Herzschlag lang zögere ich. In meiner Vorstellung höre ich bereits den Knall des Gewehres, spüre, wie die Kugel in meinen Körper dringt. Galen macht sich am Türschloss zu schaffen.

Ich muss es wagen.

Mit einem Ruck löse ich mich aus dem Schatten und husche die Rampe hinauf. Galen hält den Daumen hoch und nickt mir aufmunternd zu. Schwer atmend presse ich mich gegen die Tür, behalte dabei die Mauer im Auge. Eine Gestalt patrouilliert darauf herum. Keine zehn Meter entfernt eine Weitere.

Galen sollte sich beeilen.

Wie auf ein stilles Kommando springt die Tür knarzend aus dem Schloss. Galen hält sie fest und drückt sie zentimeterweise auf, damit sie kein Geräusch mehr verursacht. Sobald der Spalt breit genug ist, zwänge ich mich hindurch. Galen bleibt direkt hinter mir. Drinnen ist es stockdunkel, nur durch ein schmales Fenster unter der Decke fällt ein wenig Mondlicht herein, doch nicht genug, um etwas zu erkennen. Es riecht streng nach Jutesäcken, gemischt mit dem Geruch nach trockener Erde und Mais.

Über mir zu meiner Rechten blinkt ein rotes Licht. Mit einem unguten Gefühl im Bauch tippe ich Galen an, der gerade die Lampe aus seinem Rucksack befreit, und deute auf das Blinken. Galen entzündet den Docht, hält die Lampe hoch und besieht sich den Kasten. Das Blinklicht dringt aus einem rechteckigen Fenster auf der Vorderseite.

»Was ist das?«, wispere ich.

Er zuckt mit den Schultern. »Ich bin mir nicht sicher, aber wir sollten uns das Saatgut schnappen und machen, dass wir hier wegkommen.«

Die Flamme in der Lampe flackert, wirft zuckendes Licht an die Wand. Ich sehe mich um. Die aufgestapelten Säcke liegen so dicht beieinander, dass nur ein schmaler Gang aus gestampfter Erde frei bleibt, der zu den Getreidesilos führt. Die Luft ist staubig und drückend.

»Die Säcke sehen verdammt schwer aus«, wispere ich.

Galen lässt die Lampe sinken und wendet sich dem Vorratsspeicher zu. »Wir nehmen, soviel wir tragen können.«

Ich frage nicht nach Medinas Behälter, den er in seinem Rucksack trägt. Sollte er vergessen, das Saatgut zu verunreinigen oder der Ansicht sein, dass nicht genug Zeit dafür bleibt, bin ich die Letzte, die seine Meinung ändern wird. Aus einem Impuls heraus greife ich nach seiner Hand und drücke sie. Unsere Blicke treffen sich.

»Bist du bereit?«, fragt er.

Ich nicke. Galen macht den ersten Schritt und die Hölle bricht los.

Eine Sirene heult auf, markerschütternd laut. Das rote Licht blinkt hektisch. Galen stößt einen Fluch aus. Panisch ruckt mein Kopf herum. Woher kommt dieses Heulen?

Galen lässt die Lampe fallen. »Weg hier!«, brüllt er und reißt die Tür auf.

Ein Knall unmittelbar gefolgt von einem Zischen. Instinktiv ducke ich mich. Jemand schießt auf uns.

»Versteck dich im Maisfeld«, zischt Galen, während er mich zur Tür hinausschiebt.

Ein weiterer Schuss. Die Kugel saust nur Zentimeter über mich hinweg, schlägt in den Türrahmen. Galen springt auf und wedelt mit den Armen. Entsetzt blicke ich zu ihm auf. Hat er den Verstand verloren? Warum macht er sich zur Zielscheibe? »Lauf, Jule«, ruft er, während er winkt und auf und ab hüpft wie ein Hampelmann.

Ich spurte los. Die Rampe hinab, durch das Loch im Zaun und ins Maisfeld hinein. Mehrere Schüsse hallen durch die Nacht. Ich höre Schreie, kann aber nicht sagen, ob es sich um die Soldaten oder die Mutanten handelt. Schnaufend kauere ich mich zwischen die Maisstängel und spähe zum Vorratsspeicher. Galen versucht, rauszukommen, doch die Tür steht mittlerweile unter Dauerbeschuss. Plötzlich greift er sich an die Schulter und taumelt rückwärts. Oh nein. Er ist getroffen. Panisch blicke ich mich um. Ich kann ihm nicht helfen. Sie würden mich erschießen. Soll ich fliehen? Meine Beine sind wie festgewurzelt. Aus den Augenwinkeln sehe ich, wie Galen im Inneren des Gebäudes verschwindet. Was soll ich jetzt tun? Ihn zurücklassen? Meine Aufmerksamkeit wird von zwei Soldaten abgelenkt, die von der Mauer aus auf das Maisfeld zustürmen.

Scheiße. Ich muss hier weg. Geduckt kämpfe ich mich durch das Gewirr aus Blättern und Maiskolben. Vor mir ertönt der Schrei einer Krähe. Das ist das verabredete Zeichen. In der Mitte des Feldes wage ich einen kurzen Blick zurück. Mehrere Soldaten stemmen sich gegen die Tür des Vorratsspeichers. Galen ist nirgendwo zu sehen. Einer der Soldaten am Rand des Feldes deutet in meine Richtung. Der andere hebt sein Gewehr und schließt. Die Kugel verfehlt mich um ein ganzes Stück, aber sie beweist mir, dass sie wissen, wo ich mich befinde. Ich ducke mich noch tiefer und achte darauf, die Maispflanzen nicht allzu sehr in Bewegung zu versetzen.

Wieder erklingt der Vogelruf. Ich renne so schnell ich kann. Die Blätter hinter mir rascheln. Die Soldaten verfolgen mich. Den Holzzaun überwinde ich mit Leichtigkeit, doch wie soll ich in die Steinwüste gelangen? Ich habe keine Ahnung, wo die Minen sind. Mit eingezogenem Kopf hechte ich zum Ende des Zaunes und sehe mich um.

Da sind Spuren. Fußspuren von nackten Füßen. Ich gehe in die Knie und betrachte sie. Das müssen unsere sein. Ich folge ihnen, langsam, obwohl ich am liebsten rennen würde. Doch rennen könnte meinen Tod bedeuten. Ich muss mich konzentrieren, darf keinen falschen Schritt tun. Die Soldaten nähern sich. Etwa die Hälfte des Feldes haben sie bereits hinter sich gebracht. So schnell ich es wage, folge ich der Fährte und flehe stumm, dass sie mich in die richtige Richtung führt. Als ich Stimmen höre, ducke ich mich. Gerade rechtzeitig. Ein Schuss fällt. Die Kugel verfehlt mich nur um Haaresbreite. Im Zickzack überwinde ich die letzten Meter bis zur Steinwüste. Meine Verfolger schreien sich irgendwas zu. Ich kann nicht verstehen was, aber es klingt wütend. Eine Kugel prallt neben mir gegen einen Stein. Panisch hechte ich hinter einen Felsen und ducke mich. Mein Herz rast und ich keuche als würde meine Lunge kollabieren.

»Hey, Jule.« Ich zucke herum. Nicht weit entfernt hocken Medina und Emish. Erleichtert krieche ich in ihre Richtung. Die Soldaten wagen sich nicht durch das Minenfeld, doch sie behalten die Steinwüste im Blick und schießen auf alles, was sich bewegt. »Gut gemacht«, sagt Medina. »Wo ist Galen?«

»Im Vorratsspeicher. Er kam nicht raus.«

»Scheiße.« Medina späht zwischen den Felsen hindurch. »Da ist Qualm. Hoffentlich schafft er es auf der Hinterseite raus. Lass uns Moses und Blue suchen. Vielleicht ist er bei ihnen.«

Medinas Hoffnung, Galen möge an anderer Stelle zu uns stoßen, teile ich nicht, allerdings bin ich viel zu ängstlich, um mir darüber Gedanken zu machen. Ich will einfach nur weg. In wenigen Minuten wird es hier vor Soldaten nur so wimmeln und vielleicht ist sogar mein Vater unter ihnen. Wenn es Ärger gibt, wird er immer gerufen. Seine Einheit ist die Beste. Im Vorbeihuschen sehe ich den dichten Qualm, der aus den Ritzen des Vorratsspeichers dringt. Das Gebäude brennt. Hat Galen das getan, um die Soldaten abzulenken?

Moses und Blue sind ebenfalls hinter einem Felsen in Deckung gegangen. »Wo ist Galen?«, fragt Blue sofort.

»Wir haben gehofft er ist bei euch«, entgegnet Medina.

»Ist er nicht.« Blue funkelt mich wütend an. »Wieso ist er nicht bei dir?«

Stockend erkläre ich, was geschehen ist. Blue wird abwechselnd bleich und rot. »Der Scheiß Vorratsspeicher brennt. Wir müssen ihn da rausholen«, sagt sie.

Medina tippt sich gegen die Stirn. »Bist du verrückt? Die knallen uns eiskalt ab. Wir hätten keine Chance.«

»Ich lasse ihn nicht zurück«, beharrt Blue. Emish fasst sie am Arm und zwingt sie, ihn anzusehen. »Wir könne ihm nich helfe.«

Wie zur Bestätigung hören wir die Soldaten. Sie nähern sich. Moses späht hinter dem Felsen hervor und prüft die Lage. »Sie sind auf dem Weg. Wir müssen abhauen.«

Medina blickt Blue beschwörend an. »Komm schon Blue. Galen kennt den Weg. Er wird nachkommen.«

Blue stößt einen Fluch aus und zeigt anklagend mit dem Finger auf mich. »Die Sache ist noch nicht vorbei.«

Dann rennen wir los. Sobald wir unsere Deckung verlassen, beginnen die Soldaten, zu schießen. Die Kugeln prallen von den Felsen ab, verfehlen uns oft nur um Haaresbreite. Plötzlich beugt Moses sich stöhnend vor.

»Was ist?«, ruft Medina.

Er winkt ab. »Nur ein Streifschuss. Renn weiter.«

Medina wirkt nicht überzeugt, doch Moses hechtet gebeugt an ihr vorbei, die Hand auf den Bauch gepresst, und gibt ihr keine Möglichkeit für weitere Fragen. Da die Soldaten das Minenfeld durchqueren müssen und entsprechend langsam vorankommen, vergrößert sich unser Vorsprung. Die Gewehrschüsse entfernen sich, die Kugeln gelangen nicht mehr in unsere Nähe. Meine Kondition ist nicht halb so gut wie die der anderen, weswegen ich bereits nach kurzer Zeit nicht mehr mithalten kann. Moses geht es ebenso. Er wird immer langsamer. Schweiß glänzt auf seiner Stirn und er ist besorgniserregend blass. Ich werfe einen Blick auf seine Hand, die er seitlich gegen seinen Bauch drückt. Dunkle Feuchtigkeit quillt zwischen den Fingern hervor. Blut.

»Medina«, rufe ich.

Medina dreht sich um und hält inne. »Verdammt Moses. Was ist los?«

Blue tritt auf ihn zu und zwingt seine Hand zur Seite, was ihm ein schmerzerfülltes Stöhnen entlockt. Mit gerunzelter Stirn betrachtet sie die Wunde. »Was erzählst du uns? Das ist kein Streifschuss.«

»Ich schaff das schon«, stößt Moses ächzend hervor. »Wir dürfen unseren Vorsprung nicht verlieren.«

Blue zerrt ihr T-Shirt über den Kopf und reißt es kurzerhand in drei Stücke. Eines davon presst sie auf Moses' Wunde. »Drück fest drauf, während du läufst, okay?«

Moses nickt. Emish schiebt einen Arm unter seine Achseln und stützt ihn. Wegen Moses Verletzung verringern wir unser Tempo, was gut für mich ist. So kann ich wenigstens mithalten. Dennoch werden meine Beine mit jeder Minute schwerer. Blue wechselt immer wieder die Richtung, während Medina unsere Spuren mit den Resten von Blues zerfetztem T-Shirt verwischt. Niemand spricht. Wir brauchen unseren Atem zum Rennen. Moses' Keuchen hallt durch die Nacht. Er wird von Minute zu Minute lauter. Irgendwann sackt er zusammen. Emish fängt ihn auf und legt ihn gegen einen Felsen. Hektisch zerrt Medina eine Wasserflasche aus ihrem Rucksack und hält sie an Moses' Lippen. Seine Haut ist bleich wie Kerzenwachs. Der Stoff an seinem Bauch ist vollgesogen mit Blut, ebenso sein Shirt und der Hosenbund.

»Ich kann nicht mehr«, ächzt er. »Ihr müsst ohne mich weiter.«

»Vergiss es«, zischt Blue. Sie kniet sich neben ihn, zieht vorsichtig den blutigen Stoff weg und begutachtet die Wunde. Sorge verfinstert ihr Gesicht.

»Ihr müsst«, beharrt Moses. »Wenn sie euch erwischen, war alles umsonst. Mutter Deliah braucht euch.« Er hustet. Blut quillt zwischen seinen Lippen hervor. Den verzweifelten Blick, den Medina und Emish einander zuwerfen, bemerke ich wohl. Es steht nicht gut um Moses. Und die Soldaten rücken immer näher.

»Verfluchte Scheiße!« Blue springt auf und tritt gegen einen faustgroßen Stein, schleudert ihn gegen einen Felsen, wo er krachend abprallt.

Moses schöpft rasselnd Atem. »Lasst mich hier! Ich bin sowieso am Arsch.«

Medina, Blue und Emish sehen einander an. Eine Sekunde, zwei. Sie brauchen keine Worte, um sich zu entscheiden. Zärtlich streicht Medina Moses über den kahlen Kopf. »Wir kommen zurück. Versprochen.«

Moses ringt sich ein Grinsen ab. »Grüß meinen Schatz von mir. Sag ihr, sie soll mir nicht böse sein, weil ich nicht mit zurückgekommen bin.«

Medina nickt, Tränen schimmern in ihren Augen, während sie fest die Lippen zusammenpresst. Blue stößt einen Schrei aus, der so verzweifelt und zornerfüllt klingt, dass sie mir fast leidtut. Ohne einen Abschiedsgruß stürmt sie davon. Wir folgen ihr einer nach dem anderen. Ich will es nicht, doch ich blicke immer wieder zurück. Moses sitzt da, unbeweglich wie eine Statue. Eine schattenhafte Gestalt, die langsam in der Dunkelheit verschwindet.

18

Bei unserer Rückkehr bin ich am Ende meiner Kräfte. Der lange Marsch, höchstens zwei Stunden Schlaf, wenig Wasser und nur ein paar Brocken hartes Maisbrot waren einfach zu viel. Erschöpft sacke ich vor der großen Höhle auf den Boden, während Blue zu Mutter Deliah eilt, um ihr von unserer gescheiterten Mission zu berichten. Wie die alte Frau auf Galens Verschwinden reagieren wird, wage ich mir kaum vorzustellen. Sein ungewisses Schicksal geistert auch in meinem Kopf herum. Einzig mein schmerzender Körper hält meine Sorge in Grenzen. Dennoch ist es ein schreckliches Gefühl, ohne ihn zurückzukehren. Er war meine Bezugsperson.

Nein. Er war mehr als das.

Was genau er für mich war, will ich mir nicht eingestehen, dafür bin ich viel zu fertig, doch meine wahren Gefühle lauern irgendwo tief in mir und warten auf einen Augenblick der Unachtsamkeit, damit sie an die Oberfläche quellen und mich überrollen können. Natürlich werde ich versuchen, das zu verhindern. Als ich Emily den Pfad heraufkommen sehe, wird mir noch elender zumute. Hoffentlich fragt sie mich nicht nach Moses.

Blue kommt zurück und winkt uns in die Höhle. »Mutter Deliah will uns sprechen.«

Schwankend versuche ich, mich aufzurappeln, als Blue mich zurückhält. »Du nicht. Warte hier.«

Mit ihrem Blick könnte man Glas schneiden und die Tatsache, dass sie mich nicht Heulsuse nennt, gibt mir zusätzlich zu denken. Irgendwas ist im Gange. Mittlerweile hat Emily das Plateau erreicht und stapft an mir vorbei Richtung Höhleneingang. Ihrem strahlenden Lächeln nach zu urteilen erwartet sie, Moses in der Höhle vorzufinden. Immer mehr Mutanten sammeln sich auf dem Plateau. Die Nachricht von unserer Rückkehr verbreitet sich wie ein Lauffeuer. Manche starren mich schweigend an und machen mir damit einmal mehr bewusst, dass ich noch lange nicht dazugehöre. Andere ringen sich wenigstens ein Lächeln oder ein Nicken ab. Auch Caine kommt herbeigeeilt.

Er mustert mich. »Du siehst fertig aus.«

»Bin ich auch.« Ich merke, wie mir Tränen in die Augen schießen. Vielleicht liegt es an Caines mitfühlendem Blick oder seiner freundlichen Art, die den emotionalen Damm einreißt, den ich seit unserer Flucht um mich errichtet habe.

»Wahrscheinlich haben sie Galen erwischt«, stoße ich schluchzend hervor.

Caine reißt die Augen auf. »Wer?«

»Die Soldaten. Im Vorratsspeicher haben wir irgendeinen Alarm ausgelöst.«

»Oh verflucht. Seit wann haben die einen Alarm?«

Ich zucke mit den Schultern. »Keine Ahnung.« Soll ich ihm von Moses erzählen oder ist das die Sache der anderen? Stehe ich ihm nahe genug? Ach egal. Es muss raus. »Das ist noch nicht alles. Moses ist tot. Erschossen.«

Alle Farbe weicht aus Caines Gesicht. Sein versehrtes Auge zuckt hektisch. »Das ist verdammt übel. Wo ist er?«

»Wir mussten ihn zurücklassen.« Ich kann die Tränen nicht mehr zurückhalten. Mit schmutzigen Fingern reibe ich mir über die Augen. »Die Mission ist komplett schiefgelaufen.«

Neben uns entsteht Aufruhr. Ein Raunen geht durch die Menge. Caine hilft mir auf, damit ich etwas sehe. Mutter Deliah verlässt die Höhle, gestützt von Emish und gefolgt von Blue, Medina und der schluchzenden Emily. Im Tageslicht und stehend wirkt Mutter Deliah klein und gebrechlich, viel mehr wie eine alte Frau. Ihre Lippen hat sie zu einem Strich zusammengepresst, der tiefe Falten in ihre Mundwinkel gräbt. Suchend wandern ihre Augen über die Menge und heften sich schließlich auf mich. Sie hebt den Arm und deutet in meine Richtung. Selbst aus der Entfernung kann ich sehen, dass ihre Hände zittern. Alle Köpfe drehen sich zu mir um. Zahllose Augenpaare betrachten mich, misstrauisch, fragend.

»Du hast uns verraten«, sagt Mutter Deliah.

Hilfesuchend blicke ich Caine an, doch der ist genauso ahnungslos wie ich. »Ich verstehe nicht«, sage ich.

Blues Worte hallen in meinem Kopf. *Das hier ist noch nicht vorbei.* Hat sie mich etwa bei Mutter Deliah angeschwärzt, damit sie mich für etwas bestraft, was ich nicht getan habe? Hasst sie mich wirklich so sehr?

»Bringt sie in den Pferch!« Klar und deutlich formuliert Mutter Deliah ihren Befehl. Ich stehe da wie erstarrt. Das kann sie unmöglich ernst meinen. Zwei Mutanten packen mich.

»Was hab ich getan?«, frage ich verzweifelt.

Mutter Deliah setzt sich in Bewegung. Die Mutanten schaffen einen Gang, durch den sie geradewegs auf mich zugeht. Dann steht sie vor mir, klein und krumm, doch ihre Augen haben dieselbe Schärfe, die ich auch schon bei Blue gesehen habe. Sie verachtet mich.

»Du hast den Alarm ausgelöst, damit Galen in die Hände des Feindes fällt. Wegen dir ist Moses gestorben.«

»Das ist nicht wahr. Ich wusste nichts von dem Alarm«, beteure ich.

Mutter Deliah deutet auf Emish, Medina und Blue. »Deine Begleiter sagen etwas anderes.«

Fassungslos starre ich die Drei an. Wie können sie das behaupten? Sie waren nicht dabei gewesen. Hat die Traurigkeit über den Verlust ihr Urteilsvermögen getrübt?

»Wir waren schon mehrmals im Vorratsspeicher um Saatgut zu holen. Es gab keinen Alarm, bis du ihn ausgelöst hast«, sagt Blue.

Ihre sture Sichtweise macht mich wütend. Die Mission ging schief und anstatt die Tatsachen zu akzeptieren, suchen sie einen Schuldigen. Wer käme da gelegener als ich? »Das ist Blödsinn«, stoße ich aufgeregt hervor. »Bestimmt haben sie den Alarm eingebaut, weil so oft eingebrochen wird. Ihr könnt euch nicht nach Lust und Laune bedienen und erwarten, dass es keine Konsequenzen hat.« Meine Worte klingen widerspenstiger als sie sollten. Das wird mir nicht helfen.

Blue schnaubt verächtlich. »Da seht ihr's. Wie immer steht sie auf Seiten der Kolonie.«

Diese Frau ist eine Qual. Warum dreht sie mir das Wort im Mund herum? »Nein. So habe ich das nicht gemeint.«

»Schweig!«, befiehlt Mutter Deliah. »Es interessiert mich nicht, was du meinst und sagst. Du hast uns gezeigt, wer du wirklich bist. Ich habe mich blenden lassen von deinen Beteuerungen und deinem unschuldigen Blick, doch damit ist jetzt Schluss.«

Ich verstehe gar nichts mehr. Entsetzt starre ich auf die alte Frau, die mich hasserfüllt betrachtet. Ist es ihre Zuneigung zu Galen, die ihr Urteilsvermögen trübt? Braucht sie so dringend einen Sündenbock?

Mutter Deliah dreht sich um und blickt in die Runde. Wie gebannt hängen die anderen an ihren Lippen. Es ist so still, dass man eine Nadel fallen hören könnte. Die Gesichter der Mutanten erscheinen mir plötzlich wie Fratzen, bösartig und gemein.

»Sie ist die Tochter des Kommandanten der Neuen Armee«, verkündet Mutter Deliah.

Meine Knie werden weich. Woher weiß sie das? Galen hat es ihr gewiss nicht verraten. War es Roy? Ich suche sein Gesicht in der Menge, kann ihn jedoch nirgendwo entdecken. Blues zufriedener Miene nach zu urteilen genießt sie das Spektakel, hat es wahrscheinlich sogar inszeniert. Galen war ihr bester Freund, vielleicht auch mehr als das. Kann es sein, dass er ihr anvertraut hat, wer mein Vater ist? Hasst sie mich deshalb?

Die beiden Mutanten, die meine Arme umfasst halten, zerren mich fort. Ich wehre mich nicht.

»Mach dir keine Sorgen. Ich kläre das auf«, verspricht Caine. Er ist der Einzige, der mir glaubt. Alle anderen scheinen nur Verachtung für mich zu haben, wenn ich aus den Blicken schließe, die sie mir zuwerfen. *Verräterin* höre ich von allen Seiten.

Im Verschlag sitzen nur noch drei Männer statt vier. Der Beinlose ist verschwunden. Schweigend beobachten sie mein Eintreffen. Ich stehe dermaßen unter Schock, dass mir alles egal ist. Während ich mich in eine Ecke auf den Boden kauere, bereue ich meine Flucht aus der Kolonie mehr denn je. Was hat es mir bisher gebracht außer Schmerz und Leid? Wäre es nicht besser gewesen, die Zähne zusammenzubeißen und die verdammten Supersoldaten zu gebären, die sie haben wollten? Und warum habe ich nach dem Herumschnüffeln nicht meinen Vater um Hilfe gebeten, anstatt zu fliehen? War das nicht ein wenig überstürzt? Schließlich habe ich niemanden umgebracht.

»Dreckiges Mutantenpack«, stößt einer der Soldaten hervor. Vom Ohr bis zur Wange hat er eine wulstige Narbe, die von einer schlecht versorgten Wunde herrührt. Sein braunes Haar reicht ihm bis auf die Ohren und ist schmutzig und verfilzt. Offensichtlich befindet er sich bereits seit einer ganzen Weile hier.

Der andere, der nicht weniger verwahrlost aussieht, stimmt ihm zu, bevor er sich an mich wendet. »Wie heißt du?«

»Jule«, gebe ich knapp zurück.

»Ich bin Sven und das ist Antonius. Bist du aus der Kolonie?«

Ich nicke, bin nicht sicher, ob ich mich mit ihnen unterhalten will. Der dritte Insasse ist der mit den Metallsplittern unter der

Haut. Er ist noch sehr jung und mustert mich auf eine Weise, die weitaus weniger zivilisiert erscheint, als wären wir Tiere und ich ein Eindringling in seinem Territorium.

»Ich habe zwei von ihnen abgeknallt, bevor sie mich erwischt haben«, prahlt Antonius und reibt über die Narbe auf seiner Wange.

»Tag für Tag warten wir darauf, dass unsere Kameraden kommen und diesen Scheißhaufen hier ausräuchern«, fügt Sven hinzu.

Ich nicke Richtung des seltsamen Kerls, der mich noch immer anstiert. »Wer ist das?«

Antonius winkt ab. »Wir nennen ihn Rattenfresser, seit er sich eines Nachts eine geschnappt und sie anschließend gefuttert hat. Seinen richtigen Namen kennen wir nich. Der Typ ist völlig durchgeknallt, sag ich dir. Schau dir mal seine Zähne an.« Er deutet auf den Mund des jungen Mannes, der ihn bereitwillig öffnet. Seine spitz zugefeilten Zähne habe ich bereits gesehen, als Ezra mich herumgeführt hat. Deshalb sind sie keine Überraschung für mich. Trotzdem jagt der Anblick einen Schauer über meinen Rücken.

»Halt dich von dem fern«, rät Sven. »Der ist wie ein Tier. Schlimmer als das Mutantenpack. Und die Splitter in seinem Wanst machen ihn noch verrückter als er eh schon ist.«

Nach der Erfahrung in der Stadt ist mir die Gegenwart des Mannes umso unangenehmer. Überhaupt gefällt mir der Gedanke nicht, mit drei Kerlen alleine in einem acht Quadratmeter kleinen Verschlag leben zu müssen, in dem es nichts gibt außer alte Decken und zwei Eimer. Einer ist mit Wasser gefüllt, der andere dient wohl als Toilette, wenn ich von dem Geruch ausgehe, den er verströmt. Um wenigstens die beiden Soldaten von unsittlichen Absichten abzubringen, erwähne ich meinen

Vater und gebe auch gleich der Hoffnung Ausdruck, dass er uns retten wird. Das scheint sie tatsächlich zu motivieren. Sie nehmen Haltung an und wirken sogleich aufmerksamer und frischer.

Die Unterhaltung mit Sven und Antonius lenkt mich vorübergehend von meinem Elend ab. Erst als sich langsam die Nacht über den Talkessel legt, kehren Angst, Erschöpfung und Hoffnungslosigkeit zurück. Ich frage mich, ob Caine etwas erreichen wird, oder ob es Galen gelungen ist, aus dem brennenden Vorratsspeicher zu fliehen. Angespannt starre ich in die länger werdenden Schatten, lausche dem beständigen Rauschen des Wasserfalls. Bilder erscheinen vor meinem geistigen Auge. Ich sehe Galen taumeln und im Inneren des Vorratsspeichers verschwinden. Sehe sein Gesicht vor mir, als er mir sagt, ich solle weglaufen, während er sich selbst zur Zielscheibe macht. Hätte ich bei ihm bleiben oder mich zumindest vergewissern sollen, dass er mir folgt? Ich weiß es nicht. Wahrscheinlich wären wir dann beide in die Schusslinie geraten. Die Frage, die mich am meisten quält und die ich mir kaum zu stellen wage, ist, ob er gefangen genommen oder erschossen worden ist.

Ist Galen tot?

Zum ersten Mal seit der Flucht vor den Soldaten lasse ich diesen Gedanken zu und stelle fest, dass er wehtut. So sehr, dass sich mein Herz zusammenkrampft und sich ein harter, kalter Klumpen in meinem Bauch manifestiert. Ich will, dass Galen lebt, und zwar nicht nur, damit er die Anschuldigungen gegen mich entkräftet.

Die Erkenntnis ist so einfach wie erschütternd. Mir liegt etwas an ihm, mehr als ich mir bisher eingestanden habe.

19

»Wach auf Mädchen.«

Die Stimme zerrt mich aus tiefem Schlaf. Widerwillig öffne ich die Augen. Einen Spalt nur, gerade genug, um zu erkennen, wo ich mich befinde. Antonius steht über mich gebeugt und tippt sanft auf meine Schulter. Langsam kehrt die Erinnerung zurück und mit ihr das Wissen um meine ausweglose Lage. Sofort klappe ich die Augenlider zu und ziehe die Decke über mein Kinn. Ich will nicht wach werden.

»Steh auf! Wir müssen raus«, drängt Antonius.

Ich reagiere nicht. Er seufzt hörbar, bevor er mich kräftig an der Schulter rüttelt. Das kann ich unmöglich ignorieren. Missmutig setze ich mich auf und blitze ihn zornig an. »Warum weckst du mich?«

Antonius reicht mir ein Stück altbackenes Maisbrot und eine schmutzige Wasserflasche. »Gleich werden wir abgeholt. Du sollst mit hat der Mutant gesagt.«

»Abgeholt? Wohin?«

Antonius blickt betreten zu Boden. »Iss erstmal was.«

»Wir gehn aufs Totenfeld«, schnarrt Rattenfresser und grinst mich an. An seinen Zähnen klebt Blut. Wer weiß woher. Gut möglich, dass er sich auf die Zunge gebissen oder eine weitere Ratte gefressen hat. Ekelhaft.

»Halt's Maul, Rattenfresser«, schimpft Sven.

Das Totenfeld. Schicken sie mich wirklich zum Minenentschärfen? Ist das die Strafe für meinen vermeintlichen Verrat? Ich schlucke den Kloß in meinem Hals, damit ich sprechen kann. »Wie gefährlich ist es?«

»Wenn du gut bist, kannst du überleben. Eine Weile zumindest«, erklärt Antonius.»Aber irgendwann trifft es jeden.«

»Wir halten durch, bis sie uns hier rausholen«, fügt Sven hoffnungsvoll hinzu.

Rattenfresser lacht. Es klingt kehlig und rau. Ich vermeide es, ihn anzusehen. Sein Anblick ist wie eine düstere Prophezeiung.

Der Weg zum Totenfeld führt uns am Wasserfall vorbei, der mich nicht nur sehnsüchtig werden lässt, sondern mich auch schmerzhaft an Galen erinnert. Ich halte den Kopf gesenkt und hefte meine Augen auf den Boden, doch die Blicke der Mutanten kann ich regelrecht körperlich spüren.

»Heute glotzen uns alle an«, bestätigt Sven. Rattenfresser stößt einen zischenden Laut aus, was Sven und Antonius zum Lachen bringt.

»Ja. Zeig's ihnen«, sagt Antonius.»Fauch sie an.«

Obwohl ich Angst habe, muss ich nicht weinen. Komisch. Entweder habe ich resigniert oder mein Vorrat an Tränen ist endgültig vergossen.

Das Totenfeld ist riesig, mindestens zehnmal so groß wie das Mais- und Linsenfeld zusammen. Wenn es den Mutanten gelänge, das Gebiet von Minen zu befreien, könnten sie genug anbauen, um doppelt so viele Menschen zu ernähren wie im Augenblick. Ein etwa fünfzig Meter langer und hundert Meter breiter Abschnitt ist mit Pfosten begrenzt, an denen rote Stoffstreifen befestigt sind. Innerhalb des abgesperrten Bereichs stecken in unregelmäßigen Abständen Holzpflöcke im Boden.

Neben dem Feld warten Blue und ein mir unbekannter Mutant mit dunkler Haut. Blue hat die Arme vor der Brust verschränkt und blickt uns entgegen, ein zufriedenes Lächeln auf den Lippen.

»Oh. Das Mannweib ist da«, stellt Antonius fest. »Normalerweise verpisst sie sich, sobald wir kommen.«

Ich kann mir gut vorstellen, warum sie das heute nicht tut. Blue will sehen, wie ich versage. Als wir die beiden erreichen, bemerke ich, dass der andere Mutant nicht nur wesentlich kleiner ist als Blue, sondern auch blind. Seine Pupillen sind trüb und zucken unablässig in der Augenhöhle herum. Er schnuppert. »Ihr habt die Neue mitgebracht.«

Die beiden Männer, die uns zum Totenfeld gebracht haben, bejahen es. Zielsicher wendet sich der Blinde an Antonius, als könnte er sehen, wo er steht. »Du nimmst sie mit aufs Feld und zeigst ihr, was sie zu tun hat.«

Blue reicht mir eine Art Werkzeuggürtel und eine schwarze, ärmellose Weste. Sie ist ungewöhnlich schwer und steif. »Zu deinem *Schutz*, Heulsuse«, sagt sie mit unüberhörbarem Sarkasmus in der Stimme. Kurz lässt sie ihren Blick über das eingegrenzte Gebiet auf dem Totenfeld schweifen. »Die Minen sind mit Pflöcken markiert. Normalerweise stecken Alban und ich die Felder gemeinsam ab, aber heute wollte ich es ganz alleine tun.« Sie lacht gehässig. »Hoffentlich habe ich keine übersehen.«

Ich recke mein Kinn vor und lege so viel Verachtung wie möglich in meinen Blick. Keinesfalls soll Blue sehen, wie sehr ich mich fürchte. Einen Herzschlag lang starren wir einander an. Zwei Feindinnen.

»Ich werde deine Bemühungen aus sicherer Entfernung beobachten«, sagt Blue schließlich kühl, hakt sich bei Alban unter und führt ihn zu einem Baumstamm, der weit genug vom Totenfeld entfernt liegt.

»Mannweib kann dich aber echt nicht leiden, was?«, wispert Antonius mir zu, während wir die Schutzwesten überstreifen und uns gegenseitig die Reißverschlüsse zuziehen. »Was hast du angestellt?«

Ich zucke mit den Schultern. »Keine Ahnung. Scheinbar war es Hass auf den ersten Blick.«

»Wahrscheinlich wäre sie gerne wie du«, wirft Sven ein. »Ein Mädchen und kein halber Kerl.«

Wenn er wüsste, wie recht er hat. Allerdings habe ich keinen Nerv, mich über Blue zu unterhalten, viel lieber würde ich etwas über das Minenräumen erfahren. Bevor ich Antonius fragen kann, entdecke ich zwei Gestalten, die in unsere Richtung kommen. Caine und Medina. Hoffnung keimt in mir auf. Ich beobachte, wie sie sich zu Blue und Alban gesellen und auf sie einreden. Caine deutet zu mir. Er wirkt aufgebracht. Eine Weile geht es hin und her, bis Blue schließlich aufspringt und wutentbrannt davonstapft. Caine eilt ihr nach. Medina bleibt bei Alban. Meine Hoffnung, dass sich mein Einsatz auf dem Totenfeld zumindest verzögert, erfüllt sich nicht, denn unser Aufpasser versetzt mir einen Stoß Richtung Absperrung.

»Los jetzt. Sonst ist der Tag rum, bevor ihr auch nur eine Mine entschärft habt.«

Mir bleibt nichts anderes übrig, als Antonius auf das Feld zu folgen.

»Keine Angst«, versucht er, mich zu beruhigen. »Ich mach das schon eine ganze Weile und lebe noch.«

Seine Worte sind nett gemeint, aber das Schlottern meiner Knie können sie nicht unterbinden. Im Gänsemarsch trippeln wir den schmalen Pfad entlang und gehen vor der ersten Markierung in die Hocke. »Das Mannweib markiert die Mine immer links. Das bedeutet, wir arbeiten rechts daneben«, erklärt Antonius.

Äußerlich wirkt er ruhig, doch während er vorsichtig die Erde abträgt, sehe ich, dass seine Hände zittern.

»Wir wissen nie, um welche Art Mine es sich handelt, bis wir sie freigelegt haben«, fährt Antonius fort. »Es könnte sich um eine Spreng- oder Streumine handeln aber genauso gut auch um eine Anker-, Gas- oder Tellermine.« Er sieht mich nicht an, während er spricht, hält den Blick konzentriert auf seine Hände gerichtet.

Ich habe keine Ahnung von der Wirkweise der verschiedenen Minen, will auch gar keine haben, aber ich nicke, als hätte ich verstanden. Innerlich kämpfe ich gegen den Impuls, einfach davonzulaufen. Die schwere Weste scheint mir die Luft abzuschnüren und ich schwitze wie ein Schwein.

Nach einer Viertelstunde vorsichtigen Grabens hat Antonius die Mine freigelegt. Er stößt einen zischenden Laut aus. »Das ist eine Scheiß Streumine. Was sie bewirkt, konntest du bei Rattenfresser sehen. Und der hatte Glück. Wenn du Pech hast, fetzt sie dir das halbe Gesicht weg und du bekommst Metallsplitter statt Augen.« Ein Schweißtropfen perlt von seiner Stirn. »Außerdem sind sie verflucht schwer zu entschärfen, weil die Kontakte mit dem Gehäuse verschweißt sind.«

Na toll. Das fängt ja gut an. In meiner Vorstellung spüre ich bereits, wie die Splitter in meinen Körper dringen, und erschauere. Antonius zieht einen Schraubenzieher und etwas, das aussieht wie eine übergroße Pinzette aus seinem Werkzeuggürtel.

»Was machst du jetzt?«, frage ich.

Antonius deutet seitlich auf die Mine. »Ich löse die Schrauben und entferne den Deckel. Dann hebe ich mit dem Teil hier«, er hält die Pinzette hoch, »Die Kontaktkabel an und du schneidest sie durch.«

Bis zum Äußersten gespannt beobachte ich Antonius' Vorgehensweise. Das Blut rauscht in meinen Ohren. Mein Mund ist staubtrocken. Behutsam löst er die Schrauben, fünf an der Zahl, und hebt den Deckel an. »Du musst unbedingt darauf achten, ihn gerade zu halten, wenn du ihn abnimmst«, mahnt er. Dann deutet er auf ein sternförmiges Gebilde in der Mitte. »Das ist der Zünder. Nebendran sind die beiden Kabel. Da sie fest mit dem Untergrund verbunden sind, kann ich sie nur ein paar Millimeter anheben, um sie durchzuschneiden. Keinesfalls darfst du mit der Zange das Gehäuse berühren. Nur die Kabel, klar?«

Ich schlucke trocken und nicke. Mit zitternden Fingern fische ich die Zange aus meinem Gürtel.

»Das schaffst du schon«, sagt Antonius.

Wieder nicke ich. Zum Antworten bin ich viel zu panisch. Mit der Pinzette fasst Antonius nach einem Kabel. Seine Hände sind nun ganz ruhig. »Schneiden«, stößt er zwischen zusammengebissenen Zähnen hervor.

Ich atme ein, so tief ich kann und halte die Luft an. Ruhig. Ich muss ruhig bleiben. Das Kabel liegt direkt vor mir. Vorsichtig setze ich die Zange an. Unter meiner Kopfhaut kribbelt es.

Ich schneide. Und warte ... nichts geschieht. Ich atme auf.

»Gut gemacht«, lobt Antonius. »Jetzt das andere.«

Schon legt er die Greifer der Pinzette um das zweite Kabel und hebt es um eine Winzigkeit an. »Schneiden.«

Ich setze die Zange an und zack, ist das zweite Kabel durch.

»Sehr gut, das war's« Antonius atmet auf. Ich auch.

Der Schweiß auf meiner Stirn stammt nur zum Teil von der Hitze.

Antonius klopft mir auf den Rücken. »Auf zur Nächsten.«

»Wie viele müssen wir an einem Tag entschärfen?«, will ich wissen.

»Fünf bis zehn. Je nachdem wie viele das Mannweib markiert hat.«

Ich beschatte meine Augen und blicke mich um. Überall stecken Holzpflöcke im Boden. Mindestens dreißig. Blue war fleißig. Sven und Rattenfresser sind schon bei der Nächsten. Vor allem Rattenfresser arbeitet zügig und wirkt dabei erstaunlich unbeeindruckt, wenn man bedenkt, dass er bereits eine misslungene Entschärfung hinter sich hat.

Wir arbeiten weiter. Es läuft gut, sofern man unter diesen Umständen überhaupt von gut sprechen kann. Ich lebe noch. Wer weiß, wie lange, denn die achte Mine des Tages stellt sich als Gasmine heraus. Das versetzt Antonius in helle Aufregung.

»Die sind selten und eigentlich leicht zu entschärfen«, sagt er, »aber die Dinger stehen unter enormem Druck, sodass das Scheiß Gas auch hinterher jederzeit ausströmen kann. Das heißt, wir müssen die Mistdinger in einem Stollen entsorgen. Du kannst dir vorstellen, wie gefährlich und beschissen das ist.«

Wenn ich es nicht besser wüsste, könnte ich fast glauben, Blue hat diese Mine höchstpersönlich vergraben, damit ich sie finde.

Gewohnt vorsichtig legt Antonius die Mine frei. Der Zünder liegt offen, sodass ich die Kontakte problemlos durchtrennen kann. Dennoch ist die Gefahr nicht gebannt.

»Jetzt schnell in den Stollen damit«, zischt Antonius, als ich fertig bin. Seine Anspannung macht mir Angst. Der Bergstollen erscheint mir ewig weit weg. Antonius trägt die zylinderförmige Mine auf den ausgestreckten Händen. Langsam und bedächtig setzt er einen Schritt vor den anderen. Ich räume Stolperfallen aus dem Weg, damit er nicht stürzt. Der Aufstieg zum Eingang ist das Schlimmste, weil kein Pfad hinaufführt. Stattdessen kraxeln wir über unwegsame Felsen. Vor dem Eingang löse ich die kleine Solarlampe von meinem Gürtel und leuchte Antonius den Weg. Der Stollen ist wie ein enges, finsteres Loch und führt tief in den Berg hinein. Bereits nach wenigen Minuten verliere ich jedes Zeitgefühl. Das Licht der Lampe reicht gerade aus, um den unmittelbar vor uns liegenden Pfad zu erhellen. Was mit der Mine ist, weiß ich nicht. Antonius trägt sie vor sich her wie ein rohes Ei. Sein Atem geht ruhig, doch ich spüre die Anspannung, die seinen Körper umgibt wie ein unangenehmer Geruch.

»Was passiert, wenn das Gas ausströmt?«, wage ich zu fragen.

»Wir sterben«, entgegnet er knapp.

Das dachte ich mir bereits. Was ich eigentlich wissen wollte, war, *wie* wir sterben würden. Da Antonius keine Auskunft gibt, belasse ich es dabei. Vielleicht ist es besser, wenn ich es nicht weiß.

Irgendwann stoppt der Weg abrupt und mündet in einen tintenschwarzen Abgrund. Beklommen leuchte ich in die Tiefe. Feucht glänzende Wände, dahinter Schwärze, die das Licht bereits nach wenigen Metern verschlingt. Eiseskälte dringt von unten herauf.

»Wie weit geht es da runter?«, frage ich mit gesenkter Stimme. Laut zu sprechen wage ich nicht, wegen der Mine und der beklemmenden Tiefe vor mir.

»Verdammt weit«, antwortet Antonius dicht neben meinem Ohr. »Das Ding ist so tief, dass man den Aufprall nicht hört, wenn man etwas hinunterwirft.«

»Deshalb entsorgt ihr die Minen hier?«

»Ja.« Antonius tritt vor und hält die Mine über den Abgrund. Die unheimliche Stille und die eisige Luft jagen mir einen Schauer über den Rücken.

»Du wirfst das Ding einfach runter?«

Statt einer Antwort schleudert Antonius das zylindrische Gefäß von sich. Ich reiße die Lampe hoch, verfolge den Weg der Mine. Sie heult kurz auf und stürzt dann mit einem zischenden Laut in die Tiefe.

Antonius greift nach meinem Arm und zerrt mich rückwärts. »Weg hier! Sie leckt.«

Von Panik getrieben hetzen wir Richtung Ausgang. Ich kann kaum etwas sehen, doch ich renne, als wären Monsterspinnen hinter mir her. Das Licht der Lampe zuckt über den Boden, geht zwischendurch immer wieder aus. Erschütterungen scheinen dem Ding nicht zu bekommen. Da ich keine Lust habe, mich in völliger Finsternis zu verlieren, versuche ich, die Lampe ruhig zu halten. Ich ringe nach Atem. Die Luft ist zäh wie Kleister und riecht faulig und süß.

»Das Gas«, stößt Antonius ächzend hervor.

Wir stürzen vorwärts. Meine Haut kribbelt und fühlt sich taub an, doch ich habe keine Zeit, mich darum zu sorgen. Wir müssen weiter. Langsam wird der Geruch schwächer, und als wir keuchend ins Freie preschen, ist er verschwunden. Ich beuge mich vor und ziehe Luft in meine Lungen.

»Das war knapp«, keucht Antonius. Plötzlich würgt er und erbricht sich.

Auch mir ist übel, jedoch nicht so sehr, dass ich mich übergeben muss. Dafür sehe ich aus, als hätte ich in Brennnesseln gegriffen. Die Haut an meinen Armen ist übersät mit kleinen, roten Knötchen. Hektisch taste ich mein Gesicht ab. Auch dort spüre ich die Hubbel. »Antonius. Was ist das auf meiner Haut?«

Antonius winkt ab. »Keine Sorge, das geht wieder weg. Es war nur ein Hauch, sonst sähen wir aus wie ein geplatzter Kadaver.«

Ich bin mit den Nerven am Ende. Sollen mich die Mutanten ruhig bestrafen, aber ich werde keine weitere Mine mehr entschärfen. Lieber fresse ich Dreck. Seufzend sinke ich auf einen Fels und berge mein Gesicht in den Händen. »So eine Scheiße.«

Antonius schnaubt und hockt sich neben mich. »Das kannst du laut sagen. Ganz ehrlich, Jule: Wenn dein Vater nicht bald kommt, sind wir am Arsch.«

Er hat recht. Wir sind am Arsch. Denn mein Vater wird nicht kommen. Ob ich ihm das beichten soll?

Nein, lieber nicht.

Wenigstens einer von uns soll hoffen dürfen.

20

Am nächsten Tag werde ich im Morgengrauen geweckt. Da ich mich die halbe Nacht sorgenvoll auf meiner Decke herumgewälzt, und wenn überhaupt nur unruhig geschlafen habe, bin ich sofort hellwach.

»Steh auf. Mutter Deliah will dich sehen«, brummt ein schlecht gelaunter, zwergenwüchsiger Mutant.

Obwohl alles dagegen spricht, hoffe ich, das Caine es geschafft hat, Mutter Deliah davon zu überzeugen, meine Version der Ereignisse schildern zu dürfen. Oder das Galen zurückgekehrt ist. Aufgeregt folge ich dem Zwerg zur großen Höhle. Auf dem Weg werfe ich einen sehnsüchtigen Blick zum Wasserfall und zu den Hütten, die mir nach zwei Nächten in dem dreckigen Verschlag wie purer Luxus vorkommen. Herzschmerz durchzuckt mich bei dem Anblick. Ich frage mich, ob Galen noch lebt und wenn ja, was sie mit ihm machen. Hat mein Vater je über Gefangene gesprochen? Nimmt die Neue Armee überhaupt Gefangene oder werden sie hingerichtet? Der Gedanke macht mich noch trübsinniger als ich sowieso schon bin.

Wie immer sitzt Mutter Deliah im Schneidersitz auf ihrem Teppich. Doch sie ist nicht allein. Neben ihr sitzen Blue, die kleine Mutantin mit den Vogelarmen, Emish und ... *Manja und Samuel*. Das kann nicht sein. Ich halluziniere.

»Wie ich sehe, kennt ihr euch«, sagt Mutter Deliah. Keine Freundlichkeit klingt aus ihrer Stimme. Ihre Meinung über mich hat sich nicht geändert.

»Was macht ihr hier?«, frage ich an Manja und Samuel gewandt. Manja wirkt überwältigt und fassungslos. Ich kann es ihr nicht verdenken. Mir geht es ebenso. Da ich sowieso in Ungnade stehe, untergrabe ich spontan Mutter Deliahs Autorität und wende mich direkt an Samuel. »Was ist passiert? Warum seid ihr hier?«

»Ich bin verbannt worden«, erklärt Samuel und deutet auf Manja. Seine Hände sind gefesselt. »Manja hat mich begleitet. Wir waren kurz vorm Verdursten, als uns diese Leute hier gefunden haben.« Er deutet auf Blue und Emish.

Ich spüre Tränen in meine Augen schießen. Mist. Ich will jetzt nicht heulen, aber Manjas Anblick bringt meine Gefühlswelt komplett durcheinander. »Warum bist du verbannt worden? Haben sie herausgefunden, dass du mir geholfen hast? Und woher kennt ihr euch?«

Täusche ich mich oder hat auch Manja Tränen in den Augen? Manja, die niemals weint. Die einst behauptet hat, keine Tränendrüsen zu besitzen. Samuel schüttelt den Kopf. »Sie kam mit deinem Vater ins medizinische Zentrum, nachdem du geflohen bist. Sauer wie sonst was, mehr noch als dein Vater und der war schon verdammt wütend. Da mir eine besänftigende Art nachgesagt wird und wir befreundet waren, wurde ich beauftragt, sie zu beruhigen.« Er hält einen Moment inne, sammelt sich. Scheinbar will er mir etwas Wichtiges sagen. Manjas zornigem Blick nach zu urteilen, ist es nichts Positives.

»Deine Flucht passierte nicht zufällig«, stößt sie hervor. »Das Dreckspack wusste bescheid.«

Verwirrt blicke ich von Manja zu Mutter Deliah, die durch keine Regung erkennen lässt, ob sie weiß, wovon meine Freunde sprechen. »Wie meinst du das? Wer wusste bescheid?«

Samuel seufzt. »Der Offiziersrat. Die wissenschaftlichen Leiter. Es war alles inszeniert. Sie wollten dich loshaben, weil du unbequem warst und das Programm in Frage gestellt hast. Doch dein Vater hätte das niemals zugelassen. Deshalb mussten sie es so aussehen lassen, als wärst du abgehauen.«

Einen Moment lang bin ich sprachlos. Nicht nur, weil meine Flucht inszeniert worden ist, sondern vor allem, weil Samuel mitgespielt hat. Ich hielt ihn für einen Freund. »Also war deine Freundschaft nur vorgetäuscht?«

Das schlechte Gewissen ist ihm deutlich anzusehen. »Nein. Aber ich hatte keine andere Wahl, als mitzuspielen.«

»Du hättest dich weigern und mir einen Hinweis geben können.«

Er schnaubt. »Hast du dich geweigert, als dich dein Vater ins Programm geschickt hat?«

»Das ist etwas anderes«, wehre ich ab. »Mein Vater glaubte ich würde etwas Gutes tun. Du hast mich wissentlich hintergangen.«

Er senkt den Kopf und greift sich an die Nasenwurzel, bevor er wieder aufblickt. »Es ist wahr, ich habe ihnen geholfen, aber ich habe auch dir geholfen.«

Ich stoße einen verächtlichen Laut aus. »Wie denn? Indem du mir einen Sack Bohnen gegeben und mich durch den Abwasserkanal gejagt hast? Noch dazu in die falsche Richtung.«

»Ganz genau«, entgegnet Samuel mit fester Stimme. »Sie wollten, dass ich dich ohne Essen rausbringe und dir nichts von den Minen erzähle. Sie wollten, dass du stirbst, Jule.«

Die brodelnde Wut in meinem Bauch unterdrückt sogar meinen Schock über Samuels Verrat. Ich schnaube verächtlich. »Dann sind sie jetzt bestimmt enttäuscht.«

Die Worte waren nicht ernst gemeint, aber Samuel nimmt sie ernst. »Das sind sie allerdings. Und natürlich haben sie es mir in die Schuhe geschoben. Eine Weile war ich auf Bewährung, doch nachdem ich einer Probandin geholfen habe, sich heimlich mit ihrem Freund zu treffen, bin ich schließlich verbannt worden. Manja hat Wind davon bekommen und ist mit mir gegangen.« Er zögert kurz und fährt dann fort. »Es tut sich was in der Kolonie.«

Was in der Kolonie passiert interessiert mich nicht, denn ein neuer Gedanke schießt in meinen Kopf. »Was ist mit meinem Vater?«

Samuel stößt einen Seufzer aus. »Nach außen hin spielt er den Harten, doch dein Verschwinden belastet ihn. Er hat sich sogar unerlaubt von der Kolonie entfernt, um nach dir zu suchen.«

Die Nachricht macht mich traurig. Mein Vater mag unnachgiebig und ein Verfechter der kolonistischen Werte sein, doch ist er auch ein Mann, der alles verloren hat. Seine Frau, seinen Sohn und nun auch seine Tochter.

Mutter Deliah mischt sich ein. »Deine *Freunde* haben mir versichert, dass du weder ein Spitzel noch eine überzeugte Anhängerin der Kolonie bist.«

»Sie sagen die Wahrheit«, bestätige ich. Jähe Hoffnung keimt in mir auf. Könnte Samuel meine Rettung sein? Immerhin ist er ein Mutant. Wenn er Mutter Deliah von meiner Unschuld überzeugen könnte, müsste ich nicht mehr aufs Totenfeld.

»Deine Freundin stammt aus der Kolonie und dein Freund hat sogar für das Programm gearbeitet, was bedeutet, dass wir ihnen genauso wenig trauen können wie dir«, fährt Mutter Deliah fort und macht damit meine Hoffnung sofort wieder zunichte. »Allerdings haben mich die beiden auf eine Idee gebracht.«

Angespannt beiße ich mir auf die Lippen. Ganz offensichtlich genießt Mutter Deliah meine Unsicherheit und zögert eine Erklärung absichtlich raus. Nach meiner gestrigen Weigerung, auf das Totenfeld zurückzukehren, weiß sie genau, wie sehr ich auf eine Begnadigung hoffe.

»Du kehrst in die Kolonie zurück.«

Erschrocken schnappe ich nach Luft. »Warum?«

Mutter Deliah schmunzelt, doch das Lächeln erreicht ihre Augen nicht. Innerlich ist sie kalt und hart wie Stein. »Die reumütige Tochter kehrt zu ihrem Vater zurück, erzählt ihm, wie schrecklich die Außenwelt ist, und verspricht ihm, sich fortan zu fügen.«

Blues Grinsen nach zu urteilen ist das noch nicht alles. Vor Anspannung sind meine Hände eiskalt, mein Mund staubtrocken.

»Dein Freund hier behauptet, dass Galen lebt und im Keller des medizinischen Zentrums gefangen gehalten wird. Ich hoffe, dass dies keine Lüge ist. Du wirst ihn entweder befreien oder herausfinden, wie wir ihn befreien können.«

Galen lebt. Mein Herz macht einen Sprung.

»Des Weiteren wirst du uns Zugang zum Waffenlager verschaffen und dafür sorgen, dass wir Saatgut bekommen«, fährt Mutter Deliah fort.

Ich bin sprachlos. Wie soll ich das anstellen? Selbst wenn mein Vater mich beschützt, werden sie mich beobachten. Oder ins Reproduktionsprogramm zurückschicken. Oder beides. Und wo soll ich Saatgut herbekommen, wenn der Vorratsspeicher abgebrannt ist? »Und wenn ich es nicht schaffe?«

Mutter Deliah kneift die Augen zusammen. »Lass es mich so ausdrücken, Jule: deine Freunde hier«, sie deutet auf Manja und Samuel, »hoffen darauf, dass du nicht versagst.«

Automatisch wandert mein Blick zu den Fesseln um Manjas und Samuels Handgelenke. Mutter Deliah erpresst mich.

»Das ist verrückt«, stößt Manja hervor. »Wie soll sie das alles schaffen?«

Ganz genau! Galen zu befreien kann ich mir gerade noch vorstellen, aber Zugang zum Waffenlager bekommen? Ich weiß ja nicht einmal, wo es sich befindet. Und wie viele Säcke Saatgut kann ein Schwächling wie ich schon tragen?

»Warum sucht ihr nicht einen gewaltfreien Weg?«, frage ich. »Die Menschen in der Kolonie haben keine Ahnung, wie es hier draußen wirklich ist. Ihr könntet sie aufklären, ihnen zeigen, dass ein gemeinsames Leben möglich ist. Ich helfe euch dabei.«

Blue schnaubt abfällig. »Glaub ihr kein Wort, Mutter. Sie werden uns niemals akzeptieren.«

Mit Widerworten habe ich gerechnet, vor allem von Blue.

»Sie hat recht«, mischt sich Manja ein. »Viele sind unzufrieden mit der Regierung. Sie wollen nicht, dass ihre Angehörigen verbannt werden, weil sie missgebildet oder krank sind. Sie wollen ihre Meinung frei äußern und kommen und gehen können, wie es ihnen gefällt. Und sie wollen nicht in heruntergekommenen Hütten hausen. Das ist kein Leben.«

Mutter Deliah runzelt die Stirn und reibt sich nachdenklich über das Kinn. »Und wie willst du das bewerkstelligen?«

»Flugblätter. Treffen mit Leuten, die unsere Überzeugung teilen und offen für eine Veränderung sind«, entgegne ich.

Blue lacht auf. »Das ist Blödsinn und dauert viel zu lange. Bis dahin ist Galen tot und wir sind verhungert. Wenn die rauskriegen, wo wir uns versteckt halten, töten sie uns. Das dürfen wir nicht riskieren.« Abwartend blickt sie zwischen Mutter Deliah und mir hin und her.

»Du kannst es gerne versuchen«, sagt Mutter Deliah schließlich. »Solange du das Ziel nicht aus den Augen verlierst. Ich will wissen, wo es einen Alarm gibt und wie man diesen ausschalten kann und ich will Saatgut und Galen.«

Betreten beiße ich mir auf die Lippen. Wie soll ich das schaffen? Ich bin keine Bewohnerin der Kolonie und werde nie wieder das Vertrauen des Rates genießen. Keiner meiner Schritte wird unbeobachtet bleiben. Mein Blick gleitet über Manja und Samuel. Wie gering meine Chancen auch sein mögen, um ihretwillen muss ich es versuchen.

Ich muss die beiden retten.

Und Galen.

21

Der Marsch zur Kolonie vergeht wie im Flug. Blue und Caine begleiten mich, wobei Caine dies nur tut, weil ich ihn dazu überredet habe. Vier Wochen bekomme ich Zeit. Dann werden Manja und Samuel auf das Totenfeld geschickt. Wahrscheinlich würde Manja eine Weile überleben, doch Samuel hat nicht den Mumm für das Entschärfen von Minen.

In die Kolonie zurückzukehren ist nervenaufreibend genug, aber in dem Wissen, spionieren zu müssen, ist es fast unerträglich. Außerdem habe ich keine Ahnung was mich dort erwartet. Gut möglich, dass sie mich wegsperren und ich nicht das Geringste ausrichten kann.

Bedrohlich taucht die Mauer vor mir auf. Nur noch die Ebene trennt mich von meiner ehemaligen Heimat. Caine verabschiedet sich mit einem aufmunternden Nicken und einem »hol Galen da raus« und geht dann mit Blue hinter einem Felsen in Deckung. Auf Befehl von Mutter Deliah sollen sie sich vergewissern, ob ich auch wirklich in die Kolonie zurückkehre. Mit zitternden Knien betrete ich den Teerweg, der direkt zum Haupttor führt. Er ist als Einziger nicht vermint, deswegen steht er unter ständiger Beobachtung. Jeden Augenblick werden mich die Wachsoldaten bemerken, wenn sie es nicht schon längst getan haben.

Während ich mich noch frage, ob sie auf mich schießen werden, kommt Bewegung in die Männer auf der Mauer.

»Heb die Hände hoch«, höre ich Caine hinter mir rufen.

Er hat recht. Schnell strecke ich meine Arme nach oben zum Zeichen meiner friedlichen Absicht. Der Weg zum Tor erscheint mir auf einmal unglaublich weit. Wie soll ich die Strecke unbeschadet überwinden? Mindestens vier Gewehre sind auf mich gerichtet, folgen jeder meiner Bewegungen. Vor Angst bricht mir der Schweiß aus allen Poren. *Geh einen Schritt nach dem anderen,* höre ich Manjas Stimme in meinem Kopf. *Sie werden dir nichts tun.*

Noch dreißig Meter. Meine Knie schlottern. Als ich mich bis auf zehn Meter nähere ertönt ein »Halt!«

Sofort bleibe ich stehen.

»Wer bist du?«, ruft einer der Soldaten von der Mauer.

»Mein Name ist Jule Hoffmann. Ich bin die Tochter des Kommandanten.« Meine Stimme zittert und ist kraftlos und angsterfüllt, sodass ich mir nicht sicher bin, ob die Männer mich überhaupt verstehen.

Auf der Mauer gibt es eine kurze Diskussion. Ein weiterer Soldat eilt herbei und mustert mich. Meine Arme beginnen, zu schmerzen. Lange kann ich sie nicht mehr nach oben halten, doch ein Blick auf die Gewehre lässt mich den Schmerz ertragen. Es dauert ewig, bis sich endlich das Tor öffnet. Mein Herz trommelt gegen meine Rippen. Mit weit aufgerissenen Augen starre ich auf den Mann, der begleitet von zwei Soldaten, aus dem Tor tritt. Mein Vater.

»Jule«, ruft er, als er mich sieht, und rennt nun auf mich zu. Nebenbei gibt er den Wachen ein Zeichen, woraufhin sie die Waffen sinken lassen. Erleichtert nehme ich die Arme runter. Die unmittelbare Gefahr scheint gebannt.

»Jule«, wispert mein Vater, als er mich erreicht, und in seine Arme schließt. »Wo bist du nur gewesen?«

Statt einer Antwort schluchze ich. Die Umarmung bricht einen inneren Damm, der sich nun als Tränenflut nach außen ergießt. Die Strapazen der letzten Monate drängen geballt an die Oberfläche und ich schaffe es nicht, dieses übermächtige Gefühl der Ohnmacht und Verzweiflung zu unterdrücken. Und mein Vater tut etwas Ungewöhnliches. Er lässt mich weinen. Weder bedrängt er mich mit Fragen, noch versucht er, meine Tränenflut zu unterbinden. Er hält mich einfach nur fest.

Auf dem Weg zu unserer Wohnung verspricht er mir tausendmal, sich für meine Rehabilitation einzusetzen. Damit er versteht, warum ich geflohen bin, erzähle ich ihm von den Dingen, die ich im medizinischen Zentrum herausgefunden habe. Mein Vater ist darauf geschult, Lügen zu erkennen und durch geschickte Fragen die Wahrheit herauszufinden, also ist Ehrlichkeit meine einzige Waffe. Was mir jedoch Sorgen bereitet, sind die Fragen nach der Außenwelt, die früher oder später kommen werden. Wie erkläre ich, wo ich in den letzten Monaten gewesen bin? Und vor allem: Wie ist es mir gelungen, zu fliehen?

Bis zur Wohnung habe ich Schonfrist, denn unter den neugierigen Blicken seiner Soldaten wird mein Vater mich nicht befragen, aber spätestens zuhause wird er alles wissen wollen. Die Menschen starren mich an wie einen besonders grässlichen Mutanten und ich bekomme eine Ahnung davon, wie Galen sich gefühlt haben muss, als ich nichts anderes in ihm gesehen habe als ein Monster. Und jetzt ist er hier in der Kolonie, nur einen kurzen Fußmarsch von mir entfernt, und ich wünsche mir nichts sehnlicher, als bei ihm zu sein. Am liebsten würde ich ihn sofort suchen. Das geht natürlich nicht. Weder habe ich einen Schlachtplan, noch eine Idee, wie ich Galen befreien, das Saatgut stehlen oder die Menschen davon überzeugen soll, dass die Mutanten keine Monster sind. Wenn es meinem Vater nicht gelingt, mich zu rehabilitieren, werde ich sowieso nicht das Geringste ausrichten können. Dann wird Galen in seiner Zelle verrotten und Manja und Samuel werden auf dem Totenfeld sterben.

Beklommen betrachte ich die Wohnblocks, die wie steinerne Wächter auf mich hinabglotzen. Alles wirkt trostlos und kahl und die Menschen freudlos. Selbst die Wenigen, die mir zulächeln und winken. Sie freuen sich nicht, weil ich wieder da bin. Sie bemitleiden mich. Und das sollten sie auch. Die Kolonie ist keine schützende Festung, sie ist ein riesiges Gefängnis und die Soldaten der Neuen Armee sind die Wärter. Jemand muss den Menschen sagen, dass es da draußen nicht nur Gefahren, sondern auch Leben gibt und Freude. Dass wir die Tore nicht verschlossen halten müssen.

In der Wohnung angekommen, mustert mich mein Vater nachdenklich. »Du wirkst verändert«, stellt er fest.

Er hat ja keine Ahnung. Ich tue gleichmütig und zucke mit den Schultern. Meine Augen wandern über die Küchenzeile und das Spülbecken, in dem sich schmutziges Geschirr stapelt und hinüber zu dem wackeligen Tisch mit den zusammengewürfelten Stühlen. Mein Lieblingshäkeltopflappen liegt auf der Tischplatte als warte er darauf, dass ich den Suppentopf abstelle. Alles ist wie immer, nur unordentlicher. Ich schlendere zur Fensterbank und fahre mit dem Finger darüber. Eine feine Staubschicht hat sich gebildet. Der einzige Hinweis auf meine Abwesenheit. Ich sehe meinen Vater nicht an, doch ich spüre seinen Blick in meinem Rücken. »Wie war es da draußen? Was hast du erlebt?«, fragt er.

Während ich noch überlege, was ich antworten soll, fährt er fort. »Oder kannst du nicht darüber reden?« Besorgnis klingt aus seiner Stimme. Ich kann mir ausmalen, was er sich vorstellt. Sicher glaubt er ich wäre vergewaltigt worden. Das erzählen sie uns sogar in der Schule - das man in der Außenwelt vergewaltigt und anschließend getötet wird. Er tritt auf mich zu und berührt mein Gesicht, dort, wo mich die Spinne gebissen hat. »Was ist das?«

Unwillkürlich zucke ich zurück und fasse mir an die Wange. Ein Schauer rieselt meinen Nacken hinab bei der Erinnerung. »Das war ein Spinnenbiss.«

»Du hast sicher Schreckliches erlebt.« Er zögert, ringt nach Worten. Unvermittelt zieht er mich in seine Arme, drückt mich so fest, als wollte er mich zerquetschen. Für einen nicht genmanipulierten Mann ist er ziemlich stark. »Jule. Du glaubst gar nicht, wie froh ich bin, dass du überlebt hast.«

»Ich auch«, wispere ich und merke, wie mir schon wieder die Tränen in die Augen schießen.

»Ich werde dafür sorgen, dass sie dich nicht für deine Flucht belangen«, verspricht er.

Eine Weile stehen wir da und halten einander. Es fühlt sich seltsam an, meinen Vater so lange zu umarmen. So emotional habe ich ihn noch nie erlebt.

»Wusstest du von den Genmanipulationen?«, frage ich. Er lässt mich los und senkt seinen Blick. Auch das ist neu. Normalerweise weicht er mir nicht aus. Meine Frage ist ihm unangenehm.

»Sei ehrlich«, füge ich hinzu.

»Ja«, gibt er zu. »Ja, ich wusste davon. Meine besten Männer sind auf diese Weise entstanden.«

»Findest du das denn richtig?«

Er seufzt. »Jule. Unsere Welt vertrocknet und die Menschheit stirbt aus, wenn es uns nicht gelingt, uns an die veränderten Bedingungen anzupassen.«

»Was meinst du damit?«

»Zum Beispiel muss unser Körper mit weniger Wasser auskommen und widerstandsfähiger gegen Viren und Bakterien werden. Wir müssen unseren Lebensraum verteidigen und stärker sein als alle anderen.«

Seine Erklärung klingt logisch für jemanden, der nie in der Außenwelt gewesen ist und eigentlich müsste ich ihm zustimmen, damit er keinen Verdacht schöpft, aber ich kann nicht widerstehen. »Das klingt nach Kämpfen und Krieg. Hattet ihr das nicht erst? Wäre es nicht besser, etwas Neues auszuprobieren?«

Er zieht die Augenbrauen hoch. »Was denn zum Beispiel?«

»Zum Beispiel der Natur ihren Lauf zu lassen oder nicht jeden zu verstoßen, der anders ist.«

»Die Mutierten sind nicht nur anders, Jule. Sie denken auch anders. Was nicht der Norm entspricht, ist eine Gefahr.« Seine Stimme wird lauter. Das Thema wühlt ihn auf. »Unbrauchbares Erbgut, das zu weiteren Missbildungen führt, unberechenbares Verhalten, Krankheiten. Mutationen sind unser Ende.«

Mir liegt auf der Zunge, wie unrecht er hat, doch damit würde ich mich verraten und käme nie an Galen ran. »Du hast recht«, lenke ich ein. »Wir müssen vorsichtig sein.«

Er nickt zufrieden. »Ich gehe jetzt zum Rat und erkläre ihnen die Situation. Du bleibst hier und wartest. Geh nicht raus, bis ich dir sage, dass es sicher ist.« Er zögert kurz. »Glaubst du, du schaffst das? Oder soll ich jemanden holen der bei dir bleibt?«

Ich winke ab. »Nein, nein. Geh nur. Das Alleinsein macht mir nichts aus.« Einerseits bin ich froh, wenn er weg ist, weil ich mich dann nicht mehr verstellen und unangenehme Fragen befürchten muss. Andererseits fühle ich mich tatsächlich unbehaglich bei der Vorstellung, allein zu bleiben. Die Kolonie erscheint mir wie Feindesland und mein Vater ist der Einzige, der mich beschützen kann. Außerdem lauern in jeder Ecke dieser Wohnung Erinnerungen. Dazu die ständige Angst, durchschaut zu werden. Ich habe mich verändert. Nicht äußerlich aber in meinem Inneren. Früher oder später wird das jemand merken.

Mein Zimmer sieht genauso aus, wie ich es verlassen habe. Dasselbe zerwühlte Bettzeug, sogar die obere Schublade meiner Kommode steht noch offen. Hat mein Vater dieses Zimmer überhaupt betreten? Seufzend trete ich ans Fenster und blicke zur Westmauer. Dahinter liegt eine ganze Welt. Sie ist anders als die Kolonie, aber nicht von Grund auf schlecht. Manches ist sogar gut. Galen zum Beispiel. Bei der Erinnerung krampft sich mein Magen zusammen. Ich muss unbedingt herausfinden, wie es ihm geht.

Meine Augen wandern über die Häuser auf der Suche nach einem vertrauten Gesicht oder wenigstens ein wenig Grün, an dessen Anblick ich mich so gewöhnt habe. Doch hier gibt es nur Steine und Sand und grauen Beton. Ich weiß nicht, wie lange ich da stehe und starre, aber es muss eine ganze Weile sein, denn als mein Vater zurückkommt, bin ich steif und meine Füße schmerzen.

»Jule?«, ruft er.

Ich verlasse mein Zimmer. Hoffentlich hat er gute Nachrichten. Ein Blick in sein Gesicht lässt meine Hoffnung schwinden. Er wirkt nicht unbedingt niedergeschlagen, aber auch nicht fröhlich. Eher nachdenklich und besorgt. Abwehrend verschränke ich die Arme vor der Brust und mache mich auf alles gefasst.

»Du bekommst eine Anhörung. Dort werden sie über deinen Verbleib in der Kolonie entscheiden«, verkündet mein Vater.

Eine Anhörung vor dem Rat. Neben einem medizinischen Eingriff ohne Betäubung ist das so ziemlich das Unangenehmste, was ich mir vorstellen kann. Andererseits - was habe ich erwartet? Mein Vater ist einflussreich aber nicht allmächtig. Nach meinem Aufbegehren gegen das Reproduktionsprogramm kann ich froh sein, dass sie mich überhaupt reingelassen haben. Mit Unbehagen denke ich an Fabio. Ob sie auch eine Niere von mir verlangen werden, damit ich bleiben darf? Auf jedem Fall muss ich mich zusammenreißen. Niemand darf meine wahren Gefühle erkennen oder etwas über meine Pläne herausfinden.

Mein Vater legt mir beruhigend eine Hand auf die Schulter. »Das macht dir sicher Angst, aber wenn du dich reumütig zeigst, werden sie dich wieder aufnehmen. Davon bin ich überzeugt.«

Ich versuche mich an einem bangen Gesichtsausdruck. »Bist du dir sicher?«

Er nickt energisch, als wollte er nicht nur mich, sondern auch sich selbst überzeugen. »Ganz sicher.« Er zögert kurz, atmet einmal tief durch. »Am besten wäre es natürlich, wenn du ihnen Informationen liefern könntest. Du hast dich doch bestimmt nicht drei Monate lang alleine durchgeschlagen oder?«

»Nein, natürlich nicht«, sage ich schnell.

Mein Vater beugt sich vor und schaut mir tief in die Augen. »Wo bist du gewesen, Jule?«

Ich schlucke den Kloß in meiner Kehle und räuspere mich. »Bei den Mutanten.«

Mein Vater reißt die Augen auf. »Um Himmels willen, das ist grauenhaft. Kannst du dich erinnern, in welchem Radius sie sich bewegen?«

Ich zucke entschuldigend mit den Schultern. »Nein. Sie haben mir die Augen verbunden, als sie mich in ihr Dorf gebracht haben.«

»Ihr *Dorf*? Heißt das, sie sind sesshaft geworden?«

Ich nicke. Mein Vater zieht mich in seine Arme. »Ich hätte nicht geglaubt, dass sie dazu fähig sind. Wir hielten sie für Nomaden. Das muss schrecklich gewesen sein.«

Wieder nicke ich. »Das war es. Als würde ich bei wilden Tieren leben.«

22

Nach einer durchwachten Nacht wage ich mich alleine aus dem Haus, obwohl mein Vater mich gebeten hat, zuhause zu bleiben. Er hält mich für traumatisiert und ich lasse ihn in dem Glauben, denn damit kann ich mein komisches Verhalten entschuldigen.

Mein Weg führt mich in die Wellblechsiedlung zu Fabios Hütte. Stundenlang habe ich darüber nachgegrübelt, was ich tun und wie ich vorgehen soll und bei allen Überlegungen lande ich früher oder später immer bei dem einzigen mir bekannten Menschen, der in der Außenwelt gelebt hat. Fabio ist zu alt um sich zu wehren, aber er steht nicht hinter dem System, soviel ist sicher. Mit ihm kann ich offen reden.

Beklommen betrachte ich die windschiefen Hütten. Das Elend war mir auch vorher bewusst, aber jetzt sehe ich es mit anderen Augen. So müsste es nicht sein. Ich frage mich, ob die Welt früher gerechter gewesen ist. Wenn ich an die Wohnung denke, in der ich mit Galen die Nacht verbracht habe, glaube ich das schon. Zumindest ist damals niemand verhungert. Die Menschen in der Kolonie besitzen keine Reichtümer, bis auf die Ratsmitglieder vielleicht, und dennoch gibt es jene, die eine richtige Wohnung bewohnen, die Essen, fließendes Wasser und ein gutes Auskommen haben. Und es gibt die Menschen in der Wellblechsiedlung, die jede Arbeit verrichten müssen für einen Hungerlohn. Die nie genug Essensmarken erhalten und keine medizinische Versorgung. Gerade für sie wäre es vorteilhaft, wenn sie sich mit den Mutanten zusammentun würden. Wenn die Mauern der Kolonie fallen würden.

Es dauert eine Weile bis Fabio öffnet. Erst als ich mich abwende, um zu gehen, höre ich schlurfende Schritte. Fabio wirkt noch dünner als bei meinem letzten Besuch und er sieht krank aus. Bleich und eingefallen. Außerdem verströmt er einen unangenehmen Geruch, der von seinem Körper auszugehen scheint und nicht von seiner schmutzigen Kleidung. Ich versuche, mir den Schrecken über seinen Anblick nicht anmerken zu lassen und begrüße ihn freundlich lächelnd. Eilig winkt Fabio mich in seine Behausung und schließt die Tür, kaum dass ich einen Fuß über die Schwelle gesetzt habe. Mein Blick fällt auf die Käfige, die trotz der Blätter und Zweige darin unbewohnt wirken. »Wie geht es deinen Haustieren?«

»Alle weg«, brummt er. Während er zu einem Stuhl geht, sehe ich, dass er humpelt.

»Warum?«

Er zuckt mit den Schultern. »Hab sie freigelassen.«

»Was ist los? Bist du krank?«

Ächzend sinkt er auf einen Stuhl und sieht mich an. »Nein. Nur müde. Was ist mit dir? Warum bist du zurückgekommen?«

Ich setze mich ihm gegenüber und beuge mich über den Tisch. »Ich will den Leuten erzählen, wie es wirklich da draußen ist. Und ich will ihnen von den Mutanten berichten.«

Mit gerunzelter Stirn mustert Fabio mich. »Was ist mit denen?«

»Sie sind keine Gefahr. Wusstest du das?« Ich versuche, herauszufinden, wie er meine Worte aufnimmt, doch seine Miene verändert sich nicht.

»Du hast also die Mutanten getroffen«, stellt er fest. Noch immer ist nicht zu erkennen, wie er das findet.

Ich nicke. »Sie sind misstrauisch aber nicht feindselig und schon gar nicht wie Tiere.«

Er rückt kaum merklich von mir ab und verschränkt die Arme vor der Brust. »Warum erzählst du mir das?«

Meine Hände ballen sich zu Fäusten und ich muss tief durchatmen, damit ich Mut schöpfen und sagen kann, was mir auf dem Herzen liegt. »Ich will, dass es die Menschen hier erfahren. Es bringt uns nicht weiter, wenn wir uns abschotten. Im Gegenteil. Wir müssen uns mit denen da draußen zusammentun, neues Land erschließen und uns damit abfinden, dass viele von uns nicht mehr so sind wie vor dreißig Jahren. Die Menschheit verändert sich. Nicht zuletzt durch das Zutun der Kolonie.«

Fabio schließt für einen Moment die Augen und seufzt tief, als hätte ich ihm alle Last der Welt auf die Schultern geladen. »Weiß dein Vater davon?«

Bei der Erwähnung meines Vaters erschrecke ich, als stünde er plötzlich hinter mir. »Natürlich nicht.«

Fabio runzelt die Stirn. »Er steht also nicht auf unserer Seite?«

Bisher wusste ich nicht, dass es überhaupt so etwas wie eine Seite gibt. Bisher glaubte ich, eine *Seite* müsste erst erschaffen werden. »Er ist keine Gefahr, wenn es das ist, was du meinst. Im Gegenteil. Durch ihn gelange ich an Informationen.« Das ist eine unbewiesene Behauptung und ich hoffe, dass Fabio das nicht durchschaut. Noch weiß ich gar nichts über niemanden. Nicht mal über Galen.

Fabio stößt einen unwilligen Laut aus. »Natürlich ist er gefährlich, Jule. Wenn er erfährt, was du vorhast, wird er den Rat informieren und dann wirst du schneller aus dem Weg geschafft, als du Mutant sagen kannst.«

»Er wird mich nicht verraten«, beharre ich. »Außerdem hält er mich für traumatisiert. Damit kann ich so einiges entschuldigen.« Ich beuge mich noch weiter vor und fixiere Fabios Gesicht. Sein kranker Geruch hüllt mich ein. »Wirst du mir helfen?«

»Was soll ich denn tun?«

Ich versuche, ihn mit meinem Blick zu beschwören. »Die Wahrheit verbreiten. Über die Außenwelt und die Mutanten. Wir brauchen keine Mauern. Wir könnten expandieren und eine Gemeinschaft bilden, in der jeder eine Chance bekommt.« Meine Stimme klingt überraschend fest. »Fast die Hälfte der Menschen hier lebt unter unwürdigen Bedingungen. Wenn sie sich zusammentun und rebellieren, kann die Neue Armee nicht viel dagegen tun, zumal bestimmt die Hälfte der Blockbewohner ebenfalls unzufrieden ist. Die Soldaten können nicht alle umbringen.«

Jeder andere würde über meine aufrührerischen Worte erschrecken. Nicht so Fabio. Nachdenklich reibt er sich über das mit Bartstoppeln übersäte Kinn. »Also soll ich stille Post spielen und abwarten was passiert?«

Ich nicke. »Genau. Für den Anfang ist das genug.«

Er zögert. Ich greife nach seiner Hand. Seine Haut fühlt sich an wie Papier. »Wenn wir es schaffen, etwas zu verändern, wird unser Leben wieder lebenswert sein. Auch deins. Das verspreche ich dir.«

Er schnaubt. »Mein Leben ist keinen Sack Bohnen wert. Selbst wenn es dir gelingt, etwas zu verändern, wird es für mich zu spät sein.«

Er hat resigniert. Und weil er bald sterben wird, wird er mir nicht helfen. Enttäuscht lasse ich die Schultern sinken. »Dann tu es nicht für dich«, wage ich einen letzten Versuch. »Tu es für die nachfolgenden Generationen. Die Menschen werden dich vergessen, wenn du einfach stirbst. Doch wenn du dabei hilfst, eine

Veränderung herbeizuführen, werden sie sich an dich erinnern und noch in hundert Jahren von deinen Heldentaten erzählen.« Er betrachtet mich schweigend und lächelt dann. Plötzlich sieht er viel jünger und gesünder aus. Die Veränderung ist fast schon unheimlich. Ich erwidere sein Lächeln und erkenne mit einem Mal den wahren Grund für die Verwandlung.

Es ist Hoffnung.

23

Ich wache auf mit einem beklemmenden Gefühl in der Brust. Im Halbschlaf kann ich nicht erkennen, woher dieses Gefühl kommt, erst mit zunehmender Wachheit wird mir bewusst, dass heute der Tag der Anhörung ist. Der Gedanke schnürt mir die Kehle zu, sodass ich beim Frühstück keinen Bissen hinunterbekomme. Mein Vater ist zu seiner üblichen Schweigsamkeit zurückgekehrt. Zusätzlich wirkt er angespannt und nervös, was nicht gerade zu meiner Beruhigung beiträgt. Wenn er keine Ahnung hat, wie die Chancen für mich stehen, ist alles möglich.

Als wir die Wohnung verlassen, klopft er mir auf die Schulter. »Nur die Ruhe. Alles wird gut.« Ich widerstehe der Versuchung, ihm zu sagen, dass er schon überzeugender gewesen ist.

Die Anhörung findet im Hauptquartier der Neuen Armee statt, einem imposanten Gebäude aus großen Steinquadern mit einem Säulengang und mannshohen Fenstern. Inmitten der farblosen Ödnis wirkt dieses Bauwerk grotesk. Zu meiner Freude entdecke ich Paul vor der Flügeltür. Glücklich lachend falle ich ihm in die Arme. Es tut gut, ein vertrautes Gesicht zu sehen. Er drückt mir einen Kuss auf die Lippen und hält mich fest. »Süße. Wie geht es dir? Ich bin fast verrückt geworden vor Sorge.«

»Danke, dass du gekommen bist«, sage ich. Ich kann mir vorstellen, wie viel Überwindung es ihn gekostet haben muss, denn Zuschauer sind bei einer Anhörung nicht erwünscht. Indem er hier auf mich wartet, zeigt er offen, wie er zu mir steht, was sich negativ auf seine Zukunft auswirken könnte.

»Komm schon Jule, wir müssen rein«, drängt mein Vater. »Ihr könnt euch später unterhalten.«

Paul nickt Richtung Eingang. »Ist gut. Geh. Ich komme nachher bei dir vorbei.«

»Versprochen?«

Er hebt die Hand wie zu einem Schwur. »Versprochen. Ich will wissen, wie die Anhörung ausgegangen ist.« Sein Blick wird traurig. »Nicht wie bei Manja. Ich hatte keine Ahnung von ihren Plänen und dann war sie einfach weg.«

Es muss hart für ihn gewesen sein. Erst verschwinde ich und wenige Monate später auch noch Manja. Wir drei waren eine eingeschworene Gemeinschaft mit wenig Kontakt zu anderen. Komisch. Warum war das eigentlich so? Ich bin eine Einzelgängerin, aber Paul ist eher der gesellige Typ. Soll ich ihm erzählen, dass es Manja gut geht oder es auf später verschieben, wenn wir in Ruhe reden können?

Mein Vater nimmt mir die Entscheidung ab. »Jule. Nun komm endlich! Wir müssen pünktlich sein.«

Er hat recht. Wenn ich mich verspäte, kann ich die Kolonie gleich wieder verlassen. Ich gebe Paul einen Abschiedskuss und eile zum Eingang. Bevor ich in die Höhle des Löwen gehe, wende ich mich noch einmal nach ihm um und winke ihm zu. Grinsend hebt er beide Daumen hoch. Es wäre glaubhafter, wenn sein Lächeln nicht so gezwungen wirken würde.

Ein Soldat führt uns durch eine unverschämt große, marmorgetäfelte Eingangshalle zu einer weiteren Flügeltür, die sich wie von Zauberhand öffnet. Dahinter offenbart sich ein Saal, der mindestens genauso riesig ist wie die Eingangshalle. Geblendet halte ich im Türrahmen inne. An der Decke hängt ein Kronleuchter. Er brennt, obwohl es draußen hell ist. So ein Ding kenne ich nur aus Büchern. Staunend betrachte ich ihn. Die zahllosen Kristalle an den Armen reflektieren das Licht, sodass er strahlt wie eine kleine Sonne. Mit der Energie, die er verbraucht, könnte man in der Wellblechsiedlung einen ganzen Straßenzug mit Strom versorgen. Das ist so ungerecht. Und wo bekommen sie die vielen Glühbirnen her? Die müssen sie gebunkert haben. Am anderen Ende des seltsamen Raumes steht ein Tisch. Wie alles in diesem Gebäude ist er riesig. Durch die aufwändigen Schnitzereien und die polierte Tischplatte wirkt er ebenso prunkvoll wie der Kronleuchter. Dahinter sitzen die Angehörigen des Offiziersrates. General Albert, General Wittenberg und General Wolf. Da mein Vater mich nicht begleiten darf, muss ich alleine hinein. Er schiebt mich über die Schwelle und schließt die Tür hinter mir. Mit einem lauten Knall fällt sie ins Schloss. Erschrocken drehe ich mich um. Eine Soldatin tritt auf mich zu, die ich auf den ersten Blick als genmanipuliert entlarve. »Streck die Arme seitlich von deinem Körper.«

Ich tue wie geheißen. Die Frau beugt sich zu mir hinab und tastet mich geschickt ab. Sie tut mir nicht weh, aber vorsichtig ist sie auch nicht. Mehrmals stolpere ich einen Schritt nach hinten, weil sie so fest an mir herumdrückt.

»Alles in Ordnung«, sagt sie schließlich und verschwindet im Schatten neben der Tür.

»Komm her«, höre ich General Albert am anderen Ende des Raumes sagen. Unangenehm laut hallt das Flapflapflap meiner

Zehensandalen durch den Saal. Mit jedem Schritt scheine ich zu schrumpfen. Ich fühle mich wie eine Maus im Angesicht einer Raubkatze. Die Offiziere mustern mich ernst und regungslos. Die beiden Kerle, die rechts und links neben dem Tisch wachen, sehen aus, als könnten sie mir das Genick brechen wie einen Zweig. Selbst für genmanipulierte Soldaten sind sie riesig, mit flachen Pfannkuchengesichtern, die fast übergangslos in einen enorm breiten Hals münden. Um mich zu beruhigen denke ich an Galen und den Wasserfall. Die Verwunderung darüber, wie schnell ich mich an das Leben in Landsby gewöhnt habe, es nun sogar vermisse, lenkt mich tatsächlich ab. Mit überraschender Klarheit erkenne ich mein Ziel. Ich will, dass Menschen und Mutanten eine Gemeinschaft bilden und dass meine Freunde überleben. Dafür kämpfe ich. Stolz recke ich das Kinn in die Höhe und sehe die Offiziere an. Kein Bittsteller möchte ich sein, sondern eine selbstbewusste Frau.

Die Befehlshaber tragen steife, grüne Uniformen mit Abzeichen aus einer vergangenen Zeit. Der Tisch, an dem sie sitzen, wirkt ebenso übertrieben und fremd wie die samtbezogenen Stühle. Wo haben sie das Zeug bloß her? Diese Üppigkeit passt weder zur Kolonie noch zu den Führern der Neuen Armee, die immerzu Gehorsam und Genügsamkeit predigen.

General Wittenberg, ein rotwangiger, zu Fettleibigkeit neigender Mann, stützt das Doppelkinn auf seine Hände und nickt mir zu. »Willkommen Jule. Es freut mich, dass du unserer Einladung gefolgt bist.«

Als hätte ich eine Wahl gehabt.

»Ich nehme an, du weißt, warum wir dich zu dieser Anhörung gebeten haben?«, fährt er fort.

»Ja«, sage ich knapp. Keine langen Reden und keine schwülstigen Schwüre, denn das mögen sie nicht. Das hat mir mein Vater eingetrichtert. Beim Militär geht es um Effizienz und Gehorsam.

»Gut. Dann wollen wir umgehend mit der Befragung beginnen.« Er deutet auf seine Kollegen. »Jeder von uns hat ein paar Fragen vorbereitet, die wir dir reihum stellen möchten. Wenn du sie zu unserer Zufriedenheit beantwortest, werden wir darüber beraten, ob du in der Kolonie bleiben darfst. Hast du das verstanden?«

Hält er mich für geistig zurückgeblieben? »Ich habe verstanden.«

»Also gut, dann legen wir los. Zuallererst möchte ich wissen, warum du geflohen bist?«

Diese Frage habe ich erwartet, obwohl ich nicht verstehe, warum er sie stellt, schließlich war ich Opfer einer Intrige, an der er garantiert beteiligt gewesen ist. Egal. Ich werde das Spiel mitspielen. »Es war eine Kurzschlusshandlung aus Angst vor Konsequenzen. Ich habe einen Fehler begangen und wusste nicht, wie ich ihn wiedergutmachen soll.«

»Warum hast du herumgeschnüffelt?«, fragt General Albert. Seine Miene zeigt deutlich seine Abneigung gegen mich. Er steht auf jedem Fall nicht auf meiner Seite.

Für seine Frage habe ich mir eine gute Ausrede zurechtgelegt. »Das Reproduktionsprogramm erfordert Mut und innere Stärke. Ich habe an mir gezweifelt und wollte einfach wissen, wie das die Frauen vor mir bewältigt haben.«

Nun ergreift General Wolf das Wort. Für einen Mann hat er eine ungewöhnlich hohe und unangenehme Stimme, aber wenigstens scheint er unvoreingenommen zu sein. »Was hat dich dazu bewogen zurückzukehren?«

»Es ist hart dort draußen. Wilde Tiere, Trockenheit, Hunger und die Mutanten. Mehrmals habe ich nur knapp überlebt.

Schon als ich in der Steinwüste gewesen bin, wollte ich umkehren. Irgendwann war meine Angst vor der Strafe geringer als meine Angst vor einem Leben in der Außenwelt.«

General Albert kneift die Augen zusammen, was seinem Gesicht einen lauernden Ausdruck verleiht. »Wie ich hörte, bist du mit Mutanten in Kontakt gekommen.«

Natürlich kann ich ihnen nicht die ganze Wahrheit sagen. Die Frage ist, was ich ihnen erzählen darf, ohne zu viel zu verraten und ohne ihr Misstrauen zu wecken. »Ja. Sie haben mich aufgegriffen und gefangen gehalten.«

Nun wirkt General Albert interessiert. Er lehnt sich vor und fixiert mich mit fiebrigem Blick. Er giert nach Einzelheiten. »Was haben sie mit dir gemacht?«

Sicher erwartet er grausame Schilderungen, die ich ihm weder liefern will noch kann. Trotzdem darf ich die Mutanten nicht allzu gut wegkommen lassen. »Sie benutzten mich zum Minenräumen. Mich und alle anderen, die sie erwischen konnten. Die meisten kommen dabei ums Leben oder werden verstümmelt. Ich konnte während eines Einsatzes fliehen.«

»Wie?«, fragt General Wittenberg.

»Beim Entschärfen ist eine Gasmine detoniert. Alle haben die Beine in die Hand genommen und sind um ihr Leben gerannt. Ich natürlich auch. Das Chaos habe ich ausgenutzt.«

General Wittenberg zieht die Augenbrauen in die Höhe. »Dann weißt du also, wo sich die Mutanten verstecken? Könntest du uns zu ihrem Unterschlupf führen?«

Auch diese Frage habe ich erwartet. Jetzt muss ich die Verzweifelte spielen, die naive Jule, die mehr Glück als Verstand hatte. »Es tut mir leid. Ich kann es versuchen, aber ich weiß nicht mehr, wie ich da raus gekommen bin. Tagelang bin ich im Gebirge herumgeirrt und irgendwann in einer Stadt gelandet.«

General Albert gefällt meine Antwort nicht. So wie er guckt, glaubt er mir auch nicht. Wenigstens wirken die beiden anderen einigermaßen überzeugt. Das lässt mich hoffen. Eine Weile fragen sie mich noch über die Mutanten aus. Das Thema interessiert sie mehr als meine Rückkehr. Ich liefere ihnen gerade so viele Informationen, wie ich gefahrlos preisgeben kann, und spiele ansonsten die Unwissende, die die meiste Zeit in einem Verschlag gehockt und auf das Ende gewartet hat. Langsam entspanne ich mich. Es läuft gut.

»Die Mutanten sind gefährlich«, sagt General Wolf plötzlich. »Mittlerweile greifen sie uns sogar offen an. Erst letzte Woche haben sie den Vorratsspeicher in Brand gesetzt und dadurch fast die Hälfte unseres Saatguts zerstört. Wenn du uns helfen könntest, sie zu finden, würden wir dich nicht nur wieder aufnehmen, wir würden dich auch belohnen. Du müsstest dich nur erinnern.« Er fixiert mich. »Vielleicht hilft es dir, wenn wir dich zu dem Ort begleiten.«

Meine Loyalität steht auf dem Prüfstand. Ich könnte Landsby verraten und ein angenehmes Leben in der Kolonie führen. Es könnte aber auch ein Test sein, mit dem sie herausfinden wollen, ob ich gelogen habe. Unwillkürlich denke ich an Blue und Mutter Deliah. In diesem Augenblick halte ich ihr Schicksal in meinen Händen. Wären sie freundlicher zu mir gewesen, wenn sie das gewusst hätten? »Es tut mir leid. Ich würde gerne helfen, aber ich erinnere mich nicht.«

Die drei Männer werfen einander einen vielsagenden Blick zu. General Wolf wirkt enttäuscht.

»Was schätzt du an unserer Stadt?«, fragt General Albert unvermittelt. Die Frage erwischt mich kalt. Mit Manja und Paul habe ich immer über die Kolonie gelästert, nicht weil ich sie wirklich gehasst habe, aber ich mochte das System nicht. Das

Gefühl des Eingesperrtseins. Ich habe es einfach ertragen, ohne mir allzu viele Gedanken darüber zu machen.

Alle drei sehen mich erwartungsvoll an. General Albert trägt ein abfälliges Grinsen auf den Lippen.

»Ich ...«, meine Hände ballen sich zu Fäusten. Jetzt bloß nicht nervös werden. Mir fällt schon was ein. Ich muss mich nur entspannen. »Also was ich an der Kolonie mag, ist ...«, ich räuspere mich ausgiebig. Ein erbärmlicher Versuch, Zeit zu schinden. Was würde mein Vater antworten?

»Die Ordnung. Dass jeder seinen festen Platz hat«, stoße ich eilig hervor. »Chaos führt zu Anarchie. Das kann hier nicht passieren.« Ich deute aus dem Fenster zu meiner Rechten, wo in der Ferne die Mauer zu erkennen ist. »Die Menschen in der Außenwelt werden zugrunde gehen aber die Kolonie hat einen Weg gefunden, unser Überleben zu sichern. Anfänglich habe ich das nicht erkannt, doch mittlerweile weiß ich, wie wichtig Einrichtungen wie das Reproduktionsprogramm und die genaue Zuteilung der Lebensmittel sind.«

Hoffentlich stellt sie diese Antwort zufrieden. Sie ist das Beste, was ich spontan hinbekomme. Dafür finde ich sie gar nicht übel. Bleibt zu hoffen, dass der Offiziersrat das ebenso sieht. General Wittenberg erhebt sich schnaufend. Seine Miene verrät nichts über seine Entscheidung. »Also gut Jule. Wir werden über deine Aufnahme beraten und deinem Vater bescheid geben, wie wir uns entschieden haben. Bis dahin darfst du nur unter seiner Aufsicht die Wohnung verlassen.«

Sie stellen mich unter Hausarrest. Das ist Mist. Wie soll ich etwas herausfinden, wenn ich die Wohnung nicht verlassen darf? Und wie lange werden sie beraten? Zwei Tage? Eine Woche? Bis dahin kann Galen tot sein. »Wann darf ich mit einer Antwort rechnen?«

Ich weiß, die Frage ist aufdringlich und zeugt von mangelndem Respekt, aber ich kann mich nicht zurückhalten. General Wittenberg zeigt das, indem er die Stirn runzelt und mich mit einem finsteren Blick bedenkt. »Bald«, antwortet er. »Die Anhörung ist hiermit beendet.«

Ich bedanke mich und gehe. Vor der Tür erwartet mich mein Vater. »Und? Wie ist es gelaufen?«

»Ganz gut«, erwidere ich einsilbig. Der Hausarrest macht mir zu schaffen.

»Nun erzähl schon«, drängt er. »Was hat der Rat gesagt?«

»Dass sie sich beraten werden, und dass ich nur in deiner Begleitung raus darf.«

Den restlichen Tag verbringe ich in meinem Zimmer und grüble darüber nach, ob und wie ich den Hausarrest umgehen kann. Das Eingesperrtsein macht mich verrückt, deshalb bin ich regelrecht euphorisch, als Paul plötzlich in meinem Zimmer steht. Er hat die Hände in den Hosentaschen vergraben und sieht mich unsicher an, als befürchte er, ich könnte seinen Besuch missbilligen.

»Dein Vater hat mich reingelassen«, erklärt er.

Spontan falle ich ihm in die Arme und drücke ihn fest. Er ächzt unter meinem kräftigen Gefühlsausbruch. Sein vertrauter Geruch nach Sonne und Dieselöl hüllt mich ein.

»Ich bin so froh, dass du da bist«, sage ich. »Mir fällt die Decke auf den Kopf.«

»Du hast Hausarrest bekommen, hat dein Vater erzählt«, erwidert er. »Ist die Anhörung nicht gut gelaufen?«

»Doch. Es war okay.« Er sieht mich zweifelnd an. »Wirklich«, beteure ich. »Ich habe ein gutes Gefühl.«

Endlich kann ich ihn ausgiebig mustern. Früher war sein Haar stets ordentlich frisiert, doch nun ist es zerzaust und wächst über die Ohren. Schatten unter seinen Augen zeugen von wenig Schlaf und ein Riss in seinem Shirt weist daraufhin, dass ihm sein Äußeres nicht mehr so wichtig ist. Es könnte ihm besser gehen. Entschlossen dirigiere ich ihn zu meinem Bett und drücke ihn auf die Matratze. »Also. Was ist in meiner Abwesenheit alles passiert?«

Er seufzt und senkt den Kopf. »Manja ist abgehauen. Sie wollte dich finden.« Seiner schuldbewussten Miene nach zu urteilen glaubt er, dass mich diese Information aus der Fassung bringen wird.

»Ich weiß. Sie hat mich gefunden und es geht ihr gut«, versichere ich schnell.

Überrascht reißt er die Augen auf. »Wirklich? Wo bist du denn gewesen? Warum ist sie nicht mit dir zurückgekommen?«

Wie viel darf ich ihm erzählen? Was die Kolonie betrifft, war Paul der Loyalste von uns. Es würde ihn entsetzen, wenn er wüsste, wo Manja und ich gelandet sind. »Das ging nicht, aber sie wird sicher nachkommen.«

»Und wo bist du gewesen? In einer Siedlung?«

»Sowas in der Art«, entgegne ich vage.

Paul stutzt. »Was heißt *sowas in der Art*? Bist du in einer Siedlung gewesen oder nicht? Erzähl's mir.«

Seufzend nehme ich seine Hand. »Später vielleicht, okay? Ich bin froh, wenn ich nicht ständig an die Zeit zurückdenken muss. Erzähl mir lieber von dir. Wie ist es dir in den letzten Monaten ergangen?«

Zärtlich streicht er über meine Wange. Ich zucke zurück. Die vertrauliche Geste ist mir unangenehm. Komisch. Früher mochte ich seine Berührungen.

»Was ist da draußen mit dir passiert?«, fragt er.

Ich nehme seine Hand und lege sie in meinen Schoß. »Paul. Bitte. Ich will darüber nicht sprechen. Nicht jetzt.«

Er nickt. »Okay.«

»Also. Erzähl. Was war in den letzten Monaten los?«

»Hier gehen ein paar seltsame Sachen vor, Jule. Während der Fünfundzwanzig-Jahr-Feier haben sie riesige Kerle vorgestellt, die niemand kannte und die aussahen, als könnten sie einen mit bloßer Hand zerquetschen. General Albert nannte sie die Zukunft der Menschheit und erklärte, das wären die Ergebnisse des Reproduktionsprogramms. Ich fand die Typen gruselig. Ich meine, sie sind größer als ein ausgewachsener Mann, obwohl sie kaum älter als wir oder sogar noch jünger sind. Das ist doch krank.« Er sieht mir in die Augen. »Hast das gewusst? Bist du deswegen abgehauen?«

Es wundert mich, dass der Rat beschlossen hat, die Supersoldaten endlich der Öffentlichkeit zu präsentieren. »Ja. Das war einer der Gründe, warum ich geflohen bin. Für meinen Vater sind sie unsere beste Verteidigung und die einzige Überlebenschance, aber ich sehe das anders.« Nur zu gerne würde ich ihm von den Mutanten erzählen und von den Städtern. Sie überleben. Ohne Mauern und die Wissenschaftler der Kolonie.

»Aber in einem haben sie recht«, gibt Paul zu bedenken. »Die Dürre und die Unfruchtbarkeit machen uns zu schaffen. Wir haben die Pflanzen manipuliert, damit sie weniger Wasser brauchen. Ist es da nicht logisch, dass wir das auch mit Menschen versuchen?«

Das Thema befeuert meinen Gerechtigkeitssinn. »Dagegen wäre nichts einzuwenden, wenn es nicht so viele Fehlproduktionen geben würde. Das sind menschliche Wesen und keine Pflanzen. Man kann nicht nur die Guten behalten und den Rest in den Müll werfen.«

Paul wirkt erschrocken. »Tun sie das denn?«

Ich nicke. »Oh ja, das tun sie. Ich habe es mit eigenen Augen gesehen. Es ist grauenhaft.«

Mit beiden Händen fährt Paul sich durch die Haare. »Ich weiß nicht, was ich glauben und wie ich das finden soll, Jule. Du und Manja, ihr ward immer so stark, habt nie gezweifelt. Für euch gab es nur Schwarz oder Weiß. Doch ich sehe auch grau dazwischen. Die Kolonie macht Fehler aber sie ist nicht nur schlecht, sonst wärst du nicht zurückgekommen, oder?« Er seufzt. »Das ist alles so verwirrend für mich.«

Ich weiß nicht was ich dazu sagen soll, also lege ich meine Arme um ihn und ziehe ihn zu mir heran. Eigentlich bräuchte ich Trost. Stattdessen tröste ich Paul. »Glaube mir. Ich bin genauso verwirrt wie du.«

Paul umschlingt meine Taille und zieht mich an sich. »Ich bin so froh, dass du wieder da bist. Ich hab dich vermisst.«

Eine Weile sitzen wir einfach nur Arm in Arm. Seine Nähe beruhigt mich. Zärtlich streichen seine Finger über meinen Rücken. Irgendwann sieht er mich an. Sein Blick hat sich verändert. »Weißt du noch, die Nacht bevor du ins Programm gegangen bist?«

Wie könnte ich das vergessen? »Natürlich. Warum fragst du?«

Noch bevor er antwortet, wird mir klar, warum er das fragt. Er will an diesen Abend anknüpfen. Sein Grinsen bestätigt meine Befürchtungen. Er legt eine Hand auf meinen Hinterkopf und vergräbt seine Finger in meinem Haar. »Du fehlst mir.« Seine Stimme ist leise, verführerisch, doch auf mich wirkt sie wie eine kalte Dusche. Was ich mit ihm hatte, ist vorbei. Jetzt ist er nur noch ein Freund. Als er mich küssen will, zucke ich zurück. »Paul. Hör auf damit.«

Er blinzelt verwirrt. Warum rechnen die Kerle nie mit einer Abfuhr? »Was ist los? Ich dachte du willst es.«

»Nein. Will ich nicht.« Mit zusammengekniffenen Lippen wende ich mich von ihm ab. Paul wäre nicht Paul, wenn er jetzt den Beleidigten mimen würde. Stattdessen gibt er den Mitfühlenden. »Du hast etwas Schlimmes erlebt, hab ich recht? Haben sie dir ... Gewalt angetan?«

Oh man. Warum glauben alle, dass ich vergewaltigt worden bin? Als hätten die Männer in der Außenwelt nichts anderes im Sinn. Und warum nennt es niemand beim Namen? Eigentlich müsste ich darüber lachen, wenn es nicht so traurig wäre, weil es zeigt, wie die Bewohner der Kolonie denken: Außenwelt ist gleichbedeutend mit Menschen und Mutanten, die leben wie Tiere und über alles herfallen, was sich bewegt. Bis vor Kurzem habe ich genauso gedacht. Bescheuert.

»Ich habe ein paar schlimme Sachen erlebt, das ist richtig«, gebe ich zu. »Aber nicht das, was du denkst. Niemand hat mich *vergewaltigt*.«

Scheinbar ist er unsicher, was er dazu sagen soll, denn er setzt an und hält dann wieder inne. »Und warum hast du dann so komisch reagiert?«, fragt er schließlich. »Sonst hat es dir immer gefallen.«

»Ich will es einfach nicht. Muss ich das unbedingt begründen?« Ich stoße einen Seufzer aus, lehne mich gegen die Wand und ziehe die Beine an. Mein Blick wandert zur Decke. Ein hauchfeiner Riss zieht sich durch den Putz. »Die Unsicherheit und dieser Scheiß Hausarrest setzen mir zu, verstehst du? Ich wünschte, wir hätten Pilze, damit ich diesen Mist eine Weile vergessen kann.«

Plötzlich grinst Paul mich an. »Ich habe Pilze.«

»Du hast Pilze? Nie im Leben. Woher?«

»Es ist der Rest vom Wasserturm. Manja hat ihn dort vergraben.« Er greift in seine Jeans und zerrt das Tütchen hervor. Es ist so schmutzig, dass man nicht mehr durch das Plastik blicken kann. Solange die Pilze nicht feucht werden, ist das jedoch egal. »Es ist nicht viel, aber für einen kurzen Trip wird es reichen.«

Ich drücke Paul einen Kuss auf die Wange. »Du bist ein Schatz.«

* * *

Ich erwache mit leichten Kopfschmerzen und höllischem Durst, wie immer nach einer Zauberpilz umnebelten Nacht. Paul liegt neben mir und schnarcht leise. Wenn ich Pilze esse, kommen mir die verrücktesten Ideen. Die wenigsten sind brauchbar, aber die Idee von letzter Nacht erscheint mir auch im Tageslicht annehmbar. Ich werde meinen Vater bitten, mich mit zur Arbeit zu nehmen. Vielleicht kann ich dort etwas herausfinden. Vorsichtig, um Paul nicht zu wecken, rolle ich mich aus dem Bett und schleiche zur Tür. In der Küche läuft Wasser. Mein Vater ist da. Er hat heute frei. Zwar bedeutet das nicht, dass er nicht zur Arbeit gehen wird, aber zumindest rennt er dann nicht im Morgengrauen aus dem Haus. Mein Plan kann starten.

»Morgen«, grüße ich, nehme ein Glas aus dem Schrank und halte es ihm hin. »Könntest du das bitte füllen?«

Er nimmt es entgegen und hält es unter den Wasserhahn. »Guten Morgen. Ist dein Besuch weg?«

»Nein. Paul schläft noch.« Nie nennt er meine Freunde beim Namen. Warum eigentlich?

»Es überrascht mich, dass ihr so schnell wieder zusammen-gefunden habt. War es was Ernstes mit euch?«

Hält er uns etwa für ein Liebespaar? Mein erster Impuls ist, die Sache richtigzustellen, dann besinne ich mich. Es könnte von Vorteil sein, wenn er mich für verliebt hält. Ich nehme das gefüllte Glas entgegen. »Irgendwie schon.«

Okay. Keine gute Idee. Die Missbilligung steht meinem Vater ins Gesicht geschrieben. »Naja. Wenigstens ist er bedingt fruchtbar«, sagt er spitz.

Das klingt, als würde er mich immer noch als Zuchtstute sehen. Wie mies von ihm. Ich schlucke die patzige Bemerkung, indem ich das Glas in einem Zug leere, und setze mich an den Küchentisch. »Was machst du heute?«

»Ich muss ins Büro. Papierkram erledigen.«

Perfekt. »Könnte ich dich begleiten? Mir fällt die Decke auf den Kopf.«

Er wirft mir einen zweifelnden Blick zu. »Du stehst unter Hausarrest Jule.«

»Aber nicht, wenn du bei mir bist«, entgegne ich. »Bitte Papa. Ich drehe durch, wenn ich den ganzen Tag in dieser winzi-gen Wohnung rumhängen muss. Ich könnte dir helfen. Akten sortieren und so.«

An die Akten wird er mich bestimmt nicht ranlassen, aber vielleicht fällt ihm ja etwas anderes ein. Ich setze meinen Bettel-blick auf und hasse mich dafür. »Bitte Papa.«

Er seufzt. »Also gut. Aber du musst in meiner Nähe bleiben. Kein Herumschleichen und keine Ausflüge im Gebäude, sonst setzt du deine Rehabilitation aufs Spiel.«

Ich strahle ihn an, als gäbe es nichts Schöneres für mich. »Natürlich. Geht klar. Danke.«

* * *

Das Büro meines Vaters liegt im zweiten Stock des Regierungsgebäudes. Mir ist unbehaglich zumute. Irgendwo hier schleichen die Ratsmitglieder in Begleitung ihrer Supersoldaten herum, und ich will ihnen nicht unbedingt begegnen. Mein Vater scheint das genauso zu sehen, denn er hetzt mich durch die Halle und die Treppe hinauf.

Sein Büro ist karg eingerichtet. Ein Metallschreibtisch, ein Aktenschrank und eine altertümliche Schreibmaschine, mit der er seine Berichte verfasst - seitenlange Abhandlungen über besondere Vorkommnisse, Missionen und Auffälligkeiten im Betragen der Bewohner und die ihm unterstellten Soldaten.

Er deutet auf einen unbequem aussehenden Hocker. »Setz dich.« Er selbst nimmt hinter dem Schreibtisch platz. Ein Soldat klopft und betritt das Büro. Er schlägt die Hacken zusammen und salutiert. »Hauptmann Hoffmann.«

Ich verkneife mir ein Augenrollen. Das Soldatengehabe fand ich schon immer albern. Mein Vater schickt den jungen Mann los, um irgendwelche Unterlagen zu besorgen und wendet sich dann an mich. »Holg ist intelligent und ergeben und stammt aus einer angesehenen Familie. Er hat eine vielversprechende Karriere vor sich, ganz im Gegensatz zu deinem zugedröhnten Freund zuhause. Solange du dich mit solchen Kerlen abgibst, wirst du nie das Vertrauen des Rates gewinnen.«

Warum sollte ich das Vertrauen dieser selbstgefälligen Idioten gewinnen wollen? Lächerlich. Dass er allerdings gerade Paul als schlechten Umgang bezeichnet, ist lustig. Wie oft hat er Manja und mir ins Gewissen geredet, wenn wir die Regeln der Kolonie wieder mal allzu stark strapazierten.

»Willst du mir etwa Beziehungsratschläge geben?«, frage ich in einem Ton, der verdeutlicht, dass ich keine Lust habe, über das Thema zu reden.

Er runzelt unwillig die Stirn. »Ich will, dass du bleiben darfst, Jule. Selbst wenn dich der Rat wiederaufnimmt, wirst du lange Zeit auf Bewährung sein. Ein angesehener Ehemann, der zumindest bedingt fruchtbar ist und ein Kind oder zwei würden deine Stellung festigen.«

Toll. So will er mich also rehabilitieren, indem ich Nachwuchs für die Kolonie liefere. Ein Grund mehr nach Landsby zurückzukehren.

Die Stunden vergehen. Gelangweilt beobachte ich, wie mein Vater seine Arbeit tut. Mit hochkonzentrierter Miene tippt er mit dem Zeigefinger auf die Tasten der Schreibmaschine, wobei er fast jeden Buchstaben suchen muss. Schreibmaschine schreiben ist definitiv nicht seine Lieblingsbeschäftigung. Um die Mittagszeit bringt der gehorsame Holg Maisbrot, Frischkäse und Tomaten. Da ich nichts gefrühstückt habe, bin ich ausgehungert und nehme das Essen dankbar an. Mein Blick fällt auf den Aktenschrank und einer fast unsichtbaren Tür in der Wand. Zu gerne würde ich ein wenig herumschnüffeln. Herausfinden, was dahinter verborgen ist, doch solange mein Vater hier herumlungert, ist das nicht möglich.

Scheinbar ist mein Wunsch dem Universum ein Befehl, denn kurze Zeit später kehrt Holg zurück. Er wirkt aufgeregt. »Hauptmann, es gibt Ärger im Seuchenzentrum. Ein Gefangener hat einen unserer Männer niedergeschlagen.«

Ich horche auf. Ein Gefangener? Könnte das Galen sein? Aber der ist bestimmt nicht im Seuchenzentrum oder?

»Ich komme sofort«, sagt mein Vater.

»Was ist das für ein Gefangener?«, frage ich ihn, sobald Holg das Büro verlassen hat.

Mein Vater zieht das Blatt Papier aus der Schreibmaschine und verstaut es in einer Akte. »Ein Mutant. Wir haben ihn erwischt, als er den Vorratsspeicher in Brand gesetzt hat.«

Das passt. »Ein Mutant? Kann ich mitkommen? Ich will ihn sehen.«

Mein Vater erhebt sich und greift nach seiner Waffe auf dem Schreibtisch. »Besser nicht. Diese Kerle sind unberechenbar.«

»Aber vielleicht kenne ich ihn. Es könnte einer der Mutanten sein, die mich entführt haben.«

Er hält inne. »Wirklich? Warum glaubst du das?«

Jetzt muss schnell eine gute Ausrede her. »Während meiner Gefangenschaft sind ein paar von ihnen zu einer Mission aufgebrochen und einer ist nicht mit zurückgekommen. Das Gerücht ging um, dass er erwischt worden ist.«

Mein Vater mustert mich mit gerunzelter Stirn, als würde er versuchen, meine Gedanken zu lesen. Er wirkt nicht überzeugt. Ich habe keine Wahl. Ich muss die Vergewaltigungskarte ziehen. »Vielleicht hilft mir sein Anblick dabei, die Dinge zu verarbeiten, die sie mir angetan haben.«

Das zeigt Wirkung. Mein Vater ist unangenehm berührt. Typisch Mann. »Ich weiß nicht Jule. Sein Anblick könnte auch das Gegenteil bewirken.«

»Das glaube ich nicht«, beteure ich. »Ich will mit der Sache abschließen. Und vielleicht fallen mir Einzelheiten zu ihrem Unterschlupf ein, wenn ich ihn sehe, oder der Mutant beginnt zu reden.«

Ich kann sehen, wie es in seinem Kopf arbeitet. So offen trägt er seine Gefühle nur selten zur Schau. Mit dem letzten Argument habe ich ihn am Haken. »Also gut«, willigt er schließlich ein. »Aber nicht jetzt. Ich spreche mit dem wissenschaftlichen Leiter und bitte um einen Termin. In Ordnung?«

»In Ordnung.« Das ist besser als nichts.

Als die Tür hinter ihm zufällt, höre ich, wie er den Schlüssel ins Schloss steckt und abschließt. Sperrt er mich etwa ein? Heißer Zorn steigt in mir empor. Für was hält er mich? Eine Schwerverbrecherin? Ich springe auf und rüttle am Türgriff. Tatsächlich. Abgeschlossen. Wütend stapfe ich zum Fenster. Scheiß Kolonie. Selbst als Galens Gefangene fühlte ich mich kaum eingesperrter. Die Kolonie ist gewiss nicht klein, immerhin dauert es über eine Stunde, sie zu durchqueren, doch im Moment erscheint sie mir wie eine winzige Zelle, aus der ich mich nicht befreien kann. Nie mehr. Galen wird sterben und ich werde einen hirnlosen Tölpel heiraten und Kinder kriegen und für den Rest meines Lebens eine Gefangene sein.

Reiß dich zusammen Jule. Du hast eine Mission. Langsam beruhige ich mich. Statt zu jammern, sollte ich das Beste aus der Situation machen. Wollte ich nicht einen Blick in die Schränke werfen? Von draußen ist nichts zu hören. Außerdem ist das Seuchenzentrum einen zehnminütigen Fußweg entfernt, und das nur, wenn man stramm marschiert. Es wird eine Weile dauern, bis mein Vater zurückkommt. Leise öffne ich den Aktenschrank. Im oberen Regal liegen Papier und Tinte. Darunter verschiedene Waffen und Päckchen mit Munition. Die Messer sind groß und sehen gefährlich aus. Ob ich eines an mich nehmen soll? Unsicher wiege ich es in der Hand, befreie es schließlich aus der Lederscheide. Gezackte Klinge, die so blank poliert ist, dass sie das hereinfallende Sonnenlicht reflektiert. Definitiv nichts für mich. Mit dem Teil würde ich mich nur selbst verletzen. Vorsichtig lege ich sie zurück und wende mich dem Wandschrank zu. Er ist verschlossen und mit einem Zahlencode gesichert.

Mist. Bleibt nur der Schreibtisch. In der oberen Schublade liegt ein Universalschlüssel. Davon gibt es nur sehr wenige, weil man damit Zugang zu allen Gebäuden erhält. Den bräuchte ich. Doch wenn ich ihn stehle, fällt das garantiert auf. Ob er immer dort liegt? Dann könnte ich ihn holen, bevor ich Galen befreie. Außer dem Schlüssel brauche ich noch die Codes für Mutter Deliah. Mein Herz pocht, während ich die restlichen Schubladen durchwühle. Ich finde einen Zettel mit verschiedenen Zahlenfolgen, doch ob es sich um Sicherungscodes handelt, kann ich nicht erkennen. Vorsichtshalber schreibe ich mir die Zahlen ab und verstecke den Zettel in meinem Bustier. Gerade habe ich die Papiere wieder an Ort und Stelle gelegt, als ich Schritte im Flur höre. Mein Vater kommt zurück. Hastig vergewissere ich mich, dass alles an seinem Platz und die Schranktüren und Schreibtischschubladen verschlossen sind. Der Schlüssel dreht sich im Schloss. Ich husche zum Fenster und tue so, als würde ich das Treiben auf der Straße beobachten.

Mein Vater betritt das Büro und sieht sich schweigend um. Mein Herz pocht verräterisch. Habe ich was übersehen? Weiß er, dass ich geschnüffelt habe?

»Na. Wie war's?«, frage ich betont locker. Meine Stimme klingt nervös. Warum bin ich nur so eine schlechte Schauspielerin?

Mein Vater legt die Jacke ab. Schweißperlen glänzen auf seiner Stirn und er hat eine Schramme auf dem Unterarm. »Kaum zu glauben, aber der Kerl hat Kraft. Wir brauchten vier Mann und zwei Beruhigungsspritzen, bevor wir ihn in den Griff bekommen haben. Zukünftig werden sie ihn fesseln und narkotisieren.«

Galen ist stark. Das ist keine Überraschung. Bei der Vorstellung, was sie ihm angetan haben und noch antun werden, steigt

Panik in mir empor. Ich unterdrücke sie und versuche, nicht allzu interessiert zu wirken, merke aber, wie ich die Hände zu Fäusten balle. »Hast du gefragt, ob ich ihn mir ansehen kann?«

Mein Vater brummt unwillig. »Ja.«

»Und? Darf ich?« Ruhig bleiben. Er darf meine Anspannung nicht bemerken.

Wie zuvor mustert er mich mit scharfem Blick. »Morgen Nachmittag nach Dienstschluss hole ich dich ab. Dann kannst du dir die Missgeburt ansehen.«

24

Beklommen steige ich die Stufen in den Keller des Seuchenzentrums hinab. Dass sie Galen ausgerechnet an diesem schrecklichen Ort eingesperrt haben, ist kein gutes Zeichen. Was wird mich dort unten erwarten? Mein Vater nickt mir aufmunternd zu und zum bestimmt hundertsten Mal frage ich mich, was er dazu sagen würde, wenn er wüsste, wie ich wirklich zu Galen stehe.

Eine Ärztin mit kurzen Haaren, die sich als Dr. Klein vorstellt, hält am Ende der Treppe inne. »Welchen wollen Sie sehen?«

Wie meint sie das? Halten die etwa mehr als einen Mutanten hier unten gefangen?

»Den der gestern Ärger gemacht hat«, sagt mein Vater.

Dr. Klein nickt und führt uns an zwei mit Sichtfenstern versehenen Metalltüren vorbei. Vor der Dritten hält sie inne. »Hier ist er. Bitte legen Sie den Mundschutz an und berühren sie nichts, vor allem nicht ohne Handschuhe. Er ist kontaminiert. Und warten Sie, bis wir seine Fixierung überprüft haben.« Sie winkt zwei Soldaten herbei.

»Soll ich helfen?«, fragt mein Vater.

»Das wird nicht nötig sein«, entgegnet Dr. Klein. Ihre emotionslose Art zu sprechen erinnert mich an Dr. Schneider, ist allerdings ausgeprägter. »Er ist sehr schwach.«

Etwas Kaltes sackt in meinen Bauch. Erschrocken halte ich den Atem an. Am Tag zuvor hat Galen es noch mit vier Soldaten aufgenommen. »Was ist mit ihm?«, frage ich.

Dr. Klein zuckt mit den Schultern. »Die Nachwirkungen der Tests und die Betäubung.«

Was für Tests?, würde ich am liebsten fragen, aber zu viel Neugier könnte ihr Misstrauen wecken. Also nicke ich nur und versuche, eine unbeeindruckte Miene zu wahren, während sie den Mundschutz verteilt. Warum das nötig ist, ist mir ein Rätsel. Mit was soll er kontaminiert sein?

Als sie die Tür öffnet, recke ich den Hals und versuche, einen Blick auf Galen zu erhaschen, doch alles, was ich erkennen kann, sind gekachelte Wände, den Fußteil einer Pritsche und zugedeckte Beine. Die Soldaten tragen Handschuhe und machen sich an Galen zu schaffen, der außer einem leisen Stöhnen kein Lebenszeichen von sich gibt. Das beunruhigt mich noch mehr. Hibbelig trete ich von einem Bein auf das andere. Mein Atem beschleunigt sich und bläht den Mundschutz auf.

»Schaffst du das?«, fragt mein Vater neben mir. Er hält meine Aufregung für Angst. Angst habe ich tatsächlich aber nicht *vor* Galen, sondern *um* ihn. Noch bevor ich den winzigen, fensterlosen Raum betrete, wird mir klar, dass ich Galen so schnell wie möglich hier rausholen muss.

Dr. Klein winkt uns hinein. »Sie können jetzt eintreten.«

Beklommen überschreite ich die Schwelle. Ein seltsamer Geruch liegt in der Luft. Eine Mischung aus Desinfektionsmittel und etwas metallisch Süßlichem, das mich an Blut erinnert. Galen liegt auf einer Pritsche, bis zur Brust zugedeckt mit einem Laken. Seine Arme sind seitlich am Bett mit Lederriemen fixiert. Er atmet schnell. Viel zu schnell, und sein Gesicht ist bleich und wächsern, was die Haarlosigkeit noch deutlicher hervorhebt. An seinem Arm entdecke ich unzählige Einstichstellen, teilweise unterlegt mit Hämatomen. An der Wand hängt ein Tropf, von dem aus ein Schlauch in seinen anderen Arm führt. An diesem nestelt Dr. Klein nun herum. Ich merke, wie mir Tränen in die Augen schießen, und balle meine Hände zu Fäusten, bohre meine Fingernägel in die Haut. Der Schmerz soll meine Tränen ersticken. Nur wenn ich stark bleibe, kann ich Galen helfen.

»Ist das einer der Mutanten, die dich gefangen gehalten haben?«, fragt mein Vater. Er lässt mich nicht aus den Augen, was mich zunehmend nervt, weil ich keine Sekunde lang die Fassung verlieren darf. Außerdem widert mich seine Nähe an und ich muss mich zwingen, nicht seine Hand zur Seite zu schlagen, die er auf meinen Rücken gelegt hat.

»Ja«, sage ich und trete auf Galen zu. Was soll ich jetzt tun? Am liebsten würde ich seine Hand ergreifen und ihm tröstend über den Kopf streichen, aber das ist nicht möglich. Also stehe ich nur da und starre.

Mein Vater tritt an meine Seite und schaut verachtend auf Galen hinab. »Ich kann es kaum erwarten, die Missgeburt in die Finger zu bekommen.« Er wendet sich Dr. Klein zu, die am Kopfende des Bettes wartet und eine Miene macht, als würde sie das alles nichts angehen. »Wie lange brauchen Sie ihn noch?«

»In einer Woche können Sie ihn haben«, sagt sie.

Galen stöhnt. Seine Lider flackern. Offensichtlich versucht er, die Augen zu öffnen, doch es gelingt ihm nicht.

Dr. Klein sieht mich an. »Soll ich ihn aufwecken, damit du ihn befragen kannst?«

Einerseits will ich, dass Galen sieht, dass ich in seiner Nähe bin, dass ich ihn nicht vergessen habe. Andererseits befürchte ich, dass er mich in seiner Benommenheit verraten könnte. »Ich weiß nicht. Jetzt, wo er vor mir liegt, macht er mir irgendwie Angst. Ich will lieber nicht mit ihm sprechen.«

»Wie du möchtest«, sagt Dr. Klein. »Hast du irgendwelche Fragen an mich?«

Ich habe tausend Fragen, allen voran die Frage, warum sie einem wehrlosen Menschen sowas antun, aber keine davon darf ich stellen. Nun, da ich hier bin, bereue ich, dass ich Galen sehen wollte. Sein Anblick drängt mich zum Handeln und das wiederum könnte mich unvorsichtig werden lassen.

»Könnte er sterben?« Ich versuche, meiner Stimme einen hoffnungsvollen Klang zu verleihen, als wäre es genau das, was ich will.

»Das liegt durchaus im Bereich des Möglichen.« Dr. Klein beugt sich vor und beginnt erneut, an dem Tropf herumzuhantieren. Anschließend rückt sie die Nadel zurecht, die in Galens Armvene steckt, was ihm ein weiteres Stöhnen entlockt.

Mein Vater schnaubt verächtlich. »Hoffentlich kratzt er nicht ab. Sie haben meine Tochter entführt und dafür wird der Kerl büßen.«

Ich beruhige mich mit dem Gedanken, dass er glaubt, die Mutanten hätten mir Gewalt angetan. Da ich nicht widerstehen kann, beuge ich mich über Galen, strecke die Hand aus und berühre seinen Arm an der Stelle, wo die Nadel steckt. Die Haut ist geschwollen, und obwohl ich Handschuhe trage, merke ich, wie heiß er ist. »Hat er Fieber?«

Dr. Klein nickt. »Schon seit Tagen.«

Trotz Fieber brauchte es vier Mann, um ihn zu bändigen. Beeindruckend. »Und trotzdem hat er versucht, zu fliehen?«

»Ja. Damit haben wir nicht gerechnet. Nicht in seinem Zustand.« Sie sieht mich an und an ihren Augen kann ich erkennen, dass sie lächelt. »Keine Angst. Der kommt hier nicht raus, selbst wenn ihm jemand die Tür öffnen würde. Dafür haben wir gesorgt. Er kann nicht mal mehr einen Schritt tun, ohne umzukippen.«

Das ist nicht gut. Wie soll ich Galen hier rausschaffen, wenn er nicht aufstehen, geschweige denn gehen kann? Ich deute auf den Tropf. »Was ist da drin?«

»Eine Nährlösung, damit er nicht dehydriert und ein Betäubungsmittel.«

Die Hand meines Vaters streicht beruhigend über meinen Rücken. »Wie du siehst, hast du nichts zu befürchten.«

In der Tat, das hab ich nicht und das ist scheiße.

»Wir sollten gehen«, fährt mein Vater fort, der meinen angespannten Gesichtsausdruck hoffentlich mit Überforderung verwechselt. Ich nicke und während ich den Mundschutz abnehme und meine Hände desinfiziere, erkläre ich Galens Befreiung zur obersten Priorität. Wen interessieren das blöde Saatgut und die bescheuerten Codes für die Alarmanlage? Hier geht es um ein Menschenleben.

Noch dazu um eines, das mir am Herzen liegt.

25

Am Abend zwingt mich mein Vater zu einer Feier, die zu Ehren einer Leidensgenossin gehalten wird. Sie hat sich für das Reproduktionsprogramm gemeldet. Ich kenne sie aus der Schule. Es ist mir ein Rätsel, was er sich davon verspricht. Er behauptet, ich müsste raus und unter die Leute aber muss es ausgerechnet eine Ehrenfeier sein, die mich an mein eigenes Martyrium erinnert? Eigentlich dachte ich, mein Vater hätte endlich was kapiert. Angesichts dieser bescheuerten Idee zweifle ich daran. Da ich mich geweigert habe, etwas für die Feier zu kochen oder zu backen, bringt er einen Topf Maissuppe mit, den er wer weiß woher organisiert hat.

»General Albert wird da sein«, sagt er mit mahnendem Blick. »Tu so, als hättest du die Suppe gekocht, damit er sieht, dass du dich engagierst.« Er mustert mich. »Und mach bitte ein freundlicheres Gesicht. Zeig allen, wie froh du bist, wieder hier zu sein.«

Wenn es um den Offiziersrat geht, scheint sein Verständnis für mich wie weggeblasen. Das macht mich wütend. Entsprechend giftig ist der Blick, den ich ihm zuwerfe.

»Jule«, sagt er ernst. »Ich weiß, dass du nicht hinter den Prinzipien der Kolonie stehst. Deine Flucht hat daran nichts geändert. Doch du bist noch nicht offiziell wiederaufgenommen und bis dahin musst du dich von deiner besten Seite zeigen.«

Ich zucke mit den Schultern. »Wenn es sein muss.«

Seine Miene wird hart. »Du spielst ein gefährliches Spiel. Glaube nicht, dass ich nicht merke, dass du mich belügst. Schon allein wie du diesen Mutanten angesehen hast. Du hasst ihn nicht und du hast auch keine Angst vor ihm. Eigentlich müsste ich dich dem Rat melden, aber weil du meine Tochter bist, tue ich es nicht, obwohl ich damit gegen das Gesetz verstoße.«

Kaltes Erschrecken sackt in meinen Bauch. Was weiß er? Und woher?

»Ich kenne dich«, sagt er, als hätte er meine Gedanken gelesen. Plötzlich wirkt er traurig. »Du kannst vielleicht die anderen täuschen aber nicht mich. Nicht deinen Vater. Also reiß dich zusammen und tu, was getan werden muss!«

Damit drückt er mir den Topf in die Hand, wendet sich um und geht. Ich versuche gar nicht erst, zu leugnen und folge ihm schweigend.

Die Feier ähnelt meiner damals, mit der Ausnahme, dass kein Schwein über dem Feuer brät, sondern nur ein paar dürre Kaninchen. Das ist ausreichend für ein Mädchen aus der Wellblechsiedlung. Zu meinem Entsetzen entdecke ich General Albert unter den Gästen. Um ihm zu entgehen, eile ich auf Mia, die zukünftige Probandin zu und gratuliere ihr zu ihrer Entscheidung. Sie lächelt tapfer. Glücklich wirkt sie nicht, was mich in der Annahme bestärkt, dass ihre Eltern sie dazu überredet haben. Im Gegensatz zu ihr strahlen die beiden wie ein neuer Morgen. Kein Wunder. Sobald Mia ins medizinische Zentrum geht, bekommen sie eine Wohnung in den Blocks und können sich dick und rund fressen.

»Das Fest ist toll«, lobe ich und deute auf die bunten Lampions, die farbenfrohe Leichtigkeit vortäuschen. »Wo habt ihr die her?«

Mia zuckt mit den Schultern. »Ich weiß nicht. Meine Mutter hat sie besorgt.«

Ich spüre, dass ihr etwas auf der Seele liegt. Die Art, wie sie mich ansieht, flehend, als hoffe sie auf einen Tipp oder tröstende Worte. »Sicher bist du schon aufgeregt«, sage ich.

Sie wirft einen hastigen Blick in die Runde. Niemand ist in Hörweite. »Ich hab eine Scheiß Angst«, gibt sie zu. »Du bist dort gewesen. Sag ehrlich. Wie ist es?«

Soll ich lügen? Sie hat keine Wahl, hat wahrscheinlich nie eine gehabt. Was nutzt es, wenn ich sie warne? »Alles halb so wild.«

»Du lügst«, stößt sie hervor. Ihre Wangen glühen. »Du bist abgehauen, also muss es schrecklich sein.«

»Meine Flucht hatte andere Gründe«, weiche ich aus.

Mia lässt nicht locker. »Welche denn?«

»Guten Abend«, sagt eine schnarrende Stimme hinter uns. »Wie geht es den Damen?«

Wir fahren beide herum, so offensichtlich erschrocken, dass General Albert es sicher bemerkt. Nicht gut. Ich habe viel zu verlieren. Bei seinem Anblick muss ich sofort an die Anhörung denken. Wie er mich beäugt und am Ende diabolisch gegrinst hat, als wollte er mir zeigen, dass er nur darauf wartet, dass ich einen Fehler begehe. Auch jetzt grinst er wieder, dabei bleiben seine Augen unberührt von jeder Freundlichkeit. Der Kerl ist eiskalt. Und er kann mich nicht leiden. Keine gute Kombination.

»Tauschen Sie sich über das Programm aus?«, fragt er und fixiert Mia, die betreten zu Boden sieht. »Glauben Sie nicht alles, was Fräulein Hoffmann Ihnen erzählt. Ihre Erfahrungen sind subjektiv und entsprechen nicht den Tatsachen.«

»Jule hat mir nichts erzählt«, wispert Mia schüchtern.

»Wir haben über die Schule geredet«, werfe ich schnell ein, bevor Mia sich noch verplappert. »Und selbst wenn, hätte ich nur Positives zu berichten, weil ich eingesehen habe, wie wichtig das Programm für den Erhalt der Kolonie ist.« Wie ich mich für meine Worte hasse. Viel lieber würde ich diesem Wicht meine

Verachtung entgegenschleudern, doch ich muss an meine Mission denken. An Galen.

»Das freut mich zu hören«, sagt General Albert. Etwas an der Art, wie er das sagt, macht mich stutzig. Er wirft einen Blick in die Runde und winkt meinem Vater zu, der ein wenig abseits steht und sich mit einem Nachbarn unterhält.

»Eigentlich wollte ich bis nach der Ordensverleihung warten, aber der Augenblick erscheint mir passend«, fährt General Albert fort. Dabei setzt er wieder dieses diabolische Grinsen auf.

Was auch immer er zu sagen hat, es ist nichts Gutes.

»Liebe Leute«, ruft er. »Bitte hört mir einen Moment zu. Ich habe etwas Wichtiges zu verkünden.«

Er spricht nicht laut, aber alle Anwesenden verstummen sofort. Mein Vater macht eine Miene als hätte er Dreck gefressen, was mich noch mehr beunruhigt. General Albert rückt näher und klopft mir auf den Rücken. Die Geste lässt mich erschauern. Leider nicht auf die gute Art. Es fühlt sich an, als würde eine Schlange über meinen Rücken kriechen.

»Jule ist zu uns zurückgekehrt und hat ehrliche Reue für ihre Verfehlungen gezeigt«, beginnt er. Die Anwesenden hängen an seinen Lippen. »In der Außenwelt hat sie erkannt, wie wichtig unsere Gemeinschaft und der Schutz, den diese Mauern bieten, ist und hat dem Rat und mir das Versprechen gegeben, fortan zum Wohle der Kolonie beizutragen.« Er zwinkert mir vertraulich zu, als hätten wir ein Geheimnis geteilt. Ich ziehe die Mundwinkel nach oben und versuche, ein Lächeln zu simulieren. Worauf will er bloß hinaus?

»Aus diesem Grund haben wir beschlossen, sie offiziell wieder in der Kolonie aufzunehmen. Herzlich willkommen, Jule, du bekommst eine zweite Chance.«

Beifall brandet auf. Einige gratulieren mir. »Danke«, sage ich so laut und freudig wie möglich. Was bin ich nur für eine Heuchlerin.

General Albert hebt die Arme und bedeutet den Anwesenden, zur Ruhe zu kommen. Er ist noch nicht fertig. »Außerdem tun wir etwas, was wir nie zuvor getan haben«, fährt er fort. Er blickt in die Runde, vergewissert sich der ungeteilten Aufmerksamkeit jedes Einzelnen. »Wir ermöglichen ihr mehr als nur eine zweite Chance.«

Ich habe keine Ahnung, wovon er redet. Die Anwesenden scheinbar auch nicht, denn sie wirken verunsichert und werfen einander fragende Blicke zu. Mein Vater schluckt. Ich sehe seinen Adamsapfel hüpfen und er ist so bleich wie der Mond. Er scheint die Antwort zu kennen. General Albert wendet sich mir zu und heftet seinen Blick auf mein Gesicht. »Jule. Du darfst zurück ins Reproduktionsprogramm.«

Mein Magen krampft sich zusammen. General Albert sieht nicht weg, nimmt jede Regung gierig zur Kenntnis. Ich gönne ihm den Triumph nicht, ihm zu zeigen, wie geschockt ich bin, doch wie soll ich meine Gesichtszüge unter Kontrolle behalten? Meine Mundwinkel sind bereits nach unten gerutscht. Mein Gesicht, mein ganzer Körper fühlt sich an wie erstarrt. Wie durch einen Schleier sehe ich, dass die Menschen um mich herum jubeln und klatschen, selbst mein Vater stimmt nach kurzem Zögern ein. Ich stehe nur da und starre auf General Albert. Jemand legt den Arm um meine Taille und zieht mich zu sich heran. Mia. Sie lächelt. »Was für eine Überraschung«, sagt sie. »Dann können wir ja gemeinsam gehen.«

»Freust du dich?«, fragt General Albert lauernd und laut genug, dass es jeder hören kann.

Mias Finger bohren sich schmerzhaft in meine Taille. Eine Mahnung. »Ja«, stoße ich hervor. »Natürlich.«

General Albert winkt einen Soldaten herbei und beauftragt ihn, Palmenschnaps zu verteilen. »Darauf stoßen wir an«, ruft er.

Ich fühle mich wie betäubt, unfähig irgendwas zu sagen oder zu tun. In meinem Kopf rasen die Gedanken. Wie viel Zeit bleibt mir noch? Nicht genug schätze ich. Entweder muss ich Zeit schinden oder mich beeilen. Während ich Hände schüttle und mit Palmenschnaps anstoße, überlege ich fieberhaft, wie ich mich loseisen könnte. Ich will alleine sein und meine weitere Vorgehensweise planen. Mia geht übermorgen ins medizinische Zentrum, also bleiben mir bestenfalls noch zwei Nächte und der morgige Tag. Zu wenig. Ich kippe ein Glas Palmenschnaps nach dem anderen, bis ich mich benommen fühle. Es tut gut, meine Gefühle zu betäuben. Als ich zu schwanken beginne, verabschiede ich mich mit der Ausrede, mir wäre schlecht.

»Wir sehen uns übermorgen um null achthundert«, feixt General Albert zum Abschied. »Ich werde dich persönlich ins medizinische Zentrum begleiten.«

Durch die Wirkung des Alkohols sieht er für mich aus wie eine übergroße dürre Spinne. Angewidert schüttle ich mich. Er kneift die Augen zusammen und einen Augenblick lang ist sein Gesicht überschattet von Zorn. Mein Zustand erlaubt kein Verstellen, also verziehe ich nur verächtlich den Mund und gehe. Mein Vater versucht, mich aufzuhalten aber ich reiße mich los und laufe einfach weiter. Bisher hatte ich ein schlechtes Gewissen, weil ich ihn hintergehe, doch das ist jetzt vorbei. Er hat von den Plänen des Rats gewusst und hat mir nichts darüber erzählt. Hat gewartet, bis der widerliche General Albert mich vor allen bloßstellt. Das kann und werde ich ihm nicht verzeihen.

Zuhause stürme ich ins Bad und kotze in die Toilettenschüssel. Anschließend geht es mir ein wenig besser. Was gut ist. Ich brauche einen klaren Kopf. Vor der Tür zum Schlafzimmer meines Vaters zögere ich. Seit dem Tod meiner Mutter war das Zimmer tabu für mich.

Das ist jetzt vorbei.

»Dann wollen wir mal.« Entschlossen reiße ich die Tür auf.

Das Doppelbett ist gemacht, die Laken fein säuberlich glatt gezogen. Beide Seiten des Bettes sind bezogen, was mich wundert, schließlich ist meine Mutter schon seit fünf Jahren tot. Alles ist ordentlich und sauber. Kein Staubkorn weit und breit. Scheinbar ist mein Vater ein Putzteufel. Leider nur, wenn es um sein Schlafzimmer geht. Der Rest der Wohnung liegt außerhalb seines Zuständigkeitsbereiches. Nichts steht herum. Keine persönlichen Gegenstände, keine Andenken, keine Kleider. Nur eine einsame Mappe, die denen ähnelt, die ich im medizinischen Zentrum durchforstet habe, liegt auf dem Nachttisch. Vaters Bettlektüre. Zögerlich öffne ich den drei Meter langen Eichenschrank und spähe hinein. Die Kleider meiner Mutter hängen ordentlich neben den Uniformen meines Vaters. Er hätte die Sachen in die Kleiderkammer bringen müssen, aber das hat er nicht getan. Warum nicht? Hängt er daran? Sind es Erinnerungsstücke für ihn? Warum hat er nicht auch die Sachen meines Bruders aufgehoben?

Nachdenklich lasse ich meine Finger über die Kleider gleiten. Meine Mutter mochte keine Hosen und sie liebte es bunt. Wenn sie mit mir und meinem Bruder in die Kleiderkammer ging, schaute sie weniger nach ihrer Größe als nach den Farben. Royalblaue Kleidungsstücke mochte sie besonders gerne, weil sie so schwer zu bekommen waren. Anschließend sind wir immer zum Markt gegangen und sie hat uns Popcorn oder

Apfelchips gekauft - eine Delikatesse, für die sie fast die Hälfte ihres Haushaltsgeldes ausgeben musste.

Meine Augen füllen sich mit Tränen. Jahrelang habe ich diese Erinnerung verdrängt, so wie ich alle Erinnerungen an sie und meinen Bruder verdrängt habe. Zu unfassbar war ihr Tod. Die ungeweinten Tränen über den Verlust sitzen als schmerzhafter Kloß in meiner Kehle und drängen nun mit aller Macht nach oben. Ich schlucke sie hinunter, wische die Tränen fort und schüttle den Kopf. Ich darf meinen Gefühlen nicht nachgeben. Nicht jetzt und nicht hier. Später vielleicht, wenn alles vorüber ist. Wenn ich Galen befreit habe und wieder in Landsby bin. Mein Blick fällt auf ein royalblaues T-Shirt. Darauf liegt eine weitere Mappe. Ich blicke über die Schulter zum Nachttisch.

Dieselbe Mappe. Meine Trauer schrumpft. Stattdessen werde ich neugierig und aufgeregt. Als ich die Mappe ergreife, bemerke ich, dass meine Hände zittern.

Es ist ein medizinischer Bericht. Über meine Mutter und meinen Bruder. Zuerst halte ich es für das Verlaufsprotokoll ihrer Infektion, so wie es für alle Infizierten in den letzten zehn Jahren erstellt worden ist.

Ist es auch, aber etwas ist anders.

Jeder in der Kolonie kennt den Krankheitsverlauf, die Symptome. Das bekommen wir bereits im Kindesalter eingetrichtert, damit wir den MM-Virus bei uns und bei anderen sofort erkennen. Die Symptome, die hier geschildert werden, stimmen größtenteils überein, aber nicht alle. Es beginnt mit Müdigkeit, Bauchschmerzen und Fieber.

Hohem Fieber.

Meine Mutter und mein Bruder hingegen hatten nur leicht erhöhte Temperatur, wie ich den Daten entnehmen kann. Als Nächstes kommt eine Bindehautentzündung dazu, die sich in tränenden und brennenden Augen äußert. Diese blieb bei meiner Familie scheinbar völlig aus. Eine Weile sah es sogar so aus, als würden sie wieder gesund werden. Ungläubig lese ich, was auf dem Blatt geschrieben steht:

Tag 5, 14:53 Uhr: keine weiteren Symptome feststellbar.

Wie konnte das sein? Die Infektion verläuft immer gleich.

Tag 6, 17,26 Uhr: die Probanden stehen unter einer vierzehntägigen Quarantäne. Treten keine weiteren Symptome auf, wird die Testreihe ausgeweitet und die Probanden entlassen.

Vierzehn Tage. Das ist normalerweise die Zeit vom Ausbruch der Krankheit bis zum Tod. Bei manchen geht es schneller, selten dauert es länger. Was mir auffällt: Mein Bruder und meine Mutter werden *Probanden* genannt und nicht *Patient*. Warum? Ich blättere vor. Acht Tage später setzten offensichtlich Symptome ein. Starke Halsschmerzen und der bellende Husten, in dessen Folge es zu blutigem Auswurf kommt. Dazu hohes Fieber und Flecken auf der Haut. Typische Anzeichen für den MM-Virus. Ab diesem Zeitpunkt waren meine Mutter und mein Bruder dem Tode geweiht. Unerträgliche Kopfschmerzen und Krämpfe läuten die letzte Phase ein. Nur kam sie bei meiner Familie viel später als üblich. Dem Protokoll nach verlief die gesamte Krankheit in Schüben.

Von so etwas hatte ich noch nie zuvor gehört.

Tag 22, 9:12 Uhr: Probandin Leonore Hoffmann gestorben. Impfstoff MM-3/1 ist gescheitert.

Tag 24, 23:41 Uhr: Proband Jamie Hoffmann gestorben. Impfstoff MM-3/1 ist gescheitert.

Ungläubig starre ich auf das Blatt. *Impfstoff MM-3/1.* Von meinem Vater weiß ich, dass es Versuche mit der Entwicklung eines Impfstoffes gegeben hat, aber ich wusste nicht, dass diese auch an Menschen getestet worden sind. An Menschen, die mir nahestehen. Hat mein Vater davon gewusst? Hat er meine Mutter gar dazu überredet, sich als Testperson zur Verfügung zu stellen? Dann wäre er schuld an ihrem Tod. Der Gedanke ist so schrecklich, dass ich mich an der Schranktür festhalten muss, weil meine Beine zittern und ich das Gefühl habe, umzukippen.

Hat mein Vater seine Familie auf dem Gewissen?

Mein Kopf ruckt zu dem anderen Ordner auf dem Nachttisch herum. Ist darin ein weiteres Geheimnis verborgen? Ich schnappe ihn mir, setze mich auf das Bett und schlage ihn auf.

Ein einziges Blatt liegt darin und ein Brief. Auf dem Blatt sehe ich Zahlen- und Buchstabenkombinationen.

Waffenkammer - B308C7

Vorratsspeicher B - A702D5

Kellertür Seuchenzentrum - 95538

Zellenblock Seuchenzentrum - 68439

So geht es weiter. Sämtliche Sicherungscodes aller wichtigen Gebäude in der Kolonie sind darauf verzeichnet. Sprachlos starre ich auf die Zahlen. Wieso lässt mein Vater das herumliegen? Noch dazu in der Wohnung? Ich nehme den Brief und drehe ihn um. *Jule* steht auf der Rückseite. Die Mappe ist für mich. Er wusste, dass ich sie öffnen würde. Ich reiße den Brief auf und lese die eilig hingekritzelten Zeilen.

Jule,

lange habe ich mir einzureden versucht, dass sich deine Einstellung zur Kolonie ändern wird. Nach deiner Rückkehr musste ich erkennen, dass ich mir etwas vorgemacht habe. Meine Stellung gebietet es mir, dich dem Rat zu melden. Doch du bist meine Tochter und ich liebe dich. Deshalb verschließe ich meine Augen und lasse dich ziehen. Vergiss mich nicht.

In Liebe Papa

Bestürzt sinke ich auf das Bett. Tränen strömen über meine Wangen. Mein Vater lässt mich gehen, obwohl er dabei gegen sämtliche Regeln verstößt. Das zerreißt mir das Herz.

Schritte auf dem Flur zwingen mich aus meiner Trauer. Erschrocken springe ich auf. Jeden Augenblick könnte mein Vater zurückkommen. Ich darf nicht länger zögern. Trauern und Antwort auf die vielen Fragen finden, die in meinem Kopf herumschwirren, kann ich später. Es ist Nacht, die Tore und öffentlichen Gebäude sind nur notdürftig bewacht, das Personal im Seuchenzentrum ist auf ein Minimum reduziert und ich habe die Sicherungscodes. Fehlt noch der Universalschlüssel und der Befreiungsaktion steht nichts mehr im Weg. Normalerweise trägt mein Vater seinen Schlüsselbund immer bei sich, doch etwas sagt mir, dass er diesen einen Schlüssel zurückgelassen hat. Hastig öffne ich die Schranktür, hinter der seine Uniformen hängen, und durchwühle die Taschen. Nichts. Als Nächstes taste ich zwischen den T-Shirts und Hemden herum. Gerade als ich beginne, hektisch zu werden und an meiner Theorie zu zweifeln, finde ich ihn. Den Universalschlüssel. Mein Vater hat ihn tatsächlich zurückgelassen. Er will, dass ich die Kolonie verlasse. Und er weiß, dass ich Galen mitnehmen muss.

Woher weiß er das? Und vor allem: Warum hilft er mir? Ist es das schlechte Gewissen? Ich werde es nie erfahren, denn wenn alles klappt, bin ich in wenigen Stunden fort und kehre nie mehr zurück.

26

Die erste Hürde ist die Passage zwischen Kolonie und Seuchenzentrum. Tagsüber wacht ein Soldat vor der schweren Eisentür, doch nachts patrouilliert er zugleich auch über das Gelände, wodurch die Tür nicht durchgehend bewacht ist. Ins Seuchenzentrum zu kommen ist also kein Problem, vorausgesetzt man hat den Universalschlüssel. Im Schutz der Dunkelheit husche ich an der Mauer entlang, bis ich zu dem Durchgang gelange. Der Soldat ist nirgendwo zu sehen. Geduckt haste ich in den Tunnel. Der Rucksack drückt gegen meine Schulterblätter, doch ich ignoriere den Schmerz. Wenn es mir gelingt, Galen zu befreien, brauche ich die Lebensmittel darin und vor allem auch das Wasser. Schnell den Schlüssel raus und rein ins Schloss. Hoffentlich macht die blöde Tür nicht zu viel Lärm.

Meine Sorge erweist sich als unbegründet. Die Scharniere sind gut geölt. Nach einem Blick über die Schulter betrete ich den Flur des Seuchenzentrums. Von meinem letzten Besuch weiß ich, dass der Zugang zum Keller am anderen Ende liegt. Das gefällt mir nicht, weil ich am Treppenhaus und an mindestens fünf Türen vorbei muss. Gut möglich, dass sich jemand in einem der Räume aufhält. Angespannt lausche ich in die Stille. Ein leichtes Summen erfüllt die Luft, das entweder von der Notbeleuchtung an der Decke herrührt oder von dem Stromgenerator draußen. Sonst ist nichts zu hören. Auf leisen Sohlen schleiche ich vorwärts.

Die Tür zum Keller ist verschlossen. Im Gegensatz zur Eingangstür knarzt sie beim Öffnen. Nicht laut, aber laut genug. Verdammte Scharniere. Ich halte den Atem an. Nur eine Treppe und fünf Meter Flur trennen mich von Galen. Jetzt darf nichts schiefgehen. Vorsichtig zwänge ich mich durch den Spalt und drücke die Tür wieder zu. Das Treppenhaus ist unbeleuchtet. Ich taste mich an der Wand entlang und konzentriere mich auf den schwachen Schimmer, der von unten zu mir heraufdringt. Selbst mein Atmen erscheint mir laut. Die erste Zellentür steht offen, die Zweite dagegen ist verschlossen. Ich frage mich, wer wohl dahinter gefangen gehalten wird und warum. Ist es jemand aus der Kolonie? Ein Verstoßener? Egal. Ich will in die dritte Zelle zu Galen. Meine Hände zittern wie verrückt, als ich versuche, das Schloss zu öffnen. *Du bist wahnsinnig Jule. Warum setzt du dein Leben aufs Spiel?* Trotzig presse ich die Lippen zusammen und ignoriere die Zweifel der alten Jule. Die neue Jule ist kein Feigling und sie hasst auch keine Mutanten. Im Gegenteil.

Sie liebt einen von ihnen.

Die Erkenntnis verstärkt meine Angst. *Hör auf zu denken und mach einfach.*

Der Raum liegt im Dunkeln. Durch die Notbeleuchtung im Flur fällt ein wenig Licht herein, trotzdem kann ich Galen nur schemenhaft erkennen. Ich gehe zum Bett und beuge mich über ihn. »Galen?«, wispere ich.

Er antwortet nicht. Sein Atem geht viel zu schnell für jemanden der schläft. Zaghaft rüttle ich an seiner Schulter. Seine Haut glüht. »Galen. Wach auf!«

Er stöhnt leise und regt sich. Seine Arme sind fixiert. Hastig löse ich die Gurte und betrachte dann den Tropf. Der muss raus. Bei meiner Berührung zuckt Galen zusammen.

»Tut mir leid«, wispere ich, während ich die Nadel aus seiner Armvene ziehe. Die Haut ist geschwollen und fühlt sich schwammig an, als hätte sich die Flüssigkeit in seinem Gewebe verteilt.

Ich schlage das Laken zurück. »Galen. Du musst aufstehen.« Er trägt eine knöchellange Schlafanzughose und kein Oberteil.

Selbst bei den schlechten Lichtverhältnissen erkenne ich, wie dünn er geworden ist. Seine Rippen stechen hervor und sein Bauch ist eingesunken. Während ich ihn von hinten unter den Armen packe, kommt ein wenig Leben in ihn. Er stöhnt und bewegt sich. Ächzend versuche ich, ihn in eine aufrechte Position zu stemmen. Trotz seines Gewichtsverlusts ist er verdammt schwer. »Komm schon Galen, hilf mir«, flehe ich.

»Jule?«, murmelt er. Seine Lider flackern und heben sich dann. Aus blutunterlaufenen Augen sieht er mich an. »Jule!«

Ich schenke ihm ein Lächeln. »Ich bringe dich hier raus.«

»Mir geht's scheiße«, stößt er hervor.

»Ich weiß, aber kannst du trotzdem aufstehen? Nur für eine kleine Weile?«

Es gelingt ihm tatsächlich, sich aufzusetzen. Doch durch die Anstrengung muss er husten, was mir regelrecht Panik verursacht. »Pscht. Sei leise«, zische ich.

»Durst«, ächzt er. Ich zerre die Wasserflasche aus dem Rucksack und halte sie ihm an die Lippen. Er trinkt gierig, nur um dann erneut zu husten. Ich könnte heulen. Wenn er so weitermacht, wird uns noch jemand hören. Ich habe keine Ahnung, wer sich in den oberen Stockwerken befindet, aber leer steht das Gebäude bestimmt nicht. Wofür bräuchten sie sonst so viel Personal? Um mich von meiner Panik abzulenken, ziehe ich das Hemd aus dem Rucksack und halte es ihm hin. »Schlüpf hier rein.«

Er tut es. Ich sehe, wie sehr es ihn anstrengt. Er zittert und schwankt, aber er hält durch.

»Glaubst du, du kannst aufstehen?«, frage ich. Wenn er jetzt nein sagt, sind wir verloren. Er nickt. Ich schiebe seine Beine über die Bettkante. Wie heiß sie sind. Er muss verdammt hohes Fieber haben. »Stell die Füße auf den Boden.« Während er das tut, verstaue ich die Wasserflasche im Rucksack und knöpfe das Hemd zu. Dann sehe ich ihn ernst an.

»Hör zu. Ich weiß, du bist sehr krank, doch du musst jetzt deine letzten Kräfte mobilisieren, sonst schaffen wir es nicht, okay? Sobald wir draußen sind, kannst du dich ausruhen.«

Er sieht mich mit einem merkwürdigen Gesichtsausdruck an. Benommen und fiebrig, aber ich erkenne auch Rührung darin. »Du kennst mich doch«, sagt er mit schwacher Stimme. »Ich gebe immer alles.«

»Dann ist ja gut.« Ich versuche, zuversichtlich zu klingen. Dabei zweifle ich nicht an seinem Willen, aber an seinem Körper. Er ist definitiv schwerkrank. Wie soll er in diesem Zustand die Strecke bis zur Felsenwüste schaffen? Egal. Augen zu und durch. Es gibt sowieso kein zurück. Ich setze den Rucksack auf und fasse Galen unter den Arm. »Los geht's.«

Er stemmt sich hoch. Ich sehe seine Beine schlackern. Fast sein gesamtes Gewicht liegt auf mir. Uff. Ich gehe in die Knie. Plötzlich sackt er zurück aufs Bett. »Mir ist schwindlig.«

Ich schließe die Augen und atme tief durch. Keine Panik. Das ist normal. Er war ruhiggestellt und hat lange gelegen. Sein Kreislauf muss erst in Schwung kommen. Langsam zähle ich bis zehn.

»Zweiter Versuch?«, frage ich dann.

»Okay.« Erneut stemmt er sich hoch. Diesmal gelingt es ihm schon besser, dafür hustet er wieder.

»Sobald wir draußen sind, musst du leise sein«, warne ich.

Im Schneckentempo arbeiten wir uns zur Tür vor und anschließend den Flur entlang zur Treppe auf der anderen Seite. Meine Befürchtung, er könnte es nicht hinaufschaffen, erweist sich als unbegründet. Zwar schnauft und keucht er, aber er schafft sich Stufe für Stufe nach oben. Wie tapfer er ist und stark.

Bevor wir das Erdgeschoss betreten, gebe ich ihm einen Schluck Wasser, in der Hoffnung, dass dies den Hustenreiz unterdrückt, dann betreten wir den Flur. Keine vier Meter entfernt ist eine Stahltür. Das muss der Hinterausgang sein. Mein Herz rast. So schnell wie möglich schleppe ich Galen vorwärts. Er läuft leicht vornübergebeugt und hält jeden zweiten Schritt inne, um sich an der Wand abzustützen, was mich schier rasend macht. Wir müssen hier raus, bevor uns jemand entdeckt.

Vor der Stahltür stoppe ich und horche. Was wenn ein Soldat davor Wache hält? »Kannst du was hören oder riechen?«, frage ich Galen.

Er schüttelt den Kopf. »Nein.« In seinem Zustand ist das keine verlässliche Aussage, aber ich muss das Risiko eingehen. Ich stecke den Schlüssel ins Schloss, lausche und öffne dann die Tür. Zögerlich spähe ich hinaus. Eine weite Ebene entfaltet sich vor meinem Blick. Wir sind definitiv außerhalb der Mauer und damit im verminten Gebiet. Ich nehme Galens Hand und ziehe ihn nach draußen. »Wir müssen dicht an der Mauer bleiben, bis wir zum Abwassergraben gelangen.«

Galen verzieht das Gesicht. Ich verstehe warum. Nur zu gut erinnere ich mich an den Gestank, der tagelang an mir gehaftet hat. Aber es ist der einzige unverminte Weg, den ich kenne. Ich hoffe nur, dass Galen nicht ohnmächtig wird. Schon jetzt kann er sich kaum auf den Beinen halten.

Vorsichtig taste ich mich voran und bete, dass es so nah an der Mauer keine Minen gibt. Der Weg erscheint mir endlos, vor allem weil Galen nur langsam vorwärtskommt und immer wieder pausieren muss, um Atem zu schöpfen. Außerdem muss er ständig den Hustenreiz unterdrücken. Wenn es so weiter geht, ist mein Wasser leer, bevor wir in der Steinwüste sind. Zweimal höre ich Wachsoldaten oben auf der Mauer, halte erschrocken inne und warte, bis sie sich wieder entfernen. Endlich, nach einer halben Stunde Bangen, gelangen wir zum Abwasserkanal.

»Scheiße«, wispert Galen beim Anblick der träge dahinfließenden, stinkenden Brühe.

»Im wahrsten Sinne des Wortes«, sage ich. »Aber wenn wir da durch sind, haben wir es geschafft.«

Galen schnaubt schwach und wirft mir einen Blick zu, den man als verächtlich bezeichnen könnte, wäre sein Gesicht nicht von Fieber und Hunger gezeichnet. Wir beide wissen, dass es mit dem Abwasserkanal noch lange nicht getan ist. Sobald Galens Flucht entdeckt wird, werden sie ihn suchen. Wir sind langsam und es ist mehr als fraglich, ob es uns gelingt, einem Suchtrupp zu entwischen.

»Komm schon«, versuche ich ihn aufzumuntern. »Wenn wir hier rumstehen, werden unsere Chancen nicht besser.«

Entschlossen rutsche ich die Böschung hinab in die Brühe. Der Gestank ist fürchterlich und lässt mich würgen. Neben mir schlägt Galen auf. Er spricht kein Wort, doch sein verzerrtes Gesicht zeigt seinen Ekel. Ich gehe voran, darauf achtend, dass der Rucksack nicht in das Gewässer rutscht. Das Essen darf nicht verderben. Nach wenigen Metern höre ich Galen würgen. Ich halte inne, um ihn zu stützen, während er gelblichen Schleim auskotzt. Puh. Warum ist er nur so groß und schwer? Er schwankt und versucht verzweifelt, auf den Beinen zu bleiben. Ich fasse ihn um die Hüfte und dirigiere ihn vorwärts. Er scheint kaum noch bei Bewusstsein, aber er setzt tapfer einen Fuß vor den anderen. Mein Rücken tut weh von seinem Gewicht, von meinen Schultern ganz zu schweigen. Tränen laufen mir über die Wangen vor Anstrengung und weil ich so verzweifelt bin. Galen darf nicht umkippen. »Halt durch. Nur noch ein kleines Stückchen«, sage ich, »da hinten beginnt die Felsenwüste.«

Seine Antwort ist ein Stöhnen.

Ich weiß nicht, wie wir es schaffen, aber nach einer gefühlten Ewigkeit taucht endlich die Steinwüste vor uns auf. Ich mobilisiere meine letzten Kräfte und helfe Galen aus dem Abwasserkanal. Kaum draußen fällt er flach auf den Bauch und keucht in den Dreck. Selbst die Fliegen, die sich auf seinem Körper niederlassen, stören ihn nicht. Ich stehe da und schwanke zwischen Panik und Ungeduld. Am Horizont verkündet ein heller Streifen den nahenden Morgen. Jeden Augenblick kann die Jagd auf uns beginnen, wenn sie nicht bereits begonnen hat.

»Galen?« Hektisch ziehe ich an seinem Arm. Er rührt sich nicht. Also hole ich das Wasser hervor und schütte es in sein Gesicht. Das erzielt den gewünschten Erfolg. Prustend erwacht er zum Leben.

»Tut mir leid aber wir müssen weiter«, dränge ich. Mir ist klar, dass er todkrank ist, doch darauf kann ich jetzt keine Rücksicht nehmen. Wenn wir gefasst werden, stirbt er sowieso. Auf der Flucht hat er wenigstens eine Chance.

»Hm«, macht er und stemmt sich auf die Knie.

Zum ersten Mal, seit wir uns kennen, laufe ich schneller als er - das heißt, eigentlich läuft er nicht, er stolpert. Aber immerhin. Ich verbiete mir die Vorstellung, er könnte zusammenbrechen und sterben und konzentriere mich stattdessen darauf, den blöden Tümpel zu finden, in dem ich nach meiner ersten Flucht aus der Kolonie gebadet habe. Die auffälligen Felsformationen helfen bei der Orientierung.

Am Tümpel angekommen fülle ich die Flasche auf, zerre Galen die Kleider vom Leib und schiebe ihn ins Wasser. Er lässt es willenlos geschehen. Anschließend ziehe ich mich bis auf die Unterwäsche aus und geselle mich zu ihm. Da er keine Anstalten macht, sich zu waschen, übernehme ich das für ihn. Diesmal habe ich sogar ein Stück Seife dabei. Hastig schäume ich unsere Körper ein, und obwohl ich weiß, dass Galen kaum etwas davon mitbekommt, merke ich, dass meine Wangen glühen, als ich seine untere Körperregion einseife.

Das kühle Wasser scheint ihm gutzutun, zumindest fühlt sich seine Stirn nicht mehr ganz so heiß an und sein Blick wird klarer.

»Wir können hier nicht bleiben«, sage ich, während ich mit der hohlen Hand den Schaum von seinem Rücken spüle.

Er mustert mich. »Warum hast du mir geholfen?«

Dass er spricht, werte ich als gutes Zeichen. Ich zucke mit den Schultern und tue, als wäre es nichts Besonderes.

»Mutter Deliah hat mich geschickt.« Das ist keine richtige Antwort auf seine Frage, aber die Zusammenhänge zu erklären, wäre mir im Augenblick zu kompliziert. »Glaubst du, du kannst noch ein Stück weiter?«, frage ich.

Er schüttelt den Kopf. »Nein. Geh du voraus. Ich komme nach.«

Das habe ich befürchtet. Die Flucht muss unglaublich anstrengend für ihn gewesen sein, und selbst wenn er jetzt klarer wirkt, so bedeutet das noch lange nicht, dass er sich besser fühlt. »Kommt gar nicht in Frage. Ich bleibe bei dir.«

Ich steige aus dem Wasser und sehe mich um. Vielleicht gibt es irgendwo einen Unterstand oder eine Art Höhle, wo wir uns verstecken können. Hinter mir kämpft sich Galen aus dem Tümpel. Als ich mich umdrehe, um nach ihm zu schauen, kniet er vor seinen Kleidern und betrachtet sie angewidert.

»Die muss ich noch waschen«, sage ich. Ich ziehe ein Tuch aus dem Rucksack und reiche es ihm. »Hier. Wickel dich darin ein.«

Nachdem er das getan hat, führe ich ihn zu einem seltsam geformten Felsen, der einen schmalen Unterstand bildet, in den er sich legen kann. Ich selbst kehre zum Tümpel zurück und wasche unsere Sachen. Damit sie nicht jeder gleich sieht, schleppe ich sie auf einen Felsen hinauf und breite sie dort zum Trocknen aus. Am Ende meiner Kräfte krieche ich zu Galen in die Nische. Es ist nicht gerade bequem und auch ein wenig erdrückend, aber sollte jemand vorbeikommen, sind wir zumindest nicht auf den ersten Blick zu sehen. Galen ist eingeschlafen. Oder er ist ohnmächtig. Keine Ahnung. Auf jedem Fall rührt er sich nicht und hält die Augen geschlossen. Eine Weile liege ich wach, schnicke Käfer zur Seite und lausche auf Verfolger, doch als die ersten Sonnenstrahlen unter den Vorsprung kriechen und den Stein um mich herum erwärmen, fordert die Anstrengung ihren Tribut. Mir fallen die Augen zu.

27

Ferne Stimmen wecken mich. Desorientiert sehe ich mich um. Ich habe keine Ahnung, wie spät es ist, aber lange kann ich nicht geschlafen haben. Die Sonne steht hoch am Himmel und heizt die Felsenwüste auf. In der Nische ist es relativ kühl, weswegen sich einige Insekten dorthin geflüchtet haben. Angewidert schnicke ich Käfer und Spinnen zur Seite und lausche dann. Es grenzt an ein Wunder, dass mich die Geräusche geweckt haben, denn ich muss die Ohren spitzen, um etwas zu hören. Schnell wird mir klar: Irgendwo da draußen sind Menschen. Angestrengt versuche ich herauszufinden, in welche Richtung sie laufen, ob sie sich nähern oder entfernen. Die rasselnden Laute, die Galen beim Atmen von sich gibt, erschweren die Sache erheblich. Am liebsten würde ich ihm den Mund zuhalten. Mit klopfendem Herzen und gespitzten Ohren liege ich da. Meine Blase drückt unangenehm. Auch das noch. Ich kann jetzt nicht pinkeln. Galen hustet. Ich beiße die Zähne zusammen und balle die Hände zu Fäusten. Wer auch immer da draußen ist, wird uns finden, wenn er nicht still ist. Endlose Minuten vergehen. Ich bin derart angespannt, dass ich nicht mal merke, wie mir ein fetter Tausendfüßler über die Beine läuft. Erst als er meinen Oberkörper erreicht, zucke ich erschrocken zusammen und schnicke ihn fort. Ich hasse dieses ekelhafte Getier.

Die Stimmen entfernen sich. Erleichtert sacke ich in mich zusammen und gönne mir ein paar Minuten, um mich wieder zu fassen und die nächsten Schritte zu planen. Irgendwie muss ich Galen auf die Füße bekommen, damit wir weiterlaufen können. Außerdem müssen wir etwas Essen und Trinken. Vorsichtig krieche ich aus der Nische zu meinem Rucksack und hole Maisbrot und die Wasserflasche heraus. Die Sonne brennt erbarmungslos vom Himmel. Ich stille meinen Hunger und Durst und krieche dann zu Galen zurück, um ihn zu wecken. Dunkle Schatten liegen unter seinen Augen und er ist noch immer heiß und atmet zu schnell. Im Grunde hatte ich gehofft, dass es ihm jetzt, wo er nicht mehr mit Medikamenten vollgepumpt wird, besser geht, aber es sieht nicht so aus. Entsprechend zögerlich erwacht er. Als er seine Augen öffnet und mich erblickt, lächelt er. »Es war kein Traum.«

Ich erwidere sein Lächeln und schäme mich insgeheim für meine Ungeduld. Er ist krank. Dafür kann er nichts. Wichtig ist, dass ich ihn lebend nach Landsby schaffe, wo man ihn gesund pflegen kann. Ich hebe seinen Kopf an und halte ihm die Flasche an die Lippen. Anschließend gebe ich ihm das Maisbrot. »Ich hole unsere Sachen, während du isst.«

Eine halbe Stunde später sind wir wieder unterwegs. Galen stolpert gebeugt vorwärts, die Augen fast vollständig geschlossen. An eine Sonnenbrille habe ich nicht gedacht. Ich stütze ihn so gut ich kann. Es ist eine elende Schinderei, aber wenigstens kommen wir voran. Besorgt registriere ich seine zunehmende Blässe. Von Stunde zu Stunde sieht er schlechter aus. Auf meine Fragen nach seinem Befinden reagiert er nur mit einem Brummen oder gar nicht. Es ist, als würde das Laufen ihm nicht mal mehr die Kraft für ein paar Worte lassen. Dazu meine ständige Angst vor unseren Verfolgern. Als wir endlich zu den Bergen gelangen, schluchze ich vor Erleichterung. Das Dorf ist nah. Allerdings muss Galen mich nun führen, da mich die vielen Wege verwirren. Der gewählte Pfad führt steil bergauf und zweigt dann in mehrere kleinere Pfade ab. Ich halte inne und werfe Galen einen fragenden Blick zu. »Wohin?«

Er stützt sich am Gestein ab und keucht, als würde ihm jeden Moment die Lunge platzen. Ich befürchte das Schlimmste. Sollte er umkippen, finde ich nie den richtigen Weg in diesem Gewirr aus Pfaden und Durchgängen.

Wenige Meter später passiert es. Er stolpert, geht in die Knie und fällt um. Hektisch versuche ich, ihn aufzurichten. Wie eine Verrückte rüttle ich an ihm herum, schütte ihm schließlich sogar das letzte Wasser ins Gesicht. Vergebens. Mit zitternden Händen taste ich nach seinem Puls. Was ich fühle, macht mich panisch. Sein Herzschlag ist wie der Flügelschlag einer Libelle - zittrig und unglaublich schnell.

»Bitte nicht sterben«, wispere ich. »Bitte Galen.«

Was soll ich tun? Ihn zurücklassen und versuchen, Hilfe zu holen? Was wenn ich mich verirre? Schluchzend schlage ich die Hände vors Gesicht und heule.

Plötzlich höre ich Schritte.

Wie von der Tarantel gestochen springe ich auf und blicke mich hektisch um. Sind es die Soldaten? Haben sie uns gefunden? Zwei Männer kommen auf mich zu. Ich kneife die Augen zusammen, um besser zu sehen. Sie sind groß und sehen komisch aus. Das sind nicht unsere Verfolger. Es sind Mutanten.

Die beiden Männer schleppen Galen ins Dorf und ich folge ihnen, schwankend zwischen Erleichterung und Aufregung. Was wird Mutter Deliah sagen?

Das halbe Dorf empfängt uns. Zumindest erscheint es mir so. Mutter Deliah steht mittendrin, die Arme vor der Brust verschränkt, und mustert uns. Blue steht an ihrer Seite. Woher wussten sie, dass wir kommen? Misstrauisch sehe ich mich um. Wo sind Manja und Samuel? Caine wühlt sich durch die Menge und eilt auf uns zu.

Mutter Deliah hebt die Hand. »Stopp! Nicht hingehen. Sie sind krank.«

Caine hält abrupt inne. Ich bin verwirrt. Kein Willkommen, keine Wiedersehensfreude oder Fragen. Was ist hier los? »Galen braucht Hilfe«, werfe ich ein.

»Bringt ihn in seine Hütte«, befiehlt Mutter Deliah an die beiden Mutanten gewandt. »Und haltet euch von den anderen fern, bis wir wissen, ob Galen etwas Ansteckendes hat.«

Die Männer nicken und schleifen Galen weg. Soll ich mitgehen? Da niemand etwas sagt, folge ich ihnen. »Was ist hier los?«, will ich von den beiden wissen.

»Ihr seid verfolgt worden«, antwortet der Größere von beiden.

»Natürlich«, entgegne ich. »Sie lassen einen Gefangenen nicht einfach entwischen.«

Der Mutant wirft mir über die Schulter hinweg einen verächtlichen Blick zu. »Du verstehst nicht. Die Soldaten haben euch verfolgt. Bis zu dem geheimen Pfad. Nun können sie uns finden.«

»Woher wisst ihr das?«

»Wir haben zwei von ihnen getötet. Doch einer konnte entkommen.«

Meine Gedanken rasen, verbinden die Informationen zu einem Gesamtbild. Warum haben uns die Soldaten nicht angegriffen? Ging es gar nicht um uns? Wollten sie in Wahrheit den Unterschlupf der Mutanten finden? Das wiederum würde bedeuten, dass meine Befreiungsaktion geplant war. Unmöglich. Aber ist es nicht seltsam, dass alles so glattgegangen ist? Immerhin bin ich problemlos ins Seuchenzentrum gelangt, habe einen wichtigen Gefangenen befreit und bin mit ihm rausspaziert, als befände ich mich in einem der Wohnblocks und nicht in einem Hochsicherheitstrakt. Und wenn die Sache geplant war, hat mein Vater mitgespielt? Immerhin war der Universalschlüssel von ihm. Der Gedanke, er könnte beteiligt gewesen sein, ist ein Schock. Ich dachte, er würde bereuen, dabei hat er mir eine Falle gestellt.

Und was ist mit Galen? Warum ist er bedeutungslos geworden? Haben die Wissenschaftler und Ärzte bekommen, was sie wollten? Oder verfolgen sie noch einen anderen Plan?

Ich öffne die Tür zu Galens Hütte und beobachte, wie die beiden Männer ihn hastig auf das Bett verfrachten und sich anschließend die Hände an den Hosen abwischen als wäre er etwas Ekliges. Fluchtartig verlassen sie die Hütte. Ich setze mich an den Bettrand und betrachte ihn. Er sieht schlecht aus. Todkrank. Warum? Welche Tests verursachen Fieber und Husten? Oder hat er eine Infektion? Aber ich sehe keine Wunden. Angestrengt versuche ich, die Puzzleteile zusammenzusetzen. Wenn der Rat unsere Flucht tatsächlich geplant hat, könnten sie dann auch Galens Krankheit geplant haben?

Ein eisiger Schauer rieselt meinen Rücken hinab.

Das haben sie nicht getan. Unmöglich.

Hektisch öffne ich Galens Hemd und schiebe es zur Seite. Pusteln. Irgendwo müssen sie sein. Zumindest wenn er tatsächlich mit dem MM-Virus infiziert worden ist.

Jemand öffnet die Tür. »Jule?« Es ist Caine.

»Bleib weg«, rufe ich.

Caine hält im Türrahmen inne. »Warum? Was ist mit Galen? Wie geht es ihm?«

»Es geht ihm schlecht. Kannst du mir Wasser und was zum Fiebersenken besorgen?«

»Natürlich. Aber was zum Teufel ist los?« Caine klingt alarmiert.

»Galen könnte infiziert sein.« Während ich das sage, macht mein Herz einen Sprung. Wenn Galen den MM-Virus trägt, habe ich mich garantiert angesteckt.

Dann werde ich sterben.

Genau wie er.

»Mutter Deliah macht alle verrückt«, fährt Caine fort. »Sie behauptet, die Kolonie will uns ausrotten.«

Trotz meiner Panik bin ich beeindruckt von Mutter Deliahs Scharfsinn. Sie hat die Pläne ihrer Feinde sofort durchschaut.

»Das glaube ich auch«, gebe ich zu. »Deshalb solltet ihr euch von uns fernhalten, bis wir wissen, was Galen fehlt.«

»Jule.« Caines Stimme klingt eindringlich, fast flehend. Ich unterbreche meine Pustelsuche und sehe ihn an. »Was denn?«

»Mutter Deliah hat die Evakuierung des Dorfes angeordnet.« Er wirkt ehrlich betroffen und einen Moment lang frage ich mich, warum. Schließlich ist die Evakuierung eine vernünftige Entscheidung. Dann fällt es mir wie Schuppen von den Augen. Galen ist nicht transportfähig und wir sind eine Gefahr. Wir können sie nicht begleiten.

»Okay.« Mehr fällt mir nicht dazu ein. Ich zögere einen Moment. »Caine, es ist okay. Wir kommen klar. Wir brauchen nur Essen und Medikamente.«

Er nickt. »Ich besorge euch alles.«

Bevor er geht, fällt mir noch etwas ein. »Wo sind Manja und Samuel?«

»Im Pferch.«

Ich reiße die Augen auf. »Hat Mutter Deliah sie etwa aufs Totenfeld geschickt?«

»Nein. Keine Angst. Sie wollte nur sichergehen, dass sie nicht abhauen.«

Na toll. Der Pferch ist ein ungemütlicher Ort, da hätte sie sich wirklich etwas Besseres einfallen lassen können. »Geht es den beiden gut?«

Caine nickt. »Ja. So oft es geht habe ich ihnen eine extra Ration Essen gebracht und darauf geachtet, dass sie immer ausreichend sauberes Wasser haben.«

Das ist gut. Wenigstens sind meine Freunde gesund. Ich schenke Caine ein dankbares Lächeln. »Danke. Du bist ein echter Freund.«

Mein Lob ist ihm sichtlich unangenehm. Er brummt etwas Unverständliches und geht. Ich wende mich wieder Galen zu. Zentimeter für Zentimeter taste ich ihn ab. Keine Pusteln.

Zumindest nicht auf dem Oberkörper. An seinen Rücken komme ich nicht ran. Bleiben die Beine. Doch dafür müsste ich ihm die Hose ausziehen.

Galen trägt keine Unterwäsche.

Stell dich nicht so an. Er ist nur ein kranker Mann, du blöde Nuss.

Entschlossen zerre ich die Hose über seine Hüften und versuche dabei, nur auf seine Beine zu blicken. Trotzdem entgeht mir nicht, wie glatt seine Haut ist, und dass er *überall* haarlos ist. Bevor ich erneut erröten kann, sehe ich sie. Die Pusteln. An der Innenseite seiner Oberschenkel. Nicht viele, aber eindeutig Masernpusteln. In der Schule haben sie uns zahllose Bilder gezeigt von allen möglichen Variationen des Ausschlags. Roter Hof, der eine blasenförmige Erhebung umschließt. Meistens befallen sie etwa handtellergroße Hautareale. Bei Galen ist nur ein pflaumengroßes Areal betroffen. Manche Pusteln sind bereits geplatzt und verkrustet. Das bedeutet, er befindet sich im fortgeschrittenen Stadium. Ich beiße mir so fest auf die Lippen, bis ich Blut schmecke.

Galen hat den hochansteckenden MM-Virus. Die Sterberate beträgt 99,6 Prozent. Die Ansteckung erfolgt durch Tröpfcheninfektion und Austausch von Körperflüssigkeiten.

Keine Chance, dass ich mich nicht infiziert habe. Kraftlos sacke ich auf das Bett. Mein Körper fühlt sich taub an und kalt, als gehöre er nicht mehr zu meinem Geist.

Ich werde sterben.

Hat mein Vater das gewollt? War seine Freundlichkeit nur Show? Verachtet er mich in Wahrheit?

Als Caine zurückkommt, befehle ich ihm, draußen zu bleiben und die Sachen vor die Tür zu stellen. Er will mit mir reden, aber ich schicke ihn fort. Zum Reden habe ich keine Kraft. Ich verabreiche Galen den fiebersenkenden Saft, esse und trinke etwas und schiebe dann Caines Bett an seines und lege mich hin. Nach einer Weile wird Galens Atem ruhiger, doch ich werte es nicht mehr als gutes Zeichen, sondern als Anfang vom Ende. Mir ist ein wenig schlecht und in meinem Bauch rumort es. Das könnte an dem klebrigen Maisbrei in Verbindung mit dem fetten Fleisch liegen oder die ersten Symptome des MM-Virus sein. Wer weiß. Ich kann an nichts mehr anderes denken als den Tod. Mehrmals habe ich in den letzten Monaten in Gefahr geschwebt, aber noch nie war der Tod Gewissheit gewesen. Nicht wie jetzt. Der Gedanke macht mir eine Scheiß Angst. Schluchzend greife ich nach Galens Hand. Wenigstens bin ich nicht allein.

Noch nicht.

28

Als ich aufwache ist es still. Die halbe Nacht waren die Mutanten im Dorf unterwegs und haben ihre Habseligkeiten zusammengepackt. Nun sind sie entweder fort oder haben sich in den Höhlen verkrochen. Ich hoffe auf Letzteres, denn die Vorstellung zurückgelassen worden zu sein ist deprimierend endgültig.

Ein Blick auf Galen zeigt mir, dass er noch lebt. Sein Atem geht ruhig und langsamer als die letzten Tage. Ich lege die Hand auf seine Stirn. Er ist heiß aber nicht glühend. Normalerweise hätte mich das hoffen lassen, doch ich kenne den MM-Virus. Kaum jemand überlebt ihn. *Galen ist stärker, weil er anders ist.* Er ist genetisch manipuliert. Vielleicht hat er ein besseres Immunsystem als normale Menschen. Das ist meine einzige Hoffnung.

Mit gerunzelter Stirn betrachte ich meine nackten Arme und Beine. Lächerlich. Die Pusteln kommen erst mit dem Fieber. Schnaubend stehe ich auf und gehe zu dem kleinen Spiegel an der Wand. Meine Augen sehen ganz normal aus und ich fühle mich auch nicht fiebrig oder abgeschlagen. Müde ja, aber nach dem Schlafmangel der letzten Tage ist das nicht ungewöhnlich.

Ich werfe einen kurzen Blick hinaus. Weit und breit ist niemand zu sehen, nur oben vor dem Höhleneingang wachen zwei Mutanten. Scheinbar haben sich die anderen tatsächlich in den Höhlen verkrochen. Lange werden sie dort nicht bleiben. Spätestens, wenn die Soldaten kommen, müssen sie fliehen. Was dann aus mir und Galen werden soll, steht in den Sternen. Apropos Galen. Ich sollte ihn wecken, um ihm seine Medizin zu verabreichen. Vielleicht kann ich ihn sogar zum Essen überreden. Caine hat Suppe dagelassen.

»Du musst zu Kräften kommen«, sage ich, während ich ihm helfe, sich aufzusetzen. Es geht ihm unübersehbar besser. Zwar zittern seine Hände, als er die Suppenschale hält, aber er isst. Alleine. »Warum ist es so still?«, fragt er.

»Die anderen sind in den Höhlen«, erkläre ich so beiläufig wie möglich.

Galen sieht mich mit großen Augen an. »Warum?«

Soll ich ihm die Wahrheit sagen? Wenn ich es tue, wird er sich schuldig fühlen. Andererseits fällt mir kein Grund ein, weshalb sich das gesamte Dorf in den Höhlen verkriechen sollte.

»Jule?« Er sieht mich misstrauisch an. »Was ist hier los?«

»Ach.« Ich winke ab, als wäre das, was ich zu sagen habe, nichts Weltbewegendes. »Mutter Deliah befürchtet, dass die Neue Armee unseren Unterschlupf finden könnte.«

Galen ist nicht dumm und erkennt die Zusammenhänge sofort. Er lässt die Schale sinken. »Sind sie uns etwa gefolgt?«

Ich nicke widerwillig.

»Verdammt. Dann müssen wir so schnell wie möglich von hier weg.«

Ich sage nichts dazu. Wie lange wird es dauern, bis er sich darüber wundert, warum wir als Einzige in den Hütten geblieben sind?

»Jetzt musst du dich erstmal ausruhen«, lenke ich ab.

Galen ignoriert meinen Einwand und setzt sich auf. »Ich muss mit Mutter Deliah sprechen.«

»Nicht jetzt.« Bestimmt drücke ich ihn in die Kissen zurück. »Du bist das erste Mal wieder bei vollem Bewusstsein. Überfordere deinen Körper nicht.«

Seine Miene sagt mir, dass er damit nicht einverstanden ist, aber seine Blässe gibt mir recht. Er ist noch nicht in der Lage, aufzustehen.

»Kannst du sie herbitten?«, fragt er.

»Später. Sie hat gerade viel zu tun.« Hoffentlich merkt er nicht, dass ich Zeit zu schinden versuche. Schnell halte ich ihm den Becher mit dem fiebersenkenden Saft an die Lippen. »Hier trink. Damit du wieder gesund wirst.«

Stirnrunzelnd schiebt er meine Hand zur Seite. »Hat sie überhaupt nach mir gesehen?« Er blickt zur Tür und dann zu mir. »Wo sind Caine und Blue? Warum haben sie uns nicht mit in die Höhlen genommen?«

Mist. Jetzt hat er es gemerkt. »Galen«, ich atme tief durch. »Du bist *krank*, verstehst du? Mutter Deliah glaubt ...«, ich halte inne und beiße mir auf die Lippen.

Er kneift die Augen zusammen und fixiert mich. »Was glaubt Mutter Deliah?«

»Dass sie dich in der Kolonie mit dem MM-Virus infiziert haben. Nicht um ihn zu testen, sondern um alle hier anzustecken.«

Verstehen spiegelt sich in seinem Gesicht, dann Besorgnis. »Oh. Aber was ist mit dir? Habe ich dich angesteckt?«

Garantiert. Ich zucke mit den Schultern. »Ich weiß nicht. Kann sein.«

Einen Moment lang herrscht Schweigen. Ein Wechselbad der Gefühle spiegelt sich in seinem Gesicht, doch am Ende bleibt nur Entsetzen. »Ich habe überlebt«, sagt er schließlich. »Es geht mir besser. Vielleicht ist das Virus nicht so stark.« Die Panik in seiner Stimme straft seine Worte Lügen.

Ich lasse den Kopf sinken. »Es gibt kein schwächer oder stärker. Ich glaube du bist einfach nur widerstandsfähiger.«

Wir beide wissen was ich damit sagen will. Galen mag überlebt haben doch das bedeutet nicht, dass ich überleben werde. Es ist nur noch eine Frage von Stunden, bis die Krankheit bei mir ausbrechen wird. Seine entsetzte Miene zerreißt mir das Herz. Irgendwie muss ich ihm die Schuldgefühle nehmen.

»Mach dir keine Sorgen. Leg dich wieder hin und ruh dich aus. Wir sprechen später darüber«, sage ich betont fröhlich, als hätte er nichts weiter als eine Erkältung.

Einen Augenblick lang sieht es so aus, als wollte er mir widersprechen, dann besinnt er sich. »Würdest du mir etwas vorlesen?«

Die Bitte überrascht mich, aber ich überspiele es. »Klar.« Ich greife nach dem Buch, rutsche an das Kopfende des Bettes und lege los. Galen schließt die Augen und hört zu, bis ich glaube, dass er eingeschlafen ist. Als ich stoppe, schlägt er die Augen auf. »Warum hörst du auf?«

»Ich dachte du schläfst.«

»Nein. Ich genieße nur deine Stimme. Es gefällt mir, wie du liest, vor allem wenn du diese lustigen Stimmen machst.«

Sein Lächeln lässt mir warm ums Herz werden und ich verspüre den Impuls, ihn zu umarmen. Ihn wissen zu lassen, wie viel er mir bedeutet. Ein paar Sekunden lang sehen wir uns schweigend an, bis ich merke, wie meine Wangen anfangen zu glühen. Werde ich etwa rot? Wie peinlich. Schnell wende ich mich ab und vergrabe meinen Blick in den Seiten des Buches.

»Weißt du was ich gerne tun würde?«, fragt Galen unvermittelt.

»Hm?«

»Ich würde gerne baden. Glaubst du, wir könnten zum Wasserfall gehen?«

Den Wunsch werte ich als weiteres gutes Zeichen, allerdings gibt es da ein Problem. »Du darfst nicht raus. Und bist du überhaupt stark genug?«

Er runzelt die Stirn und sieht plötzlich aus wie ein schmollendes Kind. »Natürlich bin ich das.«

Ich finde es süß, wie entrüstet er jegliche Schwäche von sich weist. »Wie wär's, wenn ich dir Wasser hole? Dann kannst du dich wenigstens waschen.« Dass ich eigentlich auch nicht raus darf, lasse ich unerwähnt.

Er zögert kurz und nickt. »In Ordnung.«

Auf meinem Weg zum Wasserfall begegnet mir niemand, was gut ist. Ich habe keine Lust auf Fragen oder eine Auseinandersetzung darüber, warum ich die Hütte verlassen habe. Das Dorf wirkt wie ausgestorben. Obwohl es Tag ist, verursacht mir das ein mulmiges Gefühl. Eilig fülle ich die beiden Eimer. Das Wasser fühlt sich gut an. Sauber und frisch. Wie lange habe ich schon nicht mehr gebadet? Es könnte das letzte Mal sein …

In Windeseile streife ich meine Kleider ab und wate in den See hinein. Die sanfte Kühle umspielt mich und kitzelt auf meiner Haut. Herrlich. Genussvoll schließe ich die Augen. Unvorstellbar, dass dies mein allerletztes Bad sein könnte, bloß weil ein mikroskopisch kleiner Feind in mir wütet. Aber warum spüre ich nichts davon? Sollte ich nicht wenigstens Kopfschmerzen haben oder entzündete Augen?

Eine Weile genieße ich die Stille und die Schwerelosigkeit, bis mich der aufgehende Mond an Galen erinnert. Sicher fragt er sich bereits, wo ich bleibe. Gut möglich, dass er sich aus dem Bett kämpft, um nach mir zu sehen. Wind streichelt meine Haut, als ich aus dem Wasser steige. Fröstelnd ziehe ich mein T-Shirt an. Die Hose lege ich über meinen Arm.

Zurück in der Hütte stelle ich fest, dass Galen schläft. Er ist wohl doch erschöpfter gewesen, als er zugeben wollte. Ich trockne mich ab, nehme das Buch und lege mich hin. Zwischendurch schlürfe ich kalte Suppe. Irgendwann schlafe ich ein. Als ich erwache, ist es Nacht. Der Mond schält die Konturen der Möbel aus der Dunkelheit. Draußen geben Insekten ein einsames Konzert. Ein trügerischer Frieden liegt über Landsby. Jederzeit können die Soldaten der Neuen Armee kommen und ich liege hier, unheilbar krank, und kann nichts tun als warten.

Galen neben mir atmet ruhig und gleichmäßig. Er trägt kein Oberteil. Ich kann seine Rippen durch die Haut sehen und die verkrusteten Einstichstellen, wo sie ihm Nadeln in den Körper getrieben und Gewebeproben entnommen haben. Die Decke hat er bis zur Hüfte hochgezogen. An einer Stelle blitzt der Hosenbund hervor. Komisch. Die kenne ich gar nicht. Mein Blick huscht zur Waschschüssel. Sie ist gefüllt. Ein benutztes Handtuch liegt daneben. Die Eimer sind leer. Wie tief habe ich geschlafen, wenn ich nicht mal mitbekommen habe, dass Galen sich gewaschen hat?

Ist das ein schlechtes Zeichen?

Vorsorglich taste ich nach meiner Stirn. Ich bin kühl. Kein Fieber. Galen dreht sich in meine Richtung und murmelt dabei etwas im Schlaf. Unwillkürlich muss ich lächeln. Er sieht gut aus. So entspannt, die Lippen leicht geöffnet. Entweder sind die Schatten unter seinen Augen verschwunden oder die Nacht hat sie verschluckt. Zaghaft lege ich die Hand auf seine Hüfte und streiche über seine Haut, ertaste die Spuren seiner Gefangenschaft. Seine Körpertemperatur ist endlich normal. Seine Heilung verläuft in atemberaubendem Tempo. Ich rücke näher, vorsichtig, denn ich will ihn ja nicht wecken. Seine Wärme und sein Duft hüllen mich ein, trösten mich über meine Angst und die Einsamkeit hinweg. Ich rede mir ein, solange er bei mir ist, kann mir nichts passieren. Erneut verspüre ich ein leichtes Kribbeln in meinem Bauch und denke an alles, was ich nicht mehr erleben werde, sollte ich sterben. Zum Beispiel Sex. Nicht dass ich darauf bisher besonderen Wert gelegt habe. Aber nun, wo ich fühle, was ich fühle, stelle ich mir vor, wie es wäre, wenn Galen und ich ...

Schnell verscheuche ich den Gedanken und drehe mich trotzig um. Bin ich verrückt geworden? In einer Situation wie dieser an Sex zu denken? Noch dazu mit einem Mutanten.

Kein Mutant. Galen.

Aber er ist krank. Wir beide sind das.

Eine Hand legt sich auf meine Hüfte. Die Berührung jagt heiße Wellen durch meinen Körper. »Jule? Bist du wach?«

Ich schlucke trocken. »Ja.«

Etwas liegt in der Luft. Mit jeder Faser kann ich es spüren. Eine Spannung, wie an dem Abend als er mich geküsst hat, nur viel intensiver, weil ich mich nicht mehr dagegen wehre und weil Galen und ich uns mittlerweile viel vertrauter sind. Ob er es ebenfalls spüren kann? Er rutscht näher. Sein Atem in meinem Nacken kitzelt auf der Haut. »Warum hast du dich weggedreht?«, fragt er. Seine Stimme ist leise und vibriert in meinem Inneren. Himmel, was passiert mit mir?

Sanft aber bestimmt dreht er mich in seine Richtung. Zögerlich wende ich mich um und schaue ihn an. Seine Augen sind klar. Deutlich kann ich den purpurfarbenen Ring um seine Pupillen erkennen. Sein Blick ist unheimlich und erregend zugleich und bringt meine Wangen zum Glühen. Hoffentlich kann er das in der Dunkelheit nicht sehen.

»Du weißt, dass ich mich zu dir hingezogen fühle«, sagt er leise. »Und dass ich mit dir schlafen will.«

Ein Schrecken durchfährt mich, begleitet von einem erregenden Schauer. Ich senke den Kopf. »Das ist verrückt.«

Er hebt mein Kinn, lässt nicht zu, dass ich ihm ausweiche. »Weil ich ein Mutant bin?«

»Hör auf, das zu sagen. Du bist kein Mutant«, entgegne ich.

»Warum siehst du mich dann nicht an?«

»Weil …«, ich presse die Lippen zusammen. *Weil du schön bist. Weil ich dich küssen will.*

Weil ich dich liebe.

»Weil?«, bohrt er. Seine Finger tasten unter mein T-Shirt über meinen Rücken. Ich zwinge mich, ihn anzusehen. Schlucke. »Wenn die Welt gegen uns ist, wie könnten wir dann jemals zusammen sein?«

Mit den Augen zeichnet er die Konturen meines Gesichts nach und bleibt an meinen Lippen hängen. Sein Blick ist wie eine Berührung und verursacht mir eine Gänsehaut. Ich weiß, dass ich verloren habe. Alles, was uns je getrennt hat, zerfällt in eben diesem Augenblick und lässt mich nackt und bloß zurück.

»Die Welt, das sind wir«, flüstert Galen. »Wir erschaffen das, worin wir leben.«

»Ich liebe dich«, stoße ich hervor. Es ist raus, bevor ich darüber nachdenken kann.

»Ich weiß.« Er beugt sich zu mir hinab und küsst meine Stirn, dann meine Wangen und verweilt schließlich auf meinem Mund.

Ich lege meine Handflächen auf seine Brust, als wollte ich ihn von mir schieben, doch in Wahrheit will ich ihn berühren, will die Glattheit und Wärme unter meinen Fingern spüren. Sein Herz klopfte aufgeregt, ebenso wie meines. Seine Hand hebt sachte mein T-Shirt an, während er meine Lippen mit seinen öffnet. Ich will ihn, wie ich noch nie einen Mann gewollt habe. Atemlos warte ich, bis das T-Shirt ganz nach oben gerutscht ist. Zärtlich streichen seine Finger über meine entblößte Brust. Meine Körper kribbelt als würden Ameisen darüber laufen. Entschlossen umfasse ich seinen Hinterkopf, rutsche näher und presse mich ganz nah an ihn. Er keucht auf und reißt mich an sich. Meine Hände krallen sich in seinen Rücken. Und plötzlich ist es, als wäre ein Damm gebrochen und hätte seine Selbstbeherrschung fortgespült. Geschickt rollt er sich auf mich, küsst mich dabei unablässig und so leidenschaftlich, dass mir der Atem stockt. Seine Hände ertasten meine Rundungen, sind einfach überall. Willig überlasse ich mich seinem Verlangen, feure es sogar an, indem ich mein Becken an seinem nackten Unterkörper reibe. Wann hat er sich ausgezogen? Ich weiß es nicht und es ist auch egal. Mein Körper steht in Flammen.

Ich kann nicht länger warten.

Ungeduldig streife ich meine Unterwäsche ab und schon im nächsten Augenblick füllt er mich aus. Ich bin mehr als bereit. Meine Sinne konzentrieren sich nur noch auf dieses unglaubliche Gefühl, als er sich in mir bewegt. Eine süße Qual, die mir den Verstand raubt. Jeder vernünftige Gedanke verflüchtigt sich. Was ich mit Paul hatte, erscheint mir wie Kinderkram. Das hier ist echtes Verlangen. Es ist erwachsen. Es ist mehr als ich mir je hätte vorstellen können.

Als der Morgen graut, in diesem zufriedenen Zustand wohliger Erschöpfung sagt er: »Ich liebe dich, Jule.«

Ein Sonnenstrahl kitzelt mein Gesicht und Galens Finger meinen Bauch. Kichernd erwache ich aus einem wunderschönen Traum. Wohlig kuschle ich mich an ihn. Obwohl ich noch nicht richtig wach bin, genieße ich seine Nähe und seine Berührungen, sehne sie regelrecht herbei. Die Wirklichkeit kommt früh genug und mit ihr die Probleme. Ich fühle mich ein wenig wund, aber Galens geschickte Hände und sein verlangender Blick lassen mich das schnell vergessen.

Anschließend liegen wir schwer atmend da und starren an die Decke. Ich horche in mein Inneres und suche nach Anzeichen für den MM-Virus, doch ich finde nichts als entspannte Ruhe. Warum dauert das so lange? Habe ich mich nicht angesteckt? Aber das kann nicht sein. Dafür war ich Galen zu nah, habe mit ihm aus einer Flasche getrunken, ihn viel zu oft berührt. Galen scheint ähnlichen Gedanken nachzuhängen.

»Vor acht Tagen haben sie mir etwas gespritzt«, sagt er. »Danach habe ich begonnen, mich schlecht zu fühlen. Nicht dass ich mich vorher gut gefühlt habe nach allem was sie mit mir angestellt haben, aber nach der Spritze ging es mir richtig übel.«

Ich sehe ihn an. »Das tut mir leid.«

»Du verstehst nicht«, wirft er ein und mustert mich eindringlich. »Es hat keine zwölf Stunden gedauert, bis ich Fieber bekommen habe. Wir sind Tag und Nacht zusammen und du bist noch immer gesund.«

Ich verbiete mir die aufkeimende Hoffnung. »Das könnte daran liegen, dass sie dir den Virus injiziert haben.«

Die Inkubationszeit beträgt zwischen zwölf und sechsunddreißig Stunden. Das weiß jeder in der Kolonie. Mittlerweile müsste ich Symptome haben.

Aber ich habe keine. Warum?

Galen stützt sich auf den Ellenbogen und legt einen Arm um meine Hüfte. »Jule. Ich glaube, du bist immun.«

Der Gedanke ist so abwegig, dass ich mir ein Lachen nicht verkneifen kann. »Niemand ist immun. Nicht gegen MM.«

»Woher willst du das wissen? Du gehörst zu einer neuen Generation. Vielleicht haben einige von euch eine natürliche Immunität entwickelt. Deshalb bist du auch fruchtbar.«

Seine Theorie klingt zu schön, um wahr zu sein. Könnte es tatsächlich sein? Unmöglich. Das hätten sie bei den Tests doch sicher bemerkt.

Wenn sie danach gesucht hätten.

Haben sie aber nicht.

Bei den Untersuchungen ging es fast ausschließlich um die Fruchtbarkeit und darum, ob man ein Virusträger ist. An Immunität denkt niemand.

»Ich will nicht sterben.« Zum ersten Mal gebe ich es zu.

Zärtlich streicht Galen mein Haar zurück. »Ich will auch nicht, dass du stirbst.«

Ich sehe ihm in die Augen. »Reden wir uns etwas ein, weil wir Angst haben?«

Die Frage bleibt unbeantwortet, denn die Tür wird aufgerissen. Blue stürmt in die Hütte. Mit einem schnellen Blick erfasst sie die Situation. Die Missbilligung in ihrem Gesicht ist nicht zu übersehen, allerdings ist sie gepaart mit Erleichterung angesichts Galens Genesung.

»Galen. Es geht dir besser«, stellt sie fest.

Peinlich berührt ziehe ich die Decke über meine Brust. Galen wirkt entspannt. So wie er strahlt, freut er sich über Blues Auftauchen. Trotzdem bleibt er vernünftig.

»Du kannst hier nicht bleiben. Ich weiß nicht, ob ich noch ansteckend bin.«

»Pah«, winkt Blue ab. »Das ist mir scheißegal. Außerdem scheinst du es überstanden zu haben. So schlimm kann es also nicht sein.« Sie wirft mir einen giftigen Blick zu, was ich ungerecht finde. Schließlich habe ich Galen befreit. Ist ein wenig Dankbarkeit etwa zu viel verlangt? Sie muss ja nicht gleich meine beste Freundin werden.

»Ihr müsst weg. Die Soldaten kommen. Mutter Deliah führt uns in die Stadt«, verkündet sie.

Galen springt aus dem Bett und schlüpft in seine Unterhose. Es gelingt ihm problemlos, allerdings schwankt er ein wenig beim Stehen und muss sich zwischendurch am Bettpfosten festhalten. »Wann werden sie hier sein?«

»Morgen im Laufe des Tages. Wir haben Späher ausgeschickt, die uns warnen, sobald sie sich den Bergen nähern.« Sie wirft mir einen kurzen Blick zu und tritt dann auf Galen zu. »Ich muss mit dir reden. Allein.«

Die beiden sehen einander wortlos an. Da ist etwas in ihren Blicken, das ich nicht deuten kann. »Okay«, sagt Galen und folgt ihr nach draußen. Ich bleibe allein zurück und fühle mich frustriert. Warum schließen sie mich aus? Um mich abzulenken, suche ich einmal mehr meinen Körper nach Pusteln ab, finde jedoch nichts. Es geht mir gut. Bin ich wirklich immun? Wenn dem so ist, kann Mutter Deliah uns getrost mitnehmen. Ich könnte endlich Manja wiedersehen und Samuel. Die Vorstellung zaubert ein Lächeln in mein Gesicht.

Allerdings wären wir dann auf der Flucht. Die Gemeinschaft würde zerbrechen, weil wir uns nicht alle zusammen verstecken können. Oder wir müssten eine neue Heimat suchen, was nicht nur schwer, sondern auch gefährlich ist. Und wie würden wir uns ernähren? Ein halbes Dutzend dürre Hasen bekommen kein ganzes Dorf satt. Dieser Platz in den Bergen war der perfekte Ort. Ihn zu verlassen bedeutet Hunger und für viele den Tod.

Das darf nicht geschehen. Aber es wird, sollte mir nichts einfallen, wie wir dieses Schicksal abwenden können.

Als Galen wieder hereinkommt, wirkt er müde. Seufzend lässt er sich auf das Bett fallen und verschränkt die Arme hinter dem Kopf. Ich reiche ihm einen Becher Wasser und eine Kumquat. »Was ist los?«

»Blue will kämpfen«, sagt er.

Ich schnaube verächtlich. »Das ist lächerlich.«

Als er nichts erwidert, fahre ich fort. »Ihr habt keine Waffen und seid den Soldaten zahlenmäßig unterlegen. Es wäre Selbstmord.«

Er sieht mich an. »In die Ruinen oder die Wüste zu fliehen ist ebenfalls Selbstmord.«

»Das ist nicht wahr«, stoße ich entschieden hervor. »Dort haben wir wenigstens eine Chance.« Mir fällt auf, dass ich zum ersten Mal von Wir spreche. Auch Galen scheint es zu bemerken. Traurig lächelnd greift er nach meiner Hand. »Wenn die anderen kämpfen, werde ich ihnen helfen Jule.«

»Unmöglich. Du bist krank«, entgegne ich.

»Es geht mir gut.«

»Aber nicht gut genug.«

Seufzend setzt er sich auf. »Wir haben keine andere Wahl.«

»Doch habt ihr«, stoße ich hervor.

Galen hebt fragend die Augenbrauen. »Ach ja?«

»Ja.« Der Gedanke kam mir spontan und blieb in meinem Unterbewusstsein. Bis jetzt. Es gibt eine Möglichkeit, Landsby zu retten, doch sie wird Galen nicht gefallen. Genauso wenig wie sie mir gefällt.

»Ich höre.« Erwartungsvoll sieht er mich an.

Ich atme tief durch und wappne mich. Er wird es mir auszureden versuchen, und wenn das nicht gelingt, wird er es mir verbieten. »Ich gehe ihnen entgegen und biete ihnen meine Immunität im Austausch gegen die Sicherheit des Dorfes.«

Galen reißt die Augen auf. »Du spinnst. Auf keinem Fall!«

Mein Blick bohrt sich in seinen. »Es ist die einzige Möglichkeit.«

»Das ist mir egal. Dich auszuliefern ist keine Option.«

Ich senke den Kopf, darf mich nicht in seinen Augen und der Hoffnung auf eine gemeinsame Zukunft verlieren. Ich muss hart bleiben. »Ich finde das sollte Mutter Deliah entscheiden.«

29

Blue hebt die Hand zum Zeichen, dass wir innehalten sollen, und lauscht mit gerunzelter Stirn. »Ich höre sie. Sie sind höchstens noch zwei Kilometer entfernt.«

Zwei Kilometer. Das ist nicht viel. Galen hinter mir stößt einen unwilligen Laut aus. »Das ist Irrsinn. Jule. Warum tust du das?«

Das fragt er bereits, seit wir Landsby verlassen haben. Mir war klar, dass er bis zuletzt versuchen würde, mich von dem Vorhaben abzubringen, trotzdem sind seine ständigen Fragen und Vorwürfe anstrengend. Zum ersten Mal ist er sauer auf Mutter Deliah, weil sie meine Idee unterstützt. Er hat sich deswegen sogar mit ihr gestritten. Doch das gesamte Dorf stand gegen ihn, also hatte er keine andere Wahl als sich zu fügen.

»Niemals wirst du lebend dort rauskommen Jule«, fährt er fort. »Du hast keine Chance. Komm mit mir. Wir schaffen das schon. Das tun wir immer.«

Ich nehme seine Hand und drücke sie. »Ich bin die Tochter des Hauptmanns. Sie werden mich sicher nicht foltern oder unnötige Experimente machen.«

Die Betonung liegt auf unnötig, denn Experimente werden sie machen. So gut kenne ich den Haufen im medizinischen Zentrum. Für das Überleben und das Wohl der Kolonie nehmen sie auch Kollateralschäden in Kauf, und da mein Vater sich scheinbar mit meiner geplanten Flucht einverstanden erklärt hat, wird er einen Teufel tun und versuchen, mich zu befreien.

»Trotzdem. Sobald du dich in ihren Klauen befindest, bist du ihnen ausgeliefert.« Sein flehender Blick macht die Sache nicht gerade leichter, genauso wie die Erinnerung an unsere gemeinsame Nacht.

»Du bist eine noch größere Heulsuse als Heulsuse«, wirft Blue verächtlich ein. »Lass sie tun, was getan werden muss. Mit etwas Glück rettet sie uns damit den Arsch.«

Gutes Argument. Das sage ich mir auch ständig, wenn mich die Panik überkommt, denn tief in mir würde ich am liebsten wegrennen und mich irgendwo mit Galen verstecken. Schnell verdränge ich den Wunsch. Es darf nicht sein.

»Ich pass auf sie auf«, mischt sich Manja ein, die bisher schweigend neben uns hergelaufen ist. Ich schenke ihr ein Lächeln. Als Mutter Deliah mein Vorhaben verkündet hat, hat sie sofort darauf bestanden, mich zu begleiten. »Vielleicht bin ich ja auch immun«, hat sie gesagt. »Dann musst du nicht alleine herhalten.«

Es fällt mir schwer, meine beste Freundin längere Zeit anzusehen, denn sie ist hager geworden. Dabei war sie nie besonders kräftig. Aber nach den Wochen in Gefangenschaft sieht sie aus wie eine Verhungernde. Ihre Schlüsselbeinknochen stehen unnatürlich weit hervor und ihre Beine sind bleistiftdünn, sodass ich mich frage, wie sie darauf überhaupt laufen kann. Das macht mir Sorgen. Sollten sie ihr in der Kolonie Blut abnehmen, ohne sie vorher aufzupäppeln, wird sie umkippen. Trotzdem bin ich froh, dass sie bei mir bleibt. So fühle ich mich nicht ganz so alleine. Wer weiß. Vielleicht werden wir gemeinsam in eine Zelle gesteckt, dann können wir uns gegenseitig trösten.

Als die Soldaten nur noch fünfhundert Meter entfernt sind, halten wir inne. Blue geht hinter einem Felsen in Deckung. Galen bleibt stehen und macht ein verzweifeltes Gesicht. »Jule, bitte. Bleib bei mir.«

Diesmal kann ich ihn nicht mit einem Händedruck abspeisen. Ich muss mich verabschieden und das ist verdammt hart. Nein. Mehr als das. Es zerreißt mich innerlich. »Es geht nicht.«

Er zieht mich in seine Arme und drückt mich so fest, dass meine Wirbelsäule knackt. Mein Kopf ruht an seiner Schulter. Ich schließe die Augen und konzentriere mich auf die Wärme seiner Haut und seinen Duft. Nie wieder werde ich ihm nahe sein. Mein Herz krampft sich schmerzhaft zusammen.

»Wir werden uns wiedersehen, das verspreche ich dir«, sage ich. Seit wann kann ich so gut lügen?

Er hebt meinen Kopf und presst seine Lippen auf meine. Blue und Manja sind mir in dem Moment egal. Sein Kuss nimmt mich gefangen, lässt mich an allem zweifeln, was ich glaube tun zu müssen aber nicht tun will. Was, wenn der Plan misslingt? Wenn sie trotzdem das Dorf überfallen und die Mutanten töten? Der Virus hat es nicht geschafft. Dank Mutter Deliahs weiser Voraussicht ist niemand krank geworden, aber die Waffen der Soldaten schaffen es ganz bestimmt.

»Nun macht schon. Sie sind gleich da«, zischt Blue hinter meinem Rücken. Galen löst sich von mir. Ein schreckliches Gefühl, als hätte jemand meinen Körper in zwei Hälften gespalten und mir bleibt jetzt nur die kalte, einsame Hälfte. Er will etwas sagen, bringt aber keinen Ton heraus. Genau wie ich. Welche Worte könnten der Situation auch nur ansatzweise gerecht werden? Leb wohl? Oder *pass auf dich auf*? Vielleicht ein *ich liebe dich*? Alles quatsch.

Ein letztes Mal saugen sich meine Augen an ihm fest, nehmen jede Einzelheit seines markanten Gesichts auf. Selbst seine Haarlosigkeit gefällt mir mittlerweile gut. Er nickt und sieht plötzlich so traurig aus, dass ich heulen könnte. Der Schmerz lässt seine Miene erstarren. Abrupt drehe ich mich um und stapfe auf Manja zu, die wenige Schritte entfernt auf mich wartet. Auch ihr Gesicht ist von Kummer gezeichnet. Mir wird klar, wie schwer es für sie sein muss, Galen und mich zusammen zu sehen. Wenigstens für Blue ist der Weg nun frei, jetzt, wo ihre größte Konkurrentin verschwindet.

Damit die Soldaten Galen und Blue nicht entdecken, gehen Manja und ich ihnen entgegen. Der Plan ist, dass wir mit dem Kommandanten reden, ohne jedoch zu verraten, was wir anzubieten haben. Eine heikle Angelegenheit. Sie könnten uns einfach erschießen.

Der Trupp ist in Sichtweite. Die Statur des Anführers kenne ich. Es ist mein Vater. Das vereinfacht die Sache, weil ich nicht viel erklären muss und die Chancen höher sind, dass er mir zuhört. Aber seine Anwesenheit taucht mich zugleich auch in ein Wechselbad der Gefühle. Bitterkeit, weil er mich hintergangen und zugelassen hat, dass meine Mutter und mein Bruder als Versuchsobjekte missbraucht werden. Trauer, weil ich mich nach seiner Liebe sehne. Und Angst vor seiner Reaktion.

Mein Vater hebt die Hand und der Trupp bleibt stehen. Die Soldaten in vorderster Reihe legen ihre Waffen an und richten sie auf Manja und mich.

»Jule. Was machst du hier?« Mein Vater klingt überrascht, kommt aber nicht auf mich zu. Das ist schlecht.

»Ich bin hier, um zu verhandeln«, rufe ich.

Er gibt den Männern ein Zeichen. Sie lassen die Waffen sinken. »Worüber?«

»Über die Freiheit der Verstoßenen.«

»Du meinst die Mutanten?«

Ich nicke. Hoffentlich hat Blue das nicht gehört. Sie hasst es, Mutant genannt zu werden. »Wir haben etwas anzubieten. Etwas Wertvolles für die Kolonie.«

»Und was?«

Ich wundere mich über das kühle Kalkül meines Vaters. Selbst wenn ich ihn enttäuscht habe, sollte man doch meinen, dass ihn mein Anblick zumindest aufrütteln würde. Stattdessen steht er scheinbar gelassen da und redet mit mir wie mit einer Fremden. Das verletzt mich und bestätigt meinen Verdacht: Er war tatsächlich an der Verschwörung gegen die Mutanten und mich beteiligt.

»Ich biete euch Immunität.«

Die Augenbrauen meines Vaters zucken in die Höhe. »Immunität? Gegen was?«

»Gegen den MM-Virus. Wenn der Rat verspricht, das Dorf in Ruhe zu lassen, geben sie euch im Gegenzug die Person, der der Virus nichts anhaben kann. Ich bin dazu auserwählt worden, den Deal auszuhandeln.«

Nicht nur mein Vater, die gesamte Soldatenschar gerät in Bewegung. Das Blut eines immunen Menschen könnte die Entdeckung eines Heilmittels bedeuten. Jeder weiß das. Allerdings dürfen sie nicht erfahren, dass es sich bei diesem Menschen um mich handelt, sonst würden sie mich einfach verschleppen und der Deal wäre dahin.

»Was soll uns daran hindern das Dorf auszuräuchern, die Mutanten gefangenzunehmen und zu testen?«

Ich zucke mit den Schultern. »Ihr werdet ihn niemals finden. Dafür haben wir gesorgt.«

Angewidert verzieht mein Vater das Gesicht. Er versteht nicht, warum ich mich mit den Mutanten verbünde. Mit großen Schritten kommt er auf mich zu. »Du solltest lieber verschwinden, ansonsten könnten wir dir die Information gewaltsam entlocken.«

Dass er mir droht, wenn auch nur geflüstert, sodass die anderen es nicht hören können, macht mich nur noch entschlossener. Der Mann vor mir ist ein Diener der Kolonie und nicht mein Vater. »Das würde dir nichts nutzen«, zische ich. »Denn ich weiß nicht, wo sich der Immune versteckt hält. Erst wenn der Rat ein Abkommen unterzeichnet hat, wird mir der Aufenthaltsort mitgeteilt.«

»Du bist so dumm, Kind.« Mein Vater zögert einen Augenblick lang und tritt dann zurück. An der Falte auf seiner Stirn kann ich erkennen, dass er angestrengt nachdenkt. Er will nicht nachgeben, das ist klar, aber er hat keine andere Wahl. Wenn er die Möglichkeit versaut, einen Immunen in die Finger zu bekommen, würde ihn der Rat verbannen.

»Also gut«, sagt er schließlich laut. »Wir kehren um. Du begleitest uns.«

Er winkt vier Männer herbei, die Manja und mich an den Armen fassen und zu dem Soldatentrupp führen. Am liebsten würde ich mich nach Galen umblicken doch das wäre zu gefährlich. Ein stilles Lebewohl ist alles, was ich ihm schicken kann, denn eines ist sicher: Ich werde ihn nicht wiedersehen. Sobald der Rat erfährt, dass ich die Immune bin, werde ich für den Rest meines Lebens in den Untiefen des medizinischen Zentrums verschwinden.

30

Obwohl ich schon einmal vor dem Rat gestanden habe und versuche, mich zu wappnen, komme ich mir wieder ganz klein und verloren vor in diesem riesigen Raum. Die Männer hinter dem Tisch sind einschüchternd mit den todernsten Gesichtern und ihrem allmächtigen Gehabe. Dazu noch die massigen Soldaten, die wie Statuen neben dem Schreibtisch wachen, jederzeit bereit, zu töten, sollte ich eine falsche Bewegung machen. Manja neben mir wirkt gefasst und zu allem entschlossen, als hätte sie einen Plan.

»Nenn uns die Bedingungen«, befiehlt General Albert. Sein selbstgefälliges Grinsen weckt eine unbestimmte Furcht in mir.

Ich atme tief durch und straffe mich. Hoffentlich gehen sie auf die Forderungen ein. »Ein Friedensabkommen zwischen Landsby und der Kolonie. Die Neue Armee greift die Verstoßenen nicht an. Im Gegenzug lassen sie die Soldaten auf Streifzug in Ruhe und versuchen nicht mehr, die Kolonie zu überfallen. Außerdem wollen sie zehn Säcke mit Saatgut, Düngemittel und Waffen.«

General Albert lacht abfällig. »Das ist lächerlich.« Er blickt die Ratsmitglieder an. »Wir sollten diese Missgeburten ausräuchern und nicht mit ihnen verhandeln.«

Wie ich diesen Scheißkerl hasse. Sein Einfluss auf die anderen ist groß, was mir schon bei meiner Anhörung beinahe das Genick gebrochen hat. Bestimmt würde er mich am liebsten foltern lassen. Glücklicherweise hat mein Vater die Ratsmitglieder darüber informiert, dass ich nur der Verhandlungspartner bin, ansonsten jedoch keine Ahnung habe. Die Ratsoffiziere beginnen, sich flüsternd zu unterhalten. Ich spitze die Ohren, kann aber nur Wortfetzen verstehen. Nervös balle ich die Hände zu Fäusten. Die Spannung ist unerträglich.

»Wir geben« keine Waffen heraus«, verkündet General Wittenberg schließlich. »Und höchstens fünf Säcke Saatgut.« Er wirft seinen Kollegen einen Blick zu.

General Wolf nickt. »Das Friedensabkommen werden wir unterzeichnen. Es wird jedoch hinfällig, sollte sich die Person nicht als immun herausstellen.«

Das war zu erwarten. Mutter Deliah hat prophezeit, dass sie niemals Waffen und zehn Säcke Saatgut herausgeben würden, meinte aber, dass ich hoch pokern soll, um so viel wie möglich rauszuschlagen. Bleibt zu hoffen, dass ich tatsächlich immun bin.

»Einverstanden«, sage ich ein wenig zu schnell. Nun wissen sie, dass wir gar nicht mit der Erfüllung all unserer Forderungen gerechnet haben.

»Gut«, sagt General Wolf. »Wir lassen den Vertrag aufsetzen. Wann wird die Übergabe der immunen Person erfolgen?«

Wenn ihr wüsstet. »Morgen um die Mittagszeit vor dem Haupttor.« Solange darf ich noch in einem Zimmer im Regierungsgebäude wohnen. Ich sollte es genießen.

»Was ist mit ihr?« General Albert deutet auf Manja. »Immerhin ist sie eine Fahnenflüchtige. Warum hast du die Kolonie verlassen Mädchen?«

»Das bereue ich zutiefst«, sagt Manja und senkt demütig den Kopf. Überrascht blicke ich sie an. So kenne ich meine Freundin nicht.

»Ich wollte Jule finden und in die Kolonie zurückbringen«, fährt Manja fort. »Ich wusste nicht, wie besessen sie von diesen Missgeburten ist.«

General Albert fixiert sie mit zusammengekniffenen Augen. »Du lügst. Wir wissen von deiner Verbindung zu den Aufrührern, allen voran Fabio Panucci.«

»Ich hatte keine Ahnung, dass Fabio ein Aufrührer ist«, beteuert Manja. »Für mich war er nur ein armer alter Mann der Hunger hat. Deswegen habe ich ihn öfters besucht, um ihm etwas zu Essen zu bringen.«

Manjas Familie hat kaum genug Essen, um sich selbst durchzubringen, geschweige denn irgendeinen alten Mann. Was bezweckt sie mit ihrem Verhalten? Hat sie etwa der Mut verlassen und sie versucht nun, mit aller Macht freizukommen? Das kann ich mir nicht vorstellen. Manja ist der mutigste Mensch, den ich kenne.

General Albert bleibt misstrauisch. »Faule Ausreden. Du hast dich mit dem Feind verbündet. Wir wissen von dir und dem Mutanten Samuel.«

Manja reibt ihre Handflächen an der Seite ihrer Hose. Sie ist kreidebleich. Hoffentlich kippt sie nicht um. »Er hat mich wegen Jule kontaktiert, weil wir Freundinnen waren. Mir war nicht klar, dass das verboten ist. Wenn wir alle persönlichen Kontakte auf ihre Unbedenklichkeit überprüfen müssen, dann sollte uns jemand darüber informieren.«

Da blitzt sie durch, die aufsässige Manja. Trotzdem verstehe ich nicht, warum sie sich beim Rat einschleimt.

»Es tut mir leid«, fährt Manja fort. »Aber ich versichere Ihnen, dass ich mir nichts bei alldem gedacht habe.« Sie sieht mich an. Ablehnung liegt in ihrem Blick und eine Kälte, bei der sich mein Magen zusammenzieht. Wo ist meine beste Freundin hin?

»Ich habe mich in Jule getäuscht und in vielen anderen auch, dabei wollte ich immer nur eine aufrechte Bürgerin der Kolonie sein.«

Mein Mund klappt auf vor Überraschung. Ist das ihr Ernst? Sieht ganz danach aus. Aber das würde bedeuten, dass sie mich verachtet. Der Gedanke tut fast genauso weh wie der Abschied von Galen. Die Ratsmitglieder beraten sich leise und ich stehe da und starre Manja fassungslos an. Sie meidet meinen Blick. Ihre Haltung wirkt verkrampft, als wäre jede Sekunde in meiner Nähe eine Qual. Meine Gedanken überschlagen sich. General Albert mustert mich grinsend. Natürlich gefällt ihm mein Entsetzen.

Schließlich erhebt sich General Wittenberg und richtet seinen Blick auf Manja. »Wir werden Zeugen befragen, um uns ein Bild von deinen Absichten und deinem Charakter machen zu können. Erst dann werden wir entscheiden, ob du in der Kolonie bleiben darfst oder nicht. Bis dahin ist es dir erlaubt, zu deiner Familie zurückkehren. Allerdings stehst du unter Hausarrest. Solltest du dagegen verstoßen, wirst du umgehend verbannt.«

Manja nickt. »Das verstehe ich. Danke.«

»Gut. Du darfst wegtreten.«

Manja wendet sich ab und geht, würdigt mich dabei weiterhin keines Blickes. Bisher habe ich mich zusammengerissen, aber nun könnte ich losheulen.

»Jule Hoffmann«, fährt General Wittenberg fort. Es fällt mir schwer, mich auf ihn zu konzentrieren. »Du bleibst in Gewahrsam, bis die Übergabe erfolgt ist.«

Meine Gefangenschaft beginnt. Ab morgen werde ich ein Versuchskaninchen sein und nebenbei auch die Retterin der Menschheit. Eine Retterin, die nie in den Geschichtsbüchern auftauchen wird. Sollten sie durch mich das Heilmittel finden, wird den Ruhm jemand anderes ernten. Die Regierung, die Wissenschaftler oder Ärzte. Aber bestimmt keine Fahnenflüchtige, die sich mit Mutanten verbündet hat.

* * *

Die Nacht ist eine endlose Aneinanderreihung von Sekunden, Minuten und Stunden. An Schlaf ist nicht zu denken. Manjas Verhalten hat mich völlig aus der Bahn geworfen. Außerdem vermisse ich Galen. Immer wieder gehe ich in Gedanken die Übergabe durch, bei der Galen und Blue den Friedensvertrag und das Saatgut ausgehändigt bekommen und im Gegenzug meinen Namen nennen. Ich kann mir vorstellen, wie schwer Galen das fallen wird, aber Blue wird schon dafür sorgen, dass sie meinen Namen erfahren.

Wie lange wird es dauern, bis sie mich holen?

Irgendwann halte ich es im Bett nicht mehr aus. Deshalb stehe ich auf und stelle mich ans Fenster. Es ist nicht vergittert. Muss es auch gar nicht sein, denn mein Zimmer liegt im vierten Stock des Regierungsgebäudes. Einen Sprung in die Tiefe würde ich nur mit gebrochenen Beinen überleben. Ich öffne das Fenster und lehne mich hinaus. Der Nachthimmel ist sternenklar. Kühler Wind streichelt mein Gesicht, der mich an die Nächte auf dem Wasserturm erinnert. An Manja. Mein Herz zieht sich schmerzhaft zusammen. Warum hat sie das getan? Selbst nach Stunden des Grübelns verstehe ich es nicht. Ist es Eifersucht? Ist sie enttäuscht, weil ich mich in Galen verliebt habe? Sie weiß, dass ich sie liebe, aber nur als gute Freundin. Trotzdem. Paul war keine Konkurrenz. Galen hingegen schon. Hat sie mir deshalb den Rücken zugekehrt?

Meine Augen schweifen über die Kolonie. Mein geliebter Fluss liegt auf der anderen Seite. Schade. Sein Anblick hätte mich sicher getröstet. Stattdessen sehe ich die verkohlten Reste des Vorratsspeichers und den Westsektor, der irgendwo im nächtlichen Schatten in die Wellblechsiedlung übergeht. Dort ist Manja. Und hinter der Mauer wartet Galen auf den Morgen. Bestimmt kann er ebenso wenig schlafen wie ich. Ob er an mich denkt?

Der Wind kühlt meine Wangen, die nass sind von meinen Tränen. Mein Hals schmerzt, weil ich mir verbiete, meinen inneren Schmerz hinauszuschreien. Ich will kein Weichei sein. Keine *Heulsuse*.

Der Morgen bricht an. In wenigen Stunden werden sie mich holen. Ein paar Frühaufsteher haben sich vor dem Regierungsgebäude versammelt. Einer von ihnen diskutiert wild gestikulierend mit einem Wachsoldaten. Die anderen umringen ihn stumm. Ich runzele die Stirn. Was wollen die hier? Jeder vernünftige Koloniebewohner meidet diese Gegend. Die Gruppe setzt sich in Bewegung und verschwindet aus meinem Sichtfeld, nur eine alte Frau bleibt zurück und sucht die Fassade ab. Sie kommt mir bekannt vor. Dann fällt es mir ein. Es ist die Mutter von dem Mann, dessen Verbannung ich mit angesehen habe. Als sie mich entdeckt, winkt sie mir zu. Komisch. Sie kennt mich doch gar nicht. Ich zwinge mich zu einem Lächeln, obwohl sie es aus der Entfernung sicher nicht sehen kann, und winke ebenfalls. Dann macht sie ein Zeichen, als würde sie mir die Daumen drücken und humpelt fort. Ich beobachte sie, bis sie um die Ecke verschwunden ist.

Draußen höre ich Schritte. Die Tür geht auf.

Ich zucke herum. General Albert gefolgt von vier Soldaten. Was wollen die hier? Es ist noch viel zu früh.

»Jule Hoffmann«, sagt General Albert mit selbstgerechter Miene. Er wirkt überglücklich. »Folge uns.«

Ich weiche zurück. »Jetzt schon?«

General Albert lacht. »Es wird keinen Deal geben Fräulein Hoffmann.«

»Was? Warum?« Panik überschwemmt mich wie eine Flutwelle. Was geht hier vor? Zwei Soldaten ergreifen meine Arme.

General Albert baut sich vor mir auf. Sein Gesicht ist nur wenige Zentimeter von meinem entfernt. »Du bist mit dem Infizierten geflohen. Vor *acht* Tagen. Doch du bist nicht krank. Was schließen wir daraus?«

Oh nein. Dass sie mir auf die Schliche kommen könnten, habe ich nicht bedacht. Ich bin so dumm. Die Soldaten zerren mich hinaus. Ich fühle mich wie betäubt. Der Deal ist geplatzt. Es war alles umsonst.

Benommen stolpere ich nach draußen. Die Menschen sind immer noch da. Sie stehen auf dem Vorplatz und beobachten stumm, wie ich abgeführt werde. Trotz meiner Panik entdecke ich Paul unter ihnen. Er steht ganz hinten halb verdeckt. Hilfesuchend hebe ich die Hand. General Albert scheint das nicht zu gefallen, denn er winkt weitere Soldaten herbei und bellt ihnen den Befehl zu, die Leute zu vertreiben. »Wir brauchen keine Gaffer«, blafft er.

Er vielleicht nicht, aber für mich sind die Menschen ein Rettungsanker. Woher wissen sie von mir? Von Paul? Aber woher weiß er von meinem Schicksal? Während wir weitergehen, drehe ich mich so oft wie möglich um. Die Menge wird auseinandergetrieben. Es läuft friedlich ab, denn sie leisten keinen Widerstand, doch sie haben meine Verhaftung nicht ignoriert. Das ist immerhin etwas.

General Albert führt mich nicht wie erwartet zum medizinischen Zentrum, sondern zu dem Tunnel, durch den man ins Seuchenzentrum gelangt. Kalte Angst verknotet sich in meinem Bauch zu einem harten Klumpen. Plötzlich wird mir klar, dass ich kein Frühstück bekommen habe und wahrscheinlich auch keins bekommen werde. Schon jetzt bin ich nur noch ein Objekt, über dessen Wohlergehen sich niemand sorgt.

General Albert öffnet die Tür zum Durchgang. Statt uns zu folgen, schließt er zu mir auf. »Den Weg kennst du sicher«, schnarrt er.

Ich schweige. Was hat er jetzt wieder vor?

Sein gehässiges Lachen hallt von den Wänden wider. »Hast du wirklich geglaubt, du kannst einfach ins Seuchenzentrum reinspazieren und einen Gefangenen befreien? Wie dumm von dir. Hoffentlich hat diese Missgeburt ihr gerechtes Ende gefunden und dabei ein paar von seinem Pack mitgenommen.«

Am liebsten würde ich ihm entgegenschleudern, dass sein toller Plan, die Mutanten mit dem MM-Virus zu infizieren, gründlich misslungen ist, aber angesichts seiner Unberechenbarkeit sollte ich ihn besser nicht provozieren. Wer weiß, was ihm noch alles einfällt. Möglicherweise lässt er mich aufschneiden, nur so zum Spaß. Und dass Landsby von dem Virus verschont geblieben ist, ist sowieso bedeutungslos angesichts der Tatsache, dass es keinen Friedensvertrag geben wird.

»Dieses Monster, wie Ihr es nennt, wurde von der Kolonie geschaffen«, sage ich stattdessen. »Ihr habt ihn zu dem gemacht, was er ist.«

Der riesige Soldat neben mir, der eindeutig genmanipuliert ist, wirft mir einen kurzen Seitenblick zu. General Albert schnaubt verächtlich. »Jede Forschung erzeugt Misserfolge. Wir waren dumm genug, sie am Leben zu lassen. Diesen Fehler machen wir schon seit einer ganzen Weile nicht mehr.«

Nur zu gut weiß ich, was das bedeutet und es lässt mir einen kalten Schauer über den Rücken rieseln. Jeder Säugling, der nicht den Erwartungen entspricht, wird getötet. So sieht es jetzt aus. Deshalb gibt es keinen Nachwuchs mehr in Landsby. Weil sie keinen mehr finden.

Angestrengt versuche ich, meine Erschütterung hinter einer gleichmütigen Miene zu verbergen. General Albert will mich provozieren. Das darf ich nicht zulassen.

»Wer hätte gedacht, dass du immun bist«, fährt er fort. »Und auch noch freiwillig zu uns kommst. Jetzt kannst du endlich deinen Beitrag für die Kolonie leisten.«

Am liebsten würde ich ihm das hämische Grinsen aus dem Gesicht prügeln. Er weiß genau, warum ich gekommen bin und reibt es mir absichtlich unter die Nase, um mich fertigzumachen. Dieses Schwein.

Im Seuchenzentrum erwartet mich ein sechsköpfiges Ärzte-
und Schwesternteam, alle mit Kittel und Mundschutz, als wäre
ich hoch ansteckend. Sie wirken aufgeregt. Wahrscheinlich können sie es kaum erwarten, mich auseinanderzunehmen. General
Albert übergibt mich mit dem Hinweis, er erwarte schnelle
Ergebnisse und geht, nicht ohne mir ein letztes »viel Spaß«
zuzuwerfen.

Sie führen mich in den Raum neben dem, in dem Galen
untergebracht war. Ich sehe weiße Fliesen an den Wänden, einen
Rollcontainer mit medizinischen Geräten und ein Metallbett.
Nicht gerade anheimelnd, aber das soll es wohl auch nicht sein.
Ich soll mich nicht wohlfühlen, sondern den Virus heilen.

»Hinlegen«, befiehlt ein Mann mit Halbglatze, während zwei
Pfleger mich auf das Bett drücken und meine Arme und Beine
mit Lederriemen fixieren.

Dr. Klein ist auch dabei. Ich erkenne sie an ihrem zentimeter-
kurz geschnittenen Blondhaar. Meine Hoffnung, dass wenigstens sie mich wie einen Menschen behandelt, erfüllt sich nicht.
Sie hält eine Spritze in der Hand und macht dieselbe unterkühle
Miene wie bei Galen. Eine junge, dunkelhaarige Frau schließt
eine Kanüle an einen Schlauch, der zu einem Beutel mit einer
gelblichen Flüssigkeit führt. Das Zeug erinnert mich an ver-
dünnten Urin. An den Namen der jungen Frau kann ich mich
nicht erinnern, aber ich kenne sie aus der Schule. Manja hat sie
immer beschimpft, weil ihre Eltern aus der Wellblechsiedlung
entkommen sind, indem sie andere denunziert haben. Jetzt ist
sie mein Kerkermeister. Mein Atem geht keuchend. Ich habe
schreckliche Angst. Nachdem ich fixiert bin, geht es los. Auf
jeder Seite bekomme ich Nadeln in den Körper getrieben. Eine
Schwester hört mich ab.

»Wo sind deine Handschuhe?«, fragt Dr. Klein ungehalten.

»Es sind keine mehr da«, erwidert sie.

»Wenn sie wirklich immun ist, brauchen wir keine«, wirft die Halbglatze ein.

»Noch wissen wir nicht mit Sicherheit, ob sie es ist«, entgegnet Dr. Klein.

»Der Rat ist überzeugt davon«, sagt die Halbglatze.

Dr. Klein schnaubt. »Ich überzeuge mich lieber selbst. Außerdem könnte sie alles Mögliche haben. Immerhin hat sie bei den Mutanten gelebt. Du weißt, was das heißt.« Sie wirft dem Mann einen bedeutungsvollen Blick zu.

Er nickt. »Leider wahr. Dann sollten wir sie auch auf Parasiten untersuchen.«

Nicht nur, dass sie sich über mich unterhalten, als wäre ich gar nicht da, sie halten mich auch für einen schmutzigen Krankheitsherd, nur weil ich bei den Mutanten gelebt habe. Das ist lächerlich. Ein Stechen in meiner Armbeuge lenkt mich ab. Zehn Röhrchen füllen sich mit meinem Blut. Das ist fast ein halber Liter. Mir wird schlecht. Wozu brauchen sie das alles?

Kaum sind sie damit fertig, hält mir die Dunkelhaarige wortlos einen Becher und zwei blaue Kapseln hin. Es ist unheimlich, wie teilnahmslos sie mich über ihren Mundschutz hinweg ansieht, als wäre ich ein Ding. Dabei kennt sie mich. Ob sie mich nun leiden konnte oder nicht, ich bin ein Mensch mit Gefühlen, genau wie sie. Niemand spricht mit mir und wenn dann nur im knappen Befehlston. *Ich bin ein menschliches Wesen* würde ich am liebsten brüllen. *Warum tut ihr mir das an?* Aber was würde das ändern?

»Wir sollten noch eine Gewebeprobe nehmen«, schlägt Dr. Klein vor.

»In Ordnung«, sagt der Mann. »Aber ich mache zuerst ein Ultraschall.«

Ich kneife die Augen zu und spüre, wie eine Träne meine Schläfe hinabrinnt. Mein Oberteil wird aufgeschnitten. Die kalte Klinge streift meine Haut und verursacht mir eine Gänsehaut. Etwas Kaltes tropft auf meinen Bauch, dann ein leichter Druck. Der Ultraschallkopf. Jemand reißt an meinen Haaren herum. Aua. »Keine Läuse oder Nissen«, höre ich.

»Bringt die Blutproben ins Labor. Bernhard soll alles vorbereiten. Ich komme gleich«, sagt Dr. Klein.

Ich denke an Galen und frage mich, ob sie dasselbe mit ihm gemacht haben.

»Eierstöcke und Gebärmutter sehen gut aus. Sie hätte viele Kinder bekommen können«, stellt der Glatzkopf fest.

Ein Kichern. »Kann sie ja noch.«

Oh nein. Alles bloß das nicht. Ich will keine Gebärmaschine sein, im Käfig gehalten wie ein Tier. Kann ich diesem Schicksal denn niemals entfliehen?

»Da ist ein Fleck auf ihrer Haut. Den will ich mir ansehen. Gib mir das Vergrößerungsglas.« Jemand drückt an meiner Hüfte herum. Ich öffne die Augen einen Spalt breit und blinzle durch die Schlitze. Bis auf die beiden Ärzte haben alle den Raum verlassen.

»Nur ein Pickel. Kein MM-Exanthem.« Dr. Klein erhebt sich. »Damit ist die erste Testreihe beendet. Ich gehe ins Labor.«

Halbglatze nickt und beginnt, an meinem Hals herumzutasten. »Die Lymphknoten sind nicht geschwollen. Das ist ein gutes Zeichen. War sie wirklich mehrere Tage lang mit dem infizierten Mutanten in Kontakt?«

Dr. Klein nimmt ein Klemmbrett von einem der Rollcontainer. »Ja. Hier steht acht Tage.«

Die beiden sehen sich an. Ihre Augen leuchten. Ich komme mir immer noch vor als wäre ich unsichtbar.

»Das könnte es sein«, sagt der Mann.

»Oh ja. Das könnte es.«

Euphorie klingt aus ihrer Stimme. Eilig verlassen sie den Raum. Jetzt wollen sie es wissen. Mit einem metallischen Krachen fällt die Tür ins Schloss. Ich liege da und fühle mich sterbenselend. Ausgelaugt, als hätte ich zwölf Stunden lang die Ställe ausgemistet. Ich will nicht einschlafen, aber die durchwachte Nacht, die Aufregung und wahrscheinlich auch der Medikamentencocktail, der in meine Armvene tropft, machen mich träge und benommen. Mein letzter klarer Gedanke gilt Galen und der Hoffnung, dass Mutter Deliah es schaffen wird, Landsby rechtzeitig zu evakuieren.

* * *

Als ich aufwache, ist es dunkel. Desorientiert sehe ich mich um. Wo bin ich? Dann fällt es mir wieder ein. Ich bin ein verdammtes Versuchskaninchen im Seuchenzentrum. Mich fröstelt. Der Raum ist kühl und mein Körper reagiert empfindlich, weil ich normalerweise zugedeckt schlafe, selbst bei vierzig Grad Außentemperatur. Hier liege ich mit halbnacktem Oberkörper, ohne Decke oder wenigstens einem Laken. Es ist demütigend. Vorsichtig ruckle ich an meinen Fesseln. Keine Chance. Die Lederriemen geben nicht nach. Durch das schmale Fenster oben an der Wand sehe ich einen rosa Streifen am Himmel, der einen sonnigen Morgen ankündigt. Die Menschen in der Kolonie erheben sich aus ihren Betten und gehen ihrem Tagwerk nach, während ich hier liege, angekettet wie ein Tier, hungrig und durstig und mich frage, was sie mit mir machen werden. Ich blicke zur Tür. Durch das Sichtfenster nehme ich eine Bewegung wahr. Wahrscheinlich eine Wache. Wie bescheuert. Als könnte ich versuchen, auszubrechen. Aber vielleicht geht es gar nicht um mich. Vielleicht befürchten sie, jemand könnte eine Befreiungsaktion starten, so wie ich es bei Galen getan habe. Der Gedanke hat etwas Tröstliches.

Kurz darauf kommt Dr. Klein herein, gefolgt von der Dunkelhaarigen aus meiner Schule. Das perfekte Team. Beide tragen einen Mundschutz, aber nur die Ärztin hat auch Handschuhe an. Hinter ihnen betreten ein Pfleger und der Wachsoldat meine Zelle. Die Dunkelhaarige beginnt, mich abzuschnallen und ich zermartere mir das Hirn nach ihrem Namen. Alina? Sabina? Keine Ahnung.

»Beeilt euch, damit ich weitermachen kann«, sagt Dr. Klein.

Niemand informiert mich über irgendwas. Langsam finde ich dieses Verhalten nicht mehr beängstigend, sondern unverschämt. »Was haben Sie mit mir vor?«

Die Ärztin wirft mir einen abschätzenden Blick zu und schweigt. Blöde Kuh.

»Wir bringen dich zur Dusche«, erklärt die Dunkelhaarige und reicht mir einen Kittel, damit ich meine Blöße verdecken kann.

»Sei still Elisa. Keine Gespräche mit den Gefangenen«, zischt Dr. Klein.

Elisa! Natürlich. Ich blicke von einem zum anderen. »Warum nicht?«

Keine Antwort. »Ich habe Hunger und Durst«, fahre ich fort. Wäre doch gelacht, wenn ich ihnen nicht irgendeine Reaktion entlocken könnte. Sie wollen mich nicht als Mensch sehen, aber das werde ich nicht zulassen. Nachdem ich den Kittel übergestreift habe, fassen mich Elisa und der Pfleger am Arm und führen mich in den Flur und die Treppe hinauf. Der Soldat folgt uns. Es ist derselbe Kerl, der auch in der Eskorte vom Vortag gewesen ist. Der Koloss.

Elisa wirft einen Blick über die Schulter. »Ich glaube, nach dem Duschen bekommst du etwas zu essen«, wispert sie mir zu. Ich nicke, dankbar für diese Information und verwundert, weil sie mit mir spricht.

Die Dusche liegt im ersten Stock. Dort reiht sich Tür an Tür aneinander. Alle sind mit einer Zahlen- und Buchstabenkombination beschriftet. C-44, B-18 etc. Ich kenne diese Bezeichnung aus den Unterlagen im medizinischen Zentrum. Wohnen hier etwa die genmanipulierten Soldaten? Sieht ganz danach aus. Das würde erklären, warum sie nie jemand zu Gesicht bekommt. Niemand, der nicht im Seuchenzentrum arbeitet, wagt sich auch nur in die Nähe. Oft habe ich mich gefragt, warum das Gebäude so groß ist, vor allem weil es fast keine akut Infizierten mehr gibt. Nun weiß ich es.

Es ist sehr still im Flur. Scheinbar ist niemand da. Wir betreten einen kleinen gefliesten Raum mit mehreren an der Decke installierten Duschköpfen. In der Mitte ist ein Gitter im Boden eingelassen, durch das das Wasser abfließen kann. Neben der Tür steht ein Regal mit Handtüchern. Ich sehe keine Duschvorhänge. Der Soldat und der Pfleger bleiben im Türrahmen stehen. Elisa deutet auf den letzten Duschkopf. »Der da hinten funktioniert am besten.«

Unsicher durchquere ich den Raum. Die Fliesen unter meinen nackten Sohlen fühlen sich kalt an, was mich erneut frösteln lässt. Überhaupt wirkt der Duschraum kühl und steril wie ein Operationssaal. Hoffentlich ist wenigstens das Wasser warm. Und hoffentlich guckt der Soldat nicht zu. »Könnten sich die Männer umdrehen?«, bitte ich an Elisa gewandt.

Der Soldat verschränkt abwehrend die Arme vor der Brust. Elisa nickt ihm zu, woraufhin er mir tatsächlich den Rücken zudreht. Der Pfleger hat es bereits getan.

Eilig streife ich den Kittel und meine Unterwäsche ab und drehe das Wasser auf. Es ist kalt. Ich warte ein paar Sekunden und hoffe, dass es sich erwärmt, aber das tut es nicht.

»Beeil dich«, sagt Elisa.

Dann muss ich wohl weiter frieren. Auf der Ablage vor mir liegt ein Stück Seife. Bibbernd stehe ich unter dem Wasserstrahl und schäume mich ein. Währenddessen werfe ich immer wieder einen Blick über die Schulter und vergewissere mich, dass ich nicht beobachtet werde. Elisa behält mich im Auge aber sie starrt nicht. Wenige Minuten später bin ich fertig. Ein Handtuch um mich geschlungen sammle ich meine Sachen auf und tapse zur Tür. Mein Magen knurrt vernehmlich. Wenigstens konnte ich meinen Durst unter der Dusche stillen.

»In der Wellblechsiedlung ist ganz schön was los«, sagt Elisa plötzlich. Der Pfleger runzelt die Stirn, sieht erst mich und dann Elisa an. Auch ich verstehe nicht, was sie damit sagen will und vor allem warum?

»Hoffentlich kommt es nicht zu einem Aufstand«, fährt sie fort in einem Ton, der das Gegenteil besagt.

Der Pfleger schaut sie warnend an und schüttelt kaum merklich den Kopf. Elisa zwinkert mir zu. »Halt durch«, lese ich von ihren Lippen ab. Mein Herz beginnt zu pochen.

Warum hat sie das gesagt? Bedeutet es, dass ich befreit werde? Der Gedanke ist zu schön, um wahr zu sein. Immer wieder starre ich Elisa an in der Hoffnung, dass sie noch etwas verrät, aber den Rest des Weges schweigt sie. Hat Manja sich in ihr getäuscht? Ist sie in Wahrheit gegen das System?

Dr. Klein empfängt uns mit einem ungeduldigen Wippen ihres Fußes. »Na endlich. Ich habe nicht den ganzen Tag Zeit.«

»Entschuldigung Dr. Klein. Wir haben uns beeilt aber der Duschraum liegt oben im ersten Stock«, sagt Elisa. Sie führt mich zum Bett und bedeutet mir, den Kittel anzuziehen und mich hinzulegen. Mein Magen knurrt noch immer. Angesichts des Schlauches in Dr. Kleins Hand vergeht mir allerdings der Hunger. Was hat sie vor? Sie winkt den Pfleger herbei. »Halt ihre Beine fest. Ich muss einen Katheder legen. Für die nächsten Tests darf sie nicht aufstehen.«

»Was?« Entsetzt reiße ich die Augen auf. Ich will keinen Schlauch in meine Blase geschoben bekommen. »Bitte nicht.«

Dr. Klein beachtet mich nicht und auch Elisa und der Pfleger meiden meinen Blick. Unbarmherzig drücken sie mich auf die Matratze und fixieren meine Arme. Anschließend halten sie meine Knie fest, damit ich sie nicht zusammenpressen kann. Dr. Klein fackelt nicht lange. Geschickt fädelt sie den Schlauch in meine Harnröhre ein und schließt ihn an einen Beutel neben dem Bett. Gedemütigt schließe ich die Augen. Wie viel schlimmer wird es noch werden? Und wie lange muss ich hier liegen bleiben? In diesem Augenblick bereue ich meinen Mut. Alles ist schief gelaufen. Ich hätte auf Galen hören und mich mit ihm in der Stadt verstecken sollen. Ein Rucken an der Nadel in meiner Armbeuge lässt mich die Augen öffnen. Dr. Klein schließt einen Beutel an. Er ist nur halb so groß wie der Letzte und mit einer milchigen Flüssigkeit gefüllt. Elisa hantiert am Rollwagen herum.

»Sie wird gleich schlafen«, sagt Dr. Klein. »Sind die Instrumente vorbereitet?«

Elisa tritt zur Seite »Ja. Alles bereit.«

Ich drehe den Kopf und versuche zu erkennen, was auf dem Rollwagen liegt. Ein Skalpell, eine Pinzette und eine riesige Spritze. Oh nein. Was hat sie mit mir vor? Nebelschleier ziehen über mein Gesichtsfeld. Ich kneife die Augen zusammen und versuche sie wegzublinzeln. Ich muss wach bleiben.

»Nein. Was ... macht ...«, ich will etwas sagen, aber meine Zunge ist dick und schwer, meine Lippen taub. Hitze strömt durch meine Adern und verteilt sich in meinem Brustkorb. Mit letzter Kraft versuche ich, meine Arme zu bewegen, mich irgendwie von den Fesseln zu befreien, doch es ist, als würde jemand die Fensterläden schließen und mich in die Dunkelheit sperren.

* * *

Lange Zeit passiert nichts. Ich schwebe in einer Welt zwischen Realität und Traum. Manchmal höre ich flüsternde Stimmen und leise Schritte, die mich glauben lassen, dass ich erwache. Doch das tue ich nicht. Ich schlafe weiter. Plötzlich ein Knall gefolgt von einem Krachen und Scheppern. Ein Fluch schwirrt durch meine Traumwelt. Lichtblitze zerteilen die Finsternis, senden stechende Schmerzen durch mein Gehirn. Bin ich wach oder schlafe ich noch? Ist das, was ich fühle real? Etwas Kaltes streift meine Beine. Mein Unterarm brennt, als hätte ich in Nesseln gegriffen. Der Versuch, die Augen zu öffnen misslingt. Bin ich blind? Panik. Und wieder ertönt ein Knall. Stimmen. Diesmal lauter. Schnelle Schritte. Ich habe Angst.

Mein Arm wird herumgezerrt. Jemand macht sich an meinen Fesseln zu schaffen. »Komm schon Jule. Wach auf!«

»Zieh ihr die Hose an.« Wer hat das gesagt? Die Stimme kenne ich nicht. Ich werde herumgeschoben. Das will ich nicht.

Lasst mich in Ruhe! Ich versuche, denjenigen wegzustoßen doch ich bekomme meinen Arm nicht hoch. Warum kann ich mich nicht bewegen? Bin ich gelähmt? Der Gedanke ist ein Schock.

»Wo sind die anderen?«

»Sie sichern den Eingang.« Diese Stimme ist mir vertraut. Ist das Manja? Unmöglich. Ich muss träumen.

»Hilf mir mal. Ich bekomme ihren Hintern nicht hoch. Diese Scheiß Narkose.«

»Jule. Kannst du mich hören?« Eine Hand klopft leicht auf meine Wange.

Stöhnend öffne ich die Augen. Ich bin nicht blind. Was für ein Glück. »Manja?«

»Ich bin hier.« Freude und Erleichterung klingen aus ihrer Stimme. Sie schiebt ihre Hände unter meinen Rücken und setzt mich auf. Stechende Schmerzen jagen meine Wirbelsäule hinauf.

»Was iss los?« Blinzelnd versuche ich, den Schleier vor meinen Augen zu vertreiben. Ich bin schrecklich müde. Selbst das Sprechen fällt mir schwer, aber die hektische Betriebsamkeit um mich herum zeigt mir, dass ich besser wach bleiben sollte.

Manja hebt meine Beine über den Bettrand. Beine, die in einer grauen Stoffhose stecken und sich taub anfühlen. »Wir holen dich raus.« Grinsend sieht meine Freundin zu mir auf und pustet eine Haarsträhne aus ihrer Stirn. »Oder hast du geglaubt, ich lasse dich hier versauern?«

Das habe ich tatsächlich und wäre ich nicht benommen, hätte ich sicher ein schlechtes Gewissen deswegen. Stattdessen bin ich einfach nur froh und erleichtert. Mit zunehmender Wachheit sickert die Erkenntnis in mein Bewusstsein: Ich werde nicht den Rest meines Lebens ein Versuchskaninchen sein. Vorausgesetzt wir schaffen es hier raus, denn die Schüsse, die von draußen hereindringen, wirken nicht gerade beruhigend.

»Wir kämpfen«, erklärt Manja knapp. »Kannst du gehen?«

Sie fasst mich unter dem Arm und hilft mir auf. Auf der anderen Seite stützt mich ein Mann, den ich als ihren Bruder Lenno erkenne. Meine Beine zu koordinieren fällt schwer. Sie fühlen sich an, als würden sie nicht zu meinem Körper gehören. Gemeinsam schleppen sie mich in den Flur.

»Was iss mit dem andern?« Ich klinge, als wäre ich betrunken.

»Welchem anderen?«, fragt Manja.

Ich nicke in Richtung der verschlossenen Tür.

Sie schleifen mich weiter. »Dafür haben wir keine Zeit.«

Mit aller Kraft, und das ist leider nicht viel, stemme ich mich dagegen. Wenn ich befreit werde, dann sollte auch der andere Gefangene eine Chance bekommen. Außerdem möchte ich wissen, wer der zweite Mutant ist. Manja stöhnt genervt. »Du bist ein unverbesserlicher Gutmensch.«

Wir halten inne. Manja späht durch den Türschlitz. »Tut mir leid Jule, für den kommt jede Hilfe zu spät.«

Zitternd richte ich mich auf und werfe einen Blick in den Raum. Eine dürre Gestalt liegt auf dem Bett, an Händen und Füßen gefesselt und ohne Decke. Erschrocken zucke ich zurück. Es ist Moses und er sieht schrecklich aus. Wie Pergament zieht sich seine Haut über die Rippen, die skelettartig hervorstehen. Die Finger sehen aus wie Krallen. Gegen ihn wirkt selbst Manja gut genährt. Sein Bauch ist verbunden, dort, wo ihn die Kugel getroffen hat. Überall auf seinem Körper leuchten Pusteln wie rote Blumen, manche mit einem eitrigen Kern. Er hat den MM-Virus.

Manja hat recht. Moses wird sterben.

Er ist schon fast tot.

Schluchzend sacke ich zusammen. Würden Manja und Lenno mich nicht aufrecht halten, würde ich zu Boden gleiten und nie wieder aufstehen. Die letzten Kräfte verlassen mich. Wie schlimm müssen sie Moses zugesetzt haben, damit er so elendig zugrunde geht?

»Wir sollten ihn erlösen«, höre ich Lenno sagen.

Manja entgegnet nichts aber ich höre, wie der Schlüssel ins Schloss geschoben und die Tür geöffnet wird.

»Mach es von hier aus«, sagt Manja. »Wir dürfen den Raum nicht betreten.«

Sie hat recht. Moses ist hochansteckend. Schon die offene Tür ist eine Gefahr. Nicht für mich aber für die anderen. Ich weiß, ich sollte etwas sagen, ein paar letzte Worte an Moses richten, ihn trösten, ihm einen schönen Tod wünschen, doch ich bin sogar zu schwach zum Sprechen. Ich wünschte, Galen wäre hier, würde mich auf seine starken Arme nehmen und forttragen. Weg von dem Schmerz und der Grausamkeit an diesem Ort.

»Achtung. Ich schieße«, warnt Lenno.

Der Schuss ist so laut, dass ich erschrocken zusammenzucke.

»Jetzt nichts wie raus hier«, sagt Manja.

Sie fassen mich fester unter den Armen und zerren mich vorwärts. Ich stolpere wie eine Betrunkene hinterher. Das Gefühl in meinen Beinen ist noch immer nicht vollständig zurückgekehrt, und wenn mein Herz weiterrast, wird es sich irgendwann überschlagen.

Kurz darauf sind wir draußen. Grelles Sonnenlicht überflutet meine Sinne. Geblendet schließe ich die Augen. Von innerhalb der Mauern ertönt Geschrei und Gewehrschüsse. Ich sollte mich um die Menschen in der Kolonie sorgen, doch die Übelkeit, die urplötzlich in mir hochsteigt, lenkt mich ab. Ich beuge mich vor und übergebe mich.

»Die kippt uns noch um«, sagt Lenno.

Manja legt einen Arm um meine Hüfte und zieht mich zu sich heran. »Halt durch, Jule. Gleich haben wir's geschafft.«

Wen versucht sie, zu verarschen? Gar nichts haben wir. Vor uns liegt das Minenfeld oder der lange Weg zum Haupttor. Das schaffe ich nie. Lenno steckt Zeigefinger und Daumen in den Mund und pfeift. Ein schriller Laut, der sich schmerzhaft in meine Ohren bohrt. Über uns ruft jemand. Sind es die Wachen? Blinzelnd blicke ich nach oben. Zuerst sehe ich nur Schemen, doch dann schälen sich die Konturen von zwei Männern aus der Helligkeit. Sie tragen keine Uniformen. Einer von ihnen hält etwas Leuchtendes in der Hand, mit dem er Zeichen gibt. Sieht aus wie ein Spiegel.

»Wo bleibt sie nur?« Manja sieht sich hektisch um. »Hoffentlich lässt sie uns nicht hängen.«

Mir ist alles egal. Plötzlich kommt Blue um die Ecke. Geduckt schleicht sie an der Mauer entlang.

»Na endlich«, zischt Manja.

Blue wirft ihr einen finsteren Blick zu. »Halt die Klappe. Ich riskiere hier Kopf und Kragen. Und für wen?« Sie mustert mich wie ein ekliges Insekt und schüttelt den Kopf. »Unfassbar.«

»Lasst uns verschwinden, bevor die Soldaten kommen«, wirft Lenno ein.

Blue führt uns durch das Minenfeld. Mir ist dermaßen schlecht, dass ich kaum Angst verspüre. Mehrmals bin ich gezwungen, alleine zu gehen, weil Blue nicht sicher ist, wie breit der minenfreie Pfad ist. Glücklicherweise kehrt langsam etwas Gefühl in meine Beine zurück, sonst wäre das nicht möglich.

Trotzdem bin ich jedes Mal froh, wenn Manja mich wieder stützt.

Am Rand der Steinwüste halten wir inne. Erneut muss ich mich übergeben. Anschließend sacke ich zu Boden, berge meinen Kopf in den Händen und versuche, die Übelkeit wegzuatmen. Manja hält mir eine Flasche hin. »Hier trink. Das wird dir guttun.«

Ich hebe die Hand und wehre ab. »Lieber nicht. Mir ist kotzelend.«

»Das sind die Nachwirkungen des Schlafmittels«, erklärt Lenno. »Du solltest was trinken, damit du nicht dehydrierst.«

»Kannst du rennen?«, fragt Blue.

Was glaubst du denn, blöde Kuh? Ich schüttle den Kopf.

Schnaubend hebt Blue mich empor und wirft mich über ihre Schulter, wie Galen es getan hat, als sie mich gefunden haben. »Dann muss ich dich tragen, bis wir Caine und Emish treffen. Ich rieche Soldaten. Wir sollten machen, dass wir hier wegkommen.«

Vor Überraschung fehlen mir die Worte.

»Wehe du kotzt mir auf den Rücken«, warnt Blue und läuft los. Ihre Angst ist unbegründet. Mein Magen ist leer.

Am Tümpel treffen wir auf Caine. Sofort schießen mir Tränen in die Augen, so froh bin ich, ihn zu sehen. Ich blicke in die Runde. »Wo ist Galen?«

»Bei Mutter Deliah«, erklärt er. »Sie arbeiten einen Schlachtplan aus.«

Bevor ich mich meiner Enttäuschung hingeben kann, fährt Blue herum. »Scheiße.«

»Was ist?«, fragt Caine.

»Sie sind uns gefolgt.«

31

Ich brauche nicht zu fragen, wen sie meint. Ich weiß es nur zu gut. Angst schnürt mir die Kehle zu. Die Freiheit rückt in weite Ferne. Manja und Blue ziehen Messer, Lenno seine Pistole. Ich stehe daneben und fühle mich hilflos, wie in einem Traum, bei dem ich wegrennen will, mich aber nicht rühren kann, so sehr ich es auch versuche. Vier Soldaten treten zwischen den Felsen hervor, die Gewehre auf uns gerichtet. Zwei von ihnen kenne ich. Es sind die Riesen, die den Offiziersrat bewachen. Wie haben sie uns gefunden? Und warum sind sie uns überhaupt gefolgt? Als ich General Albert erblicke, wird mir alles klar. Lieber setzt er sein eigenes Leben und das seiner Männer aufs Spiel, als mich entkommen zu lassen. Caine, Blue und Emish sind gute Kämpfer, aber ob sie gegen diese Kerle eine Chance haben? Das sind Kampfmaschinen und keine Menschen. Doch selbst wenn die Soldaten schmächtige Wichte wären, stänen wir hilflos da, weil sie Waffen in den Händen halten, gegen die wir nichts ausrichten können.

»Waffen fallen lassen und Hände hoch«, befiehlt einer der Soldaten.

Blues Gesicht wird knallrot und sie kneift die Lippen so fest zusammen, dass sie einen schmalen Strich bilden. Sie kocht vor Wut. Mit einer abfälligen Geste wirft sie ihr Messer in den Staub. Die anderen folgen ihrem Beispiel. Ohne uns aus den Augen zu lassen, hebt der Riesensoldat die Waffen auf. General Albert tritt vor und betrachtet uns feixend, bevor sein Blick an mir hängen bleibt. »Jule Hoffmann. Die Verräterin.«

Obwohl ich mich fühle, wie durch den Fleischwolf gedreht, recke ich das Kinn vor und versuche, stolz und stark zu wirken.

Caine neben mir rührt sich. General Albert hebt die Hand, woraufhin einer der Soldaten schießt. Erschrocken zucke ich herum. Hat er Caine getroffen? Nein. Es war nur ein Warnschuss.

»B-41 ist ein guter Schütze«, schnarrt General Albert. »Das nächste Mal trifft er sein Ziel.«

Blues Hände ballen sich zu Fäusten. Ihr Zorn durchdringt selbst die Felsen um uns herum. Wenn nicht gleich etwas passiert wird sie ausrasten. Ich kann sie nicht leiden und sie hasst mich, aber ich will nicht, dass sie von diesen Mistkerlen erschossen wird.

»Lass dich nicht provozieren«, zische ich ihr zu. »Wir kommen hier raus.«

Sie wirft mir einen seltsamen Blick zu, der alles bedeuten könnte. Von *du hast nicht mehr alle Tassen im Schrank* bis hin zu *halt die Klappe.*

»Ich habe gleich gewusst, dass du etwas im Schilde führst«, sagt General Albert an mich gewandt. »So blöd kann man nicht sein, einen Deal aushandeln zu wollen, wohl wissend, dass wir sofort durchschauen, wer die immune Person ist. Ich habe den Rat gewarnt, und auch deinen Vater, aber der ist blind für deine Fehler.« Er lacht abfällig. »Du hättest sein Gesicht sehen sollen, als er erfahren hat, dass der Mutant, den du befreit hast, infiziert worden ist. Der große Hauptmann war bleich wie ein Bettlaken und hatte Tränen in den Augen. Schon lange war ich nicht mehr so zufrieden.«

Seine Worte sind wie Messerstiche in mein Herz. Mein Vater hat nichts von dem Komplott gewusst. »Warum hassen Sie uns? Wir haben Ihnen nichts getan.«

Wieder lacht General Albert. »Er hat mir mehr angetan, als du dir vorstellen kannst.«

Eigentlich interessiert mich sein Gelaber nicht, dafür ist die Lage zu knifflig, aber solange ich mich mit ihm unterhalte, werden wir nicht erschossen. Vielleicht fällt irgendjemandem ein, wie wir uns aus dieser Situation befreien können. »Was hat er denn Schlimmes verbrochen?«

General Albert schnaubt. »Das wird mein Geheimnis bleiben. Nur eines solltest du wissen: Vor vielen Jahren habe ich mir geschworen, ihn zu vernichten. Und an dem Schwur halte ich fest. Erst habe ich ihm seine Frau und seinen einzigen Sohn genommen und jetzt werde ich ihm das Letzte nehmen, was er auf dieser Welt noch besitzt. Seine Tochter.«

Ich nahm an, General Albert könnte nur mich nicht leiden. Dass er einen persönlichen Groll gegen meinen Vater hegt, überrascht mich. »*Sie* haben meine Familie getötet? Wie?«

Am liebsten würde ich ihm sein breites Grinsen aus der Visage schlagen. »Der Impfstoff, den deine Mutter und dein Bruder getestet haben, war kontaminiert.«

Ich muss nicht fragen mit was. Es ist klar. Er sagt es trotzdem. Dabei leuchten seine Augen. Die Erinnerung bereitet ihm Vergnügen. Ebenso mein entsetztes Gesicht.

»Mit lebenden MM-Viren.«

Die Worte sind wie ein Faustschlag in die Magengrube. Das Schwein hat meine Familie auf dem Gewissen. All die Jahre hat mein Vater geglaubt, er hätte seine Frau und seinen Sohn umgebracht, hat mit dieser unvorstellbaren Schuld gelebt, die einen Schwächeren sicher um den Verstand gebracht hätte. In Wahrheit war es General Albert gewesen. Das Tragische ist, dass der Impfstoff deshalb nicht wirken konnte und als Fehlschlag angesehen worden ist. Dabei hätte er Leben retten können.

Mir fehlen die Worte.

»Was soll das?«, mischt sich Blue ein. »Ihre Intrigen interessieren uns einen Scheiß.«

Der Riese, der Blue am nächsten steht, hebt seine Waffe und richtet sie auf ihr Gesicht. »Maul halten.«

»Halt du das Maul«, zischt Blue.

Und plötzlich passiert alles auf einmal. Ein Schuss löst sich. Ich sehe, wie sich Blue auf den Boden fällen lässt und zur Seite abrollt. Caine und Emish stürmen auf die Soldaten zu. Einer zielt auf Caine und schießt. Caine versucht, auszuweichen, schafft es aber nicht. Der Schuss trifft ihn mitten ins Gesicht. Blut spritzt. Emish wirft sich auf einen der Riesen, der trotz seiner beeindruckenden Größe noch einen halben Kopf größer ist als er selbst. Es ist ein Kampf der Giganten. General Albert schnappt meinen Arm und versucht, mich fortzuzerren. Kurzerhand beiße ich ihm in die Hand. Fluchend lässt er mich los. »Du Miststück. Dir werd ich's zeigen.«

Manja hinter mir brüllt. Ich fahre herum. Im Zickzack stürmt sie davon, verfolgt von einem Soldaten.

Männer tauchen zwischen den Felsen auf. Soldaten der Neuen Armee. Oh nein. Ich lasse die Arme sinken. Wir sind verloren. Gegen diese Übermacht haben wir keine Chance. Die Soldaten legen die Waffen an und schießen. Ich warte auf den Tod. Der Riese, der mit Emish kämpft, fällt getroffen zu Boden, ebenso der Soldat, der Manja verfolgt. Verwirrt sehe ich mich um.

Was passiert hier?

»Jule. Dem Himmel sei Dank.« Mein Vater stürmt auf mich zu. Fassungslos starre ich ihn an. Zwei Männer ergreifen den zeternden General Albert. »Was soll das? Dafür werdet ihr ins Seuchenzentrum gesteckt. Verrat.«

Mein Vater beachtet ihn nicht. Ich kapiere gar nichts. »Papa. Was machst du hier? Wie habt ihr uns gefunden?«

»Wir sind euren Spuren gefolgt«, erklärt er. General Alberts Männer sind tot. Die Soldaten meines Vaters sammeln sich. Blue kniet neben Caine und drückt ihm heulend einen Stofffetzen aufs Gesicht, während Emish danebensteht wie ein begossener Pudel. Nur Manja kommt zu mir.

»Dein Vater hat sich dem Aufstand angeschlossen«, sagt sie.

Ich reiße die Augen auf. »Was? Ist das wahr?«

Er lächelt schief. »Du hast mir die Augen geöffnet Jule. Auch wenn ich deine Wahl noch nicht verstehe«, er wirft einen misstrauischen Blick auf Emish und Blue, »so habe ich zumindest gemerkt, dass der Weg, den wir eingeschlagen haben, falsch ist. Ich habe versucht, mit dem Rat darüber zu sprechen, doch sie wollten nicht auf mich hören. Also musste ich mich entscheiden.«

»Und du hast dich für einen Putschversuch entschieden«, sage ich.

»Genau.« Die Sorgenfalte auf seiner Stirn und die Schatten unter seinen Augen geben Aufschluss darüber, wie schwer ihm die Entscheidung gefallen sein muss. Er wendet sich an Emish und Blue. »Es tut mir leid um euren Kameraden. Ich hoffe er schafft es. Bringt ihn in euer Dorf. Wir müssen in die Kolonie zurück.«

»Wie ist die Situation dort?«, fragt Manja.

»Ungewiss. Die Aufständigen waren gezwungen, sich zurückzuziehen und sich neu zu formieren.« Er fasst mich an den Schultern und sieht mich eindringlich an. »Versteckt euch in den Bergen oder geht in die Stadt, bis ich euch Bescheid gebe, dass die Luft rein ist.«

»Können wir nicht in Landsby bleiben?«, frage ich.

»Nein. Wir wissen nicht, wie die Sache ausgeht. Sollten wir unterliegen, werden sie euch suchen. Jule. Bitte hör auf mich. Nur dieses eine Mal!«

Mein Vater ist unbeugsam und stark. Wenn er befürchtet, dass der Aufstand misslingen könnte, habe ich Grund zur Sorge. Ich will ihn nicht verlieren. »Könnt ihr nicht mit uns kommen?«

Er lächelt. »Tut mir leid. Die Menschen brauchen uns. Mit Mistgabeln und Küchenmessern kommen sie nicht gegen die Neue Armee an.«

Spontan schlinge ich die Arme um seinen Hals. »Pass auf dich auf.«

»Das werde ich.« Er drückt mich kurz und löst sich dann von mir.

Ich gehe zu Blue und Emish. Bei Caines Anblick wird mir übel. Die Hälfte seines Gesichts ist zerfetzt. Die rechte Wange nur eine blutige Masse. Betroffen wende ich mich ab. Das kann er nicht überleben. Mein Herz zieht sich schmerzhaft zusammen. Was wird Galen dazu sagen? Ihn wird Caines Schicksal am härtesten treffen.

Emish hebt ihn hoch und trägt ihn fort. Wir anderen folgen ihm schweigend.

32

Wir gehen in die Stadt, um uns zu verstecken. Mutter Deliah hat das entschieden und Galen hat ihr zugestimmt. Auch ich halte es für eine gute Idee. Galen läuft neben mir. Seine Stimmung ist gedrückt. Wegen Caine. Er lebt, aber er quält sich, was

Galen kaum ertragen kann. Ich auch nicht. Caine ist ein guter Mensch. Ich will nicht, dass er leidet.

Seit meiner Rückkehr am Vortag hatten Galen und ich noch keine Gelegenheit, ungestört miteinander zu sprechen oder unser Wiedersehen gebührend zu feiern, weil er und Mutter Deliah mit der Evakuierung beschäftig waren. Eine feste Umarmung und ein flüchtiger Kuss ist alles, was ich von ihm bekommen habe. Hoffentlich finden wir in der Stadt mehr Zeit füreinander.

Wir teilen uns eine Wohnung mit Manja, Samuel, Blue und Emish. Es ist dieselbe, in der wir die Schätze gefunden haben. Dadurch fühlt sich der Aufenthalt vertraut an, fast wie Nachhausekommen. Die anderen verstecken sich in den umliegenden Gebäuden. Kaum dass wir die Wohnung betreten haben, beansprucht Galen das Schlafzimmer für uns. Emish und Blue müssen mit dem Kinderzimmer vorlieb nehmen, was vor allem Blue missfällt. Und natürlich scheut sie sich nicht, dies lautstark zu verkünden. »Das Bett ist viel zu klein«, murrt sie. »Da pass ich nicht rein. Und warum sollten Emish und ich auf dem Boden schlafen?« Sie sieht Emish an und wartet auf seine Zustimmung, doch der zuckt gleichmütig mit den Schultern.

»Emish schläft überall«, wispert mir Galen ins Ohr. Manja und Samuel ziehen das Sofa im Wohnzimmer aus und machen es sich dort bequem. Als Blue das sieht, reagiert sie gereizt. »Hätt ich gewusst, dass man das Ding größer machen kann, hätte ich das Wohnzimmer gewählt. Die beiden sind winzig. Sie sollten in dem bescheuerten Kinderzimmer schlafen und nicht Emish und ich.«

Ich verdrehe die Augen, aber so, dass Blue es nicht sieht. Bei ihrer Laune wird die Zeit des Wartens lang werden.

Galen trägt unsere Sachen ins Schlafzimmer. Ich folge ihm erwartungsvoll. »Ich muss gleich wieder weg. Nach Caine sehen. Außerdem hab ich die erste Wache«, sagt er.

Das gefällt mir nicht. Warum muss er unbedingt die erste Schicht übernehmen? Will er nicht unser Wiedersehen feiern? Denkt er womöglich, ich bin noch zu schwach? Das bin ich nämlich nicht. Na gut. Ganz auf der Höhe bin ich nicht, aber für eine Runde Kuscheln wird es reichen. Er umarmt mich. Seufzend lehne ich meine Stirn gegen seine Brust. Unheimlich, wie sehr ich ihn vermisst habe und wie glücklich mich seine Nähe macht. »Wenn ich zurück bin, haben wir Zeit füreinander«, wispert er, als hätte er meine Gedanken gelesen.

Ich blicke zu ihm auf. »Hoffentlich.«

Lächelnd nimmt er mein Gesicht in seine Hände und küsst mich. Ein fantastisches Gefühl, das mich für alle Strapazen entschädigt.

Es klopft. »Galen? Bist du fertig? Wir müssen los.« Dass Blue ebenfalls zum Wachdienst eingeteilt ist, ist das einzig Gute an diesem Abend. Dann bin ich sie wenigstens los.

»Ich komme.« Galen löst sich von mir und setzt seine Sonnenbrille auf. Ein mulmiges Gefühl kriecht durch meine Eingeweide. Es fühlt sich an wie Furcht vor einer drohenden Gefahr. Was wenn die Soldaten der Neuen Armee den Aufstand niederschlagen und beschließen, sich als Nächstes um die Mutanten zu kümmern?

Was wenn sie uns finden?

Nicht zu wissen, was in der Kolonie vor sich geht, ist quälend genug, da möchte ich mir nicht noch Sorgen um Galen machen. Auf der Brücke ist er zudem an vorderster Front. An der Tür halte ich ihn auf. »Kannst du nicht hierbleiben und Emish schicken? Ich habe dich so vermisst.«

Mein Augenaufschlag soll verführerisch wirken, erzielt aber nicht den gewünschten Erfolg. Er küsst meine Stirn wie ein Bruder. »In sechs Stunden bin ich zurück, dann haben wir Zeit. Leg dich hin. Du brauchst Ruhe.«

Ich seufze. Es hat keinen Sinn. Ich muss ihn gehenlassen. Um die Zeit sinnvoll zu nutzen, beschließe ich, Körperpflege zu betreiben. Allerdings herrscht im Badezimmer Hochbetrieb. Samuel dreht entzückt den Wasserhahn auf, während Manja die Schränke durchsucht und Emish die Badewanne in Augenschein nimmt. Anscheinend muss ich warten, bis die Drei fertig sind. Als ich endlich an der Reihe bin, ist der Wasserstrahl eher ein Tropfen denn ein Fließen, die Seife fast aufgebraucht. Aber ich beschwere mich nicht. Wir haben ein Dach über dem Kopf, ein weiches Bett und ausreichend Essen.

Nach Maisbrot, Tomaten und Bohnen ziehe ich mich ins Schlafzimmer zurück, angeblich um mich auszuruhen. In Wahrheit starre ich aus dem Fenster auf den nächtlichen Sternenhimmel und zähle die Sekunden. Warum habe ich dieses mulmige Gefühl? Mit jeder Minute wird es stärker, bis es sich fast zur Panik steigert.

Galen ist in Gefahr. Davon bin ich überzeugt. Das Schicksal hat uns mehrmals auseinandergerissen und es wird es wieder tun.

Als ich es nicht mehr aushalte, laufe ich abwechselnd durch das Zimmer oder starre aus dem Fenster Richtung Brücke. In der Dunkelheit kann ich sie nicht erkennen, aber ich weiß, sie ist da. Das miese Gefühl will einfach nicht vergehen, genauso wie die Zeit. Ich muss nach Galen sehen, mich vergewissern, dass es ihm gut geht. Kurzentschlossen schlüpfe ich in meine Sandalen und schleiche ins Wohnzimmer. Manja und Samuel schlafen. Gut. Dann muss ich mich nicht rechtfertigen. Vorsichtig öffne ich die

Wohnungstür und erschrecke fast zu Tode. Vor mir steht eine finstere Gestalt. Ich mache einen Satz rückwärts.

»Jule. Warum bist du nicht im Bett?«

Ich reiße die Augen auf, was nichts nutzt, weil ich nichts erkennen kann. Aber die Stimme ist mir vertraut. »Galen? Was machst du hier?«

Er schiebt mich zurück und betritt die Wohnung. »Medina ist für mich eingesprungen. Wo wolltest du hin?«

Plötzlich erscheint mir meine Panik kindisch. Ich beschließe, seine Frage zu ignorieren und gehe Richtung Schlafzimmer. Manja blinzelt uns müde an. »Was'n los?«

»Nichts. Schlaf weiter.« Schnell husche ich an ihr vorbei. Galen folgt mir. Im Schlafzimmer fasst er mich am Arm und zieht mich zu sich heran. Seine Augen blitzen vergnügt. »Du wolltest zu mir, hab ich recht? Du hast mich vermisst.«

Vergessen sind die Demütigungen und Schmerzen der vergangenen Wochen. Was zählt ist dieser Augenblick, wenn Galen mich in seinen Armen hält und mich ansieht, wie er es gerade tut. Als wäre ich das schönste Wesen auf der Welt.

Ich zucke mit den Schultern und schlinge die Arme um seinen Hals. »Bild dir bloß nichts darauf ein.«

Lachend hebt er mich hoch und trägt mich zum Bett. »Also. Du verführerische kleine Hexe. Wo waren wir vorhin stehengeblieben?«

Den lockenden Augenaufschlag brauche ich nicht mehr. Er will mich ebenso sehr wie ich ihn.

* * *

Die Tage sind dröge und wollen einfach nicht vergehen. Obwohl Galen und ich viel Zeit im Bett verbringen, haben wir alle Brettspiele mehrmals durch. Nach zwanzig Mal *Mensch ärgere dich nicht* kann ich das Spiel kaum noch ertragen. Das einzig Gute ist, dass Blue fast rund um die Uhr Brückenwache schiebt. Warum sie sich freiwillig zu Doppeldiensten einteilen lässt, ist mir ein Rätsel, aber angesichts unseres unterkühlten Verhältnisses, ist es wahrscheinlich besser, wenn wir nicht den ganzen Tag gemeinsam in einer Wohnung verbringen. Die Warterei macht mich fertig. Niemand weiß, was geschehen wird, sollte der Aufstand misslingen. Sicher ist, dass ich dann keinen Vater mehr haben werde, denn einen Verrat wie diesen kann er nur überleben, wenn er gewinnt.

»Eins, zwei, drei, vier.« Missmutig schiebe ich meine Spielfigur über das Brett, dann sehe ich Manja und Samuel an. »Wir sollten zur Kolonie gehen.«

»Spinnst du?« Samuel wirkt ehrlich entrüstet. »Was willst du da? Du kannst sowieso nicht helfen.«

»Ich muss wissen, was vor sich geht. Diese Ungewissheit macht mich fertig.«

Manja verschränkt die Arme vor der Brust und lehnt sich zurück. »Jule hat recht. Jemand sollte sich über die Lage informieren, damit uns die Neue Armee nicht kalt erwischt.«

»Aber nicht wir und schon gar nicht Jule«, wehrt Samuel ab. »Soll doch jemand anderes gehen.«

»Das sehe ich genauso«, stimmt Manja zu. »Du hast dich oft genug in Gefahr gebracht Jule. Am besten reden wir mit Galen darüber. Vielleicht findet er einen Freiwilligen.«

Sie weiß genau, dass Galen mich nicht gehenlassen würde, nur deshalb erwähnt sie ihn. Allerdings hat sie nicht unrecht. Ich habe keine Lust, mich erneut in die Höhle des Löwen zu begeben. Immunität hin und Fruchtbarkeit her. Diesmal würden sie mich wahrscheinlich sofort erschießen.

Da ich nicht abwarten will bis Galen vom Wachdienst. kommt, gehe ich zu ihm. Manja begleitet mich. Der Weg zur Brücke ist nicht weit, dauert höchstens eine halbe Stunde, aber mir erscheint er wie eine kleine Ewigkeit. Hinter jedem Häuserblock vermute ich einen Hinterhalt. Zwar haben sich die Städter bisher nicht blicken lassen, das bedeutet jedoch nicht, dass sie nicht in der Nähe sind und uns beobachten. Zwei Frauen alleine unterwegs wäre eine gute Gelegenheit. In einer Seitenstraße höre ich ein Scheppern gefolgt von einem Jaulen. Erschrocken halte ich inne.

»Das waren Hunde«, zischt Manja. »Warum bist du so nervös?«

Manja hat recht. Ich bin extrem angespannt und erwarte überall Feinde. Scheinbar habe ich die Ereignisse der letzten Wochen noch lange nicht verarbeitet. Ich bin erleichtert, als die Brücke vor uns auftaucht. Galen und Emish sind nirgendwo zu sehen. Komisch. Halten sie sich versteckt? Das hat Galen nicht erwähnt.

»Wo sind sie?«, fragt Manja. Sie hat automatisch die Stimme gesenkt und sieht sich argwöhnisch um.

Vorsichtig spähe ich um die Ecke. Am anderen Ende der Brücke kann ich zwei Gestalten erkennen. Galen und Emish. Sie haben sich hinter einen Pfosten geduckt und starren aufmerksam in die Ferne. Das ist kein normales Wachdienstverhalten. Ich folge ihren Blicken und sehe erstmal nichts. Da meine Sinne nur halb so gut funktionieren wie ihre, ist das bedeutungslos. Wenn die beiden etwas bemerkt zu haben glauben, dann ist da was. Mein Herzschlag beschleunigt sich. Manja beschattet ihr Gesicht und späht über den Fluss.

»Kannst du was erkennen?« Peinlich, wie ängstlich meine Stimme klingt.

Manja kneift die Augen zusammen. »Nein. Oder warte. Doch. Ich glaube da kommt jemand.«

Plötzlich dreht Galen sich zu uns um. Er stutzt kurz und winkt dann hektisch. Wir sollen in Deckung gehen. Ich bin wie erstarrt. Leise fluchend zerrt Manja mich hinter einen Busch. »Das hat uns noch gefehlt, dass wir hierher kommen, wenn was passiert.«

Mit angehaltenem Atem spähe ich durch die Zweige. »Sollten wir Mutter Deliah nicht warnen?«, wispere ich. Blöder Vorschlag. Meine Beine zittern so sehr, dass ich nicht sicher bin, ob ich überhaupt laufen könnte.

»Zu spät. Wir müssen in Deckung bleiben«, zischt Manja.

Die Minuten vergehen. Langsam nehmen die Gestalten Kontur an. Der Anführer humpelt, kommt mir aber bekannt vor. Seine Statur, die Art wie er sich bewegt. Plötzlich bin ich mir ganz sicher. »Das ist mein Vater.« Ich springe auf. Manja versucht, mich wieder nach unten zu ziehen, doch ich reiße mich los und stürme auf die Brücke.

Mein Vater ist gekommen. Er lebt.

Auch Galen und Emish verlassen ihre Deckung und gehen auf die kleine Gruppe zu. Ich renne über die Brücke und hole sie ein, gerade als sie die Männer erreichen. Mein Vater wirkt müde und abgekämpft. Ein halbverheilter Schnitt zieht sich über seine Wange. Aber er lebt. Sein breites Grinsen lässt meine Hoffnungen in den Himmel schießen.

»Wir haben gesiegt«, verkündet er.

Es war knapp gewesen, erzählt mein Vater. Zwar war die Neue Armee den Aufständigen zahlenmäßig unterlegen, dafür verfügten sie über bessere Waffen. Ohne meinen Vater und seine

Einheit hätten sie es nicht geschafft. Seine Kampferfahrung und sein strategisches Geschick haben am Ende die Wende gebracht.

»Was ist mit dem Offiziersrat?«, frage ich.

»Wittenberg und Wolf haben wir inhaftiert. Albert ist geflohen.«

Oh nein. Nicht gerade er. »Wie hat er das geschafft? Ihr hattet ihn doch schon?«

Mein Vater wirkt ratlos. »Wir wissen es nicht. Nach dem Vorfall mit euch habe ich ihn in eine Zelle ins Seuchenzentrum gesperrt, aber irgendjemand hat ihn befreit. Mach dir keine Sorgen«, sagt er nach einem Blick in mein entsetztes Gesicht. »Weit wird er nicht kommen mit einem halben Dutzend Soldaten und ohne Nahrung und Wasser.«

Dessen bin ich mir nicht so sicher. General Albert ist gewieft und mit einem halben Dutzend Supersoldaten kann man einiges erreichen. Aber ich will die Stimmung nicht verderben, also nicke ich nur und gebe ihm recht.

»Ihr könnt uns jetzt in die Kolonie begleiten«, fährt mein Vater fort. »Wir müssen eine Regierung bilden und dafür sorgen, dass die Stadt nicht im Chaos versinkt.«

»Bevor wir das tun, sollten wir uns mit Mutter Deliah beraten«, wirft Galen ein.

Das halte alle für eine gute Idee, auch mein Vater, nur macht er eine komische Miene dabei. Ich weiß warum. Ihm graut vor dem Treffen mit Mutter Deliah. Ich warte, bis wir Richtung Stadt marschieren, und spreche ihn dann an. »Was ist los?«, wispere ich, damit es die anderen nicht hören. »Du wirkst nicht gerade erfreut.«

Er winkt ab. »Es ist nichts.«

Ich lasse nicht locker. »Ist es wegen Mutter Deliah? Sie hasst dich, stimmt's?«

Er beäugt mich misstrauisch. »Woher weißt du das?«

»Galen hat es mir gesagt.«

Er seufzt traurig. »Das tut sie und ich kann es ihr nicht verdenken.«

»Warum?«

Er senkt den Kopf, wirkt auf einmal bekümmert. »Das ist eine lange Geschichte.«

Ich deute in die Stadt. »Wir müssen noch mindestens einen Kilometer laufen. Das sollte reichen.«

Doch er bleibt stur. Alles, was ich ihm abringen kann, ist das Versprechen, es mir später zu erzählen. Wann dieses später sein wird, verrät er nicht.

Mutter Deliah hat sich mit einem Dutzend Verstoßener in einer Wohnung in der Innenstadt verbarrikadiert. Bereits am Eingang des Gebäudes erkennt man, dass es sich einst um eine schicke Behausung gehandelt haben muss. Durch den Schutt im Eingangsbereich blitzt der anthrazitfarbene Marmorboden und an der holzgetäfelten Decke hängt ein verschlungener Kronleuchter, von dem zwar einige Arme abgebrochen oder verbogen sind, dem man aber trotzdem ansieht, dass er teuer gewesen sein muss. Den Prunk, in dem die Menschen einst gelebt haben, kann ich mir nur schwer vorstellen. Auf jeden Fall muss es fantastisch gewesen sein.

Ein Verstoßener öffnet die Tür und führt uns zu Mutter Deliah, die im Schneidersitz auf dem Teppich im Wohnzimmer sitzt. Der Soldatentrupp wartet im Flur. Mutter Deliahs Blick fällt auf meinen Vater. Augenblicklich werden ihre Augen hart und ihr Gesicht wie aus Stein gemeißelt. Offensichtlich setzt ihr die Begegnung zu.

»So sehen wir uns also endlich wieder«, sagt sie. Mit ihrer Stimme könnte sie Wasser gefrieren.

Mein Vater schweigt.

»Lasst uns alleine«, befiehlt Mutter Deliah.

Unsicher sehen wir uns an. Sollen wir wirklich gehen? Alle? Galen zuckt mit den Schultern und führt mich in die Küche, die doppelt so groß ist wie die Küche in unserer Wohnung. Fassungslos betrachte ich die glänzenden Schränke und das riesige Kochfeld in der Mitte des Raumes. Unglaublich. Vor Staunen vergesse ich fast, dass mein Vater nun alleine mit Mutter Deliah spricht. Hoffentlich gehen sie sich nicht an die Gurgel.

Wir stehen ein wenig verloren herum, wissen nicht recht, was wir tun sollen. »Worüber reden die beiden wohl?«, frage ich Galen.

»Über die Zukunft nehme ich an.«

Toll. Das ist mir bewusst. »Aber warum will sie alleine mit meinem Vater sprechen?«

Galen mustert mich, als würde er sich fragen, wie viel ich weiß. »Ich glaube, sie haben einiges zu klären.«

Scheinbar haben sie das, denn die Unterredung dauert über eine Stunde. Wir nutzen die Zeit und besuchen Caine, der in der gegenüberliegenden Wohnung gepflegt wird. Sein gesamter Kopf ist bandagiert, nur ein Auge und ein Stück Mund schauen heraus. Wenn er das überlebt, wird er schlimme Narben zurückbehalten. Emily sitzt an seinem Bett und rollt Mullbinden auf.

»Wie geht es ihm?«, frage ich.

»Er hat große Schmerzen, ist aber stabil«, sagt sie. »Ich glaube er schafft es.«

Galen stößt geräuschvoll den Atem aus. »Das ist eine gute Nachricht.«

Vorsichtig, um keine unangenehme Erschütterung auszulösen, hocke ich mich an den Bettrand und ergreife Caines Hand. Er schläft und stöhnt dabei ein ums andere Mal. Ich taste nach seinem Puls. Er geht schnell, ist aber stark und regelmäßig. Freude durchströmt mich. Der Aufstand ist geglückt und Caine wird überleben. Es ist ein guter Tag. Jetzt müssen wir es nur noch schaffen, uns mit den Menschen in der Kolonie zusammenzuraufen.

Als mein Vater uns endlich ins Wohnzimmer bittet, wirkt Mutter Deliah mitgenommen, aber deutlich entspannter als zuvor.

»In zwei Tagen brechen wir auf. Wir gehen zur Kolonie«, verkündet sie. »Sagt es den anderen und bereitet euch vor. Hauptmann Hoffmann wird die Tore öffnen und uns willkommen heißen.«

Ein breites Grinsen überzieht mein Gesicht. Diese Nachricht ist mindestens genauso gut wie die, dass Caine überleben wird. Auch Manja scheint sich zu freuen, denn ihr Grinsen steht meinem in nichts nach. Die Verstoßenen dagegen wirken skeptisch.

»Es besteht kein Grund zur Sorge«, verspricht mein Vater. »Meine Männer werden die Bevölkerung informieren und für Ruhe sorgen.«

Ich begleite meinen Vater bis zur Brücke. Eigentlich müsste er sich ausruhen. Nach dem langen Marsch hat er Schmerzen in dem verletzten Bein. Zwar versucht er, das vor mir zu verbergen, aber ich kenne ihn. Die verkniffenen Lippen und die Schweißperlen auf seiner Stirn verraten ihn. Außerdem humpelt er stärker als zuvor. Doch da Mutter Deliah bereits in zwei

Tagen aufbrechen will, muss er sofort in die Kolonie zurückkehren, um die Menschen auf unsere Ankunft vorzubereiten.

»Kannst du es mir jetzt erzählen?«, frage ich.

»Was denn?«

»Warum Mutter Deliah und General Albert dich hassen?«

Er seufzt. »Du lässt nicht locker was?«

»Ich muss es wissen. Ist das so schlimm?«

Unvermittelt bleibt er stehen. Sein Blick wandert in die Ferne, dann senkt er den Kopf und atmet tief durch. »Frido Albert und Deliah sind Geschwister«, beginnt er.

Schon diese Nachricht lässt mir den Mund offenstehen. »*Was?*«

»Ihre Eltern starben während der großen Epidemie«, fährt er fort. »Zuerst der Vater, da war Deliah etwa so alt wie du. Drei Jahre später folgte ihre Mutter. Schleichend ging es mit der Zivilisation zu Ende. Während viele noch glaubten, dass die Wissenschaftler ein Heilmittel finden werden und sich die Menschheit wieder berappelt, engagierte Frido sich für ein geheimes Projekt. Die Gründung einer unabhängigen Stadt, in der nur Gesunde leben und die durch eine Mauer und Militärpräsenz vor Eindringlingen geschützt wird. Die Eltern hatten Frido und Deliah Geld hinterlassen, das sie nun in die Entwicklung dieser Stadt steckten. Andere an anderen Orten taten dasselbe.« Er hält inne und sieht mich an. »Eine gute Entscheidung, wie sich kurz darauf herausstellte. Eine Regierung wurde gegründet und jeder, der in der Kolonie leben wollte, musste sich einem Test unterziehen, um zu beweisen, dass er gesund ist. Dieser Test wurde zum Standard für alle erklärt, auch für die in der Kolonie geborenen.«

Ich bin sprachlos. Endlich verstehe ich, wie ein Wicht wie General Albert in den Offiziersrat gelangen konnte. Sein Erbe hat es möglich gemacht.

»Draußen starben die Menschen«, fährt mein Vater fort und klingt nun bitter. »An Hunger und Durst und an dem MM-Virus. Die Kolonie gedieh. Doch es gab auch Rückschläge. Ein Virus macht vor einer Mauer nicht Halt. Immer wieder gab es Ausbrüche, aber die Regierung bekam sie in den Griff. Mit drastischen Maßnahmen wohlgemerkt, die nicht bei allen auf Zustimmung stießen.«

»Und warum ist Deliah ausgewiesen worden?«

»Während Frido den Militärstaat perfektionierte, bekam sie ein Kind. Einen Sohn. Das verändert einen Menschen. Sie beschlichen Zweifel. Trotz der Warnung ihres Bruders begann sie, sich gegen die Regeln aufzulehnen und andere aufzustacheln, es ihr gleichzutun. Sie wollte ihr Kind nicht in einem totalitären Staat aufwachsen sehen, sagte sie. Zu dem Zeitpunkt war ich ein aufstrebender Soldat und stand kurz vor einer Beförderung, die mich zum Hauptmann machen würde. Auf einen Tipp hin erwischte ich Deliah dabei, wie sie in der Wellblechsiedlung Flugblätter verteilte. Ich ließ sie festnehmen und meldete es General Albert.«

Er schnaubt. »Natürlich bat er mich, die Sache geheim zu halten. Ich haderte mit mir und meiner Loyalität gegenüber der Kolonie. Schließlich siegte mein Gewissen und ich meldete es General Wittenberg. Deliah wurde ausgewiesen und ich bekam meine Beförderung. Meine erste Amtshandlung als Hauptmann war, Deliahs Ausweisung zu überwachen und natürlich wollte ich es besonders gut machen. Blind für ihre Tränen und ihr Flehen ließ ich sie rauswerfen. Frido konnte sich nicht von ihr verabschieden, weil er sein Gesicht wahren musste. Deliah hasste mich dafür und Frido Albert schwor an ihrer Stelle Rache.« Wieder sieht er mich an. So viel Schmerz und Traurigkeit in seinem Blick.

»Was ist mit ihrem Sohn?«, frage ich.

»Er wuchs bei Freunden auf. Zu seinem Onkel wollte er nicht. Vor vier Jahren ist er abgehauen, um seine Mutter zu suchen. Seitdem hat man nichts mehr von ihm gehört.«

Er könnte noch leben. In einer Menschensiedlung vielleicht. Ob Mutter Deliah davon weiß? Mir fällt ein, was General Albert mir erzählt hat. Über meine Mutter und meinen Bruder. Mein Vater sollte die Wahrheit erfahren.

»General Albert hat Mama und Jamie getötet«, stoße ich hervor.

Mein Vater reißt die Augen auf. Alle Farbe weicht aus seinem Gesicht. »Wie meinst du das?«

»Er hat den Impfstoff mit lebenden MM-Viren kontaminiert. Deshalb sind sie gestorben. Du hattest keine Schuld.«

Zuerst wirkt er fassungslos, dann ungläubig. »Bist du sicher?«

Ich nicke. »Er hat es mir gesagt.«

Was als Nächstes passiert ist ein Schock. Mein Vater weint. Und zwar richtig, mit Tränen und allem. Nie zuvor habe ihn weinen sehen und schon gar nicht vor seinen Männern.

»All die Jahre«, schluchzt er. »All die Jahre habe ich mir Vorwürfe gemacht.«

Seine Tränen verunsichern mich. Was soll ich tun? Ihn trösten? Will er das überhaupt? Zögerlich lege ich meine Hand auf seinen Arm. Da mir die Worte fehlen, schweige ich. Die Soldaten, die ein paar Meter entfernt warten, beobachten uns. Einige wirken unangenehm berührt. Langsam bekommt mein Vater sich wieder in den Griff. Seine Verzweiflung wird zu Wut.

»Dafür wird dieser Mistkerl büßen. Ich werde ihn finden und wenn es das Letzte ist, was ich tue.«

Ich nicke. Eine solche Reaktion habe ich befürchtet. »Das wirst du, Papa. Aber zuerst müssen wir uns um die Zusammenführung kümmern. Ohne dich schaffen wir das nicht. Die Menschen brauchen einen starken Anführer. Sie brauchen dich.«

Er schließt die Augen und atmet tief durch. »Du hast recht. Meine Rache muss warten. Lass uns gehen.«

Der Rachedurst wird ihn verfolgen, das weiß ich genau, und es gefällt mir nicht. Ich will nicht, dass er nach General Albert sucht. Vorerst haben wir jedoch dringendere Probleme. Sollte der Tag kommen, an dem er zu dieser Mission aufbrechen will, kann ich immer noch versuchen, ihn davon abzubringen.

33

Der Weg erscheint mir endlos lang. Vielleicht liegt es daran, dass wir eine große Gruppe sind und das Tempo an Mutter Deliah anpassen müssen, die langsam vorneweg humpelt. Emish hat angeboten, sie zu tragen, doch sie hat es abgewehrt mit den Worten, sie werde den Weg auf ihren eigenen Beinen zurücklegen oder in Landsby bleiben. Wahrscheinlicher ist allerdings, dass ich aufgeregt bin, weil ich nicht weiß, was mich erwartet. Wie wird es weitergehen, jetzt, wo der Aufstand geglückt ist? Was wird sich verändern? Wie werden die Menschen auf die Verstoßenen reagieren?

Fragen über Fragen, auf die ich erst eine Antwort erhalte, wenn wir in der Kolonie ankommen.

Die Steinwüste ist mir mittlerweile vertraut. Ich bin kein Fährtenleser, kann nicht mal die Himmelsrichtungen bestimmen, aber den Weg zwischen den Felsen finde ich problemlos. Zu oft bin ich ihn in den letzten Monaten gegangen. Als die Mauer in Sicht kommt, krampfe ich meine kalten Finger zur Faust vor Aufregung.

Gleich ist es so weit.

Die Ebene bis zum Tor bietet keinen Schutz und es gibt nur einen Weg durch das Minenfeld. Sollte die Einladung eine Falle sein, ist jetzt die beste Gelegenheit zum Angriff. Mutter Deliah zeigt keine Furcht. Entschlossen kommt sie zwischen den schützenden Felsen hervor und betritt den Teerweg. Emish, Blue, Galen und ich folgen ihr. Mein Blick wandert hinauf zur Mauer. Sie ist noch ein gutes Stück entfernt, doch ich kann schemenhafte Gestalten erkennen.

Halten sie Gewehre in der Hand? Mein Herz pocht aufgeregt.

»Das ist eine Falle«, höre ich jemanden hinter mir flüstern. »Sie werden uns abknallen.«

Vielleicht werden sie das, aber dann ist es wenigstens vorbei. Denn eines weiß ich mit Gewissheit:

Ich will mich nicht länger verstecken.

Als wir die Hälfte des Weges hinter uns gebracht haben, öffnet sich das Tor. Dahinter erwartet uns eine Menschenmenge. Die halbe Stadt scheint sich versammelt zu haben. Ich erspähe meinen Vater. Er steht ganz vorne. Äußerlich wirkt er ruhig, doch er ist bestimmt genauso nervös wie wir. Die Menschen hinter ihm recken die Hälse und starren uns neugierig entgegen. Überraschte Ausrufe, geflüsterte Zweifel und ängstliche Blicke sind unser Empfang.

Wenige Meter vor dem Tor halten wir inne. Die Menge verstummt. Menschen und Mutanten taxieren einander. Die Stille ist unheimlich. Warum sagt mein Vater nichts? Oder Mutter Deliah? Ich werfe Galen einen bangen Blick zu und greife nach seiner Hand. Die Berührung beruhigt mich. Ein winziges Lächeln kräuselt seine Lippen und er zwinkert mir aufmunternd zu. *Alles wird gut.*

»Willkommen«, sagt mein Vater in die Stille hinein. »Wir freuen uns, dass ihr unserer Einladung gefolgt seid.« Er wirkt ein wenig steif, die Worte einstudiert, aber sie demonstrieren seinen guten Willen.

»Danke. Wir fühlen uns geehrt«, gibt Mutter Deliah zurück. Sie lächelt nicht. Ihre Augen gleiten über die Menschen, die sich hinter meinen Vater drängen und versuchen, einen Blick auf die Mutanten zu erhaschen. Für sie sind wir Freaks und sie weiß das.

Ich atme tief durch. Es wird nicht leicht werden. Beide Seiten sind von Misstrauen und lebenslanger Feindschaft geprägt, aber irgendwie müssen wir es schaffen, uns zusammenzuraufen. Nur dann kann es eine lebenswerte Zukunft geben.

Mein Vater löst sich aus der Menge und tritt auf Mutter Deliah zu. Ein unsicheres Lächeln liegt auf seinen Lippen. Langsam streckt er die Hand aus. Wird Mutter Deliah sie ergreifen? Ihr Gesicht zeigt keine Regung. Die Sekunden vergehen. Warum zögert sie? Verachtet sie meinen Vater so sehr, dass sie sogar den Frieden aufs Spiel setzt wegen ihres Stolzes? Unwillkürlich rücke ich näher an Galen heran. Solange wir zusammen sind, ist alles gut. Und plötzlich hebt Mutter Deliah ihren Arm und ergreift die Hand meines Vaters. Erst da bemerke ich, dass ich den Atem angehalten habe. Zischend stoße ich ihn aus.

Vereinzeltes Klatschen erklingt, gefolgt von Hochrufen, die rasch lauter werden und schließlich in euphorischem Jubel enden.

Kurz fange ich den Blick meines Vaters und nicke ihm zu. Dann sehe ich zum Tor. Es steht offen. Zum ersten Mal seit fünfundzwanzig Jahren.

Wenn das kein Zeichen der Hoffnung ist.

Mein Vater wendet sich um und deutet auf die Stadt, die sich hinter den Mauern entfaltet. »Lasst uns hineingehen.«

Mutter Deliah strafft sich und humpelt los. Ich drücke Galens Hand ein wenig fester und folge ihr.

Gemeinsam betreten wir die Kolonie.

Ende

Danke!

Ich danke meiner Tochter, die mich nicht nur mit meinen imaginären Freunden teilen, sondern auch als Erste meine Geschichten lesen muss. Und zwar immer. Ohne ihr Einverständnis bekommt niemand auch nur eine Zeile zu Gesicht.

Ich danke meinen lieben Kollegen und Kolleginnen aus dem Dsfo - ohne euch wäre ich nicht dort, wo ich jetzt bin.

Danke auch an meine Testleser Gregor, Karin, Micki, Ute, Jenny, Alexandra, Julia und Henning. Eure Tipps und Anmerkungen sind unbezahlbar. Ihr seid die Besten!

Danke Falko für deine hilfreichen Ratschläge. Danke auch an Ilona - durch dich habe ich viel gelernt.

Schreiben ist ein einsames Geschäft und es ist ein tolles Gefühl, wenn man weiß, man ist nicht allein. Deshalb auch ein Danke an Sabine für ihren Smalltalk im Dsfo, wo die gestresste Autorin immer ein offenes Ohr findet.

Printed in Germany
by Amazon Distribution
GmbH, Leipzig